DAMNÉ

Tome 1

L'Héritage des cathares

DU MÊME AUTEUR

Série DAMNÉ

Tome 1, *L'Héritage des cathares*, Montréal, Hurtubise, 2010

Tome 2, *Le Fardeau de Lucifer*, Montréal, Hurtubise, 2010

Tome 3, *L'Étoffe du Juste*, Montréal, Hurtubise, 2011

Tome 4, *Le Baptême de Judas*, Montréal, Hurtubise, 2011

Série LE TALISMAN DE NERGAL

Tome 1, *L'Élu de Babylone*, Montréal, Hurtubise, 2008

Tome 2, *Le Trésor de Salomon*, Montréal, Hurtubise, 2008

Tome 3, *Le Secret de la Vierge*, Montréal, Hurtubise, 2008

Tome 4, *La Clé de Satan*, Montréal, Hurtubise, 2009

Tome 5, *La Cité d'Ishtar*, Montréal, Hurtubise, 2009

Tome 6, *La Révélation du Centre*, Montréal, Hurtubise, 2009

Première édition :

www.editionshurtubise.com

Présente édition :

Illustration de couverture : Éric Robillard (Kinos)
Ouvrage dirigé par Audrey Messiaen

38, rue La Condamine
75017 Paris
www.hugoetcie.com

Dépôt légal : mai 2012
ISBN : 9782755609752
Imprimé en France (Darantiere)

Hervé Gagnon

DAMNÉ

Tome 1

L'Héritage des cathares

Hugo Roman

Souviens-toi de ton Créateur aux jours de ta jeunesse,
avant que viennent les jours mauvais et que s'approchent
les années où tu diras : « je n'y ai point plaisir ».

ECCLÉSIASTE 12,1

LE PAYS CATHARE AU DÉBUT DU 13e SIÈCLE

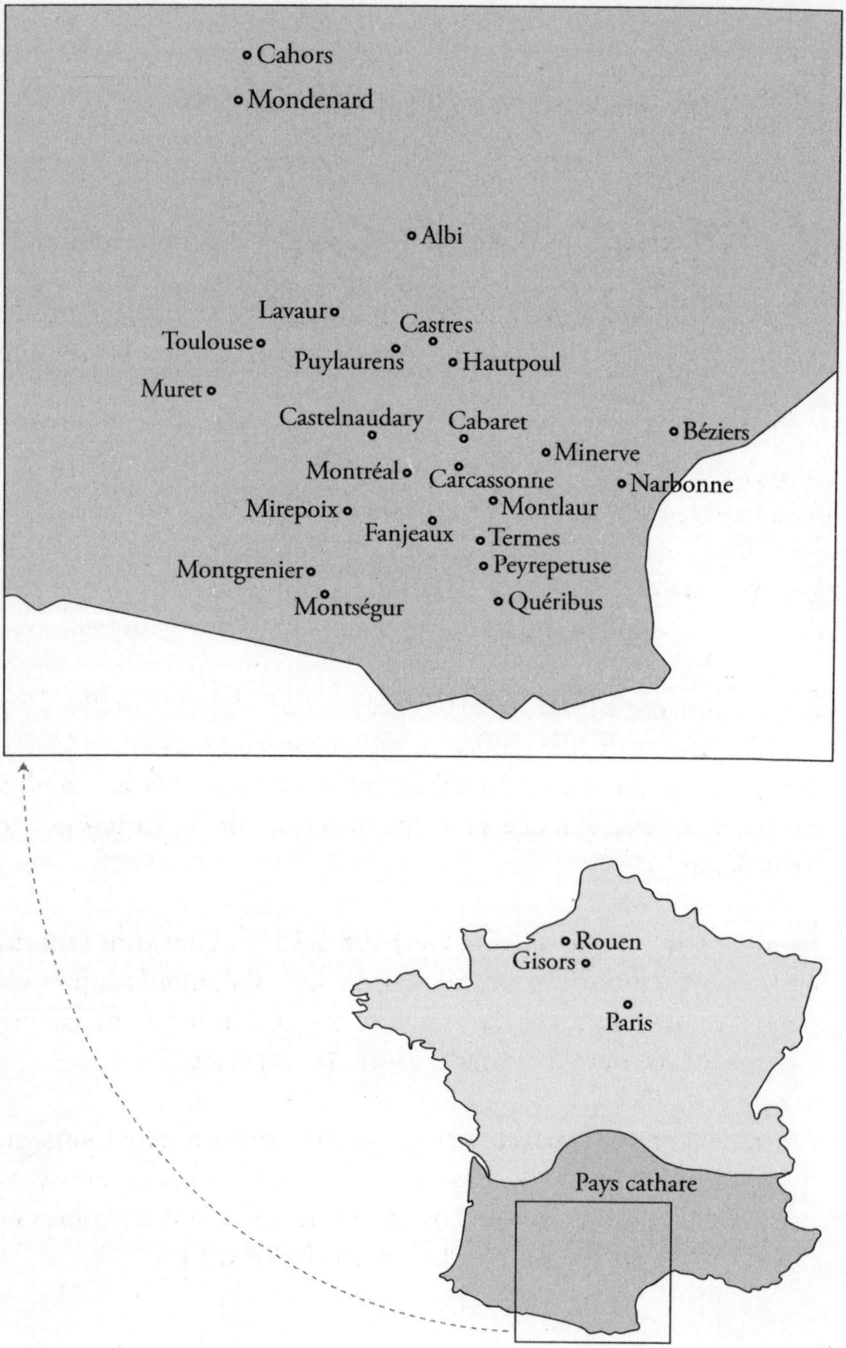

Les personnages historiques

Arnaud Amaury (?-1225) : Moine cistercien, abbé de Cîteaux (1200-1212), il est légat du pape Innocent III durant la croisade contre les cathares.

Bouchard de Marly (?-1226) : Seigneur de Marly, de Montreuil-Bonnin et de Magny, il est parent de Simon IV de Montfort dont l'épouse, Alice de Montmorency, est sa cousine. Il participe à la croisade contre les cathares, au cours de laquelle il est retenu prisonnier pendant deux ans par Pierre Roger de Cabaret.

Esclarmonde de Foix (v. 1151-1215) : Une des cathares les plus célèbres, elle est la fille de Bernard 1er, comte de Foix, et de Cécile Trencavel, et la sœur du comte Raymond Roger de Foix. En plus de prêcher, elle finance la reconstruction de la forteresse de Montségur.

Innocent III (1160-1216) : De 1198 à 1216, Giovanni Lotario est le pape le plus puissant du Moyen Âge. Il établit la suprématie du Saint-Siège sur les souverains, ordonne la quatrième croisade, ainsi que la croisade contre les cathares.

Pierre Roger de Cabaret (?-?) : Seigneur, avec son frère Jourdain, des quatre châteaux de Lastours. Il donne refuge à plusieurs parfaits à Cabaret. Au cours d'une embuscade, il fait prisonnier Bouchard de Marly, parent de Simon de Montfort.

Robert de Sablé (?-1193) : Élu maître de l'ordre du Temple en 1189. Son magistère est une suite épuisante de combats en Terre sainte. Il contribue à la reprise de Saint-Jean-d'Acre en 1191.

Simon IV de Montfort (v. 1150-1218) : Comte de Montfort, il participe à la cinquième croisade en 1202 puis à la croisade contre les cathares à compter de 1209. Un des chefs militaires les plus craints, il devient vicomte de Béziers et de Carcassonne.

PREMIÈRE PARTIE

Rossal

CHAPITRE I

Le stigmatisé

Tout commença en l'an de notre Seigneur 1185, au début du règne de Philippe Auguste, roi de France et septième de la dynastie des Capétiens. C'était l'automne. L'été avait été pluvieux et frais. L'hiver était précoce et s'annonçait rude. Dans les villages de la seigneurie de Rossal, les récoltes, fort mauvaises, avaient été engrangées. Le bois avait été coupé, fendu et mis à sécher par les hommes. Les femmes et les filles avaient cueilli les fruits sauvages et en avaient fait des confitures. Elles avaient ramassé les herbes et les avaient suspendues aux murs des maisons pour les faire sécher. Elles avaient récolté les légumes et les avaient rangés dans les caveaux où le froid les conserverait durant l'hiver. Les quelques bêtes dont le village pouvait se passer avaient été abattues et leur viande séchée ou salée par ceux qui pouvaient s'offrir du sel. Le gros du bétail était rentré dans les étables, où le foin accumulé pendant l'été les nourrirait durant les mois d'hiver. La volaille était au poulailler. Dans les maisons, les vêtements étaient rapiécés, les chaussures réparées, les instruments aratoires affûtés et la laine cardée, foulée et filée.

Les villageois savaient déjà qu'ils ne mangeraient pas à leur faim avant la prochaine moisson. Ils en avaient l'habitude. Tous les trois ou quatre ans, ils devaient affronter la famine et se retrouvaient réduits à survivre de racines pour lesquelles ils devaient rivaliser avec les bêtes de la forêt. Ils s'en trouvaient quittes pour de terribles spasmes aux entrailles, ce qui avait parfois l'avantage discutable de les emporter plus vite que la faim. Chaque fois, le village perdait des vieillards, mais aussi nombre d'enfants dont les bras valides manqueraient plus tard aux travaux des champs. C'était là le triste sort de tous les serfs. Mais on ne refait pas sa destinée ; on l'accepte avec résignation en espérant une vie meilleure au paradis, une fois achevée la misère du séjour sur terre. Personne ne sait cela mieux que moi.

Florent était seigneur de Rossal. Seigneur était un bien grand mot. La seigneurie sur laquelle il régnait n'était, au mieux, qu'une modeste constellation de hameaux, tous plus misérables les uns que les autres. Petit homme chétif, calme et compatissant, il était entré dans la cinquantaine. Lui-même nobliau aux moyens fort modestes, il voyait la plus grande part du peu que produisait sa seigneurie passer entre les mains de son suzerain, le baron de Sancerre. Il faisait néanmoins de son mieux pour adoucir la vie des serfs qui tentaient de subsister sur ses terres. Le cœur trop tendre pour la position qui était la sienne, il ne pouvait se résoudre à exiger d'eux des paiements qu'il les savait incapables de verser et les reportait trop souvent. Sa fortune subissait ainsi les contrecoups de sa générosité. Mais, pour cette raison, il était aimé de tous. Alors que, en règle générale, les seigneurs étaient craints, il faisait l'objet d'une familiarité peu commune qui n'excluait nullement le respect. Loin de baisser les yeux lorsqu'ils le croisaient, les serfs lui souriaient franchement et lui adressaient toujours quelques paroles amicales qu'il leur retournait avec bienveillance. Certains, chose impensable, osaient même le toucher.

Il était de notoriété publique que le seigneur de Rossal avait tenté en vain d'engrosser ses deux premières épouses. Dans son dos, les villageois s'amusaient fort à raconter qu'il s'était si bien appliqué à la tâche qu'elles en avaient crevé. De plaisir ou d'ennui, cela restait à déterminer. Persévérant jusqu'à l'entêtement, et sans doute aussi un peu lubrique, le vieux bouc, qui allait devenir mon père, en était maintenant à ses troisièmes noces. La nouvelle seigneuresse, Nycaise, ma future mère, était une grosse fille placide et rougeaude à la poitrine plus qu'abondante, qui venait tout juste de fêter ses dix-sept ans lors de ses épousailles, l'année précédente. Ses hanches larges laissaient présager une capacité d'enfanter avec la facilité d'une chatte. Pourtant, malgré les tentatives répétées de Florent, auxquelles la bougresse répondait, racontait-on, avec un enthousiasme sonore, son sillon demeurait sec et la terre de Rossal, obstinément stérile.

Au crépuscule de sa vie, et malgré son admirable détermination, Florent se retrouvait donc sans héritier, ce qui le préoccupait grandement car, sans un successeur pour assurer sa lignée, à sa mort, les terres qui appartenaient à la famille depuis moult générations seraient reprises par le baron de Sancerre, comme cela était son droit, pour être concédées à un seigneur à la semence plus fertile. Je ne sais si Dieu eut pitié de Florent ou s'il désirait châtier sa paillardise en lui infligeant un fils tel que moi, mais ses ardeurs répétées finirent par produire le résultat tant espéré. Contre toute attente, Nycaise tomba enceinte. Si l'on avait su ce que je deviendrais, on m'aurait sans doute étranglé sans regret dès mon premier souffle, mais la Vérité exigeait un esclave et j'étais celui-là.

En raison de la rondeur naturelle de ma mère, la chose ne fut d'abord pas très apparente, mais tous finirent par remarquer que ses formes rebondies s'étaient substantiellement épanouies au fil des mois et qu'elle se trouvait grosse, au sens figuré comme au sens propre. Dès lors, Rossal baigna dans une atmosphère de fête.

L'événement fatidique se produisit une nuit de la fin de novembre. Depuis quelques semaines déjà, Ylaire, la doyenne du village, une vieille femme voûtée au visage parcheminé qui tenait lieu de sage-femme et de guérisseuse, était aux aguets. Lorsque Nycaise perdit enfin ses eaux, on la manda aussitôt. Seigneur ou pas, Florent fut expulsé sans ménagement de la chambre où j'avais été conçu. Seules quelques filles du village y avaient accès, allant et venant les bras chargés de bacs d'eau chaude, de linges propres ou de bois pour le feu.

L'accouchement fut douloureux et difficile. Pendant des heures, la marche nerveuse et incessante de Florent, confiné à la pièce voisine, fut ponctuée de hurlements et de gémissements qui n'avaient rien à voir avec ceux qui montaient habituellement du lit conjugal. Avait-il peur de perdre le seul enfant qu'il avait réussi à engendrer? Sans doute. Tout père réagirait ainsi. Je soupçonne toutefois que son inquiétude avait surtout à voir avec le vil calcul. Après tout, la continuité de la seigneurie dépendait de la naissance et de la survie d'un enfant mâle. Le pauvre Florent n'était pas sans savoir que la raideur de son estoc tirait à sa fin et que je risquais fort d'être sa dernière chance de postérité. Les heures s'étirèrent, les cris de ma mère s'affaiblissant petit à petit. Puis se produisit ce qu'il craignait plus que tout. La sage-femme émergea de la chambre de la parturiente. Les mains vides.

— Que se passe-t-il? s'enquit mon père, au comble de l'angoisse.

— La mère est de plus en plus faible et l'enfant refuse de sortir. Il se présente par les fesses. Je dois le tirer de là, sinon les deux en crèveront. Mais avant, venez voir votre femme, au cas où…

Ylaire n'osa pas terminer sa phrase. Point n'était besoin. Florent se précipita dans la chambre et faillit défaillir en apercevant sa jeune épouse, pâle comme la mort et couverte de sueur. Il était là, encore pétrifié, lorsque la vieille badigeonna le sexe de ma mère d'une épaisse couche de graisse, l'étira au point de le déchirer et y plongea les mains pour me saisir. En me tortillant dans tous les sens, elle finit par me tirer de ma fâcheuse posture, arrachant un hurlement à ma mère, qui perdit connaissance sur-le-champ. Aussitôt, deux des filles s'affairèrent à nettoyer et à recoudre ce qui devait l'être, puis à appliquer sur ses blessures un onguent d'herbes qui éviterait la corruption.

En quatre décennies d'accouchements, Ylaire en avait vu bien d'autres. Plus rien ne pouvait la surprendre. Mais il était une chose qu'elle redoutait par-dessus tout et qui était de mauvais augure. Cette nuit-là, elle la vit.

— Seigneur Dieu, ayez pitié de nous, murmura-t-elle, le visage livide, en observant ce qu'elle tenait dans ses mains gluantes des immondices de l'enfantement.

— Quoi ? s'enquit anxieusement mon père. Est-il vivant ?

— Il est voilé…

Florent pâlit et se signa. Mon visage était drapée d'une membrane blanchâtre, issue des entrailles de ma mère, qui masquait mes traits. Ylaire s'empressa de l'arracher et, avec un mélange de crainte et de dégoût, la jeta dans le feu qui ronflait dans la cheminée. Puis elle tendit l'index et le majeur vers l'objet qui se consumait déjà pour conjurer le mauvais œil.

— Seigneur, éloigne le Mal de nous, marmonna-t-elle en se signant frénétiquement.

Elle toisa gravement mon père.

— Tu sais ce que signifie naître voilé, dit-elle. Cet enfant est maudit. Il apportera le malheur partout où il passera.

Elle me prit par les pieds et me suspendit dans les airs, son autre main tendue, prête à s'abattre sur mon fessier pour me faire prendre mon premier souffle.

— Il peut vivre ou mourir, dit-elle. Le choix est le tien, seigneur.

Mon père hésita, contraint à choisir le moindre de deux maux. Sans héritier, sa seigneurie était perdue. Avec lui, elle serait maudite. Pour ma part, privé d'air et indifférent à son dilemme, je devenais de plus en plus bleu.

— Décide, insista Ylaire. Sinon, la vie le fera pour toi.

— Vieille folle ! s'exclama enfin mon père. Tout ceci n'est que superstition ! Qu'il vive, grands dieux ! Qu'il vive !

La sage-femme soupira, résignée, et m'administra quelques claques sur le croupion. Je me mis à hurler avec enthousiasme. Le Mal venait de s'incarner à Rossal, comme le Bien l'avait fait, dans les temps jadis, à Bethléem.

Espérant contrer le mauvais sort par le pouvoir du saint baptême, Florent fit mander le prêtre du village. Le père Théobald Prelou était déjà un vieil homme usé dans la cinquantaine.

Ses longs cheveux blancs encerclaient, telle la couronne d'épines du Christ, un crâne au dôme luisant. Un pied bot l'avait dispensé du dur labeur des serfs et l'avait orienté vers le sacerdoce. Depuis des années, il partageait sa couche avec Hodierne. Le péché de luxure ne préoccupait guère le clergé et personne au village ne se formalisait outre mesure du fait qu'un pasteur soulage ses besoins charnels en lutinant une jeune servante disposée à s'accommoder de sa vieille carcasse. On racontait qu'ensemble ils buvaient beaucoup plus de vin que ne l'exigeait la messe quotidienne. Fort loin d'être parfait, donc, il était néanmoins pieux et jouissait de l'affection et de la confiance de ses ouailles.

Lorsque le père Prelou se présenta, l'atmosphère était lourde dans le manoir. Résistante, ma mère avait survécu à l'épreuve et, déjà, elle avait porté à ma bouche un tétin gorgé de lait que je suçais avidement. Elle était la seule à ne pas être ébranlée par les circonstances de ma naissance, chantonnant doucement en caressant ma tête déjà couverte de cheveux roux.

En chemin, on avait expliqué la situation au prêtre et c'est armé de sa Bible qu'il m'arracha du sein maternel pour m'asperger d'eau bénite en récitant les prières d'usage, qu'il compléta par quelques paroles du rituel d'exorcisme. J'ignore s'il faut y voir un présage, mais je répondis par un rot sonore.

Dès que mon existence fut annoncée, la liesse fut générale et Florent eut droit aux blagues grivoises de circonstance. Malgré les maigres ressources de Rossal, des réjouissances furent organisées et la fête dura toute la nuit. Les nombreuses cruches de vin offertes par le géniteur ne furent pas étrangères au fait que, le lendemain, tous durent travailler avec une solide migraine. Le père Prelou, déjà porté sur la bacchanale, s'enivra copieusement, au grand amusement de ses paroissiens qui ne se lassèrent pas de le voir trébucher sur sa bure. Au fil des festivités, je fus officiellement présenté en tant que futur seigneur de Rossal et on me passa de mains en mains jusqu'à ce que tout le village ait satisfait sa curiosité.

Il ne fallut que quelques jours pour que ma naissance voilée s'ébruite. Dès lors, la liesse céda la place à la méfiance et tous ceux qui m'avaient touché s'empressèrent de se laver les mains et de les purifier dans de la fumée de sauge. Malgré mon statut d'héritier seigneurial, je n'eus pas droit à une nourrice. Rossal ne manquait jamais de jeunes femmes ayant récemment enfanté et capables de partager leurs mamelles bien remplies, mais, chose étrange, mon père n'en trouva aucune. Je soupçonne fort que, plutôt que de devoir allaiter le bébé né voilé qui apporterait le malheur sur le village, chacune de celles qui le pouvaient eut recours aux services d'Ylaire qui, par quelque potion, s'arrangea pour leur tarir les mamelles. Sans l'admettre ouvertement, on souhaitait ma mort. Ce fut donc ma mère qui s'en chargea. À peine entré en ce monde, j'étais un paria redouté. Un stigmatisé.

J'ai peu de souvenirs de mon enfance, sinon que je la passai seul. Des bribes me reviennent ici et là, sans plus. J'aurais dû, comme tous les garçons, éprouver une admiration béate pour Florent de Rossal. Pourtant, aussi loin que je puisse me souvenir, je fus cruellement conscient de la distance superstitieuse que mon père maintenait entre nous. Je revois encore la méfiance sur son visage plissé par les ans quand il m'observait à la dérobée. Mon père avait peur de moi et jamais nous ne fûmes proches, comme un père et un fils doivent l'être. Cet homme ne me parut jamais très glorieux. Il aurait dû être pour moi le plus grand des chevaliers, le plus preux des héros, mais l'épée qu'il portait à la ceinture dans les grandes occasions, si longue qu'elle traçait un sillon piteux sur le sol, m'apparaissait ridicule. Je savais bien que, même forcé de le faire, jamais il n'aurait su brandir son arme avec force et autorité. Il était incapable de protéger sa seigneurie.

En l'an 1190, la destinée annoncée par ma naissance se confirma pour la première fois. Je devais avoir près de cinq ans.

L'été tirait à sa fin. Les céréales étaient engrangées et les semis du printemps suivant étaient mis de côté. Depuis plusieurs années, Rossal crevait de faim et l'hiver qui approchait n'annonçait rien de bon. Une fois de plus, la seigneurie en sortirait moins peuplée, la faim, les fluxions de poitrine et autres fièvres de la saison morte réclamant leur part de victimes. Aux yeux de tous, cela ne faisait que confirmer que mon arrivée en ce monde avait été néfaste. Le nuage noir qui accompagna le passage du prédicateur n'en fut que plus oppressant.

C'était le jour du Seigneur. Mes parents et moi assistions à la messe assis sur le premier banc de l'église, celui réservé au seigneur. Le petit temple bas, en bois, était simple et sombre. Quelques cierges de mauvaise cire trop molle l'illuminaient d'une lumière blafarde en dégageant une épaisse fumée étouffante. Une odeur acre s'en dégageait et se mêlait à celle des corps non lavés. La messe avait été longue, le père Prelou s'étant lancé dans un sermon particulièrement enflammé pour rappeler à ses ouailles, l'index brandi, l'importance de maintenir une foi ardente en ces temps de misère et de se soumettre à la volonté divine qui, comme on le savait, était mystérieuse. Il avait persévéré, insensible aux frottements impatients de pieds sur le sol de pierre, aux soupirs las et aux murmures de plus en plus insistants.

À la fin de la célébration, ma famille sortit la première, tel que le prescrivait son statut. Je prenais pour la déférence qui m'était due le fait que les habitants s'écartent de mon chemin. Mes parents, j'imagine, ressentaient cruellement cet ostracisme, mais n'en montraient rien. Tout le village était massé sur le parvis lorsqu'un silence lourd et inquiet tomba. Tous avaient porté un regard méfiant et un peu apeuré dans la même direction. Intrigué, je fis de même.

Le prédicateur se tenait au milieu de la place, droit comme un chêne, l'air sévère et le regard sombre. J'avais vaguement entendu les adultes parler de ces errants qui prêchaient de village en village. Je savais qu'ils étaient craints et que leur arrivée n'était jamais appréciée, mais toujours tolérée, de crainte de subir la colère divine. Je ressentis l'inquiétude des autres, autour de moi, et une peur diffuse me saisit.

À titre de seigneurs du lieu, mon père et ma mère s'avancèrent vers le nouveau venu, un peu hésitants, m'entraînant avec eux. Ils se plantèrent à une dizaine de pas devant lui, comme s'ils cherchaient ainsi à protéger leurs serfs des imprécations imminentes de l'individu. Les villageois nous suivirent et se massèrent derrière nous.

L'être était sinistre et semblait aussi vieux que la création. Son seul vêtement était une peau de bête crasseuse qui le couvrait jusqu'à mi-cuisse, laissant paraître des jambes et des bras d'une maigreur cadavérique. Sa peau était si sale qu'il était impossible d'en déterminer la teinte. Ses cheveux longs et emmêlés étaient d'un blanc jauni dans lequel s'égaraient encore quelques mèches grises. Sa barbe, qui n'avait pas été coupée depuis des décennies, couvrait une poitrine que je devinais creuse et osseuse. Il allait pieds nus et les ongles de ses orteils étaient pareils à des griffes noires. Un crucifix de bois grossièrement sculpté et enfilé sur un cordon de chanvre pendait sur sa poitrine. Il dégageait une puanteur rance et musquée. Mais tout cela n'était rien en comparaison de ses yeux. Ils étaient si noirs que la pupille pouvait à peine être distinguée de l'iris et lui donnaient un air de possédé.

— Sainte Mère de Dieu… murmura la vieille Ylaire, derrière nous, d'une voix inquiète. Gerbaut de Gant est sorti de sa tanière.

— Tu le connais ? demanda une jeune femme inquiète.

— Oh oui ! On raconte qu'il était tisserand. Un jour, un incendie a ravagé son atelier et il a tout perdu, y compris l'esprit, m'est-il avis. Il a prétendu avoir reçu une illumination divine et est parti prêcher. Il est déjà passé dans la région, bien avant ta naissance. L'apparition de ce teigneux n'apporte jamais rien de bon…

Lorsque le prédicateur fut certain d'avoir notre pleine attention, une grimace édentée traversa son visage, qui prit une expression de ferveur exaltée. Il leva vers le ciel des mains décharnées et inspira profondément, comme s'il appelait sur lui l'inspiration divine.

— Repentez-vous, pécheurs ! tonna-t-il d'une voix étonnamment puissante pour une créature aussi décharnée. Le temps est proche où la colère de Dieu punira l'impiété des hommes ! Il châtiera ceux qui adorent des idoles et qui se sont éloignés de la vraie foi ! La fin du monde est à nos portes, mes frères, et seuls les justes seront sauvés ! Ni les rois ni les papes n'échapperont au jugement.

Plusieurs villageois superstitieux se signèrent en entendant de si sombres prédictions. Gerbaut fit trois pas vers nous et quelques-uns eurent un mouvement de recul craintif. Il prit une pause dramatique en nous dévisageant puis reprit.

— Sachez-le, mes frères : *Dieu amènera toute œuvre en jugement, au sujet de tout ce qui est caché, soit bien, soit mal*[1] ! Il connaît tous vos péchés, sonde vos cœurs et y lit vos pensées les plus secrètes ! Repentez-vous, car l'enfer vous attend !

Il scruta les maisons, puis les villageois. Ses narines étaient dilatées, comme s'il espérait détecter l'odeur du péché. Personne n'osa bouger ni parler, semblant attendre son verdict.

— Satan se terre dans ce village, je le sens ! lança-t-il. Il rôde parmi vous et vous tente ! Il vous guette et vous pousse dans l'erreur ! Rejetez-le ! Priez notre Sauveur Jésus-Christ, qui est mort sur la croix pour laver vos péchés et est ressuscité d'entre les morts ! Couvrez vos têtes de cendres et humiliez-vous à genoux devant le Seigneur ! Implorez humblement son pardon et espérez la rédemption ! Sinon, vos âmes damnées erreront en enfer pour l'éternité dans le froid et la glace, tourmentées par le Malin et ses démons !

Je remarquai les regards obliques dirigés vers moi, mais n'en compris pas le sens. Le ténébreux prédicateur tendit un index solennel vers le ciel et inspira profondément.

1. Ecclésiaste 12,14.

— Ne cédez pas à la tentation, comme l'ont fait ceux qui se disent bons chrétiens et qui adhèrent à la grande hérésie qui gangrène les régions du Sud ! Ne croyez pas, comme eux, qu'il existe deux dieux, un bon et un mauvais ! N'acceptez pas que la Création soit l'œuvre du diable ! Ne souffrez pas que des femmes impures deviennent prêtres ! Ne vous laissez pas imposer les mains et baptiser par de faux prophètes ! Car, je vous le dis, il n'y a qu'un Dieu et c'est celui des chrétiens. Ceux qui pensent autrement y perdront leur salut ! Les morts ressusciteront pour le Jugement dernier qui partagera les hommes. Les bons entreront au paradis avec les anges et les réprouvés seront lancés avec les démons dans la géhenne ! Desquels serez-vous ?

Les villageois étaient transis par un effroi superstitieux. D'un pas déterminé, le regard fou, le prédicateur s'avança un peu plus. Instinctivement, tous se serrèrent les uns contre les autres. J'entendis quelques gémissements de terreur mal étouffés. Ma mère posa sur mon épaule une main protectrice et, de l'autre, tendit l'index et le majeur en direction du prêcheur pour chasser le mauvais œil. Elle ne fut d'ailleurs pas la seule.

— Bon… maugréa Ylaire. Voilà qu'il va nous faire son numéro de bateleur[1]… J'ignore comment il fait, mais on dirait qu'il devine les secrets de tout le monde. M'est avis qu'il est plus sorcier que prophète…

Lorsque l'énergumène fut près des paroissiens, il se mit à marcher de long en large tel un sergent d'armes devant de vertes recrues et les balaya du regard en affichant un air menaçant. Ses yeux sombres semblaient fouiller chacun jusqu'aux tréfonds de l'âme. Il s'immobilisa enfin devant Baudouin, tonnelier de son état, et pointa un doigt accusateur vers l'homme aux jambes arquées revêtu d'un tablier de cuir.

— Toi ! Repens-toi, car tu seras maudit ! s'écria-t-il d'une voix tremblante de colère en lui postillonnant au visage. Tu te donnes des airs de bon chrétien. Tu assistes à la messe, tu te confesses.

1. Saltimbanque.

Pourtant, dans le secret de ton appentis, tu te livres à des actes immondes avec le fils de ton voisin !

— Mais... balbutia Baudouin, le visage écarlate.

— Silence ! *Tu ne coucheras point avec un homme comme on couche avec une femme. C'est une abomination*[1]. Les fot-en-cul qui écartent les fesses seront punis par là où ils ont péché ! Ils passeront l'éternité avec des charbons ardents enfouis dans les fondements ! Confesse tes fautes, sodomite !

Laissant là le tonnelier rouge de honte de voir ainsi étalé ce qui semblait être un réel secret, Gerbaut fit quelques pas vers sa gauche et s'arrêta devant Jehanne, une jeune femme aux charmes généreux. Il lui fit un sourire carnassier.

— Toi, vile gaupe ! N'as-tu pas tenté les hommes avec ces mamelles obscènes que tu dévoiles avec tant de facilité ? N'as-tu pas roulé sans honte ton cul devant les yeux concupiscents des mâles ? N'as-tu pas forniqué pour le seul plaisir charnel, dévergondée ?

La pauvre Jehanne écarquilla les yeux et, sans s'en rendre compte, porta les mains à son corsage avec plus de pudeur qu'elle n'en avait jamais démontré.

— *Celui qui se livre à l'impudicité pèche contre son propre corps*[2] ! Tu peux feindre la vertu, mais Dieu, lui, voit tout ! Implore son pardon, fornicatrice, car il te sait impure ! Dompte cette chair qui te mène à la perdition et qui entraîne les hommes innocents dans son sillon ! Les tourments de ton âme seront mille fois pires que les faibles plaisirs de ta chair !

Gerbaut poursuivit ainsi la tournée des villageois. Je ne sais par quelle magie, il semblait tout connaître d'eux et tirait une satisfaction évidente à étaler leurs vices au grand jour. Il se planta devant un serf particulièrement costaud et corpulent nommé Papin, tanneur de son état, qui se crispa lorsqu'il pinça cruellement la panse rebondie qui débordait de son ceinturon.

1. Lévitique 18,22.
2. I Corinthiens 6,18.

— Toi, tu es un simple serf, et pourtant tu es gras comme un abbé. Tu peux t'empiffrer car, depuis des années, tu voles une part du blé récolté par les autres à la sueur de leur front. Tu dépouilles tes frères du fruit de leur labeur et ton seigneur de son juste dû, sans que personne ne s'en aperçoive. Ne fais-tu pas vendre ce que tu as volé en secret par un intermédiaire aussi peu scrupuleux que toi ? Dieu te voit ! Il sait qu'à cause de toi, ton prochain a faim !

— Menteur ! Comment oses-tu ? gronda Papin en serrant ses gros poings. Sorcier ! Canaille ! Je vais te montrer, moi, qui de nous deux est malhonnête…

— Honte à toi, voleur ! coupa le prédicateur. Tu caches dans ta demeure une bourse remplie de pièces ! Les autres n'ont qu'à la chercher. On verra bien, alors, qui ment ! Repens-toi plutôt pendant qu'il est encore temps ! Rends ce que tu as volé à ceux que tu as dépouillés !

— Suffit ! retentit une voix.

Le père Prelou sortit brusquement du rang en bousculant ses ouailles. Outré et craignant sans doute de voir son autorité morale lui glisser entre les doigts devant toutes ses ouailles, il s'avança pour faire face à Gerbaut. Le visage empourpré d'indignation, gonflé comme un paon, l'index menaçant, il apostropha le mage.

— De quel droit viens-tu faire tes simagrées dans cette paroisse, oiseau de malheur ? Laisse ces braves gens en paix. Ils ont déjà assez d'assurer leur pitance du lendemain sans être mortifiés de peur. Je suis leur prêtre et leur berger. Je me charge de leurs péchés et du salut de leur âme. Passe ton chemin ou je…

— Ou tu quoi ? coupa l'autre en postillonnant de colère. Tu te drapes dans une telle dignité, toi qui vis dans le stupre et la luxure ! Pharisien ! Sépulcre blanchi ! Ne forniques-tu pas allègrement avec celle qui te tient lieu de servante ?

À ses côtés, le visage d'Hodierne devint écarlate.

— Ne te vautres-tu pas nuitamment avec ? poursuivit l'illuminé. Copulateur ! Tu devrais t'agenouiller devant moi comme le vil pécheur que tu es pour implorer le pardon divin !

Sonné que son arrangement domestique lui soit ainsi jeté publiquement au visage, le père Prelou balbutia piteusement, au son de quelques gloussements amusés. Avec mépris, le prédicateur lui tourna le dos et se dirigea vers mes parents. Il dévisagea longuement mon père. Puis son attention se porta sur moi. Je sentis une grande crainte m'envahir et serrai la main de Nycaise.

— Mère, implorai-je, ma voix restant à demi coincée dans ma gorge sèche. Allons-nous-en, je vous en prie.

Les sourcils froncés, le prédicateur m'observa un moment comme si j'étais un monstre. Son visage se plissa en une affreuse grimace à mi-chemin entre la souffrance et l'extase. Il se mit à trembler, comme saisi par une force surnaturelle. Ses yeux se révulsèrent et, pendant quelques secondes, je n'en vis plus que le blanc. Puis il se signa convulsivement en reculant d'un pas.

— Que Dieu ait pitié de ce village, murmura-t-il d'une voix tremblante, car cet enfant y apportera la mort. Il sera damné… Maudit pour l'éternité.

Il me montra du doigt.

— La justice divine te fera subir mille fois les souffrances que tu causeras, suppôt de Satan ! Tu iras en enfer et Dieu te punira en t'en libérant ! Tu erreras parmi les hommes sans trouver le salut ! Tu aideras à répandre des faussetés impies qui confondront les honnêtes croyants ! Tu ébranleras la Révélation ! Tu es maudit ! Hérétique ! Damné ! Une âme perdue ! Tu entends ?

Ma mère passa son bras autour de mes épaules et me serra contre elle pour me protéger. Au même moment, Gerbaut secoua la tête et sembla émerger de sa transe.

— Il est le Mal incarné… marmonnait-il dans sa barbe, d'une voix teintée de folie.

— Suffit ! éclata mon père dans un rare accès de colère. Tu en as assez dit, prédicateur. Maintenant, passe ton chemin ! Sinon, homme de Dieu ou pas, je te jure que tu seras mis aux fers et jugé comme le fauteur de troubles que tu es !

Sans arracher son regard de ma personne, l'inquiétant vieillard recula en hochant la tête, blanc de terreur, en se signant de plus belle. Lorsqu'il fut assez loin, il s'arrêta.

— Les jours vous sont comptés, habitants de Rossal ! cria-t-il. Le loup est déjà entré dans la bergerie ! Soyez sur vos gardes !

Puis il fit demi-tour et se mit à courir à toutes jambes en agitant les bras dans tous les sens comme un pantin désarticulé. Il disparut au bout du chemin qui s'enfonçait dans les bois.

— Bon débarras, grommela le père Prelou, encore ébranlé d'avoir été ainsi remis à sa place devant ses ouailles. Que le Diable l'emporte, lui et ses tours de magie…

Autour du prêtre, plusieurs paroissiens se signèrent en regardant furtivement dans la direction où Gerbaut de Gant avait fui, puis dans la mienne. Tous se dispersèrent dans un silence embarrassé. Enfermés dans un mutisme inquiet, mes parents me ramenèrent au manoir. Ils avaient l'air si troublé que je n'osai pas les questionner.

Dans le manoir de Rossal, jamais on ne reparla de cet incident, qui ne fut pas oublié pour autant. Mais ma vie en fut irrémédiablement affectée. Si les circonstances de ma naissance avaient fait de moi un objet de méfiance, le passage de Gerbaut de Gant eut pour effet de m'ostraciser pour de bon. Dès lors, les villageois superstitieux se détournèrent encore plus de moi. Souvent, je surprenais dans mon dos quelqu'un qui pointait vers moi le signe du mauvais œil. Ma destinée, tracée dès ma naissance, était confirmée.

CHAPITRE 2

Pernelle

La vie reprit son cours normal, mais le passage de l'oiseau de malheur ouvrit autour de moi une fissure qui s'élargirait peu à peu jusqu'au gouffre. Dès lors, ma vie se détériora. Je vécus seul parmi les autres, ressentant la blessure d'un isolement que, confusément, je savais associé à Gerbaut de Gant. Mes contacts humains furent limités et je ne connus ni l'amitié enfantine, ni la joie du jeu, ni le rire innocent partagé. Seule l'affection indéfectible de ma mère mettait un peu de baume sur mes plaies.

Ma première expérience réelle du rejet remonte à mes six ans. En tant que fils du seigneur, je mangeais à ma faim et j'étais richement vêtu. Jouissant d'un droit acquis à l'oisiveté, je meublais mes journées à errer sur la place du village, prenant encore ma solitude comme une chose normale. Ce jour-là, près d'une maison, quatre garçons s'affrontaient en riant avec des branches qui leur tenaient lieu d'épée. Je souris en m'approchant, espérant naïvement me joindre à eux. Ils s'arrêtèrent et, instinctivement, se réfugièrent derrière Césaire, un gros rougeaud plus âgé que moi. Fils de Clarin, un poulailler dont la famille était parmi les plus pauvres du village, il exerçait sur les autres enfants une autorité naturelle.

— Je veux jouer, déclarai-je du ton hautain qui était le seul que je connaissais.

Les yeux de Césaire dardèrent à droite et à gauche pour s'assurer que personne n'était témoin de la scène. Lorsqu'il en fut certain, il ramassa un caillou.

— Va-t'en ! satané, grogna-t-il.

— Je… Je veux jouer, répétai-je, un peu déconcerté.

Pour toute réponse, Césaire lança son caillou, qui me frappa à l'épaule. Une vive douleur me parcourut le bras.

— Va-t'en ! redit-il. Tu portes malheur.

J'étais le fils du seigneur et pleurer devant les serfs était hors de question, mais malgré moi je sentis les larmes couler sur mes joues. Après quelques moments d'hésitation, je tournai les talons et m'enfuis, l'humiliation étant beaucoup plus douloureuse que mon épaule.

— Satané ! Satané ! chantonnaient en chœur les enfants derrière moi.

Par orgueil, sans doute, je ne racontai pas l'incident à ma mère. Dès lors, j'évitai Césaire et sa bande de mon mieux et, pendant deux ans, j'y parvins. Puis, un jour que je me promenais dans les bois près du village, je me retrouvai à nouveau face à face avec lui. Je me souviens encore du sourire narquois qu'il m'adressa, entouré de trois garçons et deux filles.

— Oh, regardez, c'est le petit seigneur ! s'exclama-t-il avec dérision.

Il fit une révérence pleine d'ironie qui ne me laissa aucun doute sur ses intentions. Pour la première fois, je ressentis la peur. Malgré moi, je regardai aux alentours, espérant apercevoir quelqu'un. Mais il n'y avait personne. Je fis la seule chose que je pouvais : je me redressai, me drapai dans une dignité un peu pitoyable et l'affrontai.

— Je suis le fils du seigneur. Écarte-toi, ordonnai-je d'une voix qui tremblait un peu.

— Et si je refuse ? rétorqua Césaire en me poussant brusquement dans la poitrine. Tu feras quoi ? Tu iras pleurnicher dans les bras de ton papa ?

À ce signal, les autres se lancèrent sur moi. Je me débattis maladroitement, mais je me retrouvai vite immobilisé sur le sol, retenu par les bras et les jambes.

— Il est bien beau, notre petit seigneur, roucoula Césaire. Il a de si jolis vêtements. Un vrai petit prince. Le cul à l'air, il se sentirait peut-être moins digne.

Ses compères me déshabillèrent en ricanant et je me retrouvai nu comme un ver. Mes vêtements dans les bras, le gros garçon me toisa, amusé.

— Alors, oiseau de malheur ? cracha-t-il, plein de fiel. Tu te sens encore au-dessus des autres ?

On me lâcha et je tentai de me relever. J'en fus quitte pour une poussée au derrière qui m'envoya face la première dans l'herbe. Encore une fois, des larmes d'humiliation me montèrent aux yeux.

— La sage-femme aurait dû te laisser mourir, dit Césaire. Un enfant né voilé, ça amène la malchance sur tout un village. Avant ta naissance, on mangeait bien à Rossal. Et maintenant, on crève de faim. C'est mon père qui le dit.

Sans prévenir, il lança mes vêtements dans un arbre. Pendant un instant, je crus que sa bande et lui allaient continuer à me battre, mais ils se contentèrent de tourner les talons et de s'en aller en riant. J'essayai d'attraper mes vêtements, mais les branches étaient trop hautes. Je tentai de trouver quelque chose pour me couvrir, sans plus de succès. Honteux et penaud, je dus me résoudre à retourner au village en couvrant mes parties intimes de mes mains et à traverser la place entièrement nu, sous les rires étouffés des villageois.

Une fois au manoir, je fus accueilli par mon père qui, pour une rare fois, entra dans une terrible colère lorsque je lui relatai ma mésaventure. Je réalise maintenant qu'il était bien plus outré par le fait que l'on ait attenté à la dignité de son héritier qu'à la personne de son fils. Quelques heures plus tard, contrit, Clarin comparaissait devant lui en compagnie de son Césaire, qui trouva le moyen de me lancer quelques regards mauvais. Le gros garçon fut condamné à subir la fessée en public de la main de son père, qui l'avait fort large et calleuse. Vêtu de mes plus beaux atours, j'assistai au spectacle avec plaisir. Clarin appliqua la sentence seigneuriale, tirant moult vagissements de son fils et lui laissant le croupion spectaculairement rougi.

De retour au manoir, je demandai à ma mère ce que signifiait naître voilé. Elle laissa échapper un long soupir triste, m'entraîna vers un banc, s'assit avec moi et me raconta ma naissance.

— Certains enfants naissent avec, sur leur visage, une partie du sac dans lequel ils ont grandi dans le ventre de leur mère. On dit qu'ils apporteront le malheur partout où ils passeront.

— Mais… ce n'est pas ma faute, gémis-je piteusement. Et je n'ai rien fait de mal.

Elle m'ébouriffa affectueusement les cheveux.

— Je sais. Il ne faut pas croire tout ce qu'on raconte. Ce ne sont que des histoires de bonne femme. Moi, j'ai la conviction que le voile annonce plutôt un adulte doué auquel Dieu réserve de grandes faveurs. Ne te torture pas avec cela, mon pauvre petit. D'accord ?

Je me souviens d'avoir souri, mais sans la croire tout à fait. Dès lors, je sus que j'étais différent des autres.

J'étais doté d'une santé de fer et les maladies qui affectaient la population restèrent loin de moi. Jamais mon visage ne fut marqué par la vérole, ni mon souffle raccourci par les fièvres, ni mes os rendus douloureux par l'humidité. À neuf ans, ma carrure était déjà exceptionnelle. Je dépassais d'une tête les garçons de mon âge et j'étais aussi grand que plusieurs hommes faits. Il faut dire que j'étais un des rares habitants de Rossal à manger à sa faim, les autres se contentant de survivre de leur mieux. Ma chevelure rousse, aussi flamboyante qu'abondante, me distinguait des autres.

Dès que je pus monter à cheval, mon père m'emmena avec lui dans ses visites périodiques de ses terres, me traînant de village en bourgade, m'expliquant en termes simples les revenus tirés de chacun. Bientôt, je connus la seigneurie de Rossal comme la paume de ma main.

C'est aussi durant l'année de mes neuf ans que le père Prelou proposa à Florent de prendre charge de mon éducation. Peut-être espérait-il que sa sainte présence contribue à contrecarrer les augures sinistres de ma naissance et du prédicateur. Il en convainquit mon père, malgré le fait que celui-ci voyait mal l'utilité de savoir lire, écrire et compter. Pour lui, les nobles ne devaient pas s'embarrasser des choses de l'esprit. Les clercs, les notaires et autres plumitifs suffisaient amplement à cette tâche. La seule réelle fonction d'un seigneur, à ses yeux, était de surveiller ses terres et de défendre, si le roi l'ordonnait, le royaume. Mais le vieux prêtre n'était pas homme à lâcher prise lorsqu'il se croyait dans le bon droit et, son statut ecclésiastique excluant d'emblée qu'il eût tort, mon père finit par céder. Il me confia donc aux soins du prêtre en précisant bien qu'il n'entendait pas faire de son fils une femmelette et que l'entreprise ne devait pas s'éterniser. Au fond, il était sans doute soulagé de me voir éloigné de lui et espérait peut-être secrètement que le prêtre me déleste de l'aura sombre qui m'enveloppait.

Tous les matins, je retrouvais le père Prelou chez lui pour n'être libéré que lorsque le soleil avait atteint sa méridienne. Je découvris que, sous ses airs naïfs, le prêtre du village était un esprit beaucoup plus fin que je ne l'imaginais. Il savait lire et écrire, et ses connaissances étaient variées. Avec patience, il m'enseigna d'abord à tracer, à l'aide d'une plume d'oie trempée dans l'encre noire, des lettres gothiques qu'il me faisait reprendre jusqu'à ce qu'elles soient parfaites. Afin de pouvoir réutiliser les parchemins, il les grattait après chaque usage.

En plus d'une Bible, il possédait même, chose rarissime, plusieurs livres, tous méticuleusement recopiés à la main par quelque obscur moine, et bellement reliés en cuir. On y traitait d'architecture, de philosophie, d'histoire et de maintes autres merveilles de l'esprit. C'est dans ces trésors que je découvris Perceval, ce héros mystérieux en quête du Saint Graal dont Chrestien de Troyes racontait les aventures. Il les conservait dans un coffre en bois et je fus conscient de la faveur qu'il me faisait en me permettant d'y apprendre la lecture. Le fait de parvenir, après moult efforts, à y déchiffrer des mots et des phrases fut pour moi une véritable épiphanie. La langue latine me révéla sa musique et ses secrets. Je réalisai tout à coup que le monde était bien plus grand que Rossal, que des gens qui m'étaient inconnus vivaient et réfléchissaient dans des contrées éloignées. J'en conçus une envie dévorante de voyager. J'ignorais alors que l'errance serait le prix de ma damnation.

Les chiffres furent le second mystère que me dévoila le bon père. Comme plusieurs villageois, j'en possédais déjà une connaissance instinctive. Je pouvais déterminer si j'avais sous les yeux huit ou douze génisses, ou combien il en restait lorsque l'une d'elles avait été attrapée par un loup dans les bois. Mais c'était là toute l'envergure de mes facultés mathématiques. Aussi fus-je émerveillé lorsque le prêtre m'apprit que les nombres s'étendaient à l'infini et qu'il en existait même un, nommé « zéro », qui exprimait l'absence de quantité. Il n'était rien, mais était pourtant essentiel.

Fidèle à sa vocation, le père Prelou m'initia aux mystères de la religion. Il insista pour que je me familiarise avec la Bible, la commentant pour moi et ne se retenant jamais de solliciter mon opinion, qu'il raffinait et aiguisait au besoin. Au fil du temps, j'en vins à en posséder la doctrine. Comme il se doit, il me parla abondamment de l'enfer, ses descriptions me glaçant les sangs.

— Un bon chrétien doit préparer sa mort sa vie durant, me répétait-il sans relâche, l'index en l'air. Car il ne sait jamais quand Dieu le rappellera à lui pour le juger. Chaque geste a ses conséquences, qui sont inscrites dans le grand livre de Dieu, Gondemar.

Une erreur, une colère suffit à damner une âme et à la condamner au froid et au désespoir éternels de l'enfer. Une bonne vie et une bonne mort, mon petit. Voilà le secret du paradis.

Je voudrais, aujourd'hui, avoir porté une plus grande attention à cet avertissement. Mais comment aurais-je pu savoir que Dieu lui-même souhaitait que je sache tout cela ? Pour souffrir de l'absence de quelque chose, il faut d'abord en connaître l'existence et en avoir joui. Un jour, je regretterais d'autant plus la perte de mon salut que le père Prelou m'en avait donné la recette.

À onze ans, j'avais absorbé comme une éponge toutes les connaissances du prêtre et de ses livres. Sans être un savant, je me retrouvai raisonnablement versé en matière d'écriture, de lecture, d'arithmétique et de foi. Je pris surtout conscience du fait que j'étais doué d'un bel esprit et d'une intelligence qui n'avait rien à envier à quiconque. Pour le reste de mon existence, ma cervelle, autant que mon corps, serait une arme dont je me servirais pour le meilleur et pour le pire. Surtout le pire.

Hormis ma mère et le père Prelou, une seule autre personne brisa l'isolement dans lequel le prédicateur m'avait plongé. Pernelle. Je la rencontrai à mon corps défendant, un soir d'été, alors que le soleil tombait. Les événements de mes huit ans étaient oubliés depuis longtemps. Après la leçon reçue, Césaire, s'il ne ménageait pas les regards noirs à mon endroit, ne m'avait plus jamais inquiété. J'avais donc repris mon habitude de me promener dans les bois. Ce soir-là, je m'étais éloigné plus qu'à mon habitude, méditant la leçon de latin reçue dans la journée.

J'étais perdu dans mes pensées lorsque le craquement d'une branche me fit sursauter. Je me retournai pour voir Césaire émerger des buissons. Malgré la famine permanente, les années avaient été généreuses avec le fils du poulailler. Il était solide et, chose exceptionnelle, plus grand que moi. Ses petits yeux sombres étaient toujours aussi cruels. Il était accompagné de Fouques, le fils de Guiart, le boucher, un petit malingre à la peau blafarde ; d'Alodet, un bègue simplet qui aidait déjà son père fagotier ; et de Lucassin, un grand maigre dont le géniteur demeurait un mystère. En les apercevant, je ne doutai pas de leurs intentions et mon cœur se serra comme il l'avait fait jadis.

La bande fondit sur moi avant que je n'aie le temps de porter la main au couteau que, comme tout le monde, je portais à la ceinture. Je réussis bien à placer quelques coups de poing dont l'efficacité m'étonna, mais je me retrouvai vite maîtrisé et plaqué au sol. On me mit un chiffon dans la bouche et on me banda les yeux, on m'attacha les poignets derrière le dos, puis les chevilles.

— Emmenez-le, ordonna Césaire.

— Em-me-me-me-ner, bégaya Alodet en ricanant stupidement.

On me transporta pendant de longues minutes dans la forêt avant de me jeter lourdement sur le sol. Je sentis qu'on me retirait mon bandeau. La première chose que je vis fut le visage empâté et cruel de Césaire.

— Cette fois, nous allons nous débarrasser de toi pour de bon, avant que tout Rossal ne meure de faim, petit seigneur.

Ses comparses s'agenouillèrent et écartèrent des branches qui traînaient sur le sol, puis balayèrent la terre avec leurs mains, révélant un couvercle de planches grossier, mais solide. Ils le soulevèrent et l'appuyèrent contre une grosse roche, révélant une profonde fosse. Comprenant qu'ils l'avaient creusée à mon intention, je sentis la panique monter en moi, ce qui fit bien rire Césaire. Il me dépouilla de mon poignard et le jeta avec mépris sur le sol, près de la fosse. Puis il m'adressa un sourire méchant, se racla la gorge et me cracha au visage.

— Allez, fourrez-le là-dedans, ordonna-t-il.

Je fus jeté sans ménagement dans la fosse. Mon épaule droite émit un craquement sinistre en heurtant la terre froide. Une douleur vive me monta jusque dans le cou, mais je n'y prêtai pas attention. À force de me tortiller, je me remis sur le dos pour entrevoir la face satisfaite de mon tortionnaire. Puis on replaça le couvercle et je me retrouvai dans le noir. Je me débattis comme un fou, essayant en vain de crier. Le cœur serré, j'entendis la terre tomber sur les planches.

— Repose en paix, petit seigneur, cria Césaire.

Des rires gras. Puis plus rien.

Après moult tentatives infructueuses, je me remis debout mais la fosse était si profonde que, même avec ma grandeur exceptionnelle, j'arrivais tout juste à effleurer le couvercle avec le sommet de ma tête, sans pouvoir le pousser. Découragé, je me laissai retomber. Je ne saurais dire combien de temps je passai là, terrorisé à l'idée d'être promis à une lente agonie, à lutter en vain contre les liens qui me sciaient les chairs. Les minutes s'étiraient à l'infini. L'odeur de la terre humide me semblait porter en elle la mort qui m'attendait. J'avais froid. J'étouffais. De temps à autre, un insecte rampait sur mon visage sans que je puisse le chasser, sinon en secouant follement la tête. J'avais trop peur pour pleurer.

J'adressais une prière désespérée à Dieu lorsqu'il me sembla entendre quelque chose. Je tendis l'oreille. Pendant ce qui me parut être une éternité, rien ne se produisit et j'allais attribuer le tout à mon imagination lorsqu'une voix monta à nouveau. Quelque part, non loin de moi, quelqu'un chantait d'une petite voix claire.

Pucelette belle et avenante
Joliette, polie et plaisante,
La sadette que je désire tant
Nous voici, jolis et amant.

Je me mis à hurler de toutes mes forces mais mon bâillon étouffa mes cris. Je sautai aussi haut que j'en étais capable pour frapper ma tête contre le couvercle en espérant faire le plus de bruit possible. Tout à coup, une pluie de terre et de branches s'abattit sur moi et une brillante lumière m'aveugla. Lorsque tout fut terminé, j'ouvris les yeux et portai mon regard vers le rebord de la fosse. Il faisait jour. J'avais passé la nuit entière sous terre. Une fille que je connaissais vaguement était penchée vers moi et me toisait, l'air perplexe, presque amusé.

— Que fais-tu là-dedans ? demanda-t-elle bêtement.

Je me mis à gesticuler comme un dément. Elle tendit la main vers moi et me retira le chiffon qui m'emplissait la bouche.

— Mon poignard ! m'écriai-je en toussant. Il est là, quelque part.

La fille disparut un moment et revint, l'air triomphant en brandissant l'arme. Elle s'allongea sur le ventre et les bras tendus, coupa mes liens. Je me frottai un moment les poignets pour y faire circuler le sang, puis lui pris le poignard et libérai mes chevilles.

— Aide-moi à sortir, ordonnai-je.

Elle m'empoigna les mains et, de peine et de misère, me hissa hors de la fosse. Je me laissai tomber à genoux, haletant. Respirant l'air à grandes goulées, je repris peu à peu mes esprits. Je me retournai vers elle et la reconnus. Sensiblement du même âge que moi, elle était la fille cadette du sabotier de Rossal, dont la femme avait tant enfanté qu'il avait du mal à tenir le compte de ses rejetons et peinait tout autant à les nourrir.

— Tu es Pernelle, non ?

Elle hocha la tête en souriant, ravie que le fils du seigneur connaisse son nom. La nature n'avait guère été tendre à l'endroit de la pauvresse. Elle boitait de la jambe gauche et traînait le pied en marchant. Ses dents étaient gâtées et inégales et son visage était piqué des cicatrices de la vérole à laquelle elle avait survécu. Ses hardes étaient souillées et usées jusqu'à la corde. Maigre comme un roseau, elle faisait partie du décor du village depuis ma tendre enfance sans que je ne me sois vraiment arrêté à sa personne. Au fond, je ne l'avais jamais vraiment regardée et ce que je voyais maintenant me surprit. Malgré ses imperfections, il émanait d'elle une bonté simple et sincère qui me troublait et me donnait envie de me confier. Les rayons du soleil faisaient briller ses beaux cheveux blonds, auxquels ils donnaient l'allure du halo d'un ange. Ses yeux, d'un vert foncé et profond, dégageaient une grande chaleur. Son sourire franc forçait le mien et faisait naître de mignonnes fossettes sur ses joues. Étrangement, elle me paraissait soudain radieuse et je me sentis empli d'une sérénité que je n'avais jamais ressentie auparavant.

— Comment t'es-tu retrouvé dans ce trou ? demanda-t-elle.

La question fut suivie d'un petit rire cristallin qui m'atteignit droit au cœur, bien que tous mes membres frémissent encore de la peur que j'avais ressentie, seul avec la mort dans la fosse. Je m'assis et lui souris presque malgré moi. Tout naturellement, comme si je l'avais toujours connue, je lui racontai mon aventure. Le calme me revint à mesure que les mots s'enfilaient.

— Ces marauds me tourmentent sans cesse, moi aussi, déplora-t-elle, lorsque j'eus terminé. Parce que je suis laide et boiteuse, tout simplement. Mais toi, tout le village te craint. On dit que tu portes malheur.

— Je sais, fis-je, un peu penaud.

— Peuh ! Ce ne sont que des âneries. Tu as bien plus l'air d'un chaton abandonné que d'un suppôt de Satan !

Elle m'observait sans gêne et me donnait le sentiment étrange d'être une bête à vendre.

— Tiens, je crois que je vais t'adopter, dit-elle.

— M'adopter ? Sache que je ne suis pas un animal, répondis-je un peu vexé. Je suis le fils du seigneur et…

— J'entendais simplement faire de toi mon ami, s'esclaffa-t-elle. Sauf erreur, on ne se bouscule pas pour le devenir. Au contraire, on te jette dans des oubliettes en pleine forêt. À moins que tu ne préfères rester seul, évidemment.

Je souris malgré moi. Cette fille m'intriguait. Je sentis tout à coup une étrange chaleur me remplir la poitrine et mon cœur se mit à battre un peu plus fort. Jamais encore je n'avais connu le simple plaisir d'être avec quelqu'un de mon âge sans me sentir méprisé ou rejeté.

— Tu… tu ne crains pas que… qu'on…

— Qu'on se méfie de moi aussi ? compléta Pernelle en éclatant de rire. Peuh ! Qu'on le fasse ! De toute façon, on ne s'adresse jamais à moi sinon pour me couvrir de ridicule. Je ne peux guère risquer pire. De ton côté, on t'évite et on te craint. Alors, joignons nos solitudes. Qu'en dis-tu ?

Je souris malgré moi et lui tendis la main, qu'elle attrapa et serra avec enthousiasme.

— Pourquoi pas ?

— Fort bien ! Affaire conclue ! Nous sommes amis ! Là où le ruisseau forme un petit étang. Tu connais l'endroit ? Si tu veux, on s'y retrouve demain à cette heure.

J'acceptai avec enthousiasme. Nous retournâmes ensemble à Rossal et nous séparâmes avec un sourire. Je la regardai s'éloigner, clopin-clopant, puis pris le chemin du manoir, le cœur étrangement léger malgré l'aventure éprouvante que je venais de vivre. Ce jour-là, la Lumière entra dans ma vie en la personne de Pernelle et l'illumina comme jamais auparavant. Je ne pouvais savoir alors qu'elle ne se définit réellement que par l'existence des ténèbres et qu'on la regrette mille fois plus lorsqu'on l'a déjà vue.

Je relatai mon aventure à mes parents et la sentence tomba net. Dès le lendemain, Césaire et sa famille furent bannis à vie de la seigneurie. Je les regardai partir, traînant leur honte et leurs quelques possessions dans une charrette tirée par un cheval miteux. Je savais que la misère qu'ils trouveraient sur le chemin serait pire encore que celle qu'ils connaissaient au village. Je ne pus m'empêcher de me planter devant Césaire pour lui bloquer le chemin alors qu'il allait sortir de Rossal. La mine basse, le fanfaron, vaincu, leva vers moi un regard abattu.

— Je… je m'excuse, monseigneur, gémit-il. Ayez pitié de nous, je vous en conjure.

Le sourire aux lèvres, je lui administrai une retentissante gifle qui lui fit tourner la tête puis m'écartai pour le laisser passer. Ce jour-là, pour la première fois, je goûtai le plaisir d'être le seigneur de Rossal.

Cette époque fut la plus belle de ma vie. Pendant les années qui suivirent, plusieurs soirs par semaine, je rejoignis secrètement Pernelle dans les bois, loin des regards. À son contact, je m'épanouis petit à petit. Je crois que mon amie fut ma seule chance d'échapper à ma destinée. Ni la pluie ni le froid ne nous empêchaient de nous réfugier dans l'amitié née de circonstances si particulières et forgée dans une solitude partagée. Pour rien au monde je ne me serais privé de sa présence. Par son intelligence, son humour, sa tendresse et sa simplicité, elle m'ouvrait les portes de l'univers inédit d'une affection simple et sincère. À part ma mère et le père Prelou, le reste du monde me rejetait toujours, mais je n'en avais cure. Pernelle me suffisait. Auprès d'elle, je n'étais plus un objet de méfiance. Je n'étais que moi et elle me comprenait sans que je n'aie à m'expliquer. Elle savait me faire rire en imitant les gens du village et en exagérant leurs manies. Le gros Papin traînant son immense panse repue. Blanche, la vieille tisserande aux mains si déformées qu'elles rappelaient des serres d'aigle. Le père Prelou et son air pincé. Guiart, le boucher, qui empestait perpétuellement la charogne. Même mon père, avec son air timoré, n'y échappait pas. Elle le personnifiait tirant avec peine son épée trop lourde, ce qui n'avait de cesse de me faire m'esclaffer, puis de me remplir d'une culpabilité que mon amie avait tôt fait de chasser en me disant que quiconque ne valait pas une risée ne valait pas grand-chose.

Pernelle était d'une curiosité infinie. Sachant que j'avais appris l'écriture et la lecture, elle voulut en connaître tous les mystères, et bientôt je me retrouvai à les lui enseigner en traçant des lettres dans le sable avec un bâton. En moins d'une année, elle sut tout ce que je savais et je dus me résoudre à lui prêter secrètement les précieux livres que le père Prelou me confiait, qu'elle lisait avec grand appétit, de sorte que je pouvais les rendre prestement à leur propriétaire sans qu'il ne se doutât de quelque chose. Je lui enseignai aussi les chiffres, qu'elle maîtrisa sans mal et poussait plus loin que j'en étais capable, traçant dans le sable des équations que je ne comprenais pas et qu'elle trouvait pourtant évidentes.

— Toutes ces connaissances… soupira-t-elle un jour, avec une pointe de regret. Dieu m'eût-il seulement faite homme, j'aurais pu accomplir de grandes choses. Mais je ne suis qu'une fille. Et infirme en plus. Au mieux, je puis espérer des épousailles avec pire que moi…

— Pernelle, répondis-je. Ne dis pas cela. Un jour, quelqu'un verra qui tu es vraiment.

— Toi ? demanda-t-elle.

Je fus surpris par la question et restai interdit.

— Moi ? Je serai seigneur. Tu sais bien qu'on m'obligera à épouser quelque fille de nobliau. Mais si je le pouvais, c'est toi que je choisirais !

— C'est vrai ?

— Je te le jure.

— Pernelle de Rossal. Belle sonorité, non ?

Puis nous éclatâmes de rire.

Pernelle possédait une extraordinaire franchise. Elle disait tout ce qui lui passait par la tête et faisait tout ce qu'elle avait envie de faire. Elle était une âme libre. Combien de fois l'entendis-je contester les décisions de mon père qui lui paraissaient injustes ? Ainsi, lorsque Florent décréta une première augmentation de la taille[1] en plus de dix ans, elle en fut outrée.

— C'est odieux ! Ton misérable avorton de père ne réalise-t-il pas que ses gens sont incapables de payer davantage ? explosa-t-elle. Il enlève le pain de la bouche des nourrissons ! Sait-il même compter ? S'ils meurent de faim, ils ne pourront jamais devenir des hommes et lui payer la taille à leur tour ! Quel niais !

— Pernelle… un seigneur doit tirer des revenus de la seigneurie. Florent en conserve déjà trop peu.

1. Taxe.

— Assez pour te vêtir correctement ! rétorqua-t-elle. Tu as déjà comparé tes vêtements à mes hardes ?

Honteux, je ne trouvai rien à dire et me contentai de baisser les yeux. Elle s'approcha de moi et posa un baiser sur ma joue.

— Je t'aime quand même, fils de tyran, dit-elle en riant.

Pendant un instant, le temps sembla cesser son cours. Nos yeux se rencontrèrent et, sans que je comprenne trop comment cela se produisit, nos lèvres se trouvèrent furtivement. Puis nous nous détachâmes, un peu effarouchés.

— Je pourrai toujours dire que j'ai embrassé un noble, dit-elle, espiègle, pour dissiper le malaise.

Quand le cœur lui en disait, elle n'hésitait pas à déclarer que le monde était injuste et que Dieu avait abandonné les hommes à Satan. Que les prêtres ne racontaient que des fadaises auxquelles seuls les pauvres d'esprit croyaient. Les enseignements du père Prelou encore frais dans ma mémoire, je ne pouvais m'empêcher de frissonner au son d'un tel sacrilège, mais j'admirais aussi son courage de dire de pareilles choses.

Au fil des ans, nous en vînmes à ne plus avoir de secrets l'un pour l'autre. Nous étions inséparables, le réconfort que nous avions initialement trouvé dans notre présence mutuelle s'étant muté en une parfaite harmonie. Si mon père désapprouvait cette relation soutenue entre son fils, futur seigneur, et la fille du sabotier, ma mère, elle, connaissait ma solitude passée et était ravie de me voir m'épanouir.

Un jour, Pernelle me fit comprendre ce qu'étaient vraiment l'isolement et la misère. Elle devait avoir treize ans. L'âge où plusieurs filles sont déjà mariées et en passe d'enfanter leur premier-né. Je me souviens que nous avions longtemps discuté de tout et de rien, sans presse. Assis tout près d'elle, adossé à un grand chêne, je me sentais à l'aise et j'avais l'impression que tout nous était permis, qu'aucune barrière n'existait plus entre nous. Je me décidai donc à poser la question que je n'avais jamais osé lâcher.

— Ta jambe, dis-je à brûle-pourpoint.

— Quoi ?

— Tu es née comme ça ?

Elle fit la moue et son visage s'assombrit.

— Non.

— Tu as eu un accident ?

— Elle a été brisée par mon père.

Je demeurai un moment pantois. Le sabotier buvait beaucoup et était connu pour son sale caractère. Tous savaient qu'il avait la main leste et que sa femme en faisait les frais.

— Volontairement ? demandai-je bêtement.

— Si l'on veut…

— Mais… pourquoi ?

— Mon père ne sait pas parler autrement qu'avec des coups. Et j'ai commis l'erreur de lui refuser.

— Refuser quoi ?

Elle laissa échapper un soupir déchirant, puis tourna vers moi un regard empli de tristesse.

— Mon entrecuisse.

Hébété, je la regardai sans rien dire. Elle se mit à jouer nerveusement avec ses doigts et garda longtemps le silence avant de poursuivre.

— Ma mère a eu seize grossesses. Huit enfants encore vivants. Et nous sommes si pauvres. Ma mère ne veut plus devenir grosse. Elle se refuse à lui. Alors moi et mes deux sœurs… Il… il nous…

Elle ne put continuer sans prendre une grande inspiration tremblotante. Abasourdi, je l'écoutais sans l'interrompre, comme dans un cauchemar.

— Ça n'arrivait pas souvent, mais parfois… quand l'envie le prenait… surtout quand il avait bu… il devenait comme une bête enragée. Il se… soulageait avec le premier corps qui passait à sa portée. Un jour, je me suis débattue plus que de coutume. J'ai réussi à me sauver. Je ne voulais pas. Ça fait si mal. Il m'a poursuivie dans la maison et m'a si bien rossée que ma jambe s'est cassée. Elle était pliée au milieu, comme l'équerre de Naudet, le maçon. La douleur était si grande que je n'ai rien senti quand il a assouvi ses vils besoins. Plus tard, Ylaire est venue et m'a remis la jambe en place de son mieux. Voilà pourquoi je suis boiteuse.

Je serrai les poings de colère en regardant droit devant moi.

— Il doit être puni ! dis-je, outré.

— Non ! rétorqua Pernelle en me posant la main sur l'avant-bras.

— Mais…

— Nous mangeons à peine à notre faim, Gondemar. Qui nous nourrirait si mon père était banni ou fouetté à outrance ? Et s'il n'y survivait pas ? Ma famille entière mourrait de faim.

Je m'arrêtai. Elle avait raison, évidemment. Sans homme, une famille était vouée à la misère. Et le frère aîné de Pernelle était encore bien trop jeune pour reprendre les affaires de son père.

— Que faire alors ? demandai-je, éperdu.

— Rien. Mon père ne m'a plus jamais touchée depuis. Ni mes sœurs. Il regrette, je crois.

J'allais rétorquer que cela n'était pas acceptable, qu'il fallait trouver un moyen de l'empêcher, mais elle me mit doucement les doigts sur les lèvres pour me faire taire.

— Chut, bel ami… dit-elle d'une voix empreinte de résignation. Il n'y a rien à faire. La vie est comme elle est. Dieu est cruel et le monde n'est que misère. C'est le père Prelou qui le dit. Et puis, ma jambe est guérie maintenant. Pourquoi ressasser de vieilles histoires ? Mais le seul fait de savoir que quelqu'un, en ce monde, se préoccupe de mon sort me fait grand bien.

Rempli d'un sentiment d'impuissance, je fis la seule chose qui me semblait possible. J'enlaçai Pernelle et la serrai fort sans rien dire. Nous restâmes ainsi pendant longtemps, réfugiés dans notre amitié.

Pernelle… Ma pauvre petite Pernelle… Elle souffrirait tant à cause de moi.

CHAPITRE 3

La révolte

Le matin de mes treize ans, je fus formellement désigné comme successeur de Florent. Prenant à témoin le père Prelou, mandé au manoir pour la circonstance, et sous l'œil attendri de ma mère, il me présenta une broche en fer finement travaillée qu'il tenait de son père et qu'il avait portée à son pourpoint depuis aussi longtemps que je pouvais me rappeler. Le bijou représentait les armoiries de notre famille: un lion debout dans un écu, une croix dans la patte. L'air solennel, il l'avait accroché à ma chemise.

— Voilà, avait-il dit d'un ton froid. Tu es mon héritier légitime et tu es presque un homme. Cette broche représente le courage et le sens de la justice qui a toujours distingué notre famille. Montre-t'en digne.

À compter de ce jour, je me pavanai, fier comme un paon, avec ma broche bien en vue. Si les serfs m'évitaient, au moins, j'avais le plaisir un peu pervers d'exhiber sous leurs yeux mon statut et je ne m'en privais pas. Jamais je n'avais autant bombé le torse.

Je la portais, cette broche, le jour où le Mal fondit sur Rossal.

De temps à autre, comme toutes les seigneuries, Rossal était victime de gredins qui surgissaient sans avertissement pour piller puis repartir avec tout ce sur quoi ils pouvaient mettre la main. Face à ces exactions, ni le baron de Sancerre, suzerain de mon père, ni le comte de Vernouailles, suzerain du baron, ne s'interposaient, malgré le fait qu'ils étaient responsables de la sécurité de leurs vassaux. Pour eux, seule comptait la part des récoltes que Rossal devait leur verser chaque année. Que le vol réduise à la misère ceux qui les produisaient ne les émouvait point, du moment qu'ils restaient capables de payer ce qu'ils devaient. Aussi les habitants avaient-ils pris l'habitude d'enfouir leurs maigres richesses dans les bois ou sous une pierre dans l'âtre. Lorsque des brigands surgissaient, ils ne leur offraient aucune résistance. Ils se contentaient d'observer avec résignation leurs exacteurs qui sortaient des demeures les bras chargés de quelques objets sans grande valeur dont, aussi miséreux que leurs victimes, ils semblaient se satisfaire.

Nous étions à l'automne de l'an 1198 lorsque se produisit l'événement qui me mènerait à ma perte. Les premières lumières de l'aube enveloppaient Rossal et la rosée commençait à se transformer en brume. La veille, mon père était parti faire la tournée saisonnière de la seigneurie et ne reviendrait pas avant quelques jours. Le temps s'annonçait chaud. C'était la fin des récoltes. Cette année-là, une fois encore, elles étaient maigres, une épidémie de mouches à blé ayant détruit la moitié des plants. Les habitants faisant de leur mieux pour arracher une pitance à la nature, les travaux s'étiraient jusqu'à tard le soir et reprenaient aussitôt le soleil levé. Hagards, les yeux bouffis de sommeil, les hommes et les garçons en âge de les aider s'apprêtaient à se rendre aux champs. Les femmes, les filles et les jeunes enfants, munis de paniers tressés, allaient s'enfoncer dans les bois pour y cueillir les derniers fruits sauvages. Pernelle était là, avec les autres filles, et, comme toujours, nous nous étions volé des sourires discrets en sachant que, le soir venu, nous nous retrouverions.

Des pas de chevaux avaient d'abord retenti au loin. Circonspects, les habitants s'étaient raidis. Comme seuls les nobles et les bandits possédaient des montures, et que mon père était en voyage, l'arrivée d'inconnus ne pouvait rien annoncer de bon. Le son du galop s'était rapproché et une dizaine de brigands avaient fait irruption sur la place du village. Tous brandissaient des épées dont le mauvais état ne changeait rien au fait qu'elles étaient bien supérieures aux pauvres moyens dont nous disposions pour nous défendre.

— Sainte Marie, Bonne Mère de Dieu, protégez-nous, entendis-je murmurer ma mère, qui se trouvait près de moi.

Le temps de le dire, les ruffians nous avaient encerclés avec une efficacité qui révélait leur expérience en cette matière puis étaient descendus de cheval. Leurs armes tendues ne laissaient planer aucun doute sur leurs intentions ou sur les conséquences de toute résistance. Apeurés, nous nous étions donc laissé faire comme des agneaux sans défense confrontés à une meute de loups. Les hommes avaient laissé tomber sur le sol leurs faux et leurs fourches.

Vêtu d'un surcot de serge brune et portant des chausses de cuir par-dessus ses braies, un homme qui était visiblement le chef de la bande s'approcha d'un pas lourd et énergique. Entre deux âges, il avait les épaules si larges qu'il semblait pouvoir y charger sans difficulté un bœuf de bonne taille. Ses mains étaient aussi grosses que des pelles à grain et paraissaient capables de tordre un cou d'un seul geste. Tout en lui était menaçant et, malgré ma peur, je me plaçai bravement devant ma mère pour lui offrir la maigre protection dont j'étais capable.

Son visage rougeaud et barbu s'éclaira d'un sourire amusé et il posa négligemment la main sur la poignée de l'épée qui pendait à sa ceinture pour chasser toute ambiguïté quant au sérieux de sa démarche. Puis il se mit à nous haranguer d'un ton rieur dans une langue étonnamment châtiée pour un truand.

— Je vous salue bien bas, bonnes gens de Rossal ! Quel plaisir de vous croiser de si bon matin ! La politesse exigerait que je me présente, mais vous comprendrez qu'il m'est préférable de demeurer discret sur mon identité. Mes compagnons et moi passions dans les environs lorsque la vue de votre joli hameau nous a irrésistiblement attirés. Vous m'avez tous l'air de bons chrétiens charitables. Comme le hasard fait bien les choses, les temps étant durs pour tous, il se trouve justement que nous sommes dans le besoin. Je vous serais donc reconnaissant de bien vouloir nous céder vos possessions les plus précieuses et soulager ainsi la misère qui nous afflige. Considérez-nous comme une occasion de pratiquer la charité chrétienne et d'assurer le salut de votre âme.

Paralysés de terreur, les gens du hameau ne bougèrent plus.

— Allons, allons, poursuivit le brigand. Soyez raisonnables. Je ne voudrais pas avoir à demander à mes compagnons d'insister.

Une fois de plus, les habitants demeurèrent immobiles et cois. Le brigand leva les yeux au ciel de manière théâtrale et soupira. Il avisa ses hommes et leur fit un signe de la tête.

— Soit. Puisqu'il en est ainsi, fouillez les maisons.

Pendant que les autres continuaient à nous tenir en joue, cinq hommes se détachèrent de la bande, chacun tenant un sac de toile. Ils se séparèrent et pénétrèrent dans les demeures les plus proches. Très vite, des bruits de casse en montèrent alors qu'ils renversaient les quelques meubles et vidaient les armoires. Un à un, ils ressortirent et répétèrent leur manège, leur sac s'engraissant à chaque maison des maigres biens des habitants.

Attiré par le vacarme, le père Prelou surgit de l'église où il avait célébré dans la solitude sa messe matinale. Le prêtre avait beaucoup vieilli et, de l'avis général, aurait déjà dû être mort depuis longtemps. Ses cheveux se faisaient rares et son dos s'était encore voûté. Mais il protégeait toujours ses ouailles avec la même férocité.

— Au nom de Dieu, laissez ces pauvres gens tranquilles et retournez d'où vous venez! s'écria-t-il en pressant le pas vers le chef des brigands.

Le regard enflammé par une sainte colère, il fit face à l'intrus et brandit le crucifix pectoral qui ne le quittait jamais. Sans avertissement, le brigand le gifla du revers de la main. Le prêtre incrédule vacilla puis se retrouva sur le derrière, une main posée sur sa joue, sa bure remontée sur les cuisses.

— Hors de mon chemin, petit prêcheur ! Va donc fourrer ton goupillon dans les fondements ! J'entends dire que la prêtraille est portée sur ces choses.

— Lever la main sur un serviteur de Dieu… cracha le père Prelou, les dents serrées, du sang coulant de sa lèvre fendue. Sacrilège !

Sous nos regards scandalisés, le brigand dégaina son épée et en appuya la pointe sur la gorge de notre pasteur, qui cessa net ses invectives.

— Au point où en est mon âme, je peux faire bien pire si tu n'apprends pas à tenir ta langue.

Au même moment, une voix retentit.

— Onfroi ! Tu ne devineras jamais ce que j'ai trouvé !

Onfroi. Plus jamais je n'oublierais ce nom, révélé par mégarde. Un des brigands émergea de la demeure de Papin en arborant un large sourire. Il brandit un petit sac de cuir maculé de terre qu'il laissa choir aux pieds de son chef. De l'intérieur retentirent des tintements métalliques. Je cherchai Papin des yeux et le vis pâlir distinctement.

— Tiens, tiens, ricana Onfroi. Qu'avons-nous là ?

La pointe de son épée quitta la gorge du père Prelou, au grand soulagement de celui-ci, puis fendit le sac. Des pièces de monnaie se répandirent sur la terre battue. Malgré moi, j'écarquillai les yeux à la vue de tant de richesse.

— Ventredieu ! s'exclama le chef des brigands, le sourire fendu jusqu'aux oreilles, une lueur cupide dans les yeux. Voilà un bien beau butin !

Il releva la tête et nous scruta.

— À qui appartient ce sac ?

Même si tous connaissaient la réponse à cette question, personne ne dit mot. Impatient, Onfroi s'avança, empoigna la chevelure de Jehanne et la tira brutalement vers lui. Après avoir longuement et consciencieusement échantillonné la marchandise mâle du village, la pauvresse avait fini par se marier l'automne précédent et tenait dans ses bras un nourrisson dont tout le village savait parfaitement qu'il était venu à terme avant les neuf mois habituels. Le brigand le lui arracha puis la projeta au sol. Tenant l'enfant par ses langes, il le brandit à bout de bras et lui appuya le tranchant de son épée sur la gorge. Saisi par le métal froid, le petit se mit à vagir en agitant les bras et les jambes dans le vide.

Onfroi vrilla ses yeux dans ceux de la mère éplorée et d'un geste sans équivoque de son arme mima le fait de trancher la gorge du nourrisson.

— À qui appartient ce sac? répéta-t-il d'un ton menaçant. Je ne le redemanderai pas.

— À… à Pa… Papin, hoqueta Jehanne en pointant un doigt tremblant vers le propriétaire.

À ces mots, Papin sembla se recroqueviller sur lui-même comme s'il voulait disparaître sous le sol. Deux canailles l'empoignèrent, le traînèrent vers leur chef. Onfroi lança négligemment le bébé vers sa mère, qui tendit les bras pour l'attraper, désespérée, et le blottir contre elle.

— Ainsi, tu croyais te jouer de nous, gros porc? demanda-t-il.

— N… non… je vous le jure, bredouilla Papin, livide et tremblant.

D'un coup, le chef des brigands déchira sa chemise, dénudant la panse repue et couverte de poils drus dont tout le village se doutait qu'elle avait été engraissée à même les efforts d'autrui. Après le passage du prédicateur, mon père, exerçant son droit de justice, avait contraint le serf malhonnête à rembourser ses victimes. De toute évidence, le vilain ne s'était pas réformé et avait trouvé moyen de conserver par-devers lui une partie du fruit de ses larcins.

Le regard sombre, Onfroi dévisagea lentement l'ensemble du village. Toute prétention à la bonhomie l'avait quitté.

— M'est avis, habitants de Rossal, que vous n'accordez pas à mes paroles la créance qu'elles méritent. Permettez-moi de vous faire démonstration du sort qui vous attend si vous vous avisez de nous tromper à nouveau.

Il rangea son épée et fit signe à deux de ses hommes.

— Installez-le à cette branche, ordonna-t-il en désignant un vieux chêneau au milieu de la place.

Un des brigands rapporta une corde de sa selle et attacha les chevilles de Papin. Il en fit passer l'autre bout par-dessus une grosse branche et, à plusieurs, ils hissèrent le gros serf, qui se retrouva pendu par les pieds. Onfroi tira de sa ceinture une courte dague à la lame recourbée, s'approcha de Papin et lui caressa le ventre avec la pointe.

— Non… gémit le serf, pâle comme un linceul. Je t'en supplie… Pas ça… Je… je te donnerai tout ce que je possède…

— Ah ? Tu possèdes donc autre chose ?

— Non… Tout… tout est là.

— Voilà qui est dommage pour toi. Quand une bête bien grasse n'a aucune utilité, il ne reste qu'à en faire boucherie.

Brusquement, Onfroi enfonça l'arme dans la chair et la fit descendre vers le bas, ouvrant Papin comme un porc à l'abattoir. Le cri fut terrible, mais ne dura qu'une seconde. Un monceau d'entrailles grisâtres s'échappa de sa panse fendue et se répandit mollement sur l'homme déjà mort, la terre nue buvant le sang qui se déversait de la blessure béante.

Le sourire aux lèvres, Onfroi ramassa le sac rempli de pièces et promena son regard sur nous.

— Alors ? Quelqu'un d'autre cache-t-il quelque chose ?

Ses yeux s'arrêtèrent sur moi et je sentis un froid intense m'envahir. Il s'approcha et prit ma broche entre ses gros doigts. Il me dévisagea longuement, l'air perplexe.

— Qu'avons-nous là ? Le fils du seigneur du lieu ? finit-il par spéculer.

Il me saisit par la chemise. Saisi d'un regain de dignité, je tentai maladroitement de le repousser. J'en fus quitte pour une gifle qui me fit voir des étoiles. Puis il appuya la lame encore moite de sang contre ma gorge et s'adressa à ma mère.

— Dis-moi, seigneuresse ? Qu'es-tu disposée à troquer contre la vie de ce garçon ?

— Là… là-bas… dit Nycaise en désignant le manoir, tremblant tant qu'elle avait peine à articuler. Prenez tout ce que vous voulez mais ne lui faites pas de mal.

Les brigands ne se firent pas prier. Pendant qu'Onfroi me retenait toujours, plusieurs d'entre eux se dirigèrent vers notre demeure et, en moins de deux, en ressortirent les bras pleins des quelques richesses que possédait le maître d'une si modeste seigneurie : deux chandeliers en or, quelques pièces d'argenterie ternie et un sac de pièces qui représentait tous les revenus qui nous restaient après paiement des droits au suzerain. Ils déposèrent le tout aux pieds de leur chef.

— Voilà qui est mieux ! s'exclama celui-ci. Beaucoup mieux !

Il allait me relâcher lorsqu'il parut se raviser. Il saisit ma broche et tira dessus pour l'arracher. Je fus pris de panique. Mes parents venaient d'être dépouillés sous mes yeux. Cette broche représentait tout ce qu'il me restait et elle revêtait pour moi une importance bien supérieure aux biens de la terre. Elle symbolisait mon héritage. Sans réfléchir, je saisis son bras et le mordis de toutes mes forces. Une nouvelle gifle m'envoya choir sur le sol, sonné. Il allait me donner un coup de pied lorsqu'une petite voix s'éleva.

— Laissez-le tranquille, truands ! s'écria Pernelle avec colère et indignation. Vous avez déjà pris tout ce que nous possédons ! Fichez le camp !

Onfroi se retourna en direction de mon amie. À treize ans, la pauvresse était toujours aussi chétive et avait encore l'air d'une enfant. Une lueur concupiscente traversa le regard du brigand.

— Mais regardez-moi cette petite guenuche. Pardieu ! Elle a autant de caractère qu'elle est laide !

Deux truands s'approchèrent de Pernelle, l'empoignèrent, glissèrent leurs mains sous ses vêtements et la tâtèrent grossièrement. Pernelle eut une grimace de dégoût dont j'étais le seul à connaître la source et se débattit comme une diablesse.

— Vous la voulez ? demanda Onfroi.

— Pourquoi pas ? rétorqua l'un d'eux. Avec une tête pareille, elle est certainement toute neuve !

— Amusez-vous, mais faites vite. Nous devons partir.

J'allais me relever et me précipiter au secours de mon amie avec les maigres moyens dont je disposais quand le pied d'Onfroi pesa sur ma poitrine, me clouant au sol.

— Allons, allons, jeune seigneur. Reste bien tranquille si tu tiens à la vie. Tu verras, elle y prendra plaisir. Surtout avec Éloi. Il est membré comme un étalon, le bougre !

Les brigands étendirent brutalement Pernelle sur le dos et posèrent les genoux sur ses bras pour l'immobiliser. L'un d'eux s'agenouilla entre ses jambes, retroussa sa robe et enfouit son membre en elle. Je me débattis de plus belle, mais Onfroi descendit son pied d'un coup sec sur mon visage. Le goût cuivré et chaud de sang me remplit la bouche. Le monde s'assombrit autour de moi.

Dans la demi-conscience où je flottais, un cri d'agonie retentit, suivi de pleurs et de supplications. Accompagné de grognements et de rires gras, le supplice de la pauvre Pernelle me parut durer une éternité. Peu à peu, ses hurlements se transformèrent en pleurs étouffés et, enfin, en un silence apathique, plus terrifiant encore que tout le reste.

Lorsque je pus rouvrir les yeux, la forme délicate de mon amie gisait sur le sol, recroquevillée et immobile. Le regard fixe et vitreux, elle semblait absente. Son visage était dénué d'expression et ses mains tremblaient légèrement. Si douce et inoffensive, elle était touchée dans ce que son être avait de plus profond et je le savais. Ma mère et quelques femmes du village se massèrent auprès d'elle et l'entourèrent de leurs soins. Onfroi, encore essoufflé, mais rassasié, se contenta de hausser les épaules en rattachant ses braies.

— Ahhhhhh… Rien ne remplace le plaisir d'un entrecuisse ! Même lorsque la tête qui le surmonte est laide comme les sept péchés capitaux ! Allez, il est temps de partir.

Malgré sa masse énorme, il se remit agilement en selle, imité par ses hommes. Il nous salua de la tête.

— Nous repasserons assurément au gré de nos pérégrinations. Assurez-vous de garder bien en tête l'exemple fait aujourd'hui. Nos relations en seront facilitées d'autant.

En ricanant cruellement, il fit faire demi-tour à sa monture. Suivi de ses cavaliers, il s'éloigna sans presse sur le chemin où Gerbaut de Gant avait fui des années auparavant, nous laissant abrutis devant la dépouille de Papin qui oscillait doucement au bout de sa corde, les entrailles répandues sur le sol.

Du coin de l'œil, j'aperçus Fouques, Alodet et Lucassin. Ils ricanaient en regardant Pernelle s'éloigner, blottie dans les bras de sa mère et de ses sœurs. Lorsqu'ils s'aperçurent que je les dévisageais, ils détournèrent le regard.

Durant les jours qui suivirent, je ne revis pas Pernelle. À moult reprises, je m'enquis de son état auprès de ma mère, mais ne reçus que des réponses vagues et malaisées. À demi-mot, elle me fit comprendre que les blessures subies par mon amie allaient aussi bien au-delà des meurtrissures et qu'il lui faudrait beaucoup de temps pour s'en remettre. Lorsque je demandai si je pouvais la visiter, elle grimaça et hocha la tête. Pour un temps, Pernelle ne devait voir personne. Pas même moi. Songeur, je la remerciai en tripotant ma broche. Cet objet, dont j'étais si fier, était la cause des souffrances de ma seule amie. Je la retirai et la déposai sur le bahut près de la porte. Je me promis que plus jamais je ne la porterais.

Lorsque mon père revint quatre jours plus tard, le père Prelou le mit au fait des événements. Le prêtre lui posa une main réconfortante sur l'avant-bras et lui murmura quelque chose au sujet des voies impénétrables de Dieu. Mon père fit une moue désabusée, secoua la tête et s'éloigna, la mine basse et l'air vaincu. Le pauvre Florent était trop humain pour être seigneur. Il se sentait responsable du bien-être de ses serfs. Quant à moi, j'étais rongé par une révolte sourde. Pernelle avait subi des sévices terribles et je n'avais rien pu faire pour l'empêcher.

Je me souviens de la conversation qu'eurent mes parents, le soir venu, et que j'entendis de mon lit. Je les imaginais assis côte à côte sur le banc de bois grossier qui trônait devant l'âtre. Je voyais presque la lumière des flammes danser sur le visage tendu de mon père.

— Nycaise, dit Florent d'une voix éteinte. Ces bandits ont éventré Papin comme un cochon. Et ce qu'ils ont fait à cette enfant… J'en frémis à la seule pensée… Combien étaient-ils à la forcer ainsi ?

— Six, au moins. Peut-être plus. La pauvresse était déchirée et saignait. Dieu seul sait si elle s'en remettra.

— Seigneur… soupira mon père. Et Gondemar aurait pu être égorgé. Y as-tu songé ? Maintenant, nous voilà dépouillés de tout. Je ne sais même pas comment nous arriverons à passer l'hiver.

J'entendis les pas de mon père qui s'était levé et qui marchait de long en large.

— Nous sommes des proies trop faciles. La prochaine fois, que feront-ils ?

— Tu étais absent. Si tu avais été là, je suis sûre que…

Un grand fracas traversa la porte lorsqu'il abattit son poing sur la table, faisant rouler sur le sol une écuelle d'étain.

— Par tous les saints ! ragea-t-il. Ma présence n'aurait rien changé ! Regarde-moi ! Je ne pourrais pas défendre ma propre famille contre de vulgaires coupe-gorges ! Encore moins une seigneurie tout entière ! Et le baron de Sancerre ne lèvera jamais le petit doigt pour protéger le village !

— Mon pauvre Florent, dit doucement ma mère. Tu n'es qu'un petit vassal et les hommes du village n'ont même pas le droit de porter l'épée. Avec quoi affronterions-nous des brigands ? Avec des fourches et des faux ?

Un long silence suivit.

— Non, nous allons faire mieux que cela. Plus jamais une telle chose ne se reproduira à Rossal, dit mon père avec une détermination que je ne lui connaissais pas.

La décision qu'il prit ce soir-là changea à jamais la vie de Rossal. Mais pas de la manière qu'il avait espérée. Car elle fit aussi basculer la mienne.

Mon père s'absenta souvent durant les mois qui suivirent le passage des brigands. L'air sombre et décidé, il sellait son cheval à l'aube et disparaissait parfois pendant plusieurs semaines. Lorsqu'il rentrait, la vieille bête et son cavalier étaient tous deux morts de fatigue. Les habitants du village étaient intrigués par ces allées et venues, Florent n'ayant pas l'habitude de quitter souvent la seigneurie.

J'aperçus Pernelle à quelques reprises, mais toujours de loin, près de la maison de son père. Elle était encore plus pâle qu'avant et avait tant maigri qu'elle flottait dans ses vêtements. La pauvresse gardait résolument le regard rivé au sol et restait sans réaction quand on lui adressait la parole. Sa mère et ses sœurs l'entouraient de toutes sortes d'attentions et finissaient toujours par la ramener à l'intérieur. Mes signes et mes sourires ne me furent pas retournés. Jamais elle ne posa les yeux sur moi. Je semblais mort pour elle. Plus d'une fois, j'essayai de l'approcher, mais fus chaque fois arrêté par Florion, la plus vieille de ses sœurs.

— Il vaut mieux la laisser tranquille, dit-elle une fois, l'air mystérieux. Elle a vu assez d'hommes pour le reste de ses jours.

— Mais… je suis le fils du seigneur ! protestai-je, vexé qu'une simple paysanne ose résister à mes désirs.

— Justement. Si tu ne l'étais pas, la pauvrette n'aurait pas été malementée[1]. Maintenant, passe ton chemin.

1. Tourmentée, maltraitée.

Je reçus ces paroles comme un coup de masse. Étais-je tenu responsable du sort de Pernelle ? Je résolus d'en avoir le cœur net. Un matin, je profitai du fait que tout le village vaquait à ses occupations pour me rendre à la maison de mon amie, qui se trouvait en retrait. Lorsque j'y fus arrivé, tel un voleur craignant d'être surpris en flagrant délit, je regardai de chaque côté, ouvris la porte et m'engouffrai à l'intérieur. Sans bouger, m'assurant qu'il n'y avait personne, je laissai mes yeux s'habituer à la pénombre et j'observai l'unique pièce. Jamais encore je n'avais pénétré dans la demeure d'un serf. Je fus frappé par l'extrême dépouillement qui y régnait. Au-delà d'une table et de quelques bancs grossiers, de couverts en bois et d'une armoire presque vide, ces pauvres gens ne semblaient rien posséder.

Le long du mur le plus éloigné se trouvaient quelques vilaines paillasses posées à même le sol, sur lesquelles de vieilles couvertures étaient empilées. Là dormait toute la famille de mon amie. Mais la maison était vide. Je fis demi-tour et j'allais rebrousser chemin lorsqu'une petite voix me figea sur place.

— Qui est là ?

Mon cœur fit un bond dans ma poitrine. Je me retournai et la vis, appuyée sur ses coudes, sa tête émergeant des couvertures.

— Pernelle, dis-je. C'est moi, Gondemar.

D'instinct, je fis un pas dans sa direction, heureux de la voir enfin et désirant naturellement être près d'elle comme toujours. Je ressentais une envie profonde de la serrer contre moi et de lui dire que je regrettais ce qui s'était produit lorsque les brigands étaient passés. Dans la pénombre, je vis le visage de mon amie se crisper. Elle se recroquevilla contre le mur et, les mains tremblantes, remonta les couvertures sous son menton.

— Va-t'en, dit-elle sans la moindre émotion.

Malgré cela, je m'approchai un peu. Aussitôt, elle se mit à gémir piteusement et de grosses larmes roulèrent sur ses joues.

— Va-t'en, sanglota-t-elle. Je t'en prie.

Entêté, je m'assis prudemment sur le bout de la paillasse. Je ne reconnaissais rien de la fille espiègle et à l'esprit si vivace qui avait fait partie de ma vie depuis tant d'années.

— Pernelle… Je m'inquiète pour toi. Je… Depuis que les brigands… Pourquoi restes-tu ainsi enfermée ? Tu… tu me manques.

Pernelle se dressa brusquement sur son séant, le feu dans les yeux.

— Ne comprends-tu donc rien à rien, pauvre sot ? Tout a changé ! Je suis souillée ! Un déchet ! Une loque ! Un quartier de viande tout juste assez bon pour y répandre sa semence ! Pour preuve, après mon père, tous ces brigands y ont trouvé leur compte ! Je n'ai plus rien à t'apporter. Je ne suis rien.

Mon cœur se brisa à ces mots. Je me sentais rempli de tendresse et, malgré moi, je tendis la main vers son visage pour y poser une caresse, comme je l'avais si souvent fait, mais pour la première fois, elle la refusa. Elle se crispa et se poussa encore plus contre le mur, comme si elle espérait y enfoncer son corps frêle et disparaître.

— Ne me touche pas ! hurla-t-elle. Personne ne doit plus me toucher ! Jamais ! Va-t'en ! Je ne veux plus jamais te voir ! Ni toi ni aucun autre homme !

Interdit, le cœur brisé, je me levai, et sur des jambes flageolantes je me dirigeai à reculons vers la porte.

— Pernelle… tentai-je une dernière fois.

— Va-t'en !!!!! hurla-t-elle à pleins poumons en se tirant les cheveux à pleines mains.

Ébranlé, je sortis sans rien dire. Les sanglots déchirants de ma tendre amie traversèrent la porte close. Pour des raisons que je ne comprenais pas, celle avec qui j'avais tout partagé, celle dont j'avais tant besoin venait de me chasser de sa vie. Amer, je retournai chez moi. J'étais à nouveau seul. Je n'avais pas demandé à naître voilé et je refusais de croire que cela me prédisposait au Mal. Pourtant, sur cette base et sur le témoignage d'un prédicateur de passage, on m'avait jugé ainsi de facto et on avait fait de moi un paria. Qu'avais-je fait pour mériter la vie qui était la mienne ? Pour grandir auprès d'un père qui ne m'avait accepté que pour sauver sa seigneurie ? Pour que les autres enfants me rejettent ? Pour que le village entier me craigne ? En treize années de vie, j'avais enduré mon sort de mon mieux, sans jamais faire de mal à personne. Pernelle avait été la seule personne qui, hormis ma mère et le père Prelou, m'avait offert autre chose que la froideur, le mépris, la haine et la violence. Et voilà que le sort me privait d'elle.

Il est difficile pour quiconque d'identifier le moment précis où sa vie bascule irrémédiablement, sans espoir de retour. Pour moi, la chose est aisée. Lorsque Pernelle me chassa, quelque chose se brisa en moi. Le mince fil qui me reliait au Bien se rompit et, pour la première fois de mon existence, je fus abandonné à moi-même, sans repères. Ma vraie nature fut libérée par celle-là même qui l'avait inconsciemment tenue en respect.

Toute ma courte vie, j'avais eu à porter le stigmate de ma naissance. J'avais enduré la méfiance et la haine. J'avais payé pour un crime que je n'avais pas commis. J'avais de mon mieux porté un fardeau qui avait été posé injustement sur mes frêles épaules. Tout cela n'était qu'injustice.

C'était fini. Désormais, puisque le monde ne voulait pas de moi, je le rejetais. Je le mettrais à ma main. S'il ne me donnait rien, je prendrais ce que je désirais. Si l'on n'aimait pas le futur seigneur de Rossal, on le craindrait et on le respecterait. Je répondrais à la haine par la haine et à la violence par la violence. Comme tous semblaient avoir décidé que je portais en moi le Mal, je leur donnerais raison.

Le temps était proche où celui qui me révélerait les moyens de ma révolte entrerait dans ma vie.

CHAPITRE 4

Bertrand de Montbard

J'entrai avec fracas dans ce que je considérais comme ma nouvelle vie en exerçant une vengeance longtemps mûrie. Césaire avait été chassé de Rossal, certes, mais ses comparses n'avaient jamais été punis pour le traitement qu'ils m'avaient fait subir. Je n'avais pas oublié, non plus, l'amusement pervers que leur avait procuré le calvaire de Pernelle.

Sans Césaire pour lui monter la tête, Fouques, le fils du boucher, s'était tenu tranquille et avait toujours évité de me croiser, se consacrant au métier familial. Il eut donc grand mal à cacher son inquiétude lorsque je me présentai à la boutique de son père, à la nuit tombante, après m'être assuré qu'il était seul. J'avais pris soin de glisser dans ma poche un petit sac de cuir rempli de pierres et une bonne longueur de corde.

— Les chasseurs ont tué un sanglier et deux marcassins, mentis-je d'un ton qui n'autorisait pas la réplique. Ils doivent être dépecés avant de se corrompre. Suis-moi.

Bien que surpris par ma requête inhabituelle, le garçon n'osa pas me questionner. Il ramassa un long couteau de boucher et nous quittâmes le village dans un silence lourd pour nous enfoncer dans la forêt. Nous marchâmes une bonne heure et parvînmes là où, quelques années auparavant, lui et ses complices avaient essayé de m'enterrer vivant. La nuit était claire et on y voyait bien. À la pâleur soudaine de son visage, je compris qu'il avait reconnu l'endroit.

— Où… où sont les sangliers ? balbutia-t-il.

Sans prévenir, je sortis de ma poche ma garcette improvisée et lui en assénai un coup qui l'envoya au sol, inconscient. J'écartai les branchages secs qui recouvraient encore la fosse qu'il avait contribué à creuser et retirai le couvercle de planches un peu pourri. Je fourrai un chiffon dans la bouche du garçon, lui liai les poignets et les chevilles, puis je l'empoignai par le manteau et le lançai au fond. J'attendis qu'il revienne un peu à lui pour lui sourire. Lorsqu'il réalisa la position dans laquelle il se trouvait, son visage se tordit d'horreur.

— Voyons si tu apprécies ce logis que tu as creusé pour moi, dis-je. Pour te distraire, tu pourras toujours songer aux brigands qui malementaient Pernelle.

Faisant fi de ses cris étouffés par son bâillon, je replaçai le couvercle et le camouflai, puis retournai tranquillement à Rossal. Sa disparition fut remarquée, évidemment, et on le chercha, mais il n'était pas rare qu'une bête sauvage emporte un habitant du hameau et, la survie quotidienne ayant ses exigences, on l'oublia vite. Pour ses parents, il représentait une bouche de moins à nourrir. À une semaine d'intervalle, Alodet et Lucassin subirent le même sort. Tous trois pourrirent dans la tombe qu'ils m'avaient préparée jadis. Ils l'avaient si bien cachée que cela se retourna contre eux. Jamais ils ne furent retrouvés. Ils y sont sans doute encore aujourd'hui.

C'était là que la lumière était apparue dans ma vie et ce fut là qu'elle la quitta pour de bon. Mon seul regret fut de ne pas encore être en âge d'exécuter ces mécréants en public pour en faire un exemple. Mais de remords, point. Je n'éprouvai qu'une satisfaction primale. Mon honneur était vengé. Je n'étais plus une victime et je contrôlais mon propre sort. Comment aurais-je pu savoir qu'en accueillant ainsi le Mal dans ma vie, je faisais la volonté de Dieu ?

L'automne céda la place à l'hiver. Le sol gela et se couvrit de givre. Mon cœur et mon âme en firent autant. L'isolement était devenu mon trône et la peur des habitants, mon trophée. Je n'hésitais plus à laisser libre cours à ma rage, frappant sans remords les enfants pour un regard, les chiens pour un aboiement. Je découvrais chaque jour la liberté grisante que me procurait le fait d'avoir rejeté un monde qui me reniait.

Le village sombra dans une relative dormance. Les habitants emmitouflés dans des pelisses ne sortaient que pour vaquer à de brèves occupations et s'empressaient de retourner auprès du maigre feu qui réchauffait l'unique pièce de leur maison. Parfois, des flocons de grosse neige molle recouvraient le sol. Rossal ne reprendrait vie qu'au printemps.

Les énigmatiques voyages de mon père ne cessèrent pas pour autant. Florent passa les mois les plus rudes de l'hiver sur les routes, bravant les éléments sans broncher. Ses absences devinrent de plus en plus longues et j'en conclus qu'il se rendait toujours plus loin, à la recherche de je ne savais quoi. Souvent, le soir, dans mon lit, je m'imaginais entendre le son des sabots de sa monture, au loin, et mon cœur se gonflait d'amertume et de colère contenue lorsque me revenait le souvenir des brigands qui avaient brisé Pernelle. J'avais fait subir aux trois garçons le sort qu'ils méritaient, certes, mais je me savais impuissant à repousser des hommes de la trempe d'Onfroi.

Un jour d'hiver, alors que tombait une bruine froide, je vis Florent paraître au bout du chemin. Il avait été absent pendant près de trois semaines. Mais cette fois, il revenait accompagné.

— Père est de retour, dis-je. Un homme l'accompagne.

Vêtue d'une jolie robe de serge bleue, ma mère remuait avec une cuillère en bois le ragoût de cochon qui cuisait dans un chaudron de fer suspendu à la crémaillère. Nous n'étions pas assez riches pour nous permettre une domestique, mais Nycaise prenait plaisir à ces tâches. Elle vint me rejoindre à la fenêtre, écarta ses cheveux blonds de son visage et plissa les yeux.

— Mais qui est donc cet étranger ? dit-elle perplexe.

— Je vais aller voir.

— Gondemar ! Reste ici ! Nous ne connaissons pas cet homme. Il pourrait nous vouloir du mal.

Indifférent à ses avertissements, j'attrapai ma pelisse de fourrure et, d'un pas mesuré, je sortis à la rencontre de mon père. J'étais le futur seigneur de Rossal et je devais me conduire comme tel devant les serfs. Lorsqu'il arriva à ma hauteur, Florent m'adressa un salut las. Ses traits étaient tirés et de grands cernes foncés soulignaient ses yeux. Il avait beaucoup maigri et semblait au comble de l'épuisement.

— Gondemar, dit-il d'une voix éteinte en inclinant gravement la tête.

— Père, répondis-je en lui rendant son salut.

Mon attention se porta sur l'homme qui l'accompagnait. L'étranger était vêtu d'une pèlerine foncée et gorgée de pluie dont le capuchon collé sur sa tête gardait son visage dans l'ombre. Le vêtement ne camouflait ni ses épaules larges et massives, ni ses mains calleuses aux doigts courts qui tenaient les rênes de sa monture, ni ses cuisses musclées qui serraient fermement le poitrail de la bête. Mon père suivit la direction de mon regard, conscient de ma curiosité.

— Gondemar, je te présente Bertrand de Montbard.

— Sire de Montbard, dis-je en inclinant la tête, intrigué.

L'étranger rabattit son capuchon et j'eus un choc. Son visage était une ruine. Une épaisse cicatrice rosâtre le traversait de la racine des cheveux jusqu'au bas de la joue gauche pour aller se perdre dans une épaisse barbe poivre et sel. Le coup d'épée qui l'avait tracée voilà longtemps avait crevé l'œil, qui n'était plus qu'un globe d'un blanc laiteux. La lèvre tranchée et mal cicatrisée était retroussée en un rictus menaçant. Son nez avait été cassé à plus d'une reprise et tirait notoirement vers la droite. Son œil encore valide était d'un bleu de ciel d'été et le regard qui s'en dégageait semblait me fouiller l'âme. La pluie avait collé ses longs cheveux gris sur son crâne et ruisselait dans sa barbe. Il avait probablement franchi le cap de la quarantaine, mais les ans ne semblaient pas l'avoir atteint et sa vigueur ne faisait aucun doute. Sa vue me glaça le sang et, bien malgré moi, je reculai d'un pas. Il était aussi inquiétant que le chef des brigands. Cet homme n'avait pas seulement tué souvent ; il pouvait le faire froidement, sans la moindre émotion. J'en avais l'absolue certitude.

Le frisson qui me parcourait l'échine fut remplacé par la fascination dès que mes yeux se posèrent sur la poignée et la garde d'une épée qui dépassaient de sa pèlerine. Je notai que sa pointe saillait au bas du vêtement. Il s'agissait d'une arme très longue et, de ce que je pouvais en voir, l'acier en était parfaitement poli. Je pris ensuite conscience de l'arbalète attachée aux sacoches derrière la selle, de l'écu suspendu de l'autre côté, et d'une enveloppe de cuir de forme allongée qui ne pouvait que contenir une autre épée. Dans l'échancrure de sa pèlerine, j'aperçus le haut d'une cotte de mailles qui enserrait son cou. Cet étranger n'était pas un simple paysan, mais un guerrier.

— Sieur de Montbard, poursuivit mon père, voici mon fils Gondemar, dont je vous ai parlé.

Instinctivement, je me méfiai de cet étranger. Il parut le sentir et releva aussitôt le défi. Posant sur moi un regard clair d'une rare intensité, il me parcourut de la tête aux pieds, m'évaluant avec une moue arrogante, comme on le fait pour un soldat – ou un adversaire. Jamais il n'inclina la tête, ni ne montra le respect qui m'était dû. Une lueur inquiétante traversa son œil valide.

— Quel âge avez-vous, jeune sire ? finit-il par demander d'une voix rocailleuse, avec un accent chantant que je n'arrivai pas à situer.

— Quatorze années faites, messire, répondis-je en relevant orgueilleusement le menton.

— Et vous vous prenez déjà pour un homme, on dirait. Mais vous me semblez solide pour votre âge. Vous ferez sans doute une recrue acceptable.

Sans rien ajouter, il fit claquer ses rênes et son cheval se remit en marche, me laissant là, médusé.

Je retournai au manoir pendant que mon père et l'étranger allaient mettre leurs montures à l'écurie. Quand ils ressortirent, je les observai alors qu'ils arpentaient le village, Montbard s'arrêtant souvent pour examiner quelque chose ou poser une question. Ce manège dura jusqu'à la tombée de la nuit. Lorsqu'ils entrèrent enfin, un feu ronflait dans la cheminée et la pièce était agréable. L'odeur alléchante du ragoût y flottait. Les deux hommes s'en approchèrent et se frottèrent les mains avec vigueur. Une fois réchauffé, mon père fit les présentations d'usage.

— Mon épouse, Nycaise, seigneuresse de Rossal. Nycaise, voici sire Bertrand de Montbard.

— Madame, fit Montbard en inclinant la tête avec galanterie.

— Sieur de Montbard, rétorqua ma mère, visiblement méfiante.

Mon père s'installa à l'extrémité de la table et me fit signe de prendre ma place habituelle, à sa droite. À son invitation, l'étranger retira sa pèlerine, dévoilant la cotte de mailles que j'avais entrevue plus tôt. L'homme était un véritable roc. L'étonnante musculature de ses épaules et de son dos ne pouvait qu'être le fruit de longues années à manipuler la lourde épée qu'il portait. Sa taille était épaisse, mais tout à fait dénuée de graisse. Ses cuisses, serrées dans des braies de tissu grossier, étaient massives comme des troncs d'arbres. Ses bras se gonflaient dès qu'il les pliait. Il semblait avoir été ciselé tout entier dans la pierre et je plaignais celui qui aurait l'idée de lui faire un mauvais parti.

Montbard me surprit en train de le détailler et m'adressa à nouveau ce regard dur et froid qui me fit aussitôt baisser les yeux, intimidé. Moi qui avais décidé d'être un homme et qui avais déjà tué sans remords, je rougissais comme un garçonnet devant cet étranger. Il déposa le vêtement sur un banc puis déboucla le large ceinturon de cuir auquel étaient suspendues l'épée et une dague que je n'avais pas aperçue auparavant. Avec ce que je ne pouvais interpréter que comme un grand respect, il mit ses armes sur sa capeline et s'attabla à la gauche de mon père, face à moi. Les yeux écarquillés, ma mère le toisa, une écuelle d'étain entre les mains. Elle se reprit et, en bonne hôtesse, posa devant lui le ragoût fumant et un morceau de pain dur, sans toutefois réussir à détendre ses lèvres pincées par la désapprobation. Puis elle remplit son gobelet de vin. Solennel, il la remercia du chef. Après nous avoir servis, mon père et moi, Nycaise prépara sa propre portion et prit place à l'autre bout de la table, face à son époux. Montbard joignit les mains, pencha la tête et se recueillit.

— *Benedic, Domine, nos et haec tua domina, quae de tua largitate sumus sumpturi. Per Christum Dominum nostrum. Amen*[1].

— Amen, répondîmes-nous, un peu étonnés par une telle piété chez un homme d'apparence si fruste.

Nous mangeâmes dans un silence gênant. Sans lever les yeux de son écuelle, le nouveau venu avala méthodiquement de grandes cuillérées de ragoût puis en racla le jus avec son pain. Lorsqu'il eut terminé, il vida d'un trait son gobelet et le reposa sur la table avant de laisser échapper un rot bref et sonore. Puis il joignit à nouveau les mains, baissa la tête et ferma les yeux.

— *Agimus tibi gratias, omnipotens Deus, pro universiii beneficiis tuis. Qui vivis et regnas in saecula seaculorum. Amen*[2].

Il releva la tête et adressa à Nycaise son demi-sourire vaguement menaçant.

— Ce ragoût était excellent, madame. Il a soulagé l'estomac d'un vieux guerrier habitué à une nourriture beaucoup plus grossière.

Ma mère acquiesça de la tête sans rien dire et ramassa les couverts. Elle paraissait craintive et je notai qu'elle restait à bonne distance de l'étranger. Pour ma part, j'éprouvais une

1. Bénissez-nous, Seigneur, et bénissez en même temps les aliments que votre libéralité nous accorde. Par Jésus-Christ notre Seigneur. Amen.

2. Nous vous rendons grâces de tous vos bienfaits, Dieu tout-puissant, qui vivez et régnez dans les siècles des siècles. Amen.

antipathie certaine pour ce personnage aussi arrogant qu'énigmatique, qui rendait grâces à Dieu avec une ferveur presque ecclésiastique et qui sans doute pouvait également trucider un homme sans sourciller. Il émanait de lui une vague menace qui me mettait mal à l'aise. Une nouvelle fois, Montbard surprit mon regard et le soutint sans battre des paupières jusqu'à ce que je me détourne.

Mon père saisit la cruche de vin et remplit le gobelet de Montbard, puis le sien.

— Vous avez vu la seigneurie. Il est temps de parler affaires, Montbard, dit-il.

Ses yeux rendus humides par l'âge se posèrent sur moi.

— Gondemar, tu te souviens sans doute du passage des brigands, l'été dernier, et du sort qu'ils ont fait subir à Papin. Sans parler de la pauvre fille du sabotier qui, me dit-on, ne s'est jamais tout à fait remise des sévices qu'elle a endurés.

Je hochai la tête, me rappelant trop bien le sang qui descendait sur la poitrine et la figure du gros serf puis ses tripes qui s'écoulaient jusqu'au sol. Et la voix de Pernelle était inscrite au fer rouge dans ma mémoire. *Un quartier de viande tout juste assez bon pour y répandre sa semence...* En silence, ma mère passa derrière moi et, comme si elle lisait dans mes pensées, me posa brièvement la main sur l'épaule avant de revenir s'installer à table.

— Tu es assez âgé pour comprendre que notre seigneurie est sans défense face à de telles exactions, poursuivit mon père. J'ai donc décidé d'engager le sieur de Montbard comme maître d'armes.

Je jetai un regard furtif vers l'étranger. Il avait entrelacé ses gros doigts ronds et appuyé les coudes sur la table. Son regard intimidant était vrillé sur moi.

— Sire Bertrand et moi avons conclu un arrangement, continua Florent. Je lui ai cédé quelques bonnes parcelles de terres, que les serfs cultiveront pour assurer sa subsistance. Jusqu'à ce qu'on lui construise une maison, il dormira dans l'étable. En échange, il assurera la protection du village et de la seigneurie.

Florent pinça les lèvres et vrilla ses yeux bruns dans les miens

— Je veux qu'un jour tu sois capable de défendre les terres qui sont les tiennes, Gondemar. Le sieur de Montbard aura donc une autre tâche, tout aussi importante sinon davantage, poursuivit-il.

Il désigna Montbard de la tête.

— Dès à présent, je te remets entre les mains du maître d'armes de Rossal et le charge de ta formation et de ta discipline. Tu lui obéiras en tout, comme s'il était moi. Auprès de lui, tu apprendras le maniement des armes jusqu'à ce qu'il se déclare satisfait de toi.

— Nous commencerons dès demain, gronda Montbard, un sourire inquiétant relevant sa lèvre déformée. Retrouve-moi dans l'étable au lever du soleil.

Je notai qu'il me tutoyait et m'en trouvai fort vexé. Pour qui se prenait ce malotru sorti de nulle part ? J'étais le futur seigneur de Rossal et on me devait le respect. Mais cela semblait l'indifférer. Sans rien ajouter, il se leva de table, salua mes parents de la tête, ramassa ses armes, passa sa pèlerine et sortit.

Je dormis très mal cette nuit-là. Une part de moi était fébrile à l'idée d'apprendre à manier les armes comme un seigneur devait le faire. Mais une autre part, plus importante encore, était dominée par la terreur viscérale que m'inspirait cet homme et qui me serrait les boyaux comme un étau.

Je fus debout avant l'aube, le ventre noué, à la fois excité par l'univers inconnu qui m'attendait et réfractaire à l'idée d'obéir à la directive péremptoire émise par cet inconnu qui semblait se prendre pour mon supérieur. Je me demandais comment je devais me vêtir pour ma première séance avec le maître d'armes, détestant me sentir comme une pucelle désireuse de plaire à son damoiseau. Je choisis des braies épaisses et confortables, des chausses de cuir solides et bien formées, et une chemise ample.

Ainsi vêtu, je sortis de ma chambre et trouvai ma mère qui m'attendait près de la table dans la cuisine. Les mains jointes sur la poitrine, elle semblait nerveuse et triste. Le visage contrit, les yeux bouffis, elle avait manifestement pleuré. Elle s'approcha de moi et me posa une main sur la joue. Je la repoussai avec brusquerie et elle en fut blessée.

— Mon petit… mon tout petit… Encore hier, tu n'étais qu'un enfantelet, dit-elle en forçant un sourire. Et voilà qu'aujourd'hui, on va t'enseigner comment tuer.

— Le sieur de Montbard va m'apprendre à protéger mes terres, comme il se doit, rétorquai-je sèchement.

— Le résultat final ne sera-t-il pas le même?

— Tuer pour défendre le bon droit et tuer par plaisir sont deux choses. Sinon, tous les croisés qui se battent en Terre sainte contre les Sarrasins croupiraient en enfer. Mettre fin à la vie d'un brigand ou d'un païen, c'est faire l'œuvre de Dieu.

Nycaise sourit tristement en secouant la tête.

— Pas encore quatorze ans, et déjà tu as réponse à tout. Le père Prelou t'a fait une belle tête. Dommage que tu doives maintenant cesser de t'en servir.

Elle me dévisagea tristement et se tut. J'attrapai mon manteau et me dirigeai vers l'écurie. Dehors, le soleil se levait et l'air frais était bon. Craignant d'être en retard, je pressai le pas. J'étais le fils du seigneur et, pourtant, je n'osais même pas imaginer désobéir aux ordres du maître d'armes. Tels étaient l'autorité naturelle de cet homme et l'ascendant qu'il exerçait déjà sur moi.

Lorsque j'entrai, il était là. Autour de lui, dans l'étable, les stalles longeaient les murs, la plupart vides. Seuls s'y trouvaient les chevaux sur lesquels mon père et Montbard étaient revenus la veille. Le poil luisant, ils mâchonnaient placidement le foin qui remplissait leur auge. La monture de mon père, que je chevauchais souvent, me reconnut aussitôt et annonça mon arrivée d'un hennissement enjoué.

Les poings sur les hanches, les jambes écartées et droit comme un chêne, le maître d'armes me tournait le dos. Il était en chemise et son impressionnante musculature saillait sous le tissu mince. Il avait attaché ses cheveux grisonnants sur sa nuque avec une lanière de cuir. Près de lui, appuyées contre une des colonnes de bois qui soutenait le toit, se trouvaient deux épées. Je m'approchai de lui.

— Tu es à l'heure, dit-il de sa voix rauque, sans se retourner. La ponctualité est une vertu que tu as intérêt à entretenir si tu veux que ton entraînement ne soit pas trop pénible.

— Je souhaite débuter par le maniement de l'épée, l'informai-je avec hauteur.

— Vraiment ?

Il franchit la distance qui nous séparait avec une agilité déconcertante et m'abattit en plein visage une main droite calleuse et dure comme de la pierre. Sonné, je chancelai et seul l'orgueil m'empêcha de tomber.

— En ma compagnie, tu ne souhaites rien. Tu obéis. Compris ? cracha-t-il.

— De quelle autorité… ? balbutiai-je, outré d'être ainsi traité.

Aussitôt, une seconde claque, plus sèche encore que la précédente, me dévissa presque la tête et m'envoya choir sur le cul, les larmes aux yeux et l'oreille qui tintait douloureusement.

— Cette autorité est la seule dont j'ai besoin, grommela le maître d'armes d'un ton menaçant en brandissant sa main droite. Si elle ne te suffit pas, je peux aussi invoquer celle de ma senestre, qui est aussi convaincante. Maintenant, cesse de pleurnicher comme une femmelette et relève-toi.

Abasourdi, j'obtempérai.

— Ainsi donc, dit-il, messire Gondemar désire apprendre le maniement de l'épée ? Soit.

Montbard me passa une paire de gants en cuir épais et je les mis docilement. Puis il saisit une des épées et me la lança. Sans y penser, et sans doute un peu aussi pour sauver ma vie, je l'attrapai par le manche. Elle faisait plus de deux coudées de long et était si lourde que je faillis l'échapper. Avant que je ne puisse l'empêcher, sa pointe frappa piteusement le sol.

— Au moins, tu as de bons réflexes, grommela Montbard.

Je ne savais si je devais prendre son commentaire comme un compliment ou comme une insulte.

— Mais pour l'heure, tu es aussi faible qu'une vieillarde, poursuivit-il en avisant l'arme dont la pointe reposait toujours sur la terre battue. Foutre de Dieu… mais quel rebut de mamelle m'a-t-on fichu ?

Cette remarque me laissa dépité et je sentis mes joues s'empourprer. Il ramassa l'autre épée, la prit à deux mains et, avec un impressionnant mélange de force et de dextérité, la fit tournoyer devant lui, traçant de grands huit en la faisant siffler dans les airs.

— En garde ! s'écria-t-il lorsqu'il eut terminé.

Je levai l'épée de mon mieux et la plaçai maladroitement devant moi. De quelques pas vifs, il franchit la distance qui nous séparait et se retrouva face à moi, son arme brandie tout près de mon nez sans que je n'aie pu bouger la mienne.

— Putain de Dieu ! Mais qu'attends-tu ? Que ta mère vienne te défendre ? On ne reste jamais les bras ballants devant une épée brandie à moins de vouloir être occis, damoiseau !

Il balaya mon arme de côté d'un coup sec dont la force me résonna jusqu'à l'épaule.

— Mais tiens-la à deux mains, bougre de demi-part ! gronda le maître d'armes. N'as-tu que du chiffon dans les bras ?

Cet homme semblait décidé à se lancer dans un combat singulier et à me faire sauter la tête. J'obtempérai, de plus en plus nerveux, et brandis mon arme devant moi en tentant d'imiter sa posture. Aussitôt, il m'inonda de directives.

— Écarte les jambes ! Sinon tu vas t'emmêler dans tes propres pieds, sot ! Penche le torse vers l'avant ! Ventredieu, ne serre pas ton épée comme si tu voulais l'étouffer, jus de croupion ! Tu as l'air d'une statue de la Vierge ! Un peu de fluidité ! Fais-la bouger. Et garde-la devant ton visage, mais n'expose pas ton ventre. Tu vas te faire éviscérer !

Proche de la panique et profondément blessé dans mon orgueil, je fis de mon mieux pour lui obéir. Il m'observa un moment et corrigea quelques aspects mineurs de ma posture.

— C'est un peu mieux. Maintenant, fais-la siffler comme je l'ai fait. Ça te réchauffera la viande.

Je bandai mes muscles et traçai de mon mieux quelques huit maladroits. Le résultat fut décevant. L'épée à double tranchant était terriblement lourde et j'avais peine à la manier. Il ne fallut qu'une minute pour que mes bras brûlent comme du feu et tremblent piteusement. Le seul sifflement que j'obtins fut celui de mon souffle haletant. Montbard fit la moue et secoua la tête, dépité. Il soupira, haussa les épaules, se dirigea vers une stalle, prit une louche en bois qui trempait dans une chaudière et revint me la tendre.

— Bois. Tu es pantelant comme un godelureau à court de semence !

J'avalai avidement, trop heureux de cacher un peu ma honte derrière l'ustensile.

— L'épée templière ne se laisse pas manier par qui le désire, dit-il. C'est elle qui choisit ceux qu'elle protège. Nous finirons bien par faire de toi un homme.

Je cessai de déglutir, interdit. Avait-il dit « templière » ? Comme tout le monde, j'avais entendu parler des Pauvres Chevaliers du Christ et du Temple de Salomon. Le père Prelou m'avait raconté les exploits légendaires des Templiers en Terre sainte. On disait qu'aucune armée ne pouvait rivaliser avec ces terribles moines-soldats et que leur seule apparition suffisait souvent à faire tourner visage à un ennemi plus fort en nombre. Que la vue du baucent au bout d'une hampe et de la croix pattée rouge sur leur manteau blanc suscitait l'effroi chez l'adversaire. Que leur courage était sans bornes. Ils étaient le bras vengeur de Dieu lui-même et aussi du Pape, son représentant sur terre. Je dévisageai Montbard.

— Êtes-vous un templier ? demandai-je, étonné.

Le maître d'armes releva son épée et fit un sourire qui me glaça le sang.

— Tu es curieux comme une mégère. Mets-toi en garde au lieu de poser des questions inutiles.

Les heures qui suivirent furent un tourbillon de coups qui me résonnaient jusque dans les os et de parades désespérées, le tout entrecoupé d'une avalanche d'insultes cruelles qui m'atteignaient droit au cœur et de directives contradictoires. Au fil des volées et des coups, je réalisai que Montbard cherchait bien plus à briser mon caractère qu'à me former. Les pauses me parurent de plus en plus courtes à mesure que l'épuisement me gagnait. Lorsque le repas du midi arriva enfin, il posa son arme contre une poutre. Après des heures d'effort soutenu, l'homme n'était même pas essoufflé et aucune sueur ne perlait à son front. Adossé à une stalle, haletant, transpirant dans ma chemise collée à ma peau, j'attendis.

— Ça suffira pour aujourd'hui. Demain matin, même heure.

— Non, osai-je dire. Je souhaite me reposer. Nous reprendrons le jour d'après.

Montbard s'approcha de moi jusqu'à ce que son nez frôle le mien et m'empoigna par la chemise. Sa lèvre déformée lui donnait un air cruel.

— Tes souhaits m'indiffèrent, me cracha-t-il au visage. Nous recommencerons demain et tous les autres jours que Dieu voudra bien t'accorder, jusqu'à ce que je sois satisfait de toi. Lorsque tous tes muscles seront en feu et que tu croiras que tes bras sont en passe de se détacher de tes épaules, tu manieras encore ton arme. Tu t'entraîneras jusqu'à implorer le Diable lui-même d'abréger ta misère. Mais il ne pourra rien pour toi. Tu appartiens à Bertrand de Montbard. Personne d'autre. Même ton père ne te sauvera pas. Tu as compris ?

— Oo-oui, bégayai-je, terrifié.

De la tête, il désigna mon épée.

— Assure-toi de l'affiler et de la huiler tous les soirs. Traite-la avec plus d'égards que l'entrejambe d'une mignonne. On ne laisse pas son arme dépérir. On ne sait jamais quand on en aura besoin.

Sans rien dire, je me dirigeai d'un pas traînant vers la porte. Je l'ouvris et j'allais la franchir lorsque la voix de Montbard tonna.

— Gondemar de Rossal !

Je m'arrêtai net. Interdit, je tournai la tête. Les poings sur les hanches, la tête penchée vers l'avant, une lumière menaçante brillant dans son œil valide, il me toisait d'un air mauvais.

— Petit seigneur ou pas, on ne prend jamais congé de son maître d'armes sans le remercier pour la leçon reçue. N'oublie pas qu'il tient tes génitoires dans sa main et qu'il peut les serrer autant que bon lui semble.

— Merci pour la leçon, sieur de Montbard, dis-je en m'inclinant docilement.

— Voilà qui est mieux. Maintenant, va.

Lorsque je sortis, je sentis son regard qui me brûlait entre les omoplates. Fourbu, je titubai jusqu'au manoir. Mes épaules, mes bras et mon dos étaient si endoloris que je n'imaginais pas qu'ils puissent un jour bouger à nouveau normalement. Mes jambes étaient lourdes et percluses de crampes qui me faisaient marcher comme une oie. Mon orgueil me faisait plus mal encore. De retour au manoir, je passai devant ma mère sans rien dire et m'effondrai dans mon lit. Je ne m'éveillai qu'au repas du soir, que j'engloutis comme s'il s'agissait de mon dernier, pour ensuite affiler et polir mon épée. Mon père n'eut pas à s'enquérir du déroulement de ma première journée d'entraînement. Mon état et mon regard hagard l'en informèrent amplement.

Ce jour-là, Bertrand de Montbard était entré dans ma vie tel un ouragan. Il en dominerait désormais chaque minute.

CHAPITRE 5
La maturité

Les premiers mois de mon entraînement se déroulèrent dans un état de constante hébétude entre des heures d'effort intense et le temps passé à tenter d'en récupérer. Mais peu à peu, mon corps s'habitua au rythme infernal imposé par Bertrand de Montbard et, à mesure qu'augmentait ma résistance, j'y découvris un plaisir certain.

L'interminable succession de séances toujours plus rudes en compagnie de cet homme sculpta mon corps. J'étais déjà grand pour mon âge, mais à force de persévérance, de sueur et de douloureuses courbatures, mes muscles se définirent et prirent une ampleur nouvelle. Le maniement incessant des armes rendit mes épaules rondes et massives. Mes avant-bras se strièrent de veines gonflées par le poids de mon épée. Devant constamment me déplacer au rythme des attaques et des parades, je vis mes cuisses et mes mollets devenir durs comme des troncs. Je m'habituai petit à petit à cette nouvelle carcasse et appris à en tirer avantage. Le temps et la nature firent aussi leur œuvre. Ma voix se creusa et, sans être encore tout à fait celle d'un homme, elle cessa bientôt de se briser lorsque je parlais pour prendre une sonorité basse et profonde. Sur mes joues, sous mes aisselles et entre mes jambes, quelques poils drus firent leur apparition.

Je me révélai fort doué. Montbard était un homme de peu de mots, pour qui l'encouragement consistait à augmenter la difficulté et la cadence d'un exercice. Je finis par lire sur son visage une certaine satisfaction face à mes progrès. L'épée qui m'avait paru si lourde s'allégea peu à peu et devint un prolongement naturel de mes bras. Au fil du temps, je la maniai avec une facilité, une agilité et une efficacité croissantes, au point où je devins pour mon maître un adversaire respectable. Après plus d'une année à me traiter comme un forçat, une certaine circonspection avait remplacé sa morgue du début. Je prenais plaisir à maîtriser mon arme et à voir l'étonnement qui traversait parfois son œil valide et une moue admirative se former sur ses lèvres après qu'une de mes attaques l'eut surpris. Je me sentais rempli d'un pouvoir grandissant et j'en éprouvais une grande griserie. Je devenais celui que j'avais juré d'être : un homme qui serait craint et respecté de tous.

Sans doute pour me conserver une certaine humilité, Montbard semblait prendre un malin plaisir à me placer devant mes limites. Ainsi, un matin, quand j'entrai dans l'étable d'un pas assuré, prêt à entreprendre une nouvelle séance d'entraînement, je fus étonné de le trouver, appuyé négligemment contre une montagne de tonneaux empilés les uns sur les autres sur quatre rangs. Je dus avoir un air particulièrement ahuri, car il éclata de rire.

— Que font là ces tonneaux ? demandai-je.

— Cette nuit, quelques serfs ont bien voulu contribuer à ta formation, dit-il. Sur mon ordre, ils ont entassé tout cela ici.

— Pour quoi faire ?

— Pour que tu les déplaces, pardi ! Tu ne crois quand même pas que tout ce vin va servir à désaltérer un jouvenceau de quinze ans ? Un guerrier ne doit pas avoir seulement la force de tenir son épée. Il lui faut aussi de l'endurance, car une bataille s'éternise toujours et il doit être encore debout lorsqu'elle se termine.

Durant les semaines suivantes, au rythme des invectives de mon maître d'armes, je dus ériger sans cesse de nouvelles montagnes de tonneaux dans l'écurie, les prenant à bras le corps tant que j'en avais la force, les roulant lorsque je n'en pouvais plus de les soulever. Le lendemain, je devais les déplacer à nouveau. Je rentrais chaque jour exténué. Montbard était sans pitié.

Il ne cessa son manège que lorsque je parvins à soulever tous les tonneaux et à les déplacer sans défaillir ni prendre de pause. Le lendemain de cet exploit, les maudites barriques avaient disparu.

À mesure que mes facultés guerrières s'amélioraient et que mon corps se développait, je sentais fleurir en moi une assurance nouvelle. Je voyais bien que les regards que me lançaient les serfs à la dérobée avaient changé. La méfiance s'y trouvait toujours, mais elle était désormais mêlée du respect et de la crainte que j'avais toujours souhaité voir. Si les gens s'écartaient toujours sur mon passage, c'était désormais aussi parce que ma confiance et ma prestance l'imposaient.

Je trouvai dans le maniement des armes un plaisir insoupçonné. Parfois, lorsque les séances étaient particulièrement viriles, je me retrouvais porté par un instinct que je ne pourrais que qualifier d'animal. Je sentais une fureur profonde et noire monter en moi, un nuage sombre assombrir mon âme. C'est dans ces moments d'extase malsaine que je m'avérais le plus redoutable. Je me sentais alors plus rapide, plus puissant, presque infaillible, et même Montbard semblait parfois peiner un peu à contenir mes assauts. Le contentement que cet état second me procurait me comblait et c'est toujours à regret que je le sentais me quitter.

Mon sentiment n'échappa pas à l'œil perspicace de Montbard. Un jour, après un exercice particulièrement mouvementé où j'en avais été possédé, il me dévisagea longuement et, chose étonnante, me traita avec un embryon d'affection.

— Ce que tu ressens est une forme de luxure, m'expliqua-t-il. Les meilleurs combattants l'éprouvent souvent durant la bataille, lorsque l'odeur du sang les enivre et que l'épée semble aussi légère qu'une plume. C'est ce qui fait leur force et les distingue des autres. C'est ce qui leur permet de survivre. C'est aussi le plus grand danger qui les menace, car il peut leur faire perdre la tête et les rendre imprudents. Tu dois apprendre à tirer parti de ce sentiment sans jamais le laisser te dominer. Souviens-toi toujours que les armes ennoblissent celui qui les manie, mais avilissent celui qui se laisse mener par elles. Ce qui te rend fort peut aussi t'abaisser au rang de la bête. Tu comprends ?

J'acquiesçai de la tête en essayant de montrer de la conviction. Je réalise aujourd'hui que la maîtrise de l'art de la guerre fut ce qui installa la corruption dans mon âme.

Un des principaux aiguillons qui mortifieraient plus tard ma conscience se présenta un beau matin, alors que nous nous entraînions à l'extérieur, devant la grange. Nous nous étions étiré les muscles et nous nous étions échauffés en faisant siffler nos lames dans les airs, côte à côte et avec un parfait synchronisme, comme des frères d'armes. Je tirais une grande fierté de pouvoir suivre avec aisance ces mouvements qui m'avaient paru impossibles lors de notre première rencontre. Puis nous avions entrepris nos exercices. Comme toujours, nous tournions l'un autour de l'autre, nos épées tendues, nous guettant tels des fauves. Montbard savait fort bien qu'il pouvait me vaincre à volonté, mais il avait aussi conscience que j'étais devenu assez redoutable pour que nos affrontements requièrent son entière attention et que, dorénavant, la moindre distraction pouvait lui coûter cher.

Soudain, une petite voix haut perchée nous tira de notre concentration.

— Ha ! Ya ! faisait-elle.

Intrigué, je me retournai pour apercevoir à ma droite un petit bonhomme haut comme trois pommes qui nous imitait de son mieux, une branche à la main. Ce petit noiraud aux yeux brillant d'espièglerie, je le connaissais un peu. Il avait peut-être quatre ans. La rumeur voulait qu'il soit le fruit d'une des sœurs de Pernelle, engrossée par on ne savait trop qui. Personne ne s'était soucié d'un bâtard de plus dans Rossal et le petit traînait dans le village comme tous les autres enfants. Je m'arrêtai, contrarié d'être dérangé. Montbard figea son mouvement et ce qu'il fit m'étonna : son visage s'éclaira d'un sourire attendri dont je le croyais incapable. Il s'approcha du bambin et s'accroupit.

— Morbleu ! Mais qui avons-nous là ? roucoula-t-il en lui ébouriffant l'épaisse chevelure. Un chevalier en herbe ?

— Oui ! Odon chevalier ! répéta le petit en bombant fièrement le torse, le sourire fendu jusqu'aux oreilles.

— Ah ! mais avant d'être chevalier, tu dois être écuyer, s'esclaffa Montbard. Tu voudrais être le nôtre ?

Le visage crasseux d'Odon se renfrogna.

— C'est quoi, écuyer ?

— Il apporte l'armement des chevaliers, il l'entretient, et il fait tout ce qu'on lui demande pour aider. Ça t'intéresse ?

Le petit hocha la tête avec enthousiasme puis se fourra le pouce dans la bouche.

— Bon ! s'exclama Montbard, son visage prenant une expression exagérément grave. Alors il faut t'adouber. Agenouille-toi, sire Odon ! Et ôte ce pouce de ta bouche, je te prie.

Impressionné, le bambin se laissa tomber à genoux. Mon maître leva sa lame et la posa solennellement sur l'épaule gauche du petit, puis sur sa droite et enfin sur sa tête.

— Au nom du Père, du Fils et du Saint-Esprit, je t'adoube, sire Odon. Relève-toi, écuyer désormais juré.

Je confesse sans honte que je ressentis une vive jalousie en voyant Montbard s'attendrir ainsi devant un bambin pouilleux. Sans que je ne m'en sois rendu compte, l'approbation du vieux démon m'était devenue importante.

À compter de ce jour, le petit Odon nous accompagna quotidiennement dans nos entraînements, ce qui n'eut de cesse de me contrarier. Il nous attendait le matin lorsque nous arrivions dans la grange et se tenait au garde-à-vous avec drôlerie, ce qui faisait toujours rire Montbard. Le maître d'armes le couvrait d'attention et lui façonna même une petite épée en bois. Il lui apprit quelques rudiments de mouvements et ne se formalisa jamais de le voir tenter de nous imiter, les sourcils froncés par la concentration. Pour ma part, je fus contraint de tolérer ce marmot pour lequel j'éprouvais peu de sympathie. Il deviendrait plus tard le symbole le plus douloureux de ma déchéance.

J'avais passé le cap des seize années et j'étais résolu à mettre en œuvre une stratégie que j'avais patiemment élaborée au cours des mois précédents. Comme à tous les entraînements, Odon me tendit de peine et de misère mon épée, beaucoup trop lourde pour lui, puis fit de même pour Montbard, qui le remercia par une profonde révérence qui fit glousser l'enfant de plaisir.

Depuis toujours, j'ouvrais nos entraînements en portant le premier coup. Il s'agissait d'une tradition implicite à laquelle nous n'avions jamais dérogé jusque-là. Montbard sembla étonné de constater que, ce matin-là, je n'entendais pas respecter cet usage. Soupçonnant sans doute quelque arnaque, il retroussa les lèvres en un sourire amusé et, sans prévenir, abattit son arme vers ma hanche gauche. Faisant un pas de côté, je parai facilement le coup, fis un tour sur moi-même et répliquai en balayant vers ses tibias. Il sauta vers l'arrière et ma lame fendit l'air.

— Te voilà bien féroce ce matin, puceau, dit-il. Un poil de plus et tu me sciais les jambes ! Aurais-tu un surplus d'huile de reins qui te rend mauvais ?

Son regard devint sombre et je sus qu'il prenait la séance au sérieux. Qu'il y sentait un défi personnel. J'en conçus une grande peur et me demandai si je n'avais pas été trop hardi, mais il était trop tard pour reculer. À force de l'affronter, j'en étais arrivé à pouvoir anticiper la plupart de ses réactions, bien qu'il fît un effort constant pour varier ses attaques afin de me familiariser avec tous les styles de combat. Le diable d'homme semblait les maîtriser tous. J'étais donc prêt lorsqu'il se lança sans prévenir dans une charge furieuse. Sa lame passa dans le vide et allait s'abattre sur mon épaule, mais je levai mon épée pour bloquer le coup. Il avait espéré cette parade et en tira avantage. Utilisant son élan, il empoigna les deux extrémités de son arme dans ses mains gantées de cuir, l'appuya sur la mienne et poussa.

Sur les conseils de mon maître lui-même, j'avais appris qu'il était inutile de s'opposer à plus fort que soi et qu'il valait toujours mieux retourner la force de l'adversaire contre lui. Plutôt que de tenter de résister à son assaut, je le laissai donc me repousser de ses bras puissants. Lorsqu'il fut bien engagé dans son mouvement, je pivotai les épaules pour lui échapper. Emporté par son élan et déséquilibré, Montbard s'enfonça dans le vide. Après quelques pas, il s'arrêta et fit aussitôt demi-tour, prêt à se défendre. Je crus lire sur son visage de l'admiration. Et aussi une cruauté qui me fit peur.

Feignant à droite, je fis un tour complet sur moi-même et surpris Montbard d'un violent coup à la hauteur de la tête, sur sa gauche, qu'il bloqua in extremis, et nos armes restèrent pressées l'une contre l'autre. Je profitai de son étonnement momentané pour abattre mon poing sur son nez et sentis un craquement sec sous mes jointures. Le sang se mit à couler de ses narines et à mouiller sa moustache. Malgré lui, il grogna de satisfaction et de douleur.

— Alors tu veux jouer à ça ? grogna-t-il en souriant. Fort bien. Jouons.

Pressant mon avantage, je bandai mes muscles et fis remonter son épée avec la mienne. J'allais le frapper à nouveau lorsqu'il abattit son pommeau sur ma joue gauche, me fendant la chair. Je sentis le sang chaud couler, mais n'en eus cure. Le moment était venu de mettre ma stratégie en application.

Profitant du fait qu'il s'était compromis, j'enchaînai avec une série de coups furieux, tous portés sur sa gauche. Suant à grosses gouttes, j'eus le plaisir de le voir reculer sous mes attaques pour la première fois depuis qu'il avait entrepris ma formation. Le visage crispé par l'effort, presque débordé, il parait la pluie de coups que je faisais descendre vers lui. À plusieurs reprises, il tenta de se déplacer pour me faire face, mais chaque fois je l'en empêchai par une nouvelle volée, n'attaquant que sa gauche.

Mes bras brûlaient sous l'effort, mais Montbard, lui, soufflait comme un taureau et ne parvenait plus à attaquer.

L'occasion attendue survint enfin. Reculant malgré lui, Montbard finit par se pencher un peu trop en arrière pour parer une attaque particulièrement vigoureuse. J'en profitai pour percer sa garde et enfoncer mon épaule dans son torse massif. Puis je passai ma jambe derrière la sienne, comme il me l'avait si souvent fait, remontai mon avant-bras sous son menton et poussai. L'impossible se produisit. Le maître d'armes tant redouté perdit l'équilibre et s'affala lourdement sur le dos. Il s'était à peine relevé sur ses coudes que la pointe de ma lame était posée contre sa gorge. Il me toisa, haletant. Il avait l'air absolument ravi. Un peu à l'écart, Odon applaudissait à tout rompre en poussant des petits cris joyeux.

— Bougre de puceau ! gronda-t-il. Il était grand temps que tu y songes ! Combien de fois t'ai-je répété que tu devais exploiter les faiblesses de ton adversaire ? Malgré le caillou qui te tient lieu de cervelle, tu as enfin compris !

Du bout des doigts, Montbard écarta ma lame de sa gorge et me tendit sa main gantée. Je la saisis et l'aidai à se relever. Il se dépoussiéra puis alla prendre une outre de peau suspendue à une des poutres de l'étable. Il la déboucha, la porta à sa bouche et avala de grandes gorgées du vin qu'elle contenait. Après s'être essuyé la bouche du revers de la main, il me la tendit.

— Bois ! Tu l'as bien mérité.

Trop heureux de cet honneur, je m'abreuvai à l'outre jusqu'à plus soif avant de la rendre à son propriétaire. Montbard la remit en place sur la poutre et revint vers moi.

— Misérable vermisseau… dit-il avec un sourire sincère. Depuis combien de temps planifiais-tu de prendre avantage du fait que je sois borgne ?

— Six mois au moins…

— Ha ! Il t'en a fallu du temps pour te décider !

— C'est que… je devais être assez fort pour pouvoir le faire.

— Bien parlé! Au bout du compte, quelques-unes de mes leçons ont fini par entrer dans ta maudite tête dure! Exploiter les faiblesses de son adversaire et utiliser ses propres avantages. Voilà comment on survit. Tu es devenu fort comme un bœuf, mais tu sais très bien que je suis encore capable de te coucher sur mes genoux pour te donner la fessée si tel est mon désir. En revanche, tu es plus agile que moi et tu es rapide, alors que l'âge et l'usure commencent à ralentir ma vieille carcasse. C'est grâce à cela que tu as eu le dessus. Souviens-t'en le jour où tu devras combattre.

À compter de ce jour, Montbard en vint progressivement à me traiter comme son égal et ses insultes se firent affectueuses. Maintenant que ma maîtrise de l'épée le satisfaisait et que j'étais devenu un bretteur avec lequel il fallait compter, mon entraînement se diversifia. Il m'initia au maniement de la hache, de la masse d'armes et de l'arbalète, me révélant un univers de stratégies et de techniques dont je ne soupçonnais pas l'existence. Un mannequin de cuir épais, rempli de paille et revêtu d'une cotte de mailles, fit les frais de mes efforts et, à force d'encaisser des coups, finit en pièces. Mais la séance quotidienne ne fut pas coupée en deux parts égales. Sa durée fut simplement doublée. Et j'y trouvai deux fois plus de plaisir. Je réalisai aussi que, petit à petit, Bertrand de Montbard, cette brute bourrue et insensible, avait gagné mon respect et moi le sien. Il ne pouvait savoir que je le décevrais.

Un chevalier digne de ce nom ne doit pas seulement savoir manier ses instruments. Il doit pouvoir le faire à cheval, une bataille débutant rarement sur le plancher des vaches. Lorsqu'il fut satisfait de mes progrès, Montbard s'attaqua avec son énergie habituelle à cet aspect de ma formation.

Comme j'avais commencé tôt à accompagner mon père dans ses tournées de la seigneurie, je me croyais déjà compétent en la matière. Mais naturellement, mon maître voyait les choses autrement. Aussi, un matin, rompit-il notre routine en m'attendant à l'extérieur de l'étable, tenant les rênes des deux chevaux que possédait mon père. Il avait déjà sellé les bêtes et son écu était suspendu au pommeau de la sienne. Le mien était posé à terre. Il me tendit mon ceinturon et me fit signe de le boucler. Lorsque mon arme fut suspendue à mon côté, il m'ordonna de monter, ce que je fis. Puis il me tendit mon écu, que je passai à mon bras gauche en maîtrisant tant bien que mal ma monture de l'autre main. L'espace d'un instant, j'eus le sentiment grisant d'être un chevalier. Mais Montbard s'assura de crever la bulle dans laquelle je flânais. Il se mit en selle, tira son arme et la brandit.

— Le cavalier ne doit faire qu'un avec sa monture, dit-il. Sur le champ de bataille, sa survie en dépend. Tant et aussi longtemps que tu ne sauras pas te battre à cheval, tu ne vaudras pas mieux que le dernier des fantassins.

J'eus à peine le temps de dégainer qu'il m'attaqua avec une férocité mesurée. Je découvris alors, à mon grand désarroi, que le maniement de l'épée à cheval était une discipline tout à fait différente. Le poids de mon arme exigeait de mes cuisses un effort constant pour me maintenir en selle tout en parant et en contre-attaquant. Le cou de mon cheval, constamment dans le chemin de ma lame et de mon écu, me contraignait à me tenir très droit. Mon bras, pourtant entraîné jusqu'à la torture, fut bientôt tremblant de fatigue et des élancements traversèrent les muscles de mon dos.

— Sois alerte ! Tu n'as plus uniquement toi à protéger, freluquet. Si ton adversaire blesse ta monture, tu te retrouveras pris dessous, les jambes ou l'échine en morceaux !

De peine et de misère, je tentai de contrer le déluge de coups que Montbard portait vers mon torse et mes bras, puis vers le poitrail et les jambes de ma monture. Sans effort apparent, il alternait d'un côté et de l'autre, attaquant mon arme, puis mon écu. J'avais l'impression de ne pas avoir suffisamment de bras pour réagir à l'incessante volée de métal qui s'abattait sur moi. Tout au long, la voix de mon maître tonnait, aussi infatigable que son bras.

— Lâche les rênes, bougre d'âne ! On dirait un nourrisson accroché au tétin de sa mère ! Comment veux-tu te protéger avec ton écu si ta main est occupée à les tenir ? Rentre le cul et utilise tes cuisses pour serrer le poitrail de ta monture, mordieu !

La séance dura deux interminables heures au terme desquelles je me trouvai plus épuisé que jamais. Lorsque je mis les pieds à terre, mes jambes tremblaient et j'avais peine à me tenir debout. Un coup d'œil à la vieille carne que j'avais montée me confirma qu'elle n'était guère en meilleur état.

— Odon aussi ! Odon aussi ! s'exclama notre petit écuyer en sautillant sur place lorsque nous eûmes terminé.

— Patience, vermisseau, ricana Montbard en lui tapotant la tête. Tu es encore trop petit.

C'est ainsi que l'entraînement à cheval s'ajouta au reste, le maître d'armes ne me laissant souffler que lorsque je m'étais défendu d'une façon qui, sans jamais le satisfaire tout à fait, lui laissait quelque espoir, grognait-il, que je pourrais devenir un jour relativement compétent. Mes cuisses devinrent si dures que j'aurais sans doute pu écraser entre elles la tête d'un adversaire. Mais mon cheval, lui, se faisait vieux et n'aidait guère mes progrès.

Montbard eut sans doute pitié de moi – ou du cheval. Mon père s'absenta pendant deux semaines pour revenir, un jour, avec une bête magnifique. Je le vis venir de loin et me portai à sa rencontre. Je le saluai distraitement, fasciné par l'étalon qui le suivait, attaché à sa selle. Jeune et nerveux, il était noir comme un corbeau. Sa musculature suintait la puissance contenue. Il était presque aussi haut que moi. Cet animal ne devait pas être abaissé à travailler aux labours. Il était fait pour foncer.

— Vous avez acheté un nouveau cheval, constatai-je bêtement.

— Comme tu vois.

— Mais… nous en avons déjà deux.

— L'un d'eux se fait vieux. Et sire Bertrand affirme qu'un chevalier sans monture serait bien piteux, grommela Florent, visiblement contrarié. Il est pour toi.

Je fus étonné d'apprendre que mon père m'offrait cette bête splendide, lui qui m'avait toujours ignoré. Je portai sur le cheval un regard admiratif. Lorsque nos regards se croisèrent, il me sembla qu'il m'évaluait de ses beaux grands yeux bruns. Je sais, maintenant, qu'à ce moment précis l'animal me choisit et me promit son entière loyauté. Je m'approchai et, craintivement, lui caressai les naseaux. Il s'ébroua joyeusement puis piaffa, comme s'il désirait que je le monte sans plus attendre pour s'élancer aussitôt à toute vitesse. Du nez, il me fouilla le creux de la main et me chatouilla, ce qui me fit rire.

— Merci, père. Sauvage… murmurai-je comme un amant à sa maîtresse. Tu t'appelleras Sauvage.

De temps à autre, en revenant de l'écurie, il m'arrivait d'entrevoir Pernelle, qui prenait l'air sans s'éloigner de la maison familiale où elle semblait s'être emmurée elle-même. Souvent, Odon rôdait autour d'elle. Plusieurs années s'étaient écoulées depuis le passage des brigands. Ayant dépassé l'âge où les filles se mariaient, Pernelle restait obstinément seule et isolée de tous. Certes, elle n'était pas belle et les brigands l'avaient souillée devant tout le village, mais cela n'aurait dû l'empêcher de trouver mari. De toute évidence, elle ne le souhaitait pas. Elle était la geôlière de sa propre prison. Petit à petit, sous le poids de la culpabilité, la compassion que j'avais ressentie pour elle se muait en colère et en ressentiment. Je ne méritais pas d'être ainsi rejeté. J'éprouvais encore le besoin de lui parler, certes, mais je me contenais. Elle m'avait chassé de sa vie et je n'allais pas y rentrer en rampant. C'était à elle de venir à moi. Pourtant, malgré les rigueurs imposées par Bertrand de Montbard, qui occupaient mes journées, il restait toujours en moi un vide que seule la présence de mon amie aurait pu combler. Chaque jour, je m'en détachais un peu plus, mais jamais je ne pourrais oublier tout à fait le bonheur que j'avais connu en sa compagnie.

Depuis le jour où mon père m'avait placé entre ses mains, le maître d'armes était la seule personne que je fréquentais ; le seul qui, hormis ma mère, me traitât d'une façon qui s'approchait quelque peu de l'affection. Au fil des ans, sa compagnie m'était devenue chère. Car le combat singulier est chose étrange. La proximité physique, l'effort, la douleur et la fatigue partagés, l'exposition inévitable des faiblesses qui force l'humilité, les sueurs qui se mêlent, tout cela favorise la familiarité. Les années passant, une virile amitié naquit entre nous.

Plusieurs fois, je fus près de lui raconter ce que j'avais fait, jadis, aux garçons qui m'avaient maltraité. Je m'en empêchai toujours, sachant qu'il y verrait une preuve de ma propension à céder à mes bas instincts. Je lui faisais néanmoins confiance plus qu'à personne d'autre et, un jour, alors que nous nous désaltérions, assis côte à côte, après une séance fort exigeante, j'osai aborder avec Montbard la situation de Pernelle. Je lui exposai ce que je me rappelais des événements survenus lors du passage des brigands, puis l'attitude subséquente de mon amie. Il se rembrunit visiblement au fil de mon récit.

— J'ai déjà connaissance de cette histoire. Ton père m'en a fait part lorsqu'il m'exposait la situation de Rossal.

— Pourquoi m'ignore-t-elle ? insistai-je.

— La pauvrette a été brisée, mon garçon, dit-il sombrement, l'œil fixé sur le sol.

Il se retourna vers moi et j'aperçus dans son regard une commisération qui m'étonna.

— J'ai trop souvent vu une telle chose. Une enfant ne se remet pas aisément de ce traitement.

— Mais pourquoi refuse-t-elle de me voir ? M'en veut-elle ? J'aurais voulu la protéger, mais j'en étais incapable ! Si la chose se produisait aujourd'hui, ce serait différent.

— Elle a été traitée comme un quartier de viande. Elle se sent souillée. Salie. Elle a le sentiment de n'être digne de personne. Elle a certainement peur des hommes aussi. Très peur. Et, au cas où tu ne l'aurais pas remarqué, jouvenceau, c'est ce que tu es devenu.

Montbard soupira et haussa les sourcils.

— Sois patient. Peut-être qu'elle arrivera à surmonter sa peur et se trouvera dans de meilleures dispositions. Mais un conseil : n'entretiens pas de vain espoir.

Montbard se leva d'un trait et me lança mon épée.

— Un jour, tu seras seigneur de Rossal. Tu pourras fendre la panse des coquins avant qu'ils ne commettent ce genre de choses. Cela, je te le promets sur mon honneur.

Je connaissais déjà le plaisir de la vengeance. Ce jour-là, je réalisai que le temps approchait où je détiendrais le pouvoir de l'exercer à ma guise. Je vengerais Pernelle, et ma vie de paria par la même occasion.

L'année de mes seize ans me vit devenir un homme à un autre égard, alors que je franchis pour la première fois le seuil du temple féminin.

Hormis un fugitif baiser échangé avec Pernelle, qui n'avait été, somme toute, qu'un jeu d'enfant, je ne connaissais rien aux femmes. Mais les changements que subissait mon corps me firent bientôt jeter vers certaines filles du village des regards concupiscents. Un jour que l'entraînement imposé par Montbard avait été si exigeant que lui-même l'avait terminé fourbu et en nage, je retournai à la maison, le pas un peu traînant. Je traversai la place lorsqu'une voix retentit sur ma gauche.

— Te voilà bien éreinté, jeune seigneur.

Je m'immobilisai et tournai la tête. Entre deux maisons se tenait Jehanne. Depuis les événements tragiques survenus lors du passage des brigands, la donzelle avait eu le temps d'enfanter deux autres fois avant de devenir veuve grâce à une fièvre virulente. Elle était seule pour nourrir sa progéniture et les mauvaises langues racontaient qu'elle y parvenait en travaillant sur le dos plutôt que sur ses deux pieds.

Le passage du temps avait été clément pour elle. Maintenant dans la fin de la vingtaine, elle était d'une rondeur un peu maternelle, mais non moins aguichante. Son visage était toujours dénué de rides et ses formes pulpeuses suscitaient à la fois le désir des hommes et la jalousie de leurs femmes. Ses cheveux bruns aux mèches rousses bouclées avaient une texture soyeuse et ses petits yeux coquins, couleur de noisette, brillaient d'un amusement perpétuel. Une veuve joyeuse qui, disait-on, ne le resterait pas longtemps.

— Si tu veux, tu peux passer te reposer un instant chez moi, dit-elle d'un ton suggestif.

Pour appuyer sa proposition, elle fouilla dans son corsage et en sortit un sein énorme et rond à la pointe dressée qu'elle soupesa effrontément dans sa main sans me quitter des yeux.

— Tu pourrais poser ta tête sur ce coussin, si tu le voulais…

Sans rien ajouter, elle tourna les talons et s'engagea entre les demeures, en direction de la petite masure qu'elle occupait à l'orée du village. La gorge sèche, je restai planté là, incapable de bouger. Je la regardais s'éloigner en admirant le roulement lascif de ses hanches et de ses fesses bien rondes. Ensorcelé, je la suivis.

Lorsque j'entrai dans la petite maison délabrée, elle se tenait au milieu de l'unique pièce. Elle avait retiré sa chemise, exposant ses seins lourds aux mamelons foncés. Le regard lubrique qu'elle m'adressait était sans équivoque. Malgré moi, je m'avançai et me jetai avec fougue sur ses mamelles, que je dévorai, mordis et suçai tout à la fois avec la remarquable maladresse empressée du débutant. La chair en était douce et malléable. Jehanne ricana en passant ses doigts dans mes cheveux, me laissant donner libre cours à mon émoi. Pendant que je m'acharnais, je sentis une main qui se glissait dans mon entrejambe.

— Tu n'es pas si vanné que ça, on dirait, jeune seigneur, chuchota-t-elle dans mon oreille. Ton estoc est au garde-à-vous.

Elle me prit par la chemise et m'entraîna à reculons vers une paillasse posée à même le sol. Sans que ma bouche ne cesse ses activités, elle releva sa robe jusqu'à la taille, découvrant un entrejambe velu. D'une main experte, elle détacha mes braies et libéra mon membre, qui s'était raidi comme cela lui arrivait souvent au réveil. Elle le caressa doucement, me causant des sensations dont j'ignorais l'existence. Puis elle m'empoigna et me guida. En ricanant, elle croisa ses jambes sur mes reins et m'attira contre elle, ses doigts enserrant ma nuque. La nature fit le reste. Bientôt, le monde autour de moi explosa en un aveuglant éclair de plaisir qui me laissa pantelant et couvert de sueur.

— Reviens quand tu veux, beau seigneur, roucoula-t-elle lorsque je me rhabillai. La prochaine fois, apporte-moi un petit présent.

Lorsque je sortis de chez Jehanne, deux vieillards s'adressaient des regards grivois en jouant du coude. Visiblement, ils devinaient ce qui venait de se produire et s'en trouvaient fort amusés. Ma félicité fut aussitôt remplacée par l'irritation. D'un pas résolu, je m'approchai d'eux.

— Que trouvez-vous donc si drôle ? demandai-je sèchement.

— Nous ? Rien du tout, sire Gondemar, répondit l'un d'eux, un vieil homme voûté et ridé, en s'empêchant tant bien que mal de rire.

— Il faut bien qu'un chevalier astique son arme de temps à autre, non ? ajouta l'autre, espiègle.

Les deux pouffèrent et la colère m'envahit. Comment ces deux vilains pouvaient-ils se permettre de ridiculiser ainsi celui qui serait bientôt leur seigneur ? Mes poings volèrent comme l'éclair, écrasant le visage de l'un puis de l'autre. Lorsqu'ils furent au sol, mes pieds prirent la relève, enfonçant leurs côtes, broyant les bras décharnés avec lesquels ils tentaient vainement de se protéger. Lorsque je m'interrompis, essoufflé, les vieillards gisaient, gémissants et ensanglantés. Une femme surgit, les bras chargés de bois sec destiné à chauffer sa maison. En voyant la scène, elle se figea sur place, stupéfaite. Le regard fou que je lui adressai suffit à lui faire prendre les jambes à son cou.

Il ne fallut pas longtemps pour que le traitement que j'avais infligé aux deux impertinents parvienne aux oreilles de mon père.

— Gondemar, m'admonesta-t-il avec une fermeté inhabituelle. Tu ne peux pas traiter les serfs de cette façon !

— Il est plus que temps qu'ils respectent leurs supérieurs ! rétorquai-je. Ta mollesse leur a fait oublier leur place !

— Gondemar… je n'accepterai pas que tu…

— Personne ne te demande d'accepter quoi que ce soit ! crachai-je. Tu as abdiqué ton autorité depuis trop longtemps pour prétendre me faire des remontrances ! Contente-toi de te flétrir à petit feu et écarte-toi !

Sous le regard éperdu de ma mère, je sortis en claquant la porte. Ce jour-là, je m'affranchis pour de bon de l'autorité morale de Florent de Rossal. Il n'en alla pas de même de Bertrand de Montbard. Le lendemain matin, il m'attendait dans l'étable, en chemise.

— J'entends dire que tu prends plaisir à maltraiter des vieillards sans défense ? s'enquit-il.

— Ils m'ont manqué de respect, rétorquai-je avec arrogance.

— Le respect n'est pas inné. Il doit être gagné, grogna mon maître. Par le courage et la justice, pas par la force brute.

Il fit un pas dans ma direction et, sans prévenir, m'abattit son poing sur le visage.

— Voyons si tu es aussi courageux contre un adversaire qui peut se défendre.

Sachant que je n'avais pas le choix de relever le défi, je fermai les poings et décochai vers sa mâchoire un coup qu'il bloqua sans mal. Puis je ne vis plus que des étoiles. Un poing dans le ventre me fit plier en deux. Un genou m'écrasa le nez et m'envoya choir sur le cul. Un pied sur la mâchoire m'étendit sur le dos. Puis la masse de Montbard s'assit sur ma poitrine.

— Il… n'y… a… aucun… honneur… à… dominer… plus… faible… que… soi… gronda-t-il, ponctuant chaque mot d'un violent coup de poing au visage.

Lorsqu'il eut terminé, il m'aida à me relever et me renvoya chez moi. Il fallut deux longues semaines pour que les meurtrissures disparaissent de ma face. Les regards amusés des serfs ne m'enseignèrent ni l'humilité, ni la modération. Ils ne firent qu'attiser mon ressentiment.

Après deux années de fréquentation assidue, Bertrand de Montbard restait un mystère pour moi. Au village, moult rumeurs circulaient à son sujet. On chuchotait qu'il était un meurtrier en fuite ou un brigand qui avait trahi sa bande. En réalité, personne ne savait qui il était ni d'où il était venu. Pour ma part, je n'avais jamais oublié la référence à l'épée templière qui avait semblé lui échapper, mais il n'avait fait que dévier toutes mes enquêtes à son sujet.

Je résolus donc de retourner ses propres enseignements contre lui en l'attaquant de manière détournée. Je fis appel au père Prelou qui, trop heureux de me voir revenir à mes anciennes amours, me prêta son récit des croisades par Guillaume de Tyr. Avant de le quitter, je lui posai la question qui me brûlait les lèvres depuis deux ans et sa réponse me convint. Déterminé à percer le mystère de Montbard, je passai plusieurs nuits à consulter, à la lumière d'une chandelle, le précieux parchemin manuscrit enroulé sur des rouleaux de bois. Quand j'y trouvai enfin ce que je cherchais, un calcul rapide m'indiqua que mon hypothèse était plausible.

Dès le lendemain, je passai à l'offensive. Je fus particulièrement énergique à l'entraînement. La bataille à coups de masses d'armes fut furieuse et nos écus étaient en fort mauvais état lorsque nous nous arrêtâmes enfin, haletants et souriants. Montbard et moi étions assis côte à côte, soufflant comme des bêtes de somme, lorsque je le pris par surprise.

— Vous étiez présent lorsque Jérusalem est tombée? demandai-je à brûle-pourpoint.

Il s'étouffa avec la gorgée d'eau qu'il venait de tirer de l'outre et qui lui sortit par les narines.

— Que veux-tu dire? rétorqua-t-il en toussant, pris de court.

Je me désaltérai à mon tour à l'outre qu'il m'avait passée puis le dévisageai calmement.

— Ne serait-il pas temps que vous me disiez qui vous êtes vraiment? insistai-je.

— J'ai dû te frapper sur la tête quelques fois de trop. Ou sont-ce les cuisses de Jehanne qui te troublent la raison?

Je ne me laissai pas désarçonner par cette piteuse tentative de m'embarrasser pour faire dévier la conversation.

— Personne ne sait d'où vous venez. De toute évidence, mon père vous a trouvé loin d'ici puisqu'il lui a fallu des semaines pour vous ramener. Du Sud, si l'on se fie à votre accent, que le père Prelou connaît.

Montbard haussa les épaules et évita soigneusement mon regard.

— Soit, je suis du Sud. Et après? Ce n'est pas un crime, que je sache.

— Jadis, vous avez laissé échapper que votre épée était templière, poursuivis-je. Elle l'est bel et bien. Elle a un double tranchant, mais sa pointe est ronde. Elle n'est pas faite pour transpercer, mais pour trancher. Seuls les templiers en utilisent de semblables parce que, sur un champ de bataille, leur but n'est pas de tuer leurs adversaires, mais de les mutiler pour les rendre incapables de combattre. Votre réflexe premier, celui auquel vous revenez dès que vous êtes attaqué, est de trancher, pas de percer. De plus, nombre de templiers sont originaires du Sud. Alors répondez-moi franchement: êtes-vous un templier?

Voyant que Montbard ne disait rien, je poussai mon avantage, comme on le fait lorsqu'on a mis un adversaire sur la défensive.

— En octobre de l'an 1187, Jérusalem est tombée aux mains de Saladin. Je l'ai lu dans le récit de Guillaume de Tyr. Après cette défaite, plusieurs templiers sont rentrés en France. M'est avis que vous étiez de ceux-là et que votre expérience du combat est la raison pour laquelle mon père vous a engagé. Après tout, quoi de mieux qu'un terrible chevalier du Temple pour protéger Rossal ?

Je le fixai intensément et me tus, guettant ses moindres réactions. Montbard inspira profondément, fit une moue songeuse et sembla pondérer sa réponse. Assis à sa droite, je constatai que son œil valide semblait perdu dans la contemplation de quelque chose de très lointain. Il se leva prestement et étira son dos, qui émit quelques craquements sonores. Puis il se mit à marcher de long en large.

— Tu n'es plus un enfant. Je suppose que le temps est venu de mettre fin à cette mascarade. Je vais répondre à ta question. En échange, tu dois me jurer que tu garderas le secret.

— J'en fais le serment.

Soudain, il semblait avoir vieilli de dix ans. Il se frotta le visage de sa grosse main calleuse.

— Je fus templier, soupira-t-il avec lassitude. J'ai servi l'Ordre de mon mieux. J'ai vu le pire dont l'humanité est capable – autant les chrétiens que les Sarrasins. J'ai vu des enfants égorgés devant leur mère, des fillettes violées à répétition par des hordes de soldats dont les péchés étaient absous d'avance par le pape, des assassinats de masse tout à fait inutiles, mais justifiés par la ferveur du combat. Tout cela au nom d'un Dieu que l'on dit bon et miséricordieux. L'homme peut descendre bien plus bas que la bête.

— Vous avez fini par ne plus pouvoir supporter tout cela ?

Montbard eut un rire sardonique.

— Pas du tout ! Quiconque y est exposé assez longtemps finit par ne plus être sensible à l'horreur. Tuer devient une seconde nature pour celui qui est convaincu que Dieu est son droit. J'aime combattre, petit. J'aime le poids d'une arme dans mon poing. J'aime sentir le choc de l'acier jusque dans mon épaule. J'aime le sentiment de prendre le dessus sur un adversaire lorsqu'il recule pour la première fois et qu'une lueur d'inquiétude traverse son visage. J'aime le terrasser et lire dans ses yeux le respect avant qu'il ne trépasse. C'est ce que je sais faire de mieux. C'est ce que je suis. Dieu m'a fait ainsi. S'il n'en avait été que de moi, en ce moment même, j'aurais les deux pieds bien plantés dans le sable de la Terre sainte et je taillerais du Sarrasin.

— Et pourtant, vous voilà perdu dans l'insignifiante seigneurie de Rossal. Que s'est-il passé ? Vous a-t-on chassé ?

Montbard s'arrêta et se tourna vers moi. Dans son œil valide brillait une amertume perceptible et quelque chose comme du regret.

— Si j'ai quitté le Temple, c'est par respect de mon vœu d'obéissance, dit-il d'une voix éteinte. On m'a ordonné de le faire.

— Je ne comprends pas…

— Je ne te blâme pas… Je ne suis pas sûr de comprendre moi-même.

Montbard inspira profondément et ferma les yeux. Il semblait essayer de mettre de l'ordre dans ses souvenirs.

— En juillet 1187, nous avons subi une terrible défaite aux Cornes de Hattin. Tout cela parce que cette cruche vide de Gérard de Ridefort, qui n'aurait jamais dû devenir *Magister Templi*[1], cherchait la gloire personnelle et désirait la faveur de Guy de Lusignan et de sa femme, la reine Sybille de Jérusalem. Le maudit ambitieux s'est mis en tête de reprendre Tibériade et s'est retrouvé pris dans une plaine aride, sans eau. Quel sot ! Saladin l'a écrasé comme on piétine une fleur. Par sa faute, deux cent trente courageux frères ont été massacrés et écorchés vifs. Je fus un des rares rescapés et j'ai rapporté ce souvenir, dit-il en désignant du doigt la vilaine cicatrice qui découpait le côté gauche de son visage. Peu après, Saint-Jean-d'Acre, Ascalon,

1. Maître du Temple.

Jaffa, Sidon et Beirut sont tombées aux mains des Sarrasins. C'était la débandade. Les troupes civiles étaient en désarroi et le peu de templiers et d'hospitaliers qui restaient ne pouvaient pas tout défendre seuls. Saladin semblait impossible à arrêter. J'étais stationné à Jérusalem, où nous étions repliés, lorsque la nouvelle nous est parvenue qu'il s'y dirigeait. C'était en septembre. Je suis parti juste avant que la cité ne soit assiégée.

— Vous avez abandonné votre poste ?

— Foutre de Dieu, surtout pas ! s'insurgea-t-il. Un jour, on m'a mandé à la commanderie. Le commandeur de la cité, Robert de Sablé, qui devint *Magister Templi* lorsque Ridefort fut enfin occis, m'attendait. Il s'est planté devant moi et m'a demandé si j'étais disposé à l'ultime sacrifice pour l'Ordre. Croyant qu'il faisait référence à ma volonté de mourir au combat, je lui ai rétorqué que j'en avais fait vœu et que je n'avais qu'une parole. Mais il ne s'agissait pas de cela. Il a pris une cassette de bois sculpté, qui se trouvait sur une table, et me l'a remise avec trois clés. Il m'a annoncé que je devais abandonner l'habit à croix pattée, quitter la Terre sainte et me rendre à Béziers, dans le Languedoc. Il savait que j'en étais natif. Là, je devais retrouver dame Esclarmonde de Foix, sœur du comte Raymond Roger, et lui remettre la cassette en mains propres. Puis je devais disparaître et ne plus jamais entrer en contact avec le Temple. Le pauvre homme semblait déchiré par ce qu'il me demandait.

— Et vous avez accepté ?

— Un templier ne conteste pas les ordres. Mais, quelques semaines après mon départ, Jérusalem est tombée et je n'étais pas là pour la défendre avec mes frères. Après tout ce temps, je le regrette encore.

Le regard de Montbard se perdit dans le vide. Je le laissai à ses pensées un moment avant de continuer à l'interroger.

— Qui était cette Esclarmonde ?

— Je l'ignore. Mais je n'oublierai jamais sa beauté et sa sérénité. Elle se tenait droite et son regard était... pénétrant. J'avais l'impression qu'elle me fouillait l'âme. On aurait dit une sainte.

Elle a accepté la cassette, m'a remercié d'avoir protégé la Vérité et m'a dit que Dieu me le rendrait au centuple. Puis elle a posé sa main sur ma tête et a dit : « Dieu vous bénisse, Bertrand de Montbard. Je prierai Dieu pour qu'il vous fasse bon chrétien et vous mène à bonne fin. » Une bien étrange bénédiction.

— La cassette devait contenir quelque chose d'important alors, suggérai-je, fasciné.

— Je n'ai jamais demandé. Je ne suis qu'un soldat. J'obéis.

— Et depuis ?

Le maître d'armes haussa les épaules.

— Après avoir rempli ma mission, je suis remonté vers le Nord. J'ai erré ici et là en faisant de vils métiers. Je me trouvais en Auvergne quand j'ai rencontré ton père. Le pauvre innocent voyageait seul et il était en train de se faire détrousser par des bandits de grand chemin. Je suis arrivé juste à temps.

— Il sait que... ?

— Que je suis un templier défroqué ? Non. La démonstration que je lui ai faite de mes capacités lui a amplement suffi.

— Comment cela ?

— Ton père est revenu en un seul morceau, non ?

J'étais bouche bée. Mon imagination s'enflammait d'idéaux chevaleresques à l'idée que j'avais près de moi un templier en chair et en os.

— L'Ordre vous manque ?

— Chaque jour que Dieu me donne. Plus que je ne puis l'exprimer. Le Temple était ma vie... Dans mon âme, je demeurerai un templier jusqu'à ma mort. Que je porte ou non la croix pattée sur mon vêtement, elle est gravée dans mon cœur.

Montbard se remit sur pied et brandit son épée.

— Bon ! Assez d'attendrissements, blanc-bec. Nous n'avons pas fini de faire un homme de toi. En garde !

— Vous croyez ? rétorquai-je en me levant à mon tour, le sourire fendu jusqu'aux oreilles. Votre orgueil vous perdra. Je pourrais bien finir par vous éborgner de l'autre côté !

— Voyons cela, mordieu !

Nous reprîmes l'entraînement. Je me sentais rempli d'une ardeur nouvelle à l'idée d'affronter un templier. J'ignorais alors que cet Ordre marquerait si profondément ma vie.

J'avais presque dix-sept ans lorsque mes années d'entraînement entre les mains sévères de Bertrand de Montbard furent enfin mises à l'épreuve. Nous nous exercions comme c'était notre habitude lorsqu'une clameur retentit. Quelques instants plus tard, Odon fit irruption dans l'étable. Notre écuyer avait beaucoup grandi et il me faisait penser à un jeune poulain avec ses jambes trop longues.

— Sieur de Montbard ! s'écria-t-il, tout énervé. Sieur de Montbard ! Des cavaliers approchent ! Le sieur Florent vous mande !

Le maître d'armes mit aussitôt fin à notre séance. Il attrapa sa cotte de mailles, qui était suspendue à un clou, la passa par-dessus sa chemise, glissa son épée dans son fourreau de cuir serti de cuivre et se dirigea vers la porte. Il se retourna vers moi et fronça les sourcils en constatant que je l'imitais.

— Reste ici, ordonna-t-il.

— Vous n'y pensez pas ! m'insurgeai-je.

— La protection de Rossal est ma tâche, pas la tienne.

— J'en suis le seigneur !

— Pas encore.

— Mais…

— Suffit !

Sans rien ajouter, il sortit et referma derrière lui, me laissant seul et frustré. Ne m'étais-je soumis à presque trois années d'un entraînement infernal que pour devoir me terrer comme une femmelette au premier danger ? N'avais-je pas prouvé que j'étais désormais en mesure de livrer combat aussi bien que quiconque et mieux que la plupart ? Défendre la seigneurie qui serait bientôt mienne n'était-il pas une question d'honneur ?

Rageur, je donnai un grand coup de pied dans la porte de l'étable. Odon, qui se tenait à l'écart, avait les yeux écarquillés de terreur.

J'entrouvris la porte pour observer la scène qui se déroulait sur la place. Six hommes à cheval s'y trouvaient. Celui qui se tenait à leur tête portait une pique au bout de laquelle flottait l'étendard bleu azur parsemé de fleurs de lys dorées du roi Philippe Auguste. Le fait qu'il s'agisse de soldats du roi n'augurait rien de bon. Souvent, une fois revenus de Terre sainte, désœuvrés et ne connaissant pas d'autre façon de gagner leur vie, ils avaient la fâcheuse habitude de brigander.

Devant eux se tenaient mon père, le père Prelou et Bertrand de Montbard. Un peu en retrait à gauche de Florent, mon maître était immobile, la main posée sur le pommeau de son arme. Je savais pertinemment qu'il évaluait les moindres détails de l'armement de ses adversaires potentiels, déterminant qui parmi eux était droitier ou gaucher, léger ou obèse, malade ou en santé. Je souris en constatant qu'il s'était placé de manière à ce que les soldats se trouvent dans le champ de vision de son œil valide.

— Je suis Florent de Rossal, seigneur du lieu. Qui va là ? demanda mon père.

— Des soldats du comte de Blois, vassal de Sa Majesté Philippe II, roi de France, de retour de Terre sainte.

— Dieu vous bénisse, mes enfants, d'avoir combattu pour rendre aux chrétiens la terre que notre Seigneur Jésus a foulée, dit le père Prelou en traçant pieusement le signe de la croix en direction des soldats.

— Que pouvons-nous faire pour vous ? s'enquit mon père.

— Mes hommes et moi avons faim.

— Notre village n'est pas riche, mais nous partagerons avec plaisir le peu que nous possédons.

Florent se retourna vers un serf.

— Qu'on apporte à ces hommes un jambon, un quignon de pain et une outre de vin.

Je ressentis de la honte et du mépris en réalisant que mon père tentait d'amadouer ces hommes plutôt que de les chasser, comme c'était son droit et son devoir. Quelques minutes s'écoulèrent dans un silence lourd et inconfortable. À l'affût, Montbard garda l'œil rivé sur les intrus, guettant leurs moindres gestes. À plusieurs reprises, son regard croisa celui du porte-étendard et une rivalité presque palpable s'établit tacitement entre les deux. Bientôt, le serf revint, les victuailles commandées enfouies dans un sac de toile. Un des soldats les saisit et chargea le tout sur l'arrière de sa selle.

— Voilà, dit mon père d'une voix où perçait la crainte. Passez votre chemin maintenant, et que Dieu vous garde.

Au lieu d'obtempérer, le porte-étendard fit la moue et, l'air fanfaron, porta la main sur la poignée de son épée. Montbard se raidit imperceptiblement.

— Pour produire si aisément toute cette mangeaille, ce village doit être plus riche qu'il ne le paraît. M'est avis, sire, que vous et vos serfs avez omis de verser quelques tailles. Je vais donc la percevoir illico au nom de Sa Majesté.

Il adressa un signe de tête à ses hommes, qui tirèrent leur arme à l'unisson. L'un d'eux fit claquer les rênes de sa monture pour la faire avancer. Puis la violence éclata et enveloppa Rossal.

Avec une vitesse presque surnaturelle, Montbard dégaina et frappa la cuisse du cavalier, la tranchant si net que sa lame s'enfonça jusque dans le poitrail du cheval. Les hennissements de douleur de la bête se mêlèrent aux hurlements de l'homme alors que les deux s'effondraient au sol. Avant qu'un second soldat ne fonce sur lui, l'ancien templier avait déjà dégagé son épée et avait repris sa position de défense. Le cheval de bataille allait le frapper de sa large poitrine lorsque, au dernier instant, il bondit de côté pour l'éviter. Transférant son arme dans sa main gauche, il traça un arc de cercle avec sa lame et coupa les tendons de la patte arrière de la bête, qui écrasa son cavalier sous son poids.

— Va foutre cul-Dieu, mangeur de pendeloche! hurla Montbard d'une voix de possédé. Relief de Sarrasin! Va te faire gomorrhiser!

À ces jurons, je compris que le templier qu'il était remontait à la surface dans le feu de la bataille. Entre-temps, les quatre autres soldats étaient descendus de leurs montures. Tirant leurs armes, ils eurent tôt fait d'encercler Montbard, qui dut bloquer une avalanche de coups. Je maudis la presse avec laquelle il avait quitté l'étable sans prendre le temps d'emporter son écu. Son côté gauche, déjà handicapé par son œil crevé, en était doublement vulnérable. Si j'étais parvenu à tirer avantage de cette infirmité, des soldats expérimentés pouvaient faire encore pire. Déjà, trois d'entre eux avaient remarqué son état et s'acharnaient sur son côté faible.

— Reste ici, ordonnai-je à Odon.

Je m'élançai hors de l'étable et courus vers Montbard, qui résistait admirablement, mais qui ne pouvait pas tenir le coup indéfiniment. Si je lui sauvais la vie, il pourrait bien me tanner la peau du dos autant qu'il le voudrait pour me punir. Je n'en avais cure.

Concentrés qu'ils étaient à attaquer le défenseur de Rossal et à éviter d'avoir la panse ouverte par ses répliques, les soldats ne me virent pas venir. L'un d'eux allait frapper mon maître dans le dos lorsque j'allongeai mon arme et bloquai le coup. Bandant mes muscles, je repoussai sa lame vers le haut pour rabattre aussitôt la mienne sur sa cuisse, dans laquelle elle s'enfonça. L'homme hurla de douleur et s'écroula au sol, le sang giclant de l'entaille que j'y avais ouverte.

— Gondemar! s'écria mon père. Non!

Faisant fi de l'angoisse paternelle, je me plaçai dos à dos avec mon maître.

— Il me semblait pourtant t'avoir ordonné de rester dans l'étable, canaille! gronda-t-il en bloquant l'attaque de deux soldats, pendant que l'autre prenait position face à moi.

— Grand bien vous fasse. Vous avez besoin d'aide, que cela froisse votre orgueil ou non.

— Puisque te voilà, voyons si j'ai réussi à faire entrer quelque chose dans ta tête de mule.

Dans la voix de Montbard, je crus sentir un sourire. Les trois soldats attaquèrent tel un seul homme. Celui qui me faisait face s'élança avec furie, abattant son arme sur ma gauche puis sur ma droite. Je parai sans trop de difficulté, habitué que j'étais à ceux, beaucoup plus puissants et moins prévisibles, de mon maître. Ces hommes étaient des brutes et, partant, plus faciles à vaincre. Mon adversaire recula et j'en profitai pour feinter sur sa droite et laisser ma lame remonter vers le haut. Surpris, il sauta vers l'arrière juste à temps pour éviter d'avoir la face fendue en deux. Anticipant sa réplique, je laissai mon arme poursuivre l'arc de cercle amorcé et l'arrêtai sur mon côté gauche, pointe en bas, bloquant avec aisance le coup qui était destiné à mes côtes. Derrière moi, un cri éclata et je souris malgré moi. Montbard venait d'occire un des malfrats. Ceci me gonfla de courage et je passai à l'attaque, frappant vigoureusement et sans relâche. J'eus le plaisir de voir mon adversaire reculer et la peur s'installer dans ses yeux. Cette sensation, je la ressentirais à maintes reprises par la suite.

Dans mon dos, le choc des épées s'était tu. Montbard avait-il péri ? Je le saurais bien vite car, le cas échéant, son vainqueur ne tarderait pas à me transpercer les reins. Serrant les dents, j'accentuai mon attaque, frappant et tranchant si vite que le soldat peinait à résister et reculait de son mieux. La bourrasque de coups que je fis fondre sur lui fut telle qu'il finit par perdre pied. Profitant de son léger déséquilibre, je balayai sa lame sur ma droite et redescendis la mienne. Le tranchant s'enfonça dans ses côtes et le coquin tomba à genoux. Emporté par une folie meurtrière qui semblait avoir pris possession de moi, je levai mon arme et la rabattis sur sa nuque en hurlant comme un démon. La tête de l'infortuné se détacha net et le corps décapité s'écroula sur le sol.

Lorsque je me retournai, haletant, mon épée semblait aussi lourde que les tonneaux de vin que j'avais si souvent transportés, Montbard me regardait, un large sourire au visage, la pointe de la sienne appuyée contre la terre battue. À ses pieds gisaient les deux soldats qu'il avait occis depuis longtemps.

— Ha ! Il était temps, damoiseau ! rugit-il sans méchanceté. Si tu avais observé qu'il portait les coudes trop haut, au lieu de t'esquinter à frapper comme un démon, tu aurais pu le couper en deux voilà une minute au moins !

Il s'approcha de moi, me posa une main sur l'épaule et toisa la tête de mon adversaire qui avait roulé un peu plus loin.

— Mais voilà néanmoins du fort beau travail, blanc-bec. Le bougre en a perdu la tête. Il faut croire que je ne t'ai pas trop mal instruit.

Je me contentai de hocher la tête, incapable de prononcer le moindre mot. Peu à peu, les villageois émergèrent de leurs maisons, où la plupart s'étaient terrés. Près de moi, mon père était figé sur place, le visage blême, les yeux exorbités, visiblement horrifié.

— Gondemar, murmura Florent. Tu aurais pu être tué… La succession…

— Justement ! Quelqu'un doit défendre la seigneurie plutôt qu'acheter la paix comme une femmelette, répliquai-je avec une froideur sépulcrale en le regardant droit dans les yeux. Sinon, il n'en restera plus rien quand tu finiras par trépasser !

Je m'éloignai, laissant mon père, pantois, affronter le regard de ses serfs.

CHAPITRE 6

La perdition

La victoire sans équivoque contre les soldats du roi constitua mon ultime rite de passage vers le monde des hommes. À bientôt dix-sept ans, j'avais fait mes preuves devant mon père et le village tout entier. Dès lors, mon autorité gagna en légitimité, tous les serfs ayant bien vu qui s'était écrasé et qui s'était tenu debout. C'est aussi après ces événements que je recommençai à porter ma broche, dont je me sentais à nouveau digne. Même Montbard sembla considérer que j'avais bien démontré la qualité de ma formation, et dès lors il me fit travailler sur de fins détails. Nos séances physiques alternèrent avec des discussions tactiques. Son passé de templier m'étant connu, mon maître d'armes m'expliquait ouvertement des techniques de combat moins connues, comme celles des Sarrasins et de la secte des Assassins, crainte entre toutes en Terre sainte. Nous les appliquions ensuite au ralenti avant de les mettre en pratique. Ce faisant, il augmenta considérablement ma polyvalence au combat.

Quelques semaines à peine s'étaient écoulées lorsque nous apprîmes que des brigands avaient frappé une bourgade sans nom à l'extrémité de la seigneurie, à plusieurs lieues de Rossal. Un messager se présenta un soir, vacillant de fatigue, et demanda à voir Florent, qui fit aussitôt mander Montbard. Lorsque celui-ci fut arrivé, l'homme nous relata les événements de la veille. Mon père sembla vouloir me demander de sortir, puis se ravisa. Pour ma part, l'idée ne m'effleura pas l'esprit. Il était désormais hors de question que je sois tenu à l'écart des décisions. Je soutins son regard jusqu'à ce qu'il baisse les yeux.

La description que le serf fit du chef des brigands nous confirma qu'il s'agissait d'Onfroi, celui-là même qui était passé à Rossal, des années plus tôt, et qui y avait laissé tant de blessures non guéries. Selon ce qu'on nous en disait, la bande comptait maintenant une quinzaine d'hommes et, de toute évidence, le vol ne leur suffisait plus. Ils avaient torturé des serfs pour les forcer à révéler la cachette de richesses qui n'existaient pas et s'étaient livrés à des exactions gratuites, en tuant plusieurs pour le simple plaisir. Le décompte des morts se chiffrait à sept : quatre hommes, deux femmes et un nourrisson éventré devant sa mère, au son des rires gras des assassins. Les blessés étaient plus nombreux encore. Un véritable carnage. À ce récit, mon sang ne fit qu'un tour : on avait attenté à la propriété qui serait bientôt la mienne. On avait foulé mon honneur aux pieds. Et je savais pertinemment que Florent ne ferait rien.

D'une voix étranglée, mon père remercia le messager puis ordonna qu'on le nourrisse et qu'on lui prépare un lit pour la nuit. Il s'enferma ensuite dans le mutisme où il se réfugiait toujours lorsqu'il se sentait impuissant. Montbard posa sur lui le regard glacial d'un prédateur contemplant déjà la chasse.

— M'est avis que le temps est venu de régler le cas de ces malfrats une fois pour toutes, dit-il d'un ton sépulcral.

— Ils sont certainement déjà partis vers une autre seigneurie sans défense.

— En une journée, ils ne peuvent pas être allés bien loin. Je peux les rattraper.

— Vous laisseriez le village sans protection.

— Par les mamelles de la Vierge ! Si je reste ici, c'est le reste de la seigneurie qui est vulnérable ! explosa Montbard en frappant son poing dans sa main. À quoi bon m'engager pour protéger vos terres si vous me liez les mains à la première occasion ? Aussi bien me châtrer !

— Les soldats n'étaient que six et vous avez eu peine à les vaincre. Ceux-là sont plus d'une quinzaine. Que pourriez-vous faire à vous seul ?

— Nous serons deux, interjetai-je.

Ma mère pâlit à cette nouvelle et porta la main à sa bouche.

— C'est hors de question ! rétorqua mon père.

— Ma rôle est de défendre cette seigneurie, puisque mon père ne le fait pas ! rageai-je en me penchant à deux mains sur la table pour lui faire face.

— Gondemar ! Je t'interdis de me parler sur ce ton ! Tu me dois le respect !

— Alors mérite-le, pardieu, au lieu d'agir en nonne soumise !

Montbard nous interrompit en levant une main autoritaire.

— Croyez-m'en, sire, votre fils est mûr pour accomplir les tâches pour lesquelles je l'ai formé. S'il doit un jour être seigneur et protéger Rossal, l'entraînement seul ne suffit pas. Il doit s'aguerrir au combat. Vous m'avez demandé de faire de votre fils un homme. Vous seriez malvenu de vous opposer maintenant au fait qu'il le soit devenu.

Je fis demi-tour, furieux, et sortis, laissant ma mère en pleurs et mon père outré. Après quelques instants, sans doute passés à justifier mon insubordination, Montbard me rejoignit. En silence, nous nous rendîmes à l'étable pour y faire nos préparatifs. Arrivés là, il fouilla dans un coffre et en sortit une cotte de mailles.

— Elle devrait t'aller, grommela-t-il sans autre cérémonie.

Je restai sans voix. Ce vêtement symbolisait, plus que tout, le fait que j'avais cessé d'être un enfant.

— Mais prends-la, damoiseau ! tonna le maître d'armes. Elle ne te mordra pas ! Et tu ne vas tout de même pas te mettre à larmoyer comme une femmelette !

Honoré, je la revêtis. Son poids rassurant me surprit un peu. Je roulai les épaules et constatai qu'elle m'allait parfaitement. Puis il me remit des gants en cotte de mailles que je passai avec le même ravissement.

Montbard, plein d'une sollicitude paternelle qui ne cessait de m'étonner, avait pris un instant pour expliquer à Odon les raisons de notre départ et lui avait dit que, comme il avait grandi, il comptait sur lui pour maintenir la sécurité du village pendant son absence. Le bambin avait bombé fièrement le torse et promis qu'il le protégerait.

Nous préparâmes nos montures à la hâte et nous lançâmes aux trousses des brigands en pleine nuit, nos armes au fourreau, nos cottes de mailles enfilées sous nos manteaux, avec deux jours de provisions dans nos sacoches. Si nous ne parvenions pas à retrouver nos proies dans ce délai, c'était qu'elles avaient déjà quitté la seigneurie. Je me sentais fébrile à l'idée de combattre. J'agissais enfin comme l'exigeait ma naissance. Bien en selle sur Sauvage, qui semblait aussi nerveux que moi, j'allais chasser des intrus des terres qui seraient les miennes. Sous peu, Rossal aurait un seigneur digne de ce nom, qui imposerait le respect.

Ma broche fixée à ma poitrine réveillait en moi le souvenir des horreurs perpétrées par ces brigands lors de leur passage, des années plus tôt. Il leur avait fallu moins d'une heure pour briser à jamais la vie de Pernelle et me faire perdre ma seule amie. Ils avaient tout bouleversé, sans le moindre remords, pour quelques misérables pièces. J'avais maintenant la chance de le leur faire payer et je sentais déjà monter en moi la luxure que cela me procurerait.

À l'aube, nous fûmes au village qui avait été attaqué. Dans la lumière naissante, l'endroit était désert. Nous avançâmes lentement en prenant soin de garder nos armes au fourreau pour ne pas effrayer les habitants déjà échaudés. Une fois au milieu des masures délabrées, nous immobilisâmes nos montures.

— Holà, villageois ! s'écria Montbard d'une voix puissante. N'ayez crainte ! Nous venons au nom de sire Florent, seigneur de Rossal ! Montrez-vous !

La porte de la vilaine petite bâtisse de pierre sans fenêtres qui tenait lieu d'église s'ouvrit en grinçant. Une tête hésitante passa dans l'embrasure. L'homme nous observa craintivement puis sortit, s'avança vers nous et toisa Montbard avec un mélange de peur et de méfiance. Les habitants du hameau suivirent, les hommes se postant devant les femmes, les enfants et les vieillards. Le jeune prêtre au visage d'épervier et à la chevelure noire rasée et tonsurée portait une bure usée et trop courte pour lui. Il lui fallut un moment pour nous reconnaître.

— Vous êtes le maître d'armes ramené par le sieur Florent, déclara-t-il en écarquillant les yeux, impressionné, et… le jeune sire Gondemar. Mes hommages, monseigneur.

Le prêtre me fit une révérence exagérée et j'inclinai dignement la tête, heureux d'être traité comme l'exigeait mon rang.

— Nous avons ouï la façon dont vous avez trucidé ces soldats renégats, messires. Ah ! Dieu eût-il voulu que vous soyez ici pour accueillir ces truands !

— Par où sont-ils partis ? demanda Montbard.

Les villageois se consultèrent un moment et un vieillard désigna au prêtre le chemin d'où nous étions venus.

— Le jeune fils de la Margot revenait de chasser lorsqu'il les a vus prendre à gauche là où le chemin fourche, dit-il. Il s'est caché dans les bois et les a observés. Ils se dirigeaient vers le nord, sire.

— C'est la voie la plus courte pour quitter la seigneurie, remarqua Montbard. C'est ainsi qu'ils procèdent toujours. Ils passent en coup de vent puis disparaissent aussi vite. Qu'ont-ils emporté ?

— Tout ce qu'ils pouvaient. Ils ne nous ont rien laissé, se lamenta le prêtre. Je vois mal comment nous passerons l'hiver. Nous devrons nous en remettre à la générosité du sieur Florent.

— Ont-ils pris du vin ?

— Ça oui ! Les tonneaux étaient trop lourds, mais ils ont emporté toutes les outres qu'ils pouvaient charger sur leurs montures.

— Fort bien. Dieu te garde, prêtre.

Nous fîmes demi-tour et nous élançâmes au galop sur le petit chemin étroit. Autour de nous, la forêt défilait tel un mur vert et lisse. Sauvage filait à toute allure et le vent fouettait mon visage. Entre mes cuisses, je sentais sa musculature massive qui travaillait avec la parfaite aisance que seuls possèdent les chevaux. Nous atteignîmes la fourche mentionnée et prîmes à gauche sans ralentir le pas. Après plusieurs heures de course effrénée, nous fîmes une pause près d'une rivière pour abreuver nos chevaux haletants, dont le pelage ruisselait de sueur. Montbard s'accroupit dans le chemin et suivit des doigts les traces laissées par les brigands.

— Leur piste est encore fraîche. Ces estropiats ne sont pas pressés. Ils avancent au petit trot. Ils se sentent au-dessus de leurs affaires. Ils ont tout au plus deux heures d'avance.

— Si nous nous empressons, nous les aurons rattrapés avant la nuit !

— Patience, damoiseau. À qui sait attendre, tout vient à point. La nuit est notre meilleure alliée.

Nous nous remîmes en selle et avançâmes au trot. Le templier était aux aguets. Après quelques heures, que je passai à ruminer sans comprendre pourquoi nous allions si lentement, il tira les rênes de sa monture et s'arrêta. Dans la forêt, la lumière baissait.

— Nous allons attacher les chevaux dans les bois, loin du chemin, annonça-t-il.

— Mais… nous n'allons tout de même pas nous arrêter pour la nuit ? Nous devons les rattraper avant qu'ils ne quittent la seigneurie.

— C'est déjà fait. Ils sont tout près.

Je dévisageai Montbard, interdit.

— Ne sens-tu pas la fumée ? demanda-t-il. Ils se sont arrêtés pour la nuit et ont allumé un feu. Nous allons continuer à pied.

Je reniflai profondément l'air. Derrière l'humus, la végétation et l'humidité flottait effectivement une vague odeur de fumée, si faible que je ne l'aurais jamais remarquée. Il avait raison. Les brigands étaient proches. Mon sang se mit à bouillir dans mes veines.

Nous tirâmes nos chevaux dans les bois et découvrîmes une petite clairière où poussaient de longues herbes. Après les avoir attachés à un arbre de manière à ce qu'ils puissent brouter librement, nous les quittâmes et revînmes en direction du chemin. Montbard posa une main sur mon avant-bras pour m'arrêter.

— Faisons plutôt une petite promenade en forêt, annonça-t-il, un sourire carnassier sur ses lèvres déformées lui redonnant son air de jeunesse.

Je souris à mon tour, comprenant qu'il désirait les surprendre. En prenant grand soin de ne pas faire de bruit, évitant de poser les pieds sur des branches sèches, nous nous mîmes en chemin. Le soir était tombé lorsque des voix nous parvinrent. Nous nous approchâmes avec circonspection jusqu'à ce qu'elles deviennent claires. Montbard ralentit le pas et posa l'index sur ses lèvres, il s'accroupit derrière un arbre et je l'imitai. À une trentaine de toises[1] de nous, des hommes étaient assis autour d'un feu et discutaient rondement en se passant une outre de vin.

— Jamais je n'oublierai ce vieillard mité qui s'est mis en tête de nous résister ? ajouta un autre. Qu'est-ce qu'il s'imaginait ? Que nous allions prendre nos jambes à notre cou et nous enfuir ?

— Hou ! fit un autre en agitant les bras comme une femme apeurée. Non ! Pitié ! Ne me tuez pas !

Tous s'esclaffèrent à ces pitreries qui me dégoûtèrent.

— Et la garcelette qui se refusait en geignant ? dit un autre.

— Elle avait l'entrecuisse aussi sec que celui d'une nonne !

— Bah ! Il a fini par se mouiller ! C'est qu'elle aimait ça, la petite ribaude !

Un nouvel éclat de rire retentit parmi les brigands. La mâchoire crispée, je sentais mon sang bouillir dans mes veines en me rappelant le calvaire que ces individus avaient fait subir à

1. Une toise vaut environ deux mètres.

Pernelle. Je constatai que mes mains tremblaient de rage. Le moment de la vengeance approchait.

— Combien en comptes-tu ? chuchota Montbard d'un ton égal en me posant une main sur l'épaule pour me calmer.

J'étirai le cou et observai le groupe.

— Douze.

— Qu'en conclus-tu ?

— Les villageois ont parlé d'une quinzaine d'hommes. Il en manque donc trois.

— Regarde. Ils montent la garde.

Il montra du doigt devant lui.

— Là, là et là. Tu les vois ?

En cherchant bien, j'aperçus trois hommes en bordure du camp de fortune. Ils étaient en partie cachés par des arbres, mais même avec un seul œil, ce diable d'homme les avait repérés sans difficulté.

— Ces truands sont tout de même prudents. Et les autres ?

— Ils sont tous assis autour du feu, répondis-je, faute de mieux.

— Écoute comme ils rient, sans se soucier d'être entendus. Ils se sentent en sécurité et m'est avis qu'à gargoter comme ils le font, ils vont bientôt cuver leur vin. Laissons-les bien s'enivrer. Lorsqu'il fera nuit noire, nous leur rendrons visite.

Je me sentais tendu comme une corde de luth et l'idée de devoir patienter m'était presque douloureuse. Tous mes nerfs frémissaient sous ma peau. Montbard le vit, lui aussi.

— La vengeance que tu désires tant viendra, damoiseau, et elle a toujours meilleur goût quand elle est froide. Fais-moi confiance.

Nous attendîmes quelques heures, immobiles, osant à peine respirer. Lorsque le moment fut enfin arrivé, le templier retira son manteau et le laissa choir par terre.

— Je vais m'occuper des sentinelles. Attends-moi ici et tiens-toi prêt.

Tel un spectre malgré sa carrure, il s'enfonça sans bruit dans la nuit noire. Je demeurai là, soupesant anxieusement mes armes, les vérifiant sans cesse, oscillant entre l'angoisse du combat imminent et l'anticipation de la satisfaction que j'y trouverais et que je tentais de dominer. Je m'interdis d'imaginer ce qui se produirait si Montbard ne revenait pas.

J'étais perdu dans mes réflexions lorsque, après quelques minutes, une main se posa sur mon épaule. Je me retournai, le cœur battant, mon épée brandie, et j'aperçus Montbard. Le diable d'homme était parvenu à se glisser derrière moi sans même que je l'entende.

— Par le guilleri de l'Évangéliste, aiguise tes sens, damoiseau. J'aurais pu t'égorger à ma guise. Fort heureusement, les trois sots qui montaient la garde ne valaient pas mieux.

Il essuya sa dague sur ses braies. Dans la lumière de la lune, je vis la trace de sang qu'elle y avait laissée. Il désigna du menton le campement des brigands.

— Ils sont ivres et dorment comme des souches.

J'enlevai mon manteau, mis mon épée au fourreau et empoignai ma dague.

— Nous en égorgerons autant que nous le pourrons avant que les autres s'éveillent, dit-il. Nous devons réduire leur nombre avant de livrer combat singulier. Compris ?

— Oui.

— Tu es prêt ?

Je hochai gravement la tête. Puis nous nous engageâmes dans la forêt, avançant en silence jusqu'à l'orée du camp. Tout près de nous, une des sentinelles gisait sur le dos, le regard fixe et la gorge ouverte.

Autour du feu qui se mourait, les détrousseurs étaient enroulés çà et là dans des couvertures. Seul le bruit de leurs ronflements meublait la nuit. Des outres vides gisaient autour d'eux. À l'écart, leurs chevaux étaient attachés et broutaient calmement.

— Je n'ai jamais vu leur chef, chuchota Montbard sans quitter le campement des yeux. Lequel est-ce ?

Je scrutai attentivement les corps étendus et finis par repérer Onfroi, un peu à l'écart. Il dormait, la nuque appuyée sur la selle de son cheval. Je le désignai du doigt.

— Celui-là.

— Nous devons le garder pour la fin. C'est clair?

Je hochai la tête.

— Alors allons-y, jouvenceau, dit-il avec un sourire qui aurait glacé le sang du guerrier le plus endurci.

Nous nous glissâmes en catimini parmi les brigands, Montbard sur la droite et moi vers la gauche. Nous nous accroupîmes près des dormeurs et, au signal du maître d'armes, nous amorçâmes notre sordide besogne. D'un seul geste, j'empoignai l'homme le plus proche par les cheveux, lui tirai la tête vers l'arrière et lui ouvris la gorge, au moment même où il émergeait du sommeil et ouvrait les yeux. Il eut tout juste le temps de comprendre ce qui lui arrivait avant de sombrer dans la mort. Les dents serrées, j'avisai le suivant et une profonde colère m'envahit lorsque je le reconnus. Celui-là était un de ceux qui avaient si sauvagement brutalisé Pernelle. D'un geste sauvage, j'enfouis ma lame dans sa gorge, pointe vers le haut. Je la sentis percer son palais et s'enfoncer dans sa cervelle. Lorsque ses yeux s'ouvrirent, exorbités, j'y rivai les miens pour qu'il me reconnaisse et ne les quittai que lorsque la vie s'y éteignit.

Jamais encore je n'avais éprouvé dans toute sa plénitude le sentiment que je ressentais. En comparaison, les trois garçons occis jadis et les soldats trucidés plus récemment n'avaient été qu'un hors-d'œuvre. J'avais sur ces truands le pouvoir souverain de vie et de mort. J'étais juge, partie et exécuteur tout à la fois. Je sentis l'ivresse me gagner, savourant chaque seconde de ma vengeance.

Je poursuivis, prenant un plaisir toujours plus obscène à faire couler le sang. J'avais achevé trois brigands lorsqu'un cheval alarmé hennit soudain. L'homme que j'allais égorger, sans doute un peu moins saoul que les autres, s'éveilla en sursaut et, m'apercevant penché sur lui, eut la présence d'esprit d'ameuter ses congénères.

— Bougre! On nous tue! Réveillez-vous! cria-t-il en tentant de se lever.

D'un coup de lame, je le réduisis au silence, mais il était trop tard. Déjà, les autres se levaient paniqués et tiraient leurs épées. Je jetai un coup d'œil furtif vers mon maître. Il avait été plus efficace que moi. Autour de lui, cinq brigands restèrent immobiles.

Je bondis sur mes pieds, imité par mon maître, transférai ma dague dans ma main gauche et tirai mon épée. Devant nous se dressait le chef des brigands, blotti derrière les deux hommes qui lui restaient. Montbard regarda dans ma direction et sourit. D'un commun accord, nous attaquâmes avec un mélange de hargne et de méthode, nos mouvements trouvant naturellement un unisson longtemps exercé. Mon mépris entretint ma rage et ma haine. Nous eûmes tôt fait de nous en débarrasser, le templier par un furieux coup à l'épaule qui détacha presque entièrement le bras de son opposant, et moi en traversant le mien de part en part.

Je m'élançai vers le chef des brigands qui, malgré le fait qu'il était loin d'être manchot, était paralysé de terreur, son épée brandie mollement devant lui, les lèvres tremblantes. Ce pitoyable lâche n'avait de courage que lorsqu'il était entouré de complices et qu'il s'attaquait à des gens sans défense. Je balayai son arme du revers et la fis voler dans les bois. J'allais lui décoller la tête lorsque la voix puissante de Bertrand de Montbard m'atteignit dans l'endroit sombre où mon esprit s'était retranché.

— Non !

Je me figeai sur place et tournai lentement des yeux de braise vers mon maître. Il me regardait avec une expression sévère dans laquelle je pus sentir de l'inquiétude et de la désapprobation. De la déception aussi.

— Un homme d'honneur tue par obligation, jamais par plaisir, Gondemar ! tonna-t-il avec colère. Il doit savoir quand verser le sang et pourquoi il le fait. Bon Dieu, apprends à te contrôler !

Montbard s'approcha et asséna un violent coup de poing dans le ventre d'Onfroi. Le souffle coupé et le visage crispé de douleur, le brigand se plia en deux et tomba à genoux. Le templier, dont la force m'était démontrée une fois de plus, se retourna vers moi.

— Celui-ci doit vivre. Mort, il ne nous servira à rien. Il doit pouvoir dire à ses semblables que, désormais, il vaut mieux laisser tranquille la seigneurie de Rossal.

Il empoigna Onfroi par ses cheveux crasseux et, malgré son poids, le traîna vers le feu avec une facilité déconcertante. Il l'allongea sur le ventre, lui étira le bras droit et posa son pied dessus, l'immobilisant sous son poids.

— Le moment de ta vindication[1] est arrivé, grogna-t-il. Jouis-en la tête froide, jouvenceau.

Comprenant ce que le maître d'armes attendait de moi, je m'approchai du brigand qui, ayant saisi lui aussi nos intentions, gigotait comme un poisson hors de l'eau en geignant piteusement et en suppliant, sans parvenir à se libérer de l'emprise de Montbard. Je saisis mon épée à deux mains, la levai au-dessus de ma tête et l'abattis de toutes mes forces. La main du truand fut tranchée net. L'homme hurla à mort. Avec froideur, Montbard prit le moignon sanglant et l'enfonça dans les braises, renouvelant les cris du brigand. La chair grésilla et une fumée nauséabonde empuantit l'air. Lorsque la plaie fut cautérisée, mon maître relâcha son emprise et, d'un coup de pied rempli de mépris, fit rouler le blessé gémissant dans l'herbe. Il resta là, prostré, tenant son bras mutilé contre sa poitrine, le souffle court, les joues mouillées de larmes. Il n'avait plus rien du géant menaçant qui avait attaqué Rossal. Il était pitoyable. Méprisable. Dénué d'honneur.

Je m'approchai de lui, l'empoignai par les cheveux et relevai son visage vers moi. De l'autre main, je pris ma broche, toujours fixée à ma cotte de mailles, et la brandis devant ses yeux.

— Tu reconnais cet objet, chiure de merde ? crachai-je, les dents serrées. À cause de lui, tes hommes ont violé une fillette sans défense. Tu t'en souviens ?

---

1. Vengeance.

Pleurnichant comme un enfançon, l'homme hocha la tête. Je détachai la broche, la jetai dans les braises et attendis un moment. Puis j'étirai le bras et, de ma main gantée de cotte de mailles, je la repris. Elle avait rougi dans les braises. Sans prévenir, je couchai le brigand sur le dos, appuyai mon genou de tout mon poids sur sa poitrine pour bien l'immobilier et la pressai sur son front. Des volutes écœurantes montèrent et leur arôme me parut le plus doux des parfums. Celui de la vengeance et du pouvoir.

Lorsque je retirai la broche, le lion passant et armé des seigneurs de Rossal était à jamais gravé dans sa chair. Je lui saisis la gorge et serrai jusqu'à ce qu'il devienne écarlate.

— N'aie jamais l'imprudence d'oublier celui qui t'a marqué d'infamie. Je suis Gondemar, seigneur de Rossal. Tremble à chaque fois que tu entends ce nom et répands-le parmi tes semblables. Si jamais j'apprends que tu as remis le pied dans la seigneurie, je te trouverai. Et ce jour-là, je te trancherai la pendeloche et les couilles pour te les fourrer dans la bouche jusqu'à ce que tu t'en étouffes.

Je serrai un peu plus et ses yeux s'exorbitèrent.

— Tu m'as bien compris ?

Le brigand à demi mort de douleur hocha la tête de son mieux. Je le libérai, récupérai ma broche, la remis sur ma cotte de mailles puis me relevai. Je ramassai la main tranchée. Elle était encore chaude. Je la considérai un moment et la lui lançai au visage avec tout le dédain dont j'étais capable. Puis je lui tournai le dos et me dirigeai vers Montbard, qui avait regroupé quatorze des chevaux et les tenait par les rênes.

— Ce sont de bonnes bêtes, expliqua-t-il. Elles feront bonne compensation au seigneur de Rossal.

Nous ramassâmes tout ce que les brigands avaient volé et chargeâmes les bêtes. En plus d'une sécurité accrue, les habitants de la bourgade sans nom retrouveraient ainsi l'essentiel de leurs biens. Puis nous empruntâmes le chemin, laissant derrière nous l'estropié toujours recroquevillé par terre.

Nous retournâmes à nos montures et attachâmes les chevaux des brigands les uns aux autres pour former un convoi. Sur le chemin du retour, ni l'un ni l'autre ne dit mot. Je sentais en moi quelque chose de différent. J'étais devenu ce que j'avais décidé d'être. J'avais tué avec un intense plaisir, sans scrupule. Ces terres étaient mon héritage et j'avais exercé mon droit légitime de les protéger. Ma marque serait un objet de terreur pour tous les pillards. Le nom de Gondemar de Rossal ferait trembler le plus aguerri des mécréants. Plus jamais on ne me mépriserait. En me retournant vers mon maître, je surpris son regard inquiet, posé sur moi. Une fois encore, il semblait lire dans mes pensées. Et il n'aimait pas ce qu'il y voyait.

Nous repassâmes par le hameau pour rendre leurs biens aux habitants. Puis nous retournâmes vers Rossal. Au matin, quand nous arrivâmes, maculés du sang séché de nos victimes, tous les villageois cessèrent leurs activités pour nous toiser d'un regard craintif. Ils admiraient notre réussite, certes, mais ils étaient assez réalistes pour savoir que la violence qui assurait leur protection pouvait se retourner à tout moment contre eux. Au loin, j'aperçus Odon, livide de terreur. Lorsque nos regards se croisèrent, il s'enfuit dans l'étable.

À l'approche de Florent, la foule s'écarta pour lui laisser le passage. L'air solennel, le visage crispé, il s'avança vers Montbard pour entendre son rapport.

— Les brigands ne troubleront plus vos terres, sire, annonça-t-il avant de lui relater les événements de la nuit.

Mal à l'aise, mon père hocha tristement la tête.

— Je vois... Mais toute cette violence est-elle bien nécessaire? demanda-t-il d'une voix éteinte.

Je franchis les quelques pas qui nous séparaient et me plantai devant lui, la main posée sur la poignée de mon épée en un geste sans équivoque.

— Elle l'est. Pour prospérer, Rossal a besoin d'un vrai seigneur. À compter d'aujourd'hui, j'assurerai moi-même sa protection avec le sieur de Montbard.

Me fichant de sa réaction, je m'en fus au manoir qui était maintenant un peu plus le mien. Avec tout ce sang qui me souillait, j'avais besoin d'un bain.

CHAPITRE 7

Le châtiment

La leçon donnée aux brigands porta ses fruits et au cours des années qui suivirent, rares furent les gens mal intentionnés qui osèrent s'attaquer à nos terres. Les quelques fois où nous parvint la rumeur d'exactions perpétrées contre nos serfs, Montbard et moi réagîmes avec la même efficacité brutale que nous avions appliquée à Onfroi et à ses hommes, nous assurant de laisser toujours en vie une ou deux de nos victimes pour répandre notre message. Bientôt, notre réputation de cruauté dépassa les frontières de Rossal.

J'étais maintenant un homme solide et d'une grandeur peu commune, aux épaules larges et aux muscles saillants. Ma longue crinière rousse me distinguait et je la portais toujours attachée sur la nuque. Par coquetterie, je rasais ma barbe tous les matins. Je soignais mon habillement, la distinction physique entre les serfs et leur seigneur étant une chose nécessaire.

Florent se faisait vieux et n'osait plus s'opposer à ma volonté. À ses yeux, sans doute la prophétie de ma naissance s'accomplissait-elle. Quant à ma mère, elle m'adressait les regards blessés de celle qui voit son enfant s'égarer et qui est impuissante à le remettre dans le droit chemin. Je me fichais de tout cela. Je me sentais enfin libre d'être ce que j'étais vraiment.

Petit à petit, la terreur imposée aux brigands se répandit parmi les serfs. Me lançant avec enthousiasme dans l'apprentissage des responsabilités et devoirs d'un seigneur, je ne tardai pas à appliquer diverses mesures visant à augmenter la production. Je savais bien que d'autres seigneuries, dont j'avais vent de temps à autre par des voyageurs de passage, produisaient de bien meilleurs rendements que Rossal. Toutes avaient en commun d'être administrées sévèrement par un seigneur qui savait garder les serfs à leur place.

En matière d'administration, les leçons du père Prelou, si elles dataient déjà un peu, se révélèrent d'une grande utilité. Au lieu de tenir un compte approximatif des récoltes et des surplus après versement des redevances au suzerain, comme l'avait toujours fait Florent, j'implantai une comptabilité rigoureuse avec l'aide de Montbard. Le diable d'homme, rempli de ressources, savait aussi compter. Il m'expliqua que les templiers, grands prêteurs d'argent, avaient innové en mettant au point un système de double comptabilité dont il m'enseigna les mystères. Dès lors, j'organisai mes registres sur deux colonnes : l'une pour les revenus et l'autre pour les dépenses. Je résolus que tous les moyens seraient bons pour assurer que les premiers seraient toujours supérieurs aux secondes. Le résultat fut une administration rigoureuse qui engraissa significativement le trésor seigneurial et qui permettait désormais de planifier les dépenses sans se retrouver à court d'espèces sonnantes et trébuchantes.

J'acceptai sans le moindre scrupule ce que mon père s'était toujours refusé à admettre : les serfs étaient les instruments grâce auxquels un seigneur bien avisé pouvait s'enrichir. Ils étaient au service du seigneur et pas le contraire. C'était l'ordre naturel des choses tel qu'il était voulu par Dieu, et j'entendais bien y revenir. Pour demeurer en bon état, un outil doit être utilisé à son plein rendement. Au-delà, il se casse. En deçà, il rouille et devient inutile. Dans un cas comme dans l'autre, il ne produit rien et doit être remplacé à grands frais, faute de quoi son propriétaire se retrouve les mains vides. Les fruits les plus abondants résultent donc de l'équilibre entre l'usage optimal et l'excès. Ce fut la politique qui me guida.

Mes pratiques rigoureuses avaient évidemment un revers. Ayant établi avec précision ce que la seigneurie était en mesure de produire chaque année, je n'en exigeai pas moins et fis en sorte d'en obtenir même un peu plus. J'exerçai une surveillance étroite des grands travaux, supervisant les semailles et les récoltes, comptant chaque minot produit, faisant peser les céréales et colligeant minutieusement les résultats. Je minutais étroitement les périodes de repos durant les travaux pour éviter tout relâchement et je veillais à ce que les flâneurs soient réprimandés. Personne n'y échappait. J'abaissai à dix ans l'âge auquel les garçons devaient prendre part aux grands travaux et n'exemptai pas même les infirmes, auxquels on devait trouver les tâches qu'ils étaient en mesure d'accomplir. Les serfs terminaient leurs journées dans un état proche de l'épuisement, mais le travail s'accomplissait comme jamais auparavant.

Personne n'étant exempté, je retirai les privilèges d'Odon et l'envoyai aux champs comme les autres. Le garçon en était venu à prendre au sérieux le rôle d'écuyer que Montbard lui avait donné par sympathie, mais le temps du jeu était révolu. Le jour où je lui ordonnai sèchement de cesser ses enfantillages pour se mettre à la tâche comme les autres, faute de quoi il serait fouetté, il retint avec difficulté ses larmes et s'en fut, la tête basse.

— N'as-tu donc plus aucune compassion ? me demanda Montbard d'un ton désapprobateur en le regardant s'éloigner. Les quelques deniers que te rapportera le travail de ce petit valent-ils de lui briser le cœur ?

— La place d'un serf est aux champs, rétorquai-je sèchement.

— Je croyais avoir fait de toi un homme, Gondemar, déclara Montbard, l'air sombre. Peut-être n'ai-je fabriqué qu'un tyran.

La nature humaine étant encline au moindre effort, je dus faire plusieurs exemples, ce que j'accomplissais sans hésitation aucune. J'ordonnai au charpentier de fabriquer un pilori que je fis installer bien en vue sur la place. Celui qui eut l'honneur douteux de l'inaugurer fut justement Odon, qui avait du mal à renoncer à son statut d'écuyer et que je surpris dans l'étable à affiler nos épées en cachette. Je l'y traînai moi-même et l'y laissai une journée entière, insensible à ses pleurs et à ses supplications. Plus jamais l'enfant n'osa s'approcher de moi, mais cela m'indifférait. Je mis encore au pilori plusieurs autres serfs particulièrement fainéants qui, en plus d'être privés d'eau et de nourriture, subirent les quolibets des villageois amusés.

Le rythme de travail fut significativement accru par mon traitement intransigeant. Les quelques rébarbatifs qui résistèrent malgré tout, je les fouettai moi-même. Je maniai bientôt le martinet avec la délicatesse d'un orfèvre, laissant sur le dos de mes victimes de douloureuses stries rouges sans pour autant fendre la peau, ce qui leur rappelait pour longtemps les vertus du travail sans les forcer à s'absenter de leur tâche ne fût-ce que pour une journée.

Afin d'éviter les fraudes comme celle que Papin avait perpétrée jadis, j'instaurai une mise en commun des fruits de la terre. Désormais, décrétai-je, toutes les récoltes appartiendraient en propre au seigneur de Rossal et il me reviendrait de déterminer la juste part de chacun. Je distribuai les revenus de façon à ce que tous puissent manger à leur faim et fournir le travail qui était attendu d'eux, mais en m'assurant qu'ils ne disposeraient pas des surplus qui engendrent inévitablement la paresse.

Je remis aussi en vigueur certaines pratiques ancestrales que Florent, le cœur trop sensible, avait laissées sombrer dans l'oubli. Ainsi, chaque année, au début du mois de mai, j'obligeai les serfs à honorer leur seigneur en plantant un arbre devant le manoir et en le décorant convenablement pour célébrer l'arrivée du printemps et le retour de la fertilité. À l'automne, j'exigeai que chaque chef de famille se présente à ma porte pour me prêter publiquement foi et hommage et qu'il s'engage sur son honneur à accomplir convenablement ses devoirs de serf.

Montbard et moi implantâmes encore dans le village une grande innovation. La réputation de terre inhospitalière que nous avions construite pour Rossal suffisait, dans l'immédiat, à lui assurer la tranquillité, mais nous n'étions pas dupes. Si nous savions exercer des représailles sauvages en nous glissant nuitamment parmi les brigands pour les occire, nous devions aussi pouvoir résister à l'assaut organisé d'une bande nombreuse. Il était aussi toujours possible que nos succès finissent par susciter chez les brigands un désir de vengeance. Je décrétai donc qu'une milice serait mise sur pied et donnai ordre au maître d'armes d'y voir.

Montbard conçut une stratégie défensive qui tirait parti des lieux. Cette mesure, nous la raffinâmes ensemble. Lorsque nous fûmes satisfaits, je commandai au forgeron de longues piques acérées. Puis les hommes valides furent divisés en groupes, chacun ayant un rôle précis. Notre stratégie s'appuyait sur le grand nombre d'habitants tout en compensant leur manque de familiarité avec le combat. Elle comptait sur l'effet de surprise, les brigands n'ayant pas l'habitude de faire face à de la résistance. Elle dépendait aussi du courage de nos serfs et de leur volonté à protéger ce qui était leur. Il s'agissait simplement de prendre les éventuels ennemis en souricière. Chaque nuit, trois hommes monteraient la garde autour du village, selon une rotation établie à l'avance. À l'approche d'étrangers, tout le village devait s'empresser vers l'étable de mon père et se munir des piques qui y seraient entreposées. Puis les hommes devaient disparaître derrière les maisons, ne laissant que les femmes, les enfants et les vieillards pour accueillir les intrus. La moitié d'entre eux avaient pour mission de bloquer les quelques chemins menant au village, rendant toute fuite impossible. Les autres surgiraient, encercleraient les brigands et abattraient leurs chevaux. Une fois les assaillants au sol, ils les achèveraient prestement. Ceux qui parviendraient à s'échapper seraient accueillis sur le chemin et subiraient le même sort. Dans le meilleur des mondes, aucun brigand n'en sortirait vivant.

Montbard prit en charge l'entraînement des villageois, qui ronchonnèrent abondamment tout en ayant la sagesse de ne pas protester ouvertement. Une fois par semaine, il les dirigeait avec autorité pendant une journée entière, les faisant répéter jusqu'à écœurement, maudissant leur maladresse et jurant comme le templier qu'il était. Bien qu'il approchât le demi-siècle, le maître d'armes était encore fort et agile. J'étais sans doute le seul à voir que ses réflexes étaient un peu plus lents que lorsqu'il était arrivé à Rossal, dix ans auparavant. Il démontrait sans relâche comment manier la pique, faisant recommencer les paysans jusqu'à satisfaction, bottant le cul des plus maladroits et les menaçant des sévices les plus imaginatifs.

— C'est pourtant facile, bougre de demi-part ! Tu la pointes et tu l'enfonces ! Ventredieu ! Mais qui m'a fichu cet animal sans cervelle ? Allez ! Un peu d'énergie, que diable ! J'espère pour ta femme que ta verge est plus raide que tes bras !

Il était entendu qu'en cas d'attaque, les opérations seraient dirigées par le templier défroqué ou par moi-même. Mais, si nous étions tous deux absents, les villageois devaient pouvoir procéder seuls et protéger Rossal. Montbard ne les lâcha donc qu'après des mois, lorsque les manœuvres furent effectuées avec un minimum de coordination. Quant au père Prelou, il observait de loin, la bouche pincée, et je le connaissais assez bien pour savoir qu'il désapprouvait tout cela. Sa tâche était toutefois de voir au salut des âmes et la mienne, de tirer parti de leur corps. Chacun respectait tacitement le territoire de l'autre et cela était bien ainsi.

Il va sans dire que toutes ces méthodes furent honnies par les serfs, peu habitués à s'en faire tant demander. Ils firent cependant contre mauvaise fortune bon cœur, sachant que c'était là le tribut à verser pour la sécurité nouvelle dont ils jouissaient. Quant à Florent, s'il désapprouvait mes façons de faire, il n'osa rien dire. Ses coffres n'avaient jamais été si bien remplis, ni ses terres si sûres, et cela suffisait à le faire taire. Tout en demeurant seigneur en titre, il ne menait plus rien et en était conscient. Depuis ma naissance, il m'avait toujours craint et je lui en fournissais maintenant les raisons.

L'efficacité, la rigueur et la froideur avec lesquelles j'abordais mes responsabilités n'améliorèrent en rien mes relations avec les serfs de Rossal, qui trouvaient là une raison supplémentaire de se méfier de moi. Depuis mon enfance, ces gens n'avaient vu en moi qu'un oiseau de malheur et m'avaient gardé enfermé dans un cruel silence. Le mépris et la haine superstitieuse qu'ils avaient affichés pour l'enfant que j'avais été s'étaient mués en une crainte réelle. Ils baissaient les yeux sur mon passage, craignant de se voir attribuer une tâche supplémentaire ou de subir ma main, que j'avais fort leste. Ils n'étaient pas en droit d'attendre quelque faveur de ma part. Je les traitais comme ils m'avaient traité et ils devaient déjà se compter chanceux que je ne le fasse pas plus cruellement. Leur détestation ne m'importait point. Ils devaient accomplir leur devoir et moi le mien. Les deux devaient être impeccables et tout manquement de leur part serait puni sévèrement. C'était là ma manière de diriger une seigneurie, d'y régner et je n'avais aucune raison de m'en priver.

Je n'eus aucun scrupule, non plus, à invoquer mon droit de cuissage pour assouvir mes besoins charnels lorsqu'ils se faisaient pressants. Si je trouvais encore refuge, de temps à autre, entre les cuisses accueillantes de Jehanne, je ne me privais pas des amusements que me procuraient d'autres filles, malgré les froncements de sourcil et les reproches voilés du père Prelou. J'étais fort beau et bien fait à cette époque. La vie ne m'avait pas encore marqué. Et j'étais aussi le maître incontesté de Rossal, libre d'exercer le droit de vie ou de mort sur quiconque. Aussi m'accueillaient-elles volontiers, la plupart semblant y prendre plaisir, les autres, le feignant de leur mieux.

Durant ces années tranquilles, un seul événement me causa de réels tourments. Depuis longtemps, j'avais abandonné l'espoir de renouer avec Pernelle, sans pour autant l'avoir oubliée tout à fait. Un matin, Montbard m'apprit qu'un de nos chevaux avait disparu de l'étable. Perplexe, il émit l'hypothèse que la bête avait profité d'une porte mal fermée et partit illico à sa recherche. Quelques heures plus tard, la rumeur se mit à courir dans le village que Pernelle avait disparu. Il ne fallut guère d'effort pour associer les deux événements et je me rendis à la masure que sa famille et elle occupaient toujours. Lorsque j'entrai, je constatai que rien n'y avait changé. Le dépouillement était le même. Ses paroles si cruelles et si tristes me revinrent en mémoire, mais je les chassai aussitôt.

Les parents de Pernelle étaient passés de vie à trépas depuis quelques années. Celle qui avait été mon amie ne se plaignait sans doute pas de la disparition de son père. Il ne restait dans la maison que deux de ses sœurs, qui semblaient avoir repoussé sans cesse leurs épousailles pour ne pas abandonner Odon. Quand je les questionnai, les deux femmes me confirmèrent ce qui était venu à mes oreilles.

— Oui, sire Gondemar, dit Florion, tremblante de peur, en tordant nerveusement sa robe avec ses doigts usés par le travail. Elle songeait depuis longtemps à partir. Elle en parlait parfois – quand elle acceptait de parler. Elle n'a jamais pu être heureuse après… les violences subies jadis.

— A-t-elle dit où elle allait? interrompis-je.

— Vers le sud, sire, répondit Sédillonne. Elle disait qu'à défaut de se faire nonne, c'était le seul endroit où elle pourrait peut-être trouver la paix. Que là-bas, elle pourrait laver son âme et se refaire une vie. Elle nous a fait ses adieux en affirmant que nous ne nous reverrions jamais. C'est tout ce que je sais, je le jure sur la tête de la bonne Madone.

Odon était tout près de Florion – sa mère ou sa tante, j'ignorais laquelle était laquelle. Il serait sous peu un homme trapu et solide. Un bon serf qui abattrait le travail attendu de lui. Depuis le jour où j'avais mis fin à ses prétentions d'écuyer, il ne m'avait jamais adressé la parole, ni même regardé.

— Et toi, Odon, sais-tu où est allée Pernelle? lui demandai-je.

— Non, sire. Rien de plus que ce qu'on vous a dit, répondit-il, les yeux au sol.

Je m'en fus sans rien ajouter. Mon amie avait quitté ma vie depuis longtemps et pourtant, la seule idée qu'elle était partie me peinait plus que je ne l'aurais cru. Je chassai de mon mieux ce sentiment indigne du seigneur que j'étais. Après tout, elle n'était que la fille d'un serf, me raisonnai-je. Une fille avec laquelle j'avais échangé quelques moments de naïveté avant d'avoir l'âge de raison. Rien de plus.

Apprenant ce que je savais, Montbard insista pour que je l'autorise à se lancer à sa poursuite, mais je lui interdis de le faire. Un cheval était fort peu de choses et j'avais le sentiment confus de devoir à Pernelle cette chance qu'elle désirait de se diriger vers une nouvelle vie.

La seigneurie de Rossal fonctionnait donc comme une roue bien graissée autour de son essieu lorsque la catastrophe s'abattit sur elle. Et aussi sur moi. C'était en l'an 1208. J'avais vingt-trois ans. Mon père était maintenant un vieillard rabougri, perclus de douleurs et dépourvu de volonté. J'étais le maître incontesté de Rossal et tous me reconnaissaient comme tel. Ainsi que je me l'étais juré des années plus tôt, je m'étais accompli et j'avais mis le monde à mes pieds. Le prix que j'avais dû payer pour cela était le ressentiment blessé de ma mère et la froideur de Montbard, dont le regard réprobateur faisait maintenant partie de mon quotidien. Je me demandais parfois pourquoi il ne partait pas, tout simplement, s'il réprouvait à ce point mes méthodes et mon attitude. Mais je savais qu'il considérait ne pas avoir achevé sa tâche.

Les récoltes étaient engrangées et, grâce aux mesures que j'avais imposées, elles produisaient maintenant chaque année des surplus considérables. L'ironie de la situation m'apportait une grande satisfaction : celui dont la naissance avait prétendument apporté le malheur sur Rossal était celui-là même qui y avait ramené la prospérité.

Les réserves que j'accumulais depuis quelques années valaient maintenant une jolie fortune et devaient être converties en espèces sonnantes et trébuchantes. La foire la plus proche se trouvant à plusieurs jours de chevauchée, j'allais être absent deux semaines au moins. Montbard et moi quittions les terres avec une certaine sérénité, aucun brigand n'ayant osé les approcher depuis quelques années. Malgré cela, la veille de notre départ, toujours pénétré d'une saine appréhension, il insista pour conduire des manœuvres rigoureuses. Il désirait ainsi s'assurer que les villageois étaient prêts à faire face par eux-mêmes à toute situation. Les paysans, fatigués par des semaines de dur labeur, maugréèrent, mais n'avaient guère eu le choix. Bertrand de Montbard n'entendait pas à rire quand il était question de choses militaires.

Je pris la route en compagnie du templier et de trois jeunes villageois que j'avais choisis, car ils avaient démontré un talent particulier pour le maniement de l'épée. Notre petite troupe encadrait une dizaine de paysans conduisant des voitures chargées de blé et de froment, tirées par nos chevaux les plus vigoureux. Notre périple se déroula sans anicroches. La seule vue de notre convoi, encadré par cinq hommes lourdement armés, aurait dissuadé quiconque entretenait de mauvaises intentions à notre égard. La réputation que nous avions acquise, Montbard et moi, nous précédait souvent et constituait sans doute la meilleure des protections.

Nous atteignîmes notre destination en une semaine. Le bourg dans lequel se tenait la foire était une chose nouvelle pour moi qui n'avais jamais quitté les confins de ma petite seigneurie. Lorsque nous y pénétrâmes après nous être identifiés auprès des soldats qui gardaient la muraille imposante, j'eus l'impression d'entrer dans un autre monde.

L'endroit grouillait de monde et d'activité, et je trouvai oppressant l'entassement qui y régnait. Les maisons en bois à plusieurs étages étaient serrées les unes contre les autres. Leurs balcons s'avançaient au-dessus des rues et formaient un surplomb qui cachait le moindre rayon de soleil. Les rues tortueuses, étroites et boueuses étaient si pleines de gens et d'animaux en liberté que notre convoi avait peine à avancer. Les clients s'accumulaient devant les boutiques et les ateliers où commerçants et artisans offraient des marchandises de toutes sortes : des tonneaux, des fromages, des parchemins vierges, des légumes, des médicaments, des bijoux, des peaux fraîchement tannées, des dentelles, de la ferronnerie, des objets en verre et mille autres choses encore. Quiconque en avait les moyens pouvait se faire raser, soigner, vêtir, nourrir ou désaltérer, sans compter les services plus discutables qu'offraient les nombreuses donzelles éparpillées çà et là. À plusieurs reprises, je vis, dans les ruisselets qui les longeaient, des excréments humains qui flottaient et des carcasses d'animaux abandonnées. L'odeur de crasse et de pourriture était épaisse et étouffante. Tous les trois ou quatre pas, un mendiant tendait la main et demandait l'aumône. Au loin, au-dessus des toits, je pouvais apercevoir le clocher d'une église qui montait vers les cieux, plus haut que tout ce que j'avais vu.

Nous demandâmes notre chemin à quelques reprises avant de parvenir à la foire, les bourgeois nous toisant avec mépris et nous faisant sentir terriblement paysans. Quand nous fûmes arrivés à destination avec nos charrettes pleines, la scène qui se déployait sous mes yeux m'émerveilla. L'immense espace était occupé par une mer de comptoirs derrière lesquels les commerçants proposaient leurs produits. Il y avait de tout et la valeur totale de l'ensemble de ces richesses défiait l'imagination : des draps hollandais, de la laine anglaise, des fourrures, du bois du nord de l'Europe, de la soie, des épices d'Orient, du poisson, du sel et du métal étaient disposés de façon à susciter l'envie. Un peu partout, des changeurs avaient dressé des tables et, à l'aide de leur abaque, échangeaient des monnaies pour d'autres en se gardant un profit rondelet.

Nous circulâmes entre les étals jusqu'à ce que Montbard repère le coin où se commerçait le grain. La récolte n'avait pas été partout aussi bonne que chez nous et le cours du grain était élevé. En jouant les marchands les uns contre les autres, il me fut facile de négocier un excellent prix pour nos surplus. Une fois la transaction effectuée, nous passâmes le reste de la journée à arpenter les étals et à échantillonner les marchandises. J'acquis plusieurs longueurs de tissu dont j'entendais me faire confectionner des chemises et des braies. Je passai aussi au comptoir d'un marchand d'armes teuton[1] et jetai mon dévolu sur une épée longue magnifiquement forgée à double tranchant, à la garde droite et épaisse, dont la poignée semblait avoir été conçue pour se marier à ma main. Je l'avais à peine payée que j'anticipais déjà le plaisir que j'éprouverais à brandir à deux mains cette arme à l'équilibre parfait. Voyant le regard envieux que Montbard y portait à la dérobée, je lui offris de lui en acheter une, mais il refusa net, grommelant que rien ne surpassait une épée templière et que la sienne lui convenait amplement. J'ajoutai à mes achats une dague de même facture, un écu en amande rouge entièrement en métal dont la légèreté m'étonna, une cotte de mailles neuve, la mienne étant devenue trop étroite, et une paire de gantelets de métal dont j'avais toujours rêvé. À force d'insistance, je parvins à convaincre mon maître d'accepter des gantelets et une cotte neuve.

Nos transactions durèrent quelques jours. Nous passâmes des nuits sans histoire dans une des nombreuses auberges du bourg. C'est les sacoches bourrées de pièces d'or que nous reprîmes la route de Rossal, ce qui rendait l'escorte encore plus nécessaire qu'à notre départ. Il est en effet bien plus facile de s'emparer de quelques sacs que de s'enfuir avec des charrettes remplies de grain. Je souhaitais presque que quelques malfrats se mettent en tête de nous détrousser pour tester mes nouvelles armes, mais rien ne se produisit.

Le voyage de retour avait pris un peu moins de temps, nos charrettes étant vides. En chemin, je formulais des plans. J'avais en tête d'utiliser une partie de cet argent pour construire un nouveau moulin banal, celui qui se trouvait à Rossal depuis au moins neuf générations étant depuis longtemps désuet. Ainsi équipée, la seigneurie pourrait non seulement moudre plus

1. Germanique, allemand.

efficacement son propre grain, mais aussi louer son moulin aux seigneuries environnantes et en tirer des revenus substantiels. Je prévoyais aussi de construire une nouvelle étable, plus grande, notre cheptel de chevaux s'étant considérablement accru au fil des ans. Le reste des profits serait versé au trésor seigneurial.

J'avais donc le cœur léger lorsque nous parvînmes non loin de Rossal. Puis il se serra. Au loin, une épaisse colonne de fumée montait vers le ciel et masquait partiellement le soleil. Montbard et moi nous raidîmes en même temps.

— Morbleu, grogna-t-il. Ça vient du village.

Nous lançâmes nos montures au galop, les trois villageois nous emboîtant le pas. L'épée au clair, nous filâmes comme le vent et surgîmes sur la place. Rossal était désert. Un silence oppressant l'enveloppait. Même les oiseaux de la forêt semblaient avoir disparu. Les maisons que j'avais laissées derrière moi deux semaines auparavant n'étaient plus que des ruines fumantes. Quelques cadavres traînaient çà et là, mais trop peu. Tout à coup, la richesse que je ramenais de mon voyage n'avait plus d'importance.

Dans un état second, je descendis de ma monture et, la bouche sèche, franchis la centaine de pas qui me séparaient de l'église. Montbard m'emboîta le pas. Nous trouvâmes le père Prelou adossé à l'église. On lui avait percé l'abdomen et le sang s'écoulait paresseusement entre ses doigts posés sur la blessure. Son visage ridé était d'une pâleur cadavérique et ses yeux étaient fermés. Il haletait. De toute évidence, il n'en avait plus pour longtemps. Je m'agenouillai à ses côtés et posai une main sur son épaule.

— Père Prelou ? Vous m'entendez ?

Ses paupières frémirent à quelques reprises et il posa sur moi des yeux déjà recouverts du voile de la mort imminente.

— Gondemar… mon garçon, haleta-t-il, sa voix à peine plus forte que le battement d'ailes d'un papillon.

Il ravala difficilement et tenta de parler, mais en fut incapable. Je me tournai vers un des hommes qui étaient revenus avec nous.

— De l'eau.

Le serf tourna les talons, courut vers le puits au centre de la place, saisit la louche de bois qui y était toujours accrochée et la ramena rase. Je soutins la nuque du prêtre d'une main et l'abreuvai. Il avala quelques gorgées et sembla revivre un peu.

— Les brigands… murmura-t-il d'une voix faible. Arrivés… à l'aube. Menés par… le géant… celui qui a… éventré Papin… manquait… la main… droite.

Mon cœur se serra. Onfroi. D'une main tremblante, Prelou se signa faiblement.

— Ils ont tout… pris. Et… tes parents…

Je suivis son regard et mon sang se glaça. Une forme était suspendue aux lourdes portes de bois. Je courus à toutes jambes vers ma demeure et m'arrêtai net, abasourdi. Le corps décapité avait été crucifié avec de longs clous de charpentier, tel un Christ sacrilège, mais je n'eus pas de mal à reconnaître Florent. On lui avait retiré ses braies. Son membre viril avait été amputé et traînait à ses pieds.

Même dans l'état second où je me trouvais, le symbolisme que recelait la scène ne m'échappait pas. C'est à *moi* que l'ignoble message était adressé. On lui avait tranché la tête, là même où j'avais marqué Onfroi. On s'était attaqué à l'organe qui m'avait enfanté. Ce n'était pas le seigneur de Rossal que l'on avait martyrisé ainsi, mais mon père. Mon père… Nous nous étions respectivement méprisés et craints plus qu'aimés, mais le monde que je m'étais construit se définissait par son existence. Je mesurais mon efficacité de seigneur à l'aune de son apathie. Mon héritage à venir, je le tenais de lui. Et voilà qu'il n'était plus. On l'avait lâchement assassiné et on avait profané sa dépouille. On avait détruit mon héritage. Tout cela pour se venger de moi.

— Comment… bredouillai-je. Les habitants… Les piques… L'entraînement… Nous avions tout prévu…

Je sentis une main se poser sur mon épaule. Dans la pression ferme et rassurante que Montbard exerçait, je sentais sa familiarité avec l'horreur. J'ignore combien de temps il se tint ainsi près de moi après m'avoir rejoint. Lorsque j'émergeai de la pénombre dans laquelle mon esprit s'était égaré, il était toujours là, partageant ma douleur. Nous retournâmes auprès de Prelou et je l'interrogeai à nouveau.

— Que s'est-il passé ? demandai-je, hors de moi. Les habitants n'ont-ils pas résisté ?

Le prêtre secoua mollement la tête.

— Je… l'ai… interdit, râla-t-il.

Je l'empoignai rudement par sa bure ensanglantée.

— Quoi ?

— *Non… occides*[1]… mon fils. La violence engendre… la violence… Un bon chrétien doit se… soumettre à la… volonté… de Dieu. S'il… trouve la mort… aux mains de brigands… il y gagnera aussi… le salut. J'ai ordonné aux… villageois de ne pas… combattre. Facile… Personne ne… désirait lutter… pour… toi.

Je le frappai violemment contre le mur. Dans l'état où il était, il sembla à peine le sentir.

— Comment as-tu pu ? m'écriai-je. Et où est ma mère ?

— Emmenée… râla-t-il.

La rage que je ressentis n'était à nulle autre pareille. Jamais je n'avais envisagé que le désaccord du père Prelou face à nos mesures de protection puisse mener à de telles conséquences. Par sa naïveté, par sa piété stupide, il avait causé cette atrocité.

— Où sont les villageois ? demandai-je d'une voix tremblante d'indignation. Où se cachent-ils tous ?

Pour toute réponse, Prelou, à un cheveu de l'inconscience, désigna du pouce l'église derrière lui. Je me relevai et me dirigeai d'un pas lourd de colère vers les portes de l'édifice. Je tentai de les pousser, mais elles résistèrent. Les villageois enfermés à l'intérieur les avaient sans doute entravées avec des poutres pour se protéger. Pour en avoir le cœur net, je frappai et des murmures effrayés me parvinrent. Ils croyaient sans doute que les brigands étaient encore là.

---

1. Tu ne tueras point.

Ivre de rancœur, je me rendis près des ruines fumantes de la maison la plus proche, ramassai un bout de planche encore enflammé et revins à l'église. La seule chose à laquelle je pouvais penser était que les méprisables couards qui se trouvaient à l'intérieur avaient refusé de combattre pour défendre ce qui était leur et s'étaient laissé docilement enfermer ; qu'à cause de leur lâcheté, Rossal était en ruines. Je n'avais plus rien. Ils m'avaient détruit et je leur rendrais la pareille.

Montbard comprit ce que j'entendais faire.

— Gondemar, dit-il en me saisissant fermement le bras. Ces gens ne sont pas des soldats. Nous avons été naïfs d'espérer autre chose d'eux et du prêtre. Ne tue pas par plaisir. Je t'en conjure, ne deviens pas une bête.

D'un geste brusque, je me défis de son emprise et brandis ma torche vers le bâtiment.

— Non ! s'écria mon maître. Odon est là-dedans !

Il me saisit à bras-le-corps, bien décidé à me retenir aussi longtemps qu'il le faudrait pour que ma colère se calme. Ses bras m'enserrèrent et ma torche improvisée m'échappa. Je le repoussai et il se retrouva sur le dos. Sa tête heurta une pierre et il resta sur le sol, sonné. Les trois villageois, indécis jusque-là, transgressèrent leur statut de serfs et se précipitèrent vers moi. Malheureusement pour eux, ils n'étaient pas de taille. Je brandis mon arme et, en un rien de temps, tous gisaient sur le sol, le ventre transpercé.

J'avais à peine terminé cette sale besogne que Montbard se tenait à nouveau devant moi, l'épée au clair, cette fois. L'expression de son visage était sans équivoque. Il hurla et se jeta sur moi, faisant pleuvoir les coups dans toutes les directions. Je résistais de mon mieux, tentant de contre-attaquer, mais la rage qu'il y mettait était désespérée. Il était redevenu un templier féroce et assassin. L'affrontement dura de longues minutes, son arme me frôlant à maintes reprises. Malgré moi, je reculai. Un coup de poing au visage me fit tourner la tête et je me retrouvai le dos appuyé à l'église. Tel un fauve, Montbard profita de mon étourdissement pour m'appuyer le tranchant de son épée sur la gorge, assez fort pour en tirer le sang.

— Jamais je ne laisserai mon apprenti assassiner des innocents. Tu entends ? grommela-t-il, son œil valide brillant de colère. Jamais ! Tu es devenu un monstre, mais cela s'arrête ici, maintenant. Pardieu, je te tuerai s'il le faut.

Je profitai du fait que sa posture exposait le bas de son corps pour remonter violemment mon genou dans son entrejambe. Ébranlé, il relâcha sa prise et je lui assénai plusieurs coups de poing au visage. Il vacilla puis tomba sur les genoux. Je lui plaquai mon pied dans la poitrine, le renversai sur le dos et appuyai la pointe de mon épée sur sa gorge. Je n'avais qu'à l'enfoncer et mon maître ne serait plus. Mais un dernier relent de raison m'en empêcha. Hurlant de désespoir, je le frappai du pied au visage et il roula sur le côté, assommé.

Ma rage toujours inassouvie, je me retournai vers l'église. Puis je scellai ma destinée. Je ramassai le bout de bois qui flambait encore et l'appuyai contre le bois sec, qui s'embrasa aussitôt. Réalisant que leur refuge flambait, les villageois ouvrirent la porte et tentèrent de sortir, mais je les accueillis l'arme au clair et abattis tous ceux qui en émergeaient, si bien qu'ils eurent bientôt le choix entre la mort par le feu ou par l'épée. Bientôt, des cris de panique retentirent à l'intérieur, qui se transformèrent en hurlements de douleur à mesure qu'ils étaient brûlés vifs ou suffoquaient dans l'épaisse fumée.

— Habitants de Rossal ! hurlai-je. Vous avez laissé piller ce qui était à moi ! Vous entendez ? À moi !!! Eh bien, crevez ! Et puissiez-vous croupir en enfer !

Plus rien ne m'importait que la vengeance. J'entends encore le rire dément et mêlé de sanglots qui s'échappa de ma gorge. Il me sembla venir d'un autre que moi. J'ignore combien de temps je restai prostré sur le sol devant les ruines fumantes qui dégageaient une affreuse odeur de chair brûlée, la carcasse du père Prelou se calcinant contre ce qu'il restait du mur. Lorsque j'émergeai de ma torpeur, Montbard était assis par terre, le visage tuméfié et couvert de coupures. Il posait sur moi un regard vitreux et décontenancé.

— Ce que tu as fait est impardonnable… me dit-il d'une voix abattue. Même en Terre sainte, j'ai rarement vu de telles atrocités. Comment as-tu pu devenir un tel animal ? Qu'es-tu donc ? Un démon ? Par Dieu, où ai-je failli ?

Montbard secoua la tête et soupira. Il se releva péniblement, las et brisé.

— C'est moi qui t'ai fait, dit-il d'une voix éteinte. Cette horreur, j'en porte la responsabilité autant que toi. Dieu nous jugera tous les deux. Puisse-t-il avoir pitié de nos âmes.

Il s'approcha de la chapelle encore fumante et se signa.

— Repose en paix, mon pauvre Odon, murmura-t-il. Je n'ai pas pu te sauver, toi non plus…

— Ma mère, dis-je. Nous devons la retrouver.

Il leva vers moi des yeux hagards et hocha tristement la tête.

— Je n'irai plus nulle part avec toi. En ce qui me concerne, tu es mort, Gondemar de Rossal.

— Très bien ! Je n'ai pas besoin de toi ! Va au diable, templier ! hurlai-je, au comble du découragement. Tu m'entends ? Va au diable !

Je passai mon écu à mon bras, enfourchai Sauvage et m'élançai à la poursuite des brigands, les entrailles rongées par une rage brûlante. En m'éloignant, j'avais l'impression de sentir le regard brûlant de reproches de mon maître dans mon dos.

Pour avoir la moindre chance de revoir Nycaise vivante, je devais agir sans tarder. Il ne me restait qu'elle. J'eus tôt fait de retrouver leur piste et déterminai qu'ils étaient une vingtaine au moins. Cela ne diminua en rien mes ardeurs. Ils auraient pu être cent ou même mille que j'aurais foncé avec le même aveuglement. En route, je retournais dans ma tête ce que je savais des événements. Malgré moi, je ne pouvais qu'admirer la perversité du plan d'Onfroi. Il avait mûri sa vengeance durant toutes ces années. Il avait sans doute observé le village en secret pour peaufiner ses plans. Le fait que les sentinelles avaient été surprises prouvait qu'il connaissait nos mesures de sécurité. Il avait attendu que Montbard et moi nous absentions pour passer à l'attaque. La bonne conscience du prêtre, que j'avais bêtement négligé de prendre en compte, l'avait dispensé d'affronter les habitants. Puis, l'esprit tranquille et le cœur léger, il était reparti dans sa tanière, comme un renard après un raid dans un poulailler. En rasant Rossal, il m'avait ruiné et il avait poussé la cruauté jusqu'à me laisser en vie pour que j'en souffre. Mais pourquoi emmener ma mère ? Pour lui infliger les outrages collectifs jadis subis par Pernelle ? Pour obtenir une rançon ?

Sans entretenir d'illusions sur mes chances de succès, je suivis la piste des brigands jusqu'à ce que la noirceur me contraigne à m'arrêter. Après avoir passé la nuit adossé contre un arbre sans pouvoir trouver le sommeil, je repris la route dès l'aube. En fin d'après-midi, j'avais retrouvé ma mère. Ses bourreaux l'avaient suspendue par les pieds à une branche, en bordure du chemin, comme Papin, jadis. Elle avait été décapitée, elle aussi, mais la robe de velours rouge accrochée à un arbre me suffisait pour l'identifier. Son corps exsangue oscillait dans la brise. Elle était nue. On lui avait ouvert le ventre et tranché les mamelles.

Incapable de supporter le spectacle, je fermai les yeux et je serrai les poings sur mes cuisses jusqu'à ce qu'ils en tremblent. Puis je me mis à ma sale besogne. Je tranchai la corde qui retenait Nycaise et l'étendis sur le sol. Dans un état second, je creusai une fosse avec ma dague et mes mains nues. Lorsque j'eus terminé, je revêtis de la robe ce qu'il restait de ma mère et déposai le tout dans la terre. Je repoussai la terre et remplis la fosse. Puis je m'effondrai sur la tombe de fortune et, enfin, je pleurai.

Ce fut la mort atroce de Nycaise qui me fit franchir le dernier pas vers la damnation. Né marqué, rejeté de tous, privé de ma seule amie, tyran de Rossal, échec de Bertrand de Montbard, fils indigne… voilà ce que j'étais. Dieu m'avait rejeté depuis ma naissance et je n'avais rien pu y faire. Mon tour était maintenant arrivé d'en faire autant. Je me souviens des paroles fatidiques que je hurlai à tue-tête, agenouillé sur la tombe de ma mère, en brandissant vers le ciel un poing vengeur.

— Je te renie, Dieu ! Tu m'entends, fourbe ? S'il existe une divinité, Satan est celle-là, car seul le Mal existe sur cette terre ! Sois maudit ! Et si la damnation est mon lot, qu'il en soit ainsi !

Un grand froid enveloppa mon âme et je m'écroulai sur le sol, anéanti. Lorsque je repris conscience, le soleil était levé. J'avais l'esprit clair. Je ne désirais qu'une chose : la vengeance. Il ne me restait que cela. Quand le soleil baissa, j'avais rattrapé mes proies.

Comme Montbard et moi l'avions toujours fait, j'attendis la nuit pour m'insinuer parmi les brigands. J'aurais voulu surgir au milieu d'eux et livrer autant de combats singuliers qu'il le fallait pour les occire tous, mais leur nombre l'interdisait. Si la mort m'indifférait, je voulais néanmoins emporter le plus de brigands possible avec moi en enfer. J'appliquerais donc la procédure habituelle : en égorger le plus possible et affronter ceux qui resteraient. Cette fois, leur chef n'y laisserait pas qu'une main et son amour-propre. Il y perdrait la vie que j'avais fait l'erreur de lui laisser quand j'avais eu la chance de l'occire. Par vanité, je ne l'avais que marqué et j'en payais maintenant le prix.

La pleine lune qui se levait éclairait la forêt d'une lumière aussi froide que mon âme. Je repérai les quatre sentinelles postées sur le pourtour du camp. Je m'approchai en catimini de l'une d'entre elles, ma dague toute neuve en main. L'homme que j'allais égorger était adossé à un arbre. De ma position, je ne voyais que ses épaules. Il était immobile. Lorsque je fus tout près, je bondis, passai ma main gauche autour du tronc pour lui attraper les cheveux et la droite pour trancher sa gorge. Rien. Ma lame avait frappé le tronc.

Interdit, je contournai l'arbre et me retrouvai face à un mannequin grossier qu'on avait habillé à la hâte et bourré de paille, et qui, la pénombre aidant, m'avait trompé. Dans la forêt, des cris d'oiseaux me firent sursauter. Les oiseaux ne chantent pas la nuit… Je me raidis, aux aguets. L'instant d'après, un filet m'enveloppa. Comprenant que j'étais tombé dans un guet-apens, je me débattis comme un diable, essayant de trancher les mailles avec la dague. Mes efforts eurent comme seul résultat que je fus bientôt complètement entortillé, impuissant comme un nourrisson. Deux hommes descendirent de l'arbre où ils s'étaient juchés et me rouèrent de coups de pied jusqu'à ce que je ne sois plus en état de me défendre.

— Gondemar de Rossal, ricana une voix tout près.

Je relevai la tête. Il était là, devant moi, un sourire narquois sur les lèvres. Onfroi.

— Tu vois ? Comme tu me l'avais intimé, je n'ai jamais oublié ton nom.

Il m'administra un puissant coup de pied au ventre qui me fit perdre le souffle. Les yeux pleins d'eau, je continuai de le dévisager, ma colère et mon orgueil étant plus forts que ma douleur.

— Tu as aimé la petite surprise que j'ai laissée pour toi ? s'enquit-il. Dis-moi, tu as pleuré en voyant ce qu'il restait de ton père ? Et ta maman ? Tu l'as rencontrée sur ta route ?

— J'aurai ta peau, chiure de merde, grognai-je, les dents serrées.

Autour de nous, tous les brigands s'étaient maintenant regroupés.

— Libérez-le, ordonna Onfroi.

Pendant qu'on me dépêtrait du filet, je me maudis. Le coquin était encore plus sournois que je ne l'avais cru. Il m'avait appâté comme le dernier des idiots. Lorsque je fus libéré, je fis mine de me relever. Un pied m'atteignit entre les omoplates et me fit retomber à genoux. Onfroi s'accroupit près de moi. La lune éclairait la marque sur son front.

— Tu te souviens de ceci ? demanda-t-il en la désignant. Et de ça ? ajouta-t-il en brandissant son moignon. Tu croyais vraiment que j'allais t'oublier ? C'est bien mal me connaître.

Il m'écrasa le nez de son poing et des étoiles multicolores illuminèrent la nuit. Lorsque je vis à nouveau clair, deux objets que j'eus besoin de quelques instants pour reconnaître, ma raison s'y refusant, gisaient sur le sol devant moi. Le visage flasque et exsangue, Florent et Nycaise posaient sur moi un regard fixe dans lequel semblait brûler le reproche. Un cri d'animal blessé remplit la forêt et me sembla durer une éternité. Il me fallut un moment pour réaliser que j'étais celui qui l'avait émis.

— Tu aimes ma collection de têtes ? ricana Onfroi. Dans un instant, j'aurai toute la famille de Rossal.

Autour de lui, les brigands éclatèrent de rire. On me lia les chevilles, puis les mains derrière le dos. On me pencha la tête vers l'avant. Comprenant ce qu'on allait me faire, je ne trouvai pas la force de résister. Je me sentais amorphe. Vide. Dénué de toute volonté. Vaincu. Je n'avais personne. Je n'avais plus le goût de vivre et sans doute ne le méritais-je pas non plus. Puis je me sentis rempli de haine et relevai la tête pour vriller mes yeux dans ceux d'Onfroi.

— Tue-moi si tu veux, dis-je. Par tous les démons de l'enfer, je jure que je reviendrai pour t'occire.

Puis je baissai docilement la tête, présentant ma nuque. Du coin de l'œil, je vis l'épée qu'Onfroi élevait d'une seule main dans les airs. Je perçus l'éclair de la lune sur le métal froid. Je sentis la lame qui tranchait ma chair. La dernière chose que j'entendis fut les cris de célébration des brigands. Puis le noir m'enveloppa.

CHAPITRE 8

La damnation

Ce fut le froid qui me réveilla. Un froid intense et pénétrant qui semblait s'être insinué jusqu'au creux de mes os. Avant même d'ouvrir les yeux, je sentis que mes dents claquaient et que je tremblais comme une feuille. Je me recroquevillai et m'enveloppai de mon mieux avec mes bras. L'esprit embrumé, je ne comprenais pas ce qui m'arrivait.

Quelques vagues souvenirs remontèrent à la surface de ma conscience et s'ordonnèrent pour former un tout plus ou moins cohérent. Mon voyage à la foire. Notre retour à Rossal. Mes parents torturés. La torche de fortune que j'appliquais au bois sec et les flammes qui enveloppaient l'église. Le rejet de Montbard. Ma course sur la piste des brigands. Les têtes de Florent et Nycaise posées devant moi en un spectacle obscène. L'épée d'Onfroi qui fendait l'air et s'abattait sur ma nuque. Les ténèbres.

J'inspirai un grand coup et ouvris les yeux. Des sueurs froides coulaient sur mon visage et dans mon dos, trempant ma chemise. Je grelottais. Pourtant, si je pensais, j'étais forcément vivant. Comment cela était-il possible ? Onfroi m'avait décapité. Hébété, je m'assis avec peine et tâtai ma nuque d'une main tremblante. Ma tête était toujours solidement attachée sur mes épaules. Un rire nerveux et soulagé s'échappa de ma gorge. Avais-je fait un cauchemar ?

Le souffle de mon rire forma de la buée devant mes yeux. Intrigué, je regardai autour de moi. J'étais au beau milieu de nulle part, dans une demi-pénombre. L'horizon s'étendait à perte de vue. Je ne pouvais apercevoir qu'un sol parsemé, ici et là, de pics rocheux enduits de glace. Il n'y avait ni arbres ni végétation. Tout était recouvert de givre et semblait figé. Mort. Un silence sourd et oppressant régnait. Les seuls bruits étaient le froissement de mes vêtements et ma respiration. Je portai les yeux vers le ciel, espérant m'orienter. Rien. Il ne s'y trouvait qu'une masse opaque, sans lune ni soleil ou étoiles. Aucune source de lumière n'était visible et pourtant, par une quelconque sorcellerie, j'y voyais clair. Perplexe, je regardai mes mains et constatai qu'elles avaient une teinte bleutée, comme tout ce qui m'entourait. Ma peau avait la couleur d'un cadavre gelé.

Quel était cet endroit ? Comment y étais-je arrivé ? Qui m'y avait déposé ? Et pourquoi m'y avait-on abandonné ? M'avait-on joué un mauvais tour pour m'humilier ? Je me mis debout, hésitant et désorienté. Le sol givré craqua sous mes pieds. Je fis quelques pas pour m'arrêter aussitôt, réalisant la futilité de me déplacer dans une direction plutôt qu'une autre sans d'abord déterminer où je devais aller. Un frisson me parcourut et je m'enveloppai de mon mieux dans mes bras. Ne sachant que faire d'autre, j'appelai.

— Holà ! Il y a quelqu'un ?

Je fus surpris par le trémolo dans ma voix, qui se répercuta longtemps et finit par se perdre au loin dans ce désert de glace. Angoissé, je réalisai que ma gorge était douloureuse. J'y portai à nouveau la main, la tâtai plus attentivement et, malgré l'engourdissement de mes doigts, je crus y sentir une ligne épaisse.

— Holà ! répétai-je d'un ton plus ferme. Je suis Gondemar, seigneur de Rossal ! Montrez-vous !

Une fois encore, seul l'écho me répondit, lugubre et sépulcral. Je portai instinctivement la main à ma taille pour y saisir mon épée, mais elle ne s'y trouvait pas. On avait pris soin de me désarmer. Je pivotai sur moi-même et me haussai sur le bout des orteils, espérant apercevoir à l'horizon quelque chose qui m'indiquât dans quelle direction m'engager, mais ne trouvai rien.

Il n'y avait qu'un vide qui semblait se communiquer à mon âme. Le silence. Et le froid, terrible et sans pitié. J'eus beau scruter le sol à la recherche de quelque chose qui me permettrait d'allumer un feu, je n'aperçus pas la moindre brindille. Je n'y vis pas non plus d'empreintes indiquant que quelqu'un était passé récemment.

Ne sachant que faire d'autre, je me rassis et ramenai mes genoux sous mon menton, enveloppant mes jambes de mes bras comme un petit garçon apeuré pour conserver le peu de chaleur que je possédais encore. Je secouai la tête, dépité. À ce rythme, le froid glacial m'emporterait et il eût mieux valu que je ne fusse pas conscient.

J'ignore combien de temps je restai ainsi recroquevillé, grelottant, essayant de contrôler le claquement de mes dents. Dans cet endroit, le temps semblait figé en une seconde qui s'étirait à l'infini. L'étrange absence d'astres m'interdisait toute mesure des heures. M'étais-je éveillé voilà quelques minutes, quelques heures ou quelques jours ? Je ne pouvais le dire. Un désespoir profond et amer me remplissait de plus en plus. Je sentais ma détermination et mon assurance suinter par les pores de ma peau et me quitter, laissant place à une étrange torpeur, un abattement profond et insidieux que je n'avais jamais ressenti avant. J'aurais dû avoir faim et soif. J'aurais dû ressentir de la fatigue. De la douleur. Quelque chose. Mais je n'éprouvais que le froid et une désespérance toujours plus grande qui m'enserrait l'âme comme un étau.

Malgré moi, les images de ma vie se mirent à défiler dans ma tête. Je revoyais ce que j'avais été et ce que j'étais devenu. Mes moindres gestes m'étaient présentés avec une clarté et une intensité aveuglantes. L'enfant innocent que j'avais été. L'amitié pure que j'avais partagée avec Pernelle. La révolte qu'avait engendrée sa perte et le durcissement graduel de mon cœur. Ma vengeance sur les garçons qui m'avaient humilié et la satisfaction que j'avais éprouvée à tuer. La griserie du combat par laquelle j'aimais tant me laisser habiter. Le sentiment de puissance que j'avais chéri à mesure que Rossal était devenue mienne, asservissant les serfs à ma seule volonté et leur imposant des mauvais traitements au gré de mes humeurs et de mes convictions. Les ténèbres qui avaient envahi mon esprit lorsque j'avais allumé l'incendie qui avait brûlé vifs les habitants de Rossal. Le rejet que j'avais lancé à la face de Dieu lui-même.

— Gondemar, dit une voix derrière moi.

Je me retournai, vif comme un chat. À quelques pas se tenait le père Prelou. Ses cheveux avaient disparu, grillés par les flammes. Son visage était couvert d'affreuses brûlures et de cloques épaisses et sanguinolentes. Ses lèvres, ses paupières et ses oreilles avaient disparu, consumées par le feu. Sa bure en lambeaux laissait paraître de cruelles blessures sur sa peau.

— Mon père ? Vous... Vous êtes vivant ? bredouillai-je, à la fois heureux et honteux de retrouver quelqu'un qui m'était familier. Mais... comment... ?

Des larmes se mirent à couler sur les joues du prêtre, traçant des sillons pâles dans la suie.

— Tu m'as tué. Que t'ai-je fait pour que tu me fasses souffrir ainsi ? demanda-t-il. N'ai-je pas tenté tout ce que je pouvais pour faire de toi un homme honorable ? Ne t'ai-je pas donné la connaissance ?

Je me sentis envahi d'un regret aussi profond que stérile. Tout à coup, le mal que j'avais fait m'apparaissait terrible, impardonnable, et je ne pourrais jamais l'effacer. Je le sentais dans mes tripes comme une blessure profonde et douloureuse. Comment en étais-je arrivé là ? Comment ma conscience s'était-elle flétrie à ce point ? Comment n'avais-je pas vu que je devenais un monstre et que je faisais fi des lois divines ? Montbard, lui, l'avait vu. Il avait tenté de me réformer et je l'avais rejeté. Comme on m'avait rejeté. Je ne valais pas mieux que tous ceux qui avaient été l'objet de ma haine.

Mon martyre se poursuivit. Autour du père Prelou, d'autres se matérialisèrent un à un, tels autant de fantômes gémissant, criant et geignant, chacun cruellement brûlé, chacun incarnant une de mes nombreuses fautes. Les habitants que j'avais maltraités pour rien, que j'avais fait travailler jusqu'à l'épuisement. Les vieillards sans défense que j'avais battus. Fouques, Alodet et Lucassin, que j'avais laissés pourrir au fond de leur fosse. Toutes les filles que j'avais prises sans qu'elles ne le désirent vraiment. Mon père, que j'avais méprisé et fini par traiter comme un pantin, sa tête sous son bras. Ma mère, que j'avais déçue, était dans le même état que son époux. Ils m'encerclaient, le regard plein de reproches silencieux qui me causaient mille tourments. Puis ils se mirent à tourner lentement autour de moi en un macabre cortège.

Je me pris la tête entre les mains et gémis, incapable de supporter la culpabilité. Tous les gestes que j'avais posés, convaincu de mon bon droit, revêtaient un poids immense. Mais il était trop tard. Les larmes qui coulèrent me prirent par surprise. Elles se figèrent en chemin, gelées en place sur mes joues et dans mes cils.

— Pardon… gémis-je. Je vous demande à tous pardon…

Je pleurai avec une amertume que je n'avais jamais connue, si intense, si palpable que je m'y abandonnai tout entier.

— Dieu seul peut pardonner les péchés, Gondemar de Rossal.

Je sursautai lorsque la voix, douce et égale, brisa le silence. Je relevai la tête. Mes morts avaient disparu. À leur place, une créature à nulle autre pareille se tenait devant moi, droite comme un chêne. Elle semblait homme et femme à la fois. Ses longs cheveux lisses, d'une blancheur immaculée, encadraient un visage imberbe et sans âge pour se draper sur ses épaules. Je décidai, sans trop savoir pourquoi, qu'il s'agissait d'un homme. Son corps mince et longiligne était enveloppé d'une longue robe blanche serrée à la taille par une étroite ceinture qui semblait tressée de fils d'or. Ses pieds délicats étaient chaussés de fines sandales du même matériau. Il avait l'air à la fois vieux comme la création et jeune comme un garçon. Il tenait dans sa main une crosse dorée semblable à celle d'un berger. Une aura de lumière l'enveloppait.

Il avait posé sur moi un regard pénétrant. Dans ses yeux semblait brûler une flamme intense. Sans que je ne puisse comprendre pourquoi, une frayeur indescriptible me saisit et il me fallut tout ce qu'il me restait encore de courage pour contrôler mes tremblements et ne pas me mettre à geindre comme un enfant. En me faisant violence, je soutins son regard.

— Tes larmes viennent trop tard, déclara le nouveau venu. Ceux qui se retrouvent ici finissent tous par regretter les gestes qui les y ont menés. Mais leur repentance est vaine. Leurs péchés ont déjà été comptés. Leur jugement est tombé et leur sentence prononcée.

Perplexe, je ne comprenais pas où il voulait en venir. Ou peut-être refusais-je de comprendre. Je me levai, soudain en colère, mes larmes séchées. Les questions se bousculaient en moi.

— Où suis-je ? demandai-je d'une voix tremblante. Que fais-je ici ? Qui es-tu ? Comment connais-tu mon nom ?

L'homme leva une main autoritaire et haussa un sourcil dédaigneux.

— Quel grand seigneur tu fais. Mais ne te trompe pas. Ici, tu n'es plus rien. Tu n'as ni ordres à donner ni hommages à recevoir. Tu es seul avec ta conscience et ton désespoir.

— Où suis-je ? insistai-je.

— Ne l'as-tu pas encore compris ? Es-tu si plein de toi-même que tu ne peux concevoir que plus grand que toi dispose à sa guise de ta misérable personne ?

Saisi par un regain de vigueur et de fierté, je serrai les dents et fis quelques pas dans sa direction.

— Mordieu ! Tu es pire qu'un prêtre ! Cesse de radoter des paraboles et réponds à ma question !

— Tu peux bien blasphémer autant que tu le désires, rétorqua l'autre, avec une moue dédaigneuse. Cela n'a plus d'importance.

N'y tenant plus, je fis mine d'empoigner sa robe pour lui faire un mauvais parti. Mes doigts n'eurent pas le temps d'entrer en contact avec le tissu. La crosse traversa l'air pour me frapper en pleine poitrine et un choc terrible me traversa tout le corps. Je me retrouvai sur le dos, sonné. L'homme me toisa et secoua la tête, le dédain peint sur son visage. Ses yeux semblaient en flammes et deux gigantesques ombres allongées se formèrent derrière son dos, rappelant des ailes déployées. Puis elles se résorbèrent.

— Ne t'avise plus jamais de porter la main sur moi, gronda-t-il, la voix tremblante de colère. Même si tu es puni pour l'éternité, sache qu'il n'y a aucune limite aux souffrances que tu pourrais endurer.

La tête me tournant, je m'assis et le dévisageai. Cet homme m'avait projeté à quelques toises de lui sans le moindre effort, moi qui avais été formé au combat, et il parlait de punition et d'éternité.

— Quel est cet endroit ? redemandai-je, craignant la réponse qui menaçait de prendre forme dans mon esprit.

L'individu fit un petit sourire triste.

— Le lieu d'origine des anges déchus, où la matière a été créée au commencement des temps et où les âmes ont été enfermées dans leur prison de chair, dit-il d'une voix éteinte. L'endroit où le Dieu de Lumière ne brille pas. Pour un simple mortel, le terme le plus proche serait sans doute l'enfer.

Mon sang se glaça dans mes veines. L'enfer. Le lieu de glace, de froid et des regrets éternels, que les âmes damnées étaient condamnés à habiter jusqu'au jugement dernier. Le père Prelou m'en avait si souvent parlé, me rappelant qu'il guettait tous les mortels. Même si, au fond de moi, je savais que ce qu'il disait était vrai, je me refusais à le croire. Je restai là, bouche bée, l'angoisse me serrant la gorge.

— L'enfer ? parvins-je à répéter, assommé.

Je ne pourrai jamais décrire avec justesse le désespoir qui me terrassa alors. J'étais bel et bien mort, décapité par les brigands. Ma tête avait roulé dans l'herbe et mon sang avait gorgé le sol. Le corps que je possédais maintenant n'était qu'une illusion. Une forme pour mon âme.

Les paroles du père Prelou me revinrent en tête. *Un bon chrétien doit préparer sa mort sa vie durant,* me répétait-il sans relâche, l'index en l'air. *Car il ne sait jamais quand Dieu le rappellera à lui pour le juger. Chaque geste a ses conséquences, qui sont inscrites dans le grand livre de Dieu, Gondemar. Une erreur, une colère suffit à damner une âme et à la condamner au froid et au désespoir éternels de l'enfer. Une bonne vie et une bonne mort, mon petit. Voilà le secret du paradis.* Chaque geste a des conséquences… Un froid intense m'enserra le cœur et ma respiration devint rauque et difficile. Étais-je damné ? Condamné à croupir dans cet endroit pour l'éternité ? À demeurer privé à jamais de la lumière et de l'amour divins ? À revivre mes erreurs et à maudire mes décisions ? Seul avec les regrets et la contrition qui me rongeraient sans cesse sans le moindre espoir de rédemption ? Pas moi. Pas Gondemar de Rossal. J'étais victime autant que coupable. Je n'étais pas foncièrement mauvais. L'étais-je ?

— Et toi, qui es-tu ? Satan ? Un démon ? demandai-je, d'une voix à peine audible. Tu es venu me tourmenter ?

L'homme secoua la tête. Un sourire triste traversa presque son visage austère.

— Ici, dans la désolation perpétuelle, nul besoin de tourmenteurs. Ta conscience suffira amplement à alimenter ta misère.

Autour de l'homme, l'aura de lumière s'intensifia et devint glorieuse.

— Je suis Métatron, dit-il en ouvrant les bras avec grâce. Je porte la voix de Dieu et j'annonce sa volonté aux hommes. Je gouverne la mort et le pardon.

L'éblouissement se résorba autour de lui.

— Tu es… un ange ? m'enquis-je, abasourdi.

— Un archange, corrigea-t-il. Je suis aussi ta seule chance de salut.

Une chance de salut ? Perplexe, je n'osai pas tirer espoir de sa dernière phrase. Métatron jeta sur l'enfer un regard rempli de dégoût et une moue déforma ses lèvres.

— Dieu m'a ordonné de te proposer un marché. Alors, discutons. Cet endroit maudit me répugne et il me tarde de retourner là d'où je viens.

— Un… marché ? répétai-je, perplexe.

Il fit quelques pas dans ma direction.

— Une chance pour toi de sortir d'ici, si tu en acceptes les conditions, confirma-t-il.

— Je… je ne suis pas damné ? demandai-je, soudain rempli d'espoir.

— Tu l'es. Tu as fait tout ce qu'il fallait pour mériter ce titre. Tu as exploité ton prochain, tu as tué, maltraité, assassiné, avili… Tu as cédé à l'envie, à la colère, à la luxure et à l'orgueil. Tu as méprisé les prêtres, tu as blasphémé, tu as offensé tes parents. Tu as poussé le sacrilège jusqu'à renier ton Créateur. On peut difficilement faire pire.

Je baissai la tête, honteux. Tout ce que disait Métatron était vrai. Il en omettait même beaucoup. L'archange désigna un banc de bois qui n'était pas là l'instant d'avant et me fit signe d'y prendre place. Stupéfait, j'obtempérai. Il s'assit à mes côtés et lissa sa robe sur ses genoux.

— Personne ne se retrouve ici par erreur, Gondemar de Rossal, dit-il. Si tu y es, au terme de ton existence, c'est que Dieu a jugé que la vie que tu avais menée ne valait pas mieux.

Je restai muet. Je savais fort bien ce que j'avais été et cette créature aussi. Je n'avais rien à gagner à mentir ou à négocier. J'attendis la suite, espérant que mon âme, si tant est qu'elle valût encore quelque chose, puisse y trouver une échappatoire.

— Dieu m'a permis d'admirer ton existence dans toute sa… splendeur. De sa première à sa dernière minute, dit Métatron avec une moue dégoûtée. Je dois admettre que j'ai vu bien pire, mais j'ai aussi connu beaucoup mieux. Au fond, tu es plus à plaindre qu'à blâmer. Tu es né marqué et prédisposé au Mal. Toute ta vie en a été conditionnée. Maintenant, dans son infinie sagesse, Dieu t'offre une chance de regagner ton salut.

Je n'osai rien dire, de peur que l'archange change d'avis. Anxieux et apeuré, j'attendis la suite.

— À certaines conditions, tu peux encore sauver ton âme, déclara Métatron en regardant droit devant lui. Comprenons-nous bien : Dieu ne t'offre qu'une chance de rédemption. Il ne te donne aucune garantie, sinon celle de reconsidérer ton sort si telle est sa volonté. Mais tu aurais au moins une chance alors que, présentement, tu n'en as aucune.

— Que dois-je faire ? m'enquis-je avec anxiété.

— Tu devras protéger la Vérité et l'empêcher d'être détruite par ses ennemis jusqu'au moment où l'humanité sera prête à la recevoir.

— Que veux-tu dire ?

— Tu as l'âme d'un guerrier. Tu aimes le combat et le triomphe. Ton cœur s'est durci au fil de ton existence. Tu es devenu violent, mais tu sais aussi planifier. Tu es froid et efficace. Tu ne crains pas la solitude et tu as du courage. Beaucoup de courage. De plus, il reste en toi une étincelle de bonté qui mérite d'être sauvée. Ces caractéristiques, tu les as laissées mener ta vie et c'est le pire en toi qui t'a conduit ici. Maintenant, tu devras mettre ton bras au service du Bien. Ironique, n'est-ce pas ?

— Je suis guerrier, pas philosophe. Et quelle est cette Vérité ?

— Qu'il te suffise pour le moment de savoir que tu en es l'incarnation parfaite. Le reste te sera révélé en temps et lieu.

— Mais… comment ?

— Ton âme est noire comme la nuit, Gondemar de Rossal. À toi d'apprendre à voir la lumière.

— Je ne comprends pas…

— En temps et lieu, tu comprendras.

— Et si j'échoue ?

L'archange désigna d'un grand geste l'endroit où nous nous trouvions.

— Tu sais déjà ce qui t'attend. Pour l'éternité.

Je ne trouvai rien à répliquer. Je n'osais même pas imaginer croupir dans le froid, la solitude et le désespoir jusqu'à la fin des temps. Toute chance d'y échapper, si petite soit-elle, valait mieux.

— Qu'ai-je à perdre ? Quelle que soit la tâche qu'il me confie, peut-elle être pire qu'une éternité dans cet endroit ?

L'archange se leva, se planta devant moi et m'adressa un regard solennel.

— N'en sois pas si sûr. Ta conscience t'accompagnera et te tourmentera sans cesse. Ton corps te rappellera tes fautes et te refusera tout ce qui est divin.

Il posa le bout de sa crosse sur mon épaule gauche et fut une fois de plus enveloppé de cette lumière brillante.

— Puisque tu as fait ton choix, je te marque du sceau de la Vérité. Par les pouvoirs que me donne le Créateur de tout ce qui a été, est et sera, tu vivras jusqu'à ce que la Vérité soit préservée ou perdue. Tu vivras avec le souvenir de tes morts et de tes fautes. Tu tomberas plusieurs fois. Puis tu te présenteras à nouveau devant ton Créateur pour entendre son jugement. Lorsque tu reviendras d'entre les morts, la voie te sera indiquée. À toi de savoir la reconnaître. Suis le chemin du Sud, qui mène vers la ville des Saints. Tu y trouveras la Vérité. Ou plutôt, elle te trouvera. Mais sois sur tes gardes, Gondemar de Rossal, les ennemis de la Vérité sont légion. Ils te guetteront et te traqueront sans merci, car ils la craignent plus que tout. Les rois et les prêtres tremblent devant elle, car elle met leur pouvoir en péril.

Une cruelle brûlure traversa ma chair. Puis les ténèbres m'enveloppèrent à nouveau.

DEUXIÈME PARTIE

Le Sud

CHAPITRE 9

La résurrection

Lorsque je revins à moi, tout était noir. J'avais l'étrange sentiment de flotter entre deux mondes. La première chose dont j'eus conscience fut la voix d'un homme, près de moi.

— Par la barbe du pape, il est vivant !

— Tu es certain ? demanda un autre. Après avoir perdu tout ce sang ?

— Puisque je te le dis. Son cœur bat et il respire. Il est miraculé, le bougre.

J'essayai de bouger, mais une épaisse torpeur m'enveloppait. Des souvenirs confus me revenaient peu à peu. J'étais conscient. J'avais donc échappé aux brigands. Et j'étais sorti du terrible cauchemar dont j'avais été prisonnier. Je n'étais pas en enfer.

Au prix d'un grand effort, j'entrouvris les yeux. Un homme était agenouillé près de moi. Ses cheveux, longs et noirs comme les ailes d'un corbeau, étaient lissés vers l'arrière. Il avait le menton rasé de près et portait une moustache à la gauloise qui descendait de chaque côté de la bouche et qui lui donnait un air à la fois jovial et carnassier. Ses yeux sombres étaient posés sur moi et m'évaluaient avec la froideur de celui que la mort et le sang ont cessé d'impressionner depuis longtemps.

— Te voilà de retour d'entre les morts, s'exclama-t-il. Tu es soit béni de Dieu, soit sous la protection du diable, toi.

Je tentai de lui répondre, mais une douleur atroce me broya la gorge. Je me mis à tousser comme un pendu puis à étouffer, cherchant désespérément un souffle qui s'entêtait à ne pas venir, chaque effort accroissant ma souffrance.

— N'essaie pas de parler, conseilla l'inconnu d'un ton compréhensif. Avec la balafre qu'on t'a laissée sur le gosier, il te faudra être patient avant de seriner comme un troubadour.

Avec délicatesse, il me tourna sur le côté pour m'aider à respirer. Je restai longtemps dans cette position, toussant à m'en arracher les entrailles, un mélange de sang et de bile s'écoulant à la commissure de mes lèvres, pendant que l'inconnu me soutenait la tête de sa main. Ma gorge était en feu et m'envoyait des élancements jusque dans la tête. La quinte se calma enfin, me laissant faible comme un nouveau-né et ruisselant de sueur. Haletant, la respiration sifflante, j'essayai de m'asseoir, mais retombai sur le dos. L'homme saisit une outre de cuir qu'il déboucha et tendit vers ma bouche. Il y laissa couler quelques gorgées d'eau que j'avalai goulûment puis la retira.

— Doucement. Tu ne veux surtout pas t'étouffer à nouveau.

Je fermai les yeux pour mieux jouir de la sensation de fraîcheur qui baignait ma gorge meurtrie.

— Tu te sens mieux ?

Je hochai la tête.

— Emmenez-le, ordonna l'homme. Allez-y doucement.

Quatre hommes s'approchèrent. Deux d'entre eux me saisirent sous les aisselles et les deux autres me prirent sous les cuisses. À l'unisson, ils me soulevèrent. Leur chef tourna les talons et ses compères m'entraînèrent. Autour de moi, le monde se rétrécit petit à petit avant de disparaître entièrement.

J'ignore combien de temps je fus inconscient. Des heures ? Des jours ? Lorsque je revins à moi, ma gorge me faisait horriblement souffrir. L'air y passait à peine. La moindre déglutition était un martyre. Mon corps tout entier était en feu. Des frissons me parcouraient de la tête aux pieds et je sentais mes vêtements mouillés qui me collaient à la peau. J'avais l'impression d'être aux portes de la mort. Le rêve étrange et pénétrant que j'avais fait me revenait par bribes. Je revoyais le visage à la fois serein et terrifiant de l'archange. Je m'imaginais sentir encore le froid dans mes os et le désespoir dans mon âme.

Quelque part près de moi, des voix masculines discutaient calmement. J'essayai d'ouvrir les yeux, mais mes paupières étaient trop lourdes.

— Sa présence nous retarde, sire, dit l'un d'eux.

— Es-tu si anxieux d'aller risquer ta vie, Androuet ? répliqua celui qui m'avait parlé à mon réveil. Le paradis t'attire-t-il à ce point que tu ne désires pas quelques jours de plus sur cette terre ?

— Bien sûr que non. Mais le pape...

— Innocent est à Rome, confortablement assis sur son trône. Pendant ce temps, les croisés qu'il a appelés font la guerre en son nom. Si quelqu'un meurt pour la sainte Église, ce ne sera pas lui. Alors, il peut attendre. Par Dieu, je n'ai pas pris le manteau du croisé pour ignorer le premier chrétien blessé qui se présente sur ma route. Me fais-je bien comprendre ?

— Oui, sire Evrart, répondit l'autre, obséquieux.

Je les entendis se lever et s'approcher de moi. Ils m'observaient.

— Nous reprendrons la route dès que cet étranger sera en mesure de chevaucher, reprit la voix qui m'était familière. Et puis, regarde-le. Il m'a tout l'air de savoir se battre. Ses armes sont celles d'un chevalier et il a le corps d'un homme qui sait les manier. Peut-être se joindra-t-il à nous une fois remis. On n'a jamais trop de bons combattants.

— S'il était si habile que tu le dis, il n'aurait pas été égorgé comme un cochon, remarqua un autre homme.

— Les apparences sont parfois trompeuses, Naudet. D'après les traces sur le sol, il semble avoir été piégé par une bande.

Le meilleur combattant ne résistera jamais à une vingtaine d'hommes armés. Ne jugeons point de ce que nous ne connaissons pas.

Sur ces mots, je reperdis conscience.

L'odeur de la fumée des feux de camps et de la viande qu'on y faisait griller me réveilla à nouveau. Cette fois, mes yeux acceptèrent de s'ouvrir. La nuit était tombée. Je me sentais un peu mieux. Ma gorge était encore douloureuse, mais la fièvre semblait avoir diminué, car je n'avais plus de frissons.

Au prix d'un grand effort, j'arrivai à tourner la tête pour apercevoir l'homme que j'avais vu lors de mon réveil. Il était vêtu d'un gambison molletonné et sans manches qui découvrait les épaules et les bras musclés et couverts de cicatrices d'un homme d'armes. Agenouillé, la tête inclinée, le torse droit comme un chêne, un chapelet entrelacé dans ses doigts, il priait avec ferveur, ses lèvres se mouvant silencieusement. Il était seul avec moi dans une grande tente ronde éclairée par quelques lampes. Les rides naissantes sur son visage m'indiquaient qu'il était plus âgé que moi. Quelque part dans la trentaine.

J'arrivai à attirer son attention par un faible râle. Il expédia sa prière, se signa solennellement, rangea son chapelet dans une pochette de cuir suspendue à sa ceinture et tourna la tête vers moi. Un large sourire éclaira son visage.

— Par la Sainte Vierge! s'exclama-t-il en se frottant les mains avec enthousiasme. Notre miraculé sort enfin des limbes! C'est que tu as dormi presque deux jours entiers!

Il vint me rejoindre et s'accroupit près de ma paillasse, puis saisit une cruche posée à même le sol et remplit d'eau un gobelet de bois.

— Tu te sens un peu mieux? demanda-t-il en secouant la tête pour écarter ses cheveux de son visage. Tu dois avoir la gorge sèche.

À la vue de l'eau fraîche, je réalisai que j'avais affreusement soif. Ma langue était épaisse et pâteuse et mes lèvres étaient fendues. Avec une délicatesse surprenante, l'homme passa une main sous ma nuque et me souleva la tête. De l'autre, il versa une petite gorgée dans ma bouche.

— Doucement, dit-il en riant. Tu as le gosier dans un drôle d'état. Il vaut mieux ne pas recommencer à te cracher les entrailles.

Il me fit boire jusqu'à ce que j'aie vidé le gobelet. Je fis signe que j'en voulais encore.

— Patience. Tu n'as rien mangé depuis des jours. Si tu te rends l'estomac, les vomissures vont te brûler la gorge.

Il reposa le gobelet sur le sol et s'assit par terre comme un gamin, les jambes croisées sous lui.

— J'ai vraiment cru que tu étais mort. Nous chassions quand un de mes hommes est tombé sur toi par hasard. Tu étais allongé dans une mare de sang. On aurait dit que quelqu'un s'était amusé à faire une boucherie sur toi. Quand j'ai posé ma main sur ta poitrine, ton cœur ne battait pas. Je le jurerais sur la sainte Bible. Puis, juste au moment où j'allais te laisser en pâture aux loups, il est reparti et tu t'es remis à respirer. Par le cul de Satan, j'ai vu ma part de macchabées, mais aucun n'était encore revenu à la vie ! J'ai cru que j'avais affaire à un revenant ! Un peu plus et je me mettais à crier comme un mignon en émoi !

Pendant qu'il riait, un frisson froid me parcourut le dos. Je sentis une sourde inquiétude m'envahir, mais la chassai aussitôt.

— Tu sais, poursuivit-il, songeur, j'ai vu plus d'un ruffian être descendu du gibet avec une marque autour du cou. Au début, j'ai cru qu'on t'avait pendu. Mais ta blessure est différente. Elle est fine et régulière. On dirait qu'elle a été tracée par une épée bien effilée. La peau est rose et semble être cicatrisée depuis longtemps. Je ne sais pas qui t'a fait ça, mais le coquin a dû bien s'amuser. Il me tarde que tu puisses parler pour savoir ce qui a bien pu t'arriver.

Instinctivement, je portai la main à ma gorge. Sous mes doigts, je sentis une cicatrice mince et soulevée qui semblait faire le tour de mon cou. Exactement comme dans mon rêve. L'homme me sortit de la réflexion en me tendant la main.

— Au fait, je ne me suis pas présenté. Je suis Evrart, seigneur de Nanteroi.

Je lui offris la mienne. Cet homme était un seigneur, tout comme moi. Je brûlais de lui faire part de mon identité, mais j'en fus quitte pour un puissant élancement qui me fit grimacer sans que le moindre son en soit produit.

— Tu as la poigne d'un guerrier! dit-il en me posant une main fraternelle sur l'épaule. M'est avis que tu seras bientôt sur pied. N'essaie pas de parler pour le moment. Il sera toujours temps de me dire qui tu es.

Il se releva, se dirigea vers un coin de la tente et ramassa un paquet en cuir sur le sol. Il revint vers moi, la posa sur la paillasse et l'ouvrit.

— Je me suis assuré de ramasser tes armes lorsque mes hommes t'ont emporté ici. Elles ont dû te coûter un œil. Je les ai huilées moi-même. Elles seront en bon état quand tu pourras les brandir à nouveau. Je suppose que tu te demandes comment tu es arrivé ici?

J'acquiesçai à nouveau de la tête, reconnaissant que je devrais attendre de pouvoir parler pour en savoir davantage.

— Peu après que nous t'eûmes trouvé, tu as perdu conscience et nous t'avons emmené jusqu'à notre camp. Nous nous remettrons en marche dès que tu te porteras suffisamment bien pour nous accompagner vers le Sud afin de participer à la croisade, si tel est ton souhait. Sinon, tu es libre de suivre la voie qui te plaira.

Je l'interrogeai du regard.

— Tu n'es pas au courant? Mais d'où sors-tu? En mars, le pape Innocent III a appelé les chrétiens à la croisade contre les hérétiques du Languedoc. Ceux qu'on appelle cathares. On raconte que Raymond VI, le comte de Toulouse, y a fait assassiner un de ses légats et que Sa Sainteté n'apprécie guère la chose. Mes hommes et moi sommes en route pour rejoindre l'armée de Simon de Montfort. On dit qu'ils seront des milliers devant Béziers.

Les paroles énigmatiques que Métatron avait prononcées me revinrent à l'esprit. *Suis le chemin du Sud, qui mène vers la ville des saints.* L'espace d'un moment, je me demandai si ce songe n'avait pas quelque qualité prophétique. Je rejetai aussitôt l'idée. Mais je n'avais plus ni parents, ni fortune, ni serfs. Qu'avais-je à perdre en le suivant ? Evrart me fit un clin d'œil espiègle.

— Et puis, une indulgence plénière pour quarante petites journées de service, c'est profitable. Il suffit d'occire du cathare à volonté pour voir tous ses péchés pardonnés, les grands comme les petits. De surcroît, l'intérêt sur mes dettes est reporté et, si tout va bien, je ramènerai un joli butin qui me permettra de les régler avec un bon surplus en poche. La croisade est une aubaine pour les goussets et pour l'âme !

Il s'arrêta et une ombre passa brièvement sur son visage.

— De toute façon, rien ne me retient sur mes terres, ajouta-t-il d'une voix faible. Ma femme est morte en couches en janvier. Le fils que j'espérais n'a pas survécu. D'un seul coup, tout m'a été enlevé. Plutôt affronter des adversaires valeureux que vivre avec le souvenir de ce que j'aurais pu avoir. Et si j'y laisse la vie, tant pis. Je retrouverai ceux que j'aime au paradis. En espérant que Dieu veuille bien m'en ouvrir les portes, évidemment.

Il haussa les épaules, embarrassé.

— On se fait croisé par appât du gain, pour le plaisir de guerroyer ou par pure conviction religieuse. Moi, je le suis devenu par dépit. Sans doute aussi un peu par lâcheté.

Il se racla la gorge, mal à l'aise, et changea de sujet.

— Et cette autre blessure ? s'enquit Evrart. Elle te fait mal ?

J'ignorais de quoi il parlait. J'avais une cicatrice autour de la gorge, là où le chef des brigands m'avait asséné le coup d'épée qui était censé m'avoir décapité et auquel j'avais mystérieusement survécu. La cicatrice parcourait la circonférence de mon cou plutôt que ma seule nuque. Mais je n'avais conscience d'aucune autre blessure. Evrart se pencha sur moi et écarta ma chemise pour dénuder mon épaule gauche.

— Ces brigands ont utilisé un fer rougi au feu pour te marquer comme du bétail, déclara-t-il, dégoûté, en inspectant la peau. J'ignore ce que tu avais bien pu faire pour t'attirer une telle haine. La blessure suintait encore lorsqu'on t'a trouvé. Heureusement, elle semble bien guérir. Je me demande bien pourquoi quelqu'un a décidé de te décorer de cette croix bizarre.

J'étirai le cou pour examiner mon épaule. Quelques doigts au-dessus de mon sein gauche, une marque avait été brûlée dans ma chair.

Sidéré, je revis en esprit la crosse de l'archange s'approcher de mon épaule et s'y appuyer en me causant une atroce douleur. Je m'évanouis à nouveau.

Il me fallut trois autres journées avant de pouvoir avaler de la nourriture solide et une huitaine en tout pour me tenir debout. Attentionné à l'excès, Evrart de Nanteroi passait plusieurs fois par jour pour s'informer de ma récupération. Il m'apportait lui-même boisson et nourriture, s'enquérait de mes besoins et me faisait la conversation. J'avais honte de la prévenance remplie de bonté qu'il me prodiguait alors que le seigneur qu'il était aurait fort bien pu déléguer ces corvées à un de ses hommes. Je m'en sentais indigne. J'étais souillé. Je réexaminais sans cesse la vie que j'avais menée et la voyais désormais à travers le prisme d'un cauchemar qui n'en était pas un. Tout ceci ayant été bien réel.

J'avais l'impression d'avoir perdu la raison. J'avais bel et bien été décapité par les brigands. Ma tête avait dû rouler mollement dans les herbes de la forêt et mon corps se vider de son sang là où Evrart et ses hommes m'avaient découvert. Par un pouvoir qui dépassait mon entendement, Métatron l'avait remise sur mes épaules, laissant une cicatrice qui ne permettrait jamais d'oublier que je n'étais qu'un damné en sursis. Il m'avait marqué l'épaule pour affirmer sa propriété, comme on le fait pour une bête. Puis, par la volonté du Dieu que j'avais rejeté, l'archange m'avait sorti de l'enfer et ramené à la vie.

Pourquoi moi ? Dieu ne disposait-il pas d'anges, d'archanges et de saints pour mener à bien sa volonté sur terre ? N'avait-il pas envoyé son fils aux hommes pour leur indiquer la voie du salut lorsqu'il l'avait jugé bon ? S'il requérait absolument un damné pour mener à bien cette tâche, n'y avait-il pas pire que moi en enfer ? Comment une âme tenue à l'écart de la lumière divine pouvait-elle devenir la main de Dieu sur terre ? J'avais reçu la grâce d'une seconde chance de celui-là même que j'avais renié. Était-ce par magnanimité ou par cruauté ? Je n'aurais su le dire, mais je n'avais d'autre choix que de tenter d'être à la hauteur de ce que Dieu semblait espérer de moi.

Presque deux semaines après ma résurrection, alors que j'avais retrouvé le plus gros de mes forces, je décidai de me remettre à l'entraînement. J'éprouvais un besoin urgent de retourner dans le vide rassérénant et l'oubli que me procurait le maniement des armes. Les efforts soutenus, la concentration qu'il exigeait, la sueur qui recouvrirait bientôt mon corps, la fatigue qui s'ensuivrait… J'avais espoir que tout cela me permettrait de fuir, ne fût-ce que quelques minutes, les tourments qui me grugeaient l'âme.

Je ramassai le paquet dans lequel Evrart avait conservé mes armes, en tirai mon épée et sortis de la tente. Une fois installé, je me mis à faire siffler mon arme dans les airs, lui faisant décrire de grands moulinets que m'avait appris Bertrand de Montbard.

Peu à peu, mes muscles se délièrent. Lorsque je m'interrompis, en nage, ma respiration profonde irritait ma gorge encore enflée et ma fatigue était grande. Mais j'étais parmi les vivants et, pour un instant, j'avais réussi à oublier.

— Te voilà rétabli, on dirait, fit la voix d'Evrart derrière moi.

Je me retournai. Il se tenait à quelques toises de moi, près de la tente, et m'observait sans doute depuis plusieurs minutes.

— Pour un miraculé, tu manies l'épée avec une belle vigueur. Il te reste encore un peu d'énergie ? demanda-t-il, l'air taquin. Je ne te fatiguerai pas trop.

Mes jambes étaient molles et mes bras lourds. Je soufflais comme un bœuf. Mais Evrart semblait sincèrement heureux de me voir sur pied. Pouvais-je lui refuser quelques minutes de plaisir ? Et puis, même en badinant, il venait de me défier. Ce fut par pur orgueil que je hochai la tête puis me mis en garde. Le sourire fendu jusqu'aux oreilles, il tira son épée de son fourreau et la brandit.

— Pardieu ! Voyons quel genre d'adversaire tu fais, dit-il en la faisant tournoyer devant moi.

Mon bienfaiteur se révéla être un combattant redoutable. Son arme, plus courte et plus maniable, lui donnait une grande mobilité, alors que la mienne, longue et massive, exigeait une force que je n'avais pas. Profitant de ma fatigue, il tournoyait autour de moi, attaquant successivement mon torse, mes côtes et mes jambes. Bientôt, je dus reculer devant ses coups rapides et répétés, que je n'arrivais à parer qu'au dernier instant. Mes bras pesaient autant que des tonneaux pleins et mes jambes tremblotaient comme celles d'un bébé. La sueur me brûlait les yeux. Ma gorge laissait passer de moins en moins d'air et ma respiration sifflait.

Autour de nous, les hommes d'Evrart s'étaient massés et encourageaient joyeusement leur chef. J'avais atteint la limite de mes forces lorsque l'erreur que j'espérais se produisit. Trop sûr de lui, Evrart leva son épée à deux mains pour l'abattre en force, découvrant ainsi son abdomen. Je bloquai le coup, repoussai son arme vers l'arrière, pivotai sur moi-même et, avec tout ce qu'il me restait de force, j'enfonçai mon coude dans le creux de son ventre. Il plia en deux, le visage cramoisi et le souffle coupé. J'abattis aussitôt le pommeau de mon arme sur sa nuque, juste assez pour le sonner. Il tomba à genoux. Je reculai d'un pas et mon épée fendit l'air en sifflant. Bandant mes muscles tremblants, j'interrompis sa course au moment où ma lame frôlait sa nuque. Puis je la retirai et la remis au fourreau.

Dans la foule, un murmure de stupéfaction monta. De toute évidence, jamais encore les hommes d'Evrart n'avaient vu leur chef terrassé en combat singulier. Evrart se releva et les secondes suivantes furent tendues. Un éclair de colère traversa ses yeux, puis fut remplacé par un amusement sincère. Il sourit, m'administra une solide claque sur l'épaule et éclata de rire.

— Morbleu, j'avais raison ! s'écria-t-il. Tu sais te battre, bougre ! Un homme comme toi ferait mon affaire.

Autour de nous, le silence inconfortable laissa place à des rires de plus en plus soutenus.

— C'est sans doute parce que c'est moi qui l'ai formé ! fit une voix puissante. J'ai au moins réussi cela.

En même temps que tous les autres, je me retournai dans la direction d'où elle venait. Les hommes d'Evrart s'écartèrent. Les poings sur les hanches, les pieds solidement plantés sur le sol, l'épée au côté, les longs cheveux gris volant au vent, le visage barré de la racine des cheveux jusqu'au bas de la joue gauche par une épaisse cicatrice se tenait Bertrand de Montbard.

Je ne puis décrire le soulagement qui me remplit. Tel un homme ivre, je titubai vers lui. Puis, l'émotion et l'épuisement firent leur œuvre et je perdis conscience.

Lorsque je repris mes esprits, je gisais à nouveau dans le lit, sous la tente. La première chose que je vis fut la carcasse massive de Montbard, penchée sur moi. J'aurais voulu voir dans son regard de l'inquiétude, mais je n'y trouvai que froideur et mépris.

— Tu te sens mieux ?

Je lui fis signe que oui et touchai ma gorge pour indiquer que j'étais incapable de parler. Il regarda vers l'entrée de la tente pour s'assurer que personne ne venait, me saisit par la chemise, m'attira vers lui et colla presque son visage sur le mien.

— Tant mieux, car je te veux en pleine santé. Tourner le dos à un échec est indigne de moi, cracha-t-il entre ses dents serrées. J'ai peut-être moult défauts, mais la lâcheté n'en fait pas partie. J'ai promis sur l'honneur à ton père de faire un homme de toi et je m'y tiendrai. Je te collerai au cul aussi longtemps qu'il le faudra et je ferai de ta vie une longue et pénible pénitence. Si tu n'as point de conscience, Gondemar de Rossal, je t'en tiendrai lieu. Tu as compris, suppôt ?

Il me relâcha et je retombai sur ma couche, sonné par ses paroles. *Ta conscience t'accompagnera et te tourmentera sans cesse*, avait déclaré Métatron. Était-ce ce qu'il avait voulu dire ? Que mon maître d'armes serait ma conscience et qu'il m'accompagnerait pendant que je cherchais à préserver cette mystérieuse Vérité ? Je ne savais si je devais m'en réjouir ou le craindre.

Evrart choisit ce moment pour faire irruption dans la tente. Il salua Montbard de la tête. De toute évidence, les deux hommes avaient fait connaissance pendant que j'étais inconscient. Puis il se tourna dans ma direction.

— Nous levons le camp aujourd'hui même. Alors ? s'enquit-il. Quelle est ta décision ? Nous accompagneras-tu vers le Sud ou suivras-tu ton propre chemin ?

La voix de l'archange résonna dans ma mémoire. *Lorsque tu reviendras d'entre les morts, la voie te sera indiquée. À toi de savoir la reconnaître. Suis le chemin du Sud, qui mène vers la ville des saints. Tu y trouveras la Vérité. Ou plutôt, elle te trouvera.* Avais-je le choix ? Je consultai Montbard du regard, mais il se contenta de me regarder d'un air noir, me faisant comprendre qu'il s'en fichait, qu'il ne me quitterait pas d'une semelle, où que j'aille.

J'acquiesçai de la tête. Evrart ouvrit l'entrée de la tente et s'adressa à ses hommes.

— Ne restez pas là, vous autres ! lâcha-t-il avec une bonne humeur évidente. Démontez-moi tout ça ! Nous partons dans l'heure ! Si nous ne nous pressons pas un peu, tous les cathares seront occis avant que nous arrivions ! Hâtez-vous si vous voulez du butin !

Un grand cri de joie retentit et la fébrilité se répandit dans le camp.

— Ton bras sera le bienvenu, mon ami ! Et fourbis bien tes armes. Tu en auras besoin. On raconte que les Occitans sont de redoutables guerriers.

Il me tendit un heaume scintillant que j'acceptai avec étonnement. À la hauteur du front, on avait gravé un aigle, les ailes déployées, qui semblait fondre sur sa proie.

— C'est l'aigle de Nanteroi, m'expliqua Evrart. Tous mes hommes le portent. Je serais honoré que tu fasses de même.

Je hochai la tête en guise d'acquiescement. Sans plus de cérémonie, Nanteroi me tourna le dos et allait s'éloigner lorsque je franchis la distance qui nous séparait et le retins par l'épaule. Il me dévisagea, intrigué. Je lui tendis la main.

— Gondemar... de... Rossal, dis-je avec le filet de voix dont je disposais.

— Il parle, le bougre !

Il empoigna ma main et la serra avec chaleur.

— Dieu soit avec toi, Gondemar de Rossal, dit-il en souriant.

Puis il partit superviser la levée du camp. Je baissai les yeux. Jamais Dieu ne serait avec moi. Je l'avais renié et il m'avait puni. J'enviais la certitude d'Evrart de Nanteroi et de ses hommes, qui avaient la conviction profonde et inébranlable de faire la volonté de Dieu. Sur l'ordre du chef de l'Église, ils allaient se livrer à des massacres. Cela leur éviterait-il la damnation ? Le péché réside-t-il dans le geste ou dans l'intention ? Peut-il jamais être justifié, fût-ce par la volonté du pape lui-même ? Je n'aurais pu le dire. Je ne le puis d'ailleurs toujours pas.

Je ramassai le peu que je possédais encore : ma cotte de mailles, mes gants, mon manteau et mes armes. Je m'équipai lentement, songeur, le cœur serré par une indescriptible terreur. J'allais sortir à mon tour, mais Montbard m'attrapa par la manche et, d'un regard, me renouvela l'avertissement qu'il m'avait fait. Puis il tourna brusquement les talons et il sortit.

C'est ainsi que je devins qui je suis. Un damné traînant avec lui l'image de l'enfer d'où il n'était sorti que par une faveur divine, avec une terrible épée de Damoclès suspendue en permanence au-dessus de sa tête et menaçant de tomber à la moindre défaillance pour trancher le fil qui liait mon âme au repos éternel.

CHAPITRE 10

La route du Sud

Hormis son retour inattendu, Montbard m'avait réservé une autre surprise : Sauvage, qu'il avait retrouvé dans les bois, broutant tranquillement. Je ressentis un plaisir presque enfantin à le revoir. Je lui caressai les naseaux et il s'ébroua avec un bonheur égal au mien, cherchant en vain la gâterie qu'il avait coutume de trouver dans le creux de ma main. Je lui promis de remédier à la situation dans les plus brefs délais et il parut comprendre.

Quelques heures après qu'Evrart eut donné l'ordre de lever le camp, notre convoi prit la route. Une vingtaine de chevaux portant des hommes bien armés et trois voitures transportant l'armement supplémentaire et les provisions nécessaires à une partie du voyage formaient toute notre troupe.

Le Languedoc était à une douzaine de jours de route, m'informa-t-on. Comme nous partions du centre du royaume de France, nous rejoindrions assez vite la route prise par les croisés venus du Nord. Une fois à Béziers, nous allions nous fondre dans une armée de milliers d'hommes. Déjà, Arnaud Amaury, abbé de Cîteaux et légat du pape Innocent III, était sur place, fouettant le moral de ses troupes. Je ne pouvais m'empêcher de plisser le nez à l'idée qu'un prêtre dirigeait des soldats et bénissait d'avance les massacres qu'il leur tardait sans doute de commettre. Mais qui étais-je pour juger ?

Le premier jour, nous ne vîmes presque pas Evrart, qui était occupé à distribuer les ordres, à coordonner les déplacements et à revérifier sans cesse l'état de l'armement. Je remarquai avec quel doigté il menait ses hommes, tablant sur la camaraderie plutôt que sur l'autorité qui était la sienne pour obtenir leur collaboration. Je compris que chacun d'eux allait volontairement au combat et n'hésiterait pas à mettre sa vie en jeu pour son seigneur. Nanteroi portait avec fierté une longue cape noire ornée d'une croix rouge aux quatre pointes égales à la hauteur de l'épaule gauche. Dessous, il arborait, par-dessus une rutilante cotte de mailles, un manteau de la même couleur à la poitrine ornée d'une croix identique sinon qu'elle était beaucoup plus grande. C'était, m'apprit-il, l'habit du croisé. Tous les nobles qui participaient à la croisade contre les hérétiques en portaient un semblable.

Ce ne fut que le soir tombé, alors que les feux étaient allumés pour la nuit, que des gardes avaient été postés et que le reste de la troupe entretenait ses armes ou dormait, qu'il vint nous rejoindre, Montbard et moi. Sans jamais me quitter, mon maître ne m'avait pas adressé un seul mot de la journée. Une outre de vin à la main, trois gobelets d'étain dans l'autre, Evrart s'assit près du feu et nous offrit à boire. Nous acceptâmes et trinquâmes avec lui.

— Gondemar de Rossal… dit-il après un moment de silence, en faisant tourner mon nom dans sa bouche comme on goûte une liqueur. Humm… Ainsi donc, tu es un noble.

— Je suis seigneur, en effet, acquiesçai-je, ma voix encore rauque ayant pris du mieux dès que le premier son avait réussi à franchir ma gorge. Enfin, désormais seigneur de bien peu de choses…

— Ah ? Comment cela ?

Je lui relatai les problèmes que Rossal avait connus avec les brigands qui rôdaient d'un village à l'autre ; la manière dont Montbard et moi pensions leur avoir réglé leur compte ; les mesures que nous avions instaurées pour assurer la protection des terres et leur résultat catastrophique. Je passai sous silence mes actes vengeurs. Sur ma gauche, Montbard poussa un profond soupir dont je connaissais le sens et qui me fit plus mal qu'une dague qu'on retournerait dans mes entrailles. Mais il ne me dédit pas.

— Vous désapprouvez, on dirait, sire Bertrand, s'enquit Evrart, à qui rien n'échappait.

— Point, rétorqua le maître d'armes regardant droit devant lui. Mais ces événements me causent une tristesse si grande que j'ai bien peur de ne jamais pouvoir en être consolé.

La pénombre masqua la honte qu'il me causait. Le seigneur de Nanteroi soupira en hochant pensivement la tête.

— Les brigands sont un fléau… Ils vivent sans foi ni loi, pillent et massacrent selon leur bon plaisir. Ils commettent les pires atrocités. J'ai ouï dire qu'ils n'hésitaient pas à passer par l'épée des villages entiers. Une seule fois, ils sont venus se frotter à mes hommes et ils en ont été quittes pour des effectifs passablement réduits.

La conversation dura encore quelques moments jusqu'à ce qu'Evrart déclare qu'il se faisait tard et que la route serait encore longue le lendemain. Nous nous enroulâmes dans nos couvertures pour la nuit, mais il fallut longtemps avant que je ne ferme l'œil. Est-il besoin de dire que j'étais profondément troublé ? Après tout, hormis Jésus-Christ, qui parmi les hommes pouvait se vanter d'être revenu d'entre les morts ? Moi, c'était l'enfer que j'avais visité et j'en avais ramené une partie dans mon cœur. J e n'étais pas celui que croyait Evrart et mon maître se méfiait de moi. J'étais seul. Encore une fois.

J'étais en route vers le Sud. Là, à en croire Métatron, je trouverais la ville des saints et la Vérité. Peut-être sauverais-je mon âme de la situation délicate où je l'avais moi-même placée. Peut-être, au contraire, la perdrais-je à jamais. J'avais peine à imaginer homme portant un fardeau plus lourd que le mien.

Quand je m'endormis enfin, ce fut hanté par des visions d'immensités froides et vides, écrasé que je me sentais par l'ampleur de l'enjeu.

Ma noblesse établie, je chevauchai à la droite d'Evrart. Je pouvais lire dans le regard de ses hommes un respect nouveau et leur comportement était empreint de déférence. De toute évidence, la nouvelle de mon statut s'était répandue. Mon habileté à manier les armes y était aussi sans doute pour quelque chose. À ma droite se tenait Montbard, dont l'autorité naturelle avait fait en sorte que personne n'avait songé à contester sa place dans l'ordre des choses. Mon maître ne parlait qu'à Evrart. Même si je le méritais, son mutisme m'était plus douloureux qu'une épée à travers le corps. Souvent, en route, je surpris son regard posé sur moi et y lus des reproches. Du dégoût aussi. Et une immense tristesse.

Nous chevauchions en silence depuis quelques heures lorsqu'Evrart leva la main pour signaler un arrêt.

— Malheureusement, les soldats du pape ne valent guère mieux que des brigands, dit-il en désignant du menton quelque chose à l'horizon.

Je suivis la direction de son regard et, au-dessus de la cime des arbres, j'aperçus des colonnes de fumée à quelques lieues de distance. Je ne connaissais que trop bien ce que cela signifiait.

— La seule différence, c'est qu'ils agissent avec l'absolution du Saint Père, ajouta Evrart en secouant lentement la tête avec dépit.

— Ne devrions-nous pas aller voir si nous pouvons porter secours à quelqu'un ? demanda Montbard.

— Pour quoi faire ? Nous n'avons ni chirurgien, ni prêtre. Le pillage est malheureusement le tribut qu'exige toute guerre. Ce village s'en remettra si telle est la volonté de Dieu.

Après huit jours de route, Evrart annonça que nous serions à Béziers sous peu. Alors que je me sentais toujours aussi sombre, Montbard devint plus volubile à mesure que nous progressions vers le Sud. Je le surprenais parfois à admirer, l'air attendri, le paysage qui changeait sur notre route. Je me décidai à lui adresser la parole, anticipant un rejet brusque et sans appel.

— Vous me semblez bien heureux, maître, remarquai-je, alors que nous nous étions arrêtés pour remplir les outres et abreuver les chevaux à un ruisselet qui coulait près du chemin.

Il me toisa longuement de son œil perçant, semblant se demander s'il allait me répondre ou maintenir son silence.

— Cela paraît tant ? demanda-t-il enfin, à mon grand soulagement.

Je me contentai d'acquiescer en hochant la tête.

— Je suis en route vers chez moi, murmura-t-il pour que personne d'autre ne l'entende. Après avoir mené à bien la mission confiée par l'Ordre, jamais je n'aurais cru y revenir un jour. Et voilà qu'à cause de toi, j'y retourne. Les voies de Dieu sont impénétrables…

Je songeai qu'au contraire celles-ci étaient on ne peut plus claires. Le Créateur exigeait de ses créatures qu'elles respectent sa volonté au risque de perdre leurs âmes. Il n'existait aucun compromis possible. Il n'y avait que le salut ou la damnation.

— Ventredieu, si j'ai l'air d'une sainte en extase, maugréa Montbard, je m'assurerai de faire plus attention.

Puis il me tourna le dos. Visiblement, la conversation avait assez duré. Quelques instants après, Evrart ordonna le départ. À contrecœur, je me remis en selle, heureux d'avoir retrouvé, ne fût-ce qu'un court instant, un peu de mon ancienne intimité avec mon maître.

Régulièrement, nous traversâmes des villages dont quelques bâtiments fumaient encore et dont les habitants se terraient à notre vue. À quelques reprises, Evrart s'arrêta et parvint à convaincre quelques-uns d'entre eux de s'approcher pour les interroger. Tous lui offrirent la même réponse : des troupes venues du Nord leur avaient tout pris. Nous apprîmes qu'il s'agissait de chevaliers, de fantassins et de mercenaires, mais surtout de ribauds et de brigands plus intéressés par le pillage et le viol que par la croisade, qui s'étaient greffés aux troupes du pape en quête de butins facilement gagnés. Leurs chefs portaient la croix rouge et tous se dirigeaient vers Béziers.

Nous étions à une journée de Béziers lorsque les circonstances nous contraignirent à un arrêt imprévu qui contraria fort le seigneur de Nanteroi. Plusieurs chevaux avaient endommagé leurs sabots sur la route pierreuse et devaient être ferrés. Nous nous arrêtâmes donc dans le premier village que nous croisâmes. Nous trouvâmes l'endroit intact, mais désert. Nous savions fort bien que les habitants, apeurés par les rumeurs de pillages tout autour, s'étaient terrés quelque part dès qu'ils avaient appris notre approche et qu'ils priaient de toutes leurs forces pour que nous repartions sans trop les démunir.

Evrart arrêta sa monture au centre de la place du village et mit ses mains en porte-voix.

— Ne craignez rien, villageois ! cria-t-il. Je suis Evrart, seigneur de Nanteroi ! Mes hommes et moi venons du Nord et sommes en route vers Béziers pour nous joindre à la croisade. Dieu m'en est témoin, nous ne sommes pas des détrousseurs. Nous avons grand besoin d'un forgeron et nous aimerions nous restaurer ! Nous paierons en espèces sonnantes et trébuchantes pour tout service ou marchandise !

Nous attendîmes pendant de longues minutes sans voir le moindre mouvement.

— On dirait bien qu'il n'y a personne, remarqua Androuet en s'approchant de son seigneur.

— Non. Ils sont là. Mais ils ont peur et qui pourrait leur en faire le reproche ? À leur place, sortirais-tu de ta tanière ?

Sacredieu, les croisés devraient garder leur rage pour les hérétiques au lieu de terroriser ainsi les chrétiens.

Il descendit de sa monture, déboucla son ceinturon et, d'un geste théâtral, posa ses armes à ses pieds.

— Faites comme moi, vous autres, ordonna-t-il sans se retourner.

Tous, nous l'imitâmes. Puis il prit dans un sac de sa selle une bourse de cuir remplie de pièces et leva les mains.

— Voyez ! Nous sommes désarmés ! Nous ne vous voulons aucun mal !

Il agita la bourse, dont les tintements étaient reconnaissables entre tous.

— J'ai de quoi payer ! Si ce village n'est peuplé que de femmelettes effrayées, au moins que le forgeron se montre !

Un homme sortit enfin de derrière la petite église et s'approcha avec méfiance. Il était court et costaud. Les cheveux ras et la barbe qui lui descendait à mi-poitrine, il avait les mains aussi grosses que des enclumes. Il tenait un lourd maillet de métal qui pourrait servir à ouvrir le crâne de quiconque si l'envie lui en prenait. Ses jambes massives et arquées dépassaient sous un long tablier de cuir tacheté de brûlures. Il s'arrêta à quelques pas d'Evrart.

— Je suis Bertaut, le forgeron, déclara-t-il avec un accent prononcé et chantant qui me rappela celui de Montbard. Tu as des chevaux à ferrer, monseigneur ?

— Morbleu ! Il était temps, mon brave ! s'écria Evrart en éclatant de rire.

Il ouvrit sa bourse et en tira trois pièces d'argent qu'il posa dans la grosse patte de Bertaut, qui écarquilla les yeux.

— Sept bêtes. Ceci suffira-t-il pour ta peine ?

— Amplement, messire…

— Bien.

Evrart se retourna vers Androuet.

— Assure-toi qu'il fait un bon travail. Je ne voudrais pas que l'un de nous se retrouve en pleine bataille avec un cheval boiteux.

— Bien, sire.

Androuet se mit à faire le tour des chevaux avec le forgeron. Ils les entraînèrent vers la boutique de forge. Parmi eux se trouvait Sauvage, qui s'était mis à boitiller quelques heures auparavant et que je regardai s'éloigner le cœur serré. Quelques minutes plus tard, le bruit du marteau sur l'enclume retentit, puissant, sec et régulier comme une horloge.

Un à un, les villageois émergèrent de leurs cachettes, encouragés par le fait que le forgeron avait été payé d'avance et qu'aucun d'entre nous ne montrait d'intention belliqueuse. Bien au contraire, les hommes d'Evrart, comme leur chef, étaient d'une étonnante politesse et eurent tôt fait de gagner la confiance de leurs hôtes. Nous fûmes entourés par une petite foule curieuse de laquelle se détacha un prêtre entre deux âges. Après quelques minutes passées à parlementer avec Evrart, il reçut lui aussi des pièces et ordonna aux femmes du village de dresser une table bien garnie dans l'étable communale.

Le seigneur de Nanteroi repéra ensuite l'armurier, un petit homme chétif, mais énergique, à la peau burinée et à la tête couronnée de touffes folles. Il discuta quelques instants avec lui, lui donna deux pièces et ordonna que toutes nos armes lui soient confiées pour être affûtées. L'homme, ravi de cette manne providentielle, appela son apprenti et, les bras chargés d'épées, de dagues et d'un écu dont une sangle devait être réparée, tous deux s'éloignèrent vers leur atelier.

La plupart des villageois parlaient un patois chantant dont je ne saisissais que des bribes. Je surpris mon maître en conversation avec un vieillard et constatai sans vraiment en être étonné qu'il s'exprimait couramment dans cet idiome. Bertrand de Montbard était de retour dans son pays.

Les villageoises avaient improvisé une longue table avec des planches posées sur des tréteaux et y posèrent toutes les victuailles qu'elles purent produire, ce qui se sommait à peu de choses : un peu de jambon, du boudin, du pain noir frais et des oignons crus. Mais le vin était riche et corsé, et coulait en abondance, ce qui nous fit un peu tourner la tête et eut pour effet de détendre l'atmosphère, de sorte que la soirée fut ponctuée de rires sonores. Seule ombre au tableau: Montbard prit soin de s'asseoir loin de moi. Les discussions allèrent bon train et s'étirèrent jusqu'à la nuit. Elles auraient duré plus longtemps encore si le forgeron et l'armurier ne les avaient interrompues pour annoncer à Evrart que leurs tâches étaient accomplies. Pendant que le seigneur de Nanteroi et Androuet se rendaient inspecter le travail, la table fut débarrassée et démontée.

Nous rentrâmes les montures dans l'étable pour la nuit. C'était aussi là que nous dormirions tous, au soulagement manifeste des villageois qui se faisaient trop souvent imposer l'hébergement des troupes de passage. Le lendemain, si nous chevauchions à bon rythme, nous rejoindrions les troupes d'Arnaud Amaury devant Béziers. Nous nous couchâmes tous un peu ivres et la panse bien remplie. Pour la première fois depuis ma résurrection, malgré le mutisme têtu de mon maître, je m'endormis sans difficulté et aucun rêve ne vint me tourmenter. Ce fut la réalité qui s'en chargea.

Quelque chose m'arracha brusquement de mon sommeil et je m'assis dans le noir, les sens en alerte. À l'extérieur, des voix masculines et des rires perçaient la nuit. Des cris de femmes, aussi. Une ombre, leste et alerte, me frôla dans la pénombre et se rendit à la porte de l'étable pour l'entrebâiller et jeter un coup d'œil à l'extérieur.

— Des ribauds, chuchota la voix d'Evrart. Aux armes, soldats. Nous ne laisserons pas piller ce village qui a eu le courage de nous accueillir. Et silence, nom de Dieu.

Avec calme et efficacité, les hommes de Nanteroi se mirent debout, bouclèrent leur ceinturon et tirèrent leur épée sans faire le moindre bruit. Montbard et moi en fîmes autant. Je sentais mon cœur battre à l'idée de livrer combat pour la première fois depuis ma résurrection. En même temps, j'hésitais. La luxure des armes était en partie ce qui m'avait conduit en enfer. Ne risquais-je pas mon âme en m'y livrant à nouveau ? *Ces caractéristiques, tu les as laissées mener ta vie et c'est le pire en toi qui t'a conduit ici. Maintenant, tu devras mettre ton bras au service du Bien,* avait dit Métatron. Il ne pouvait y avoir aucun mal à défendre des villageois innocents.

— Y a-t-il une autre porte ? s'enquit Evrart.

— À l'arrière, répondit Androuet.

— Bien. Formez deux groupes. Un avec Androuet, l'autre avec moi. À mon signal, nous les prendrons en cisailles. Et pas de quartier !

Quelqu'un entrouvrit la petite porte arrière, son léger grincement nous paraissant aussi bruyant qu'un coup de tonnerre. Un rayon de lune pénétra dans l'étable. Evrart dévisagea ses hommes pour s'assurer que tous étaient prêts. Je reconnus cette lueur qui brillait dans les yeux du seigneur de Nanteroi : la luxure du combat montait en lui. Malgré moi, j'éprouvais la même.

En silence, nous sortîmes l'un derrière l'autre dans la nuit, aussi silencieux que des fantômes. Montbard, moi-même et quatre hommes restâmes avec le seigneur de Nanteroi. Tous les autres suivirent Androuet. Nous nous fondîmes dans la nuit et longeâmes en catimini les maisons qui bordaient la place. Puis nous nous glissâmes entre deux masures et prîmes position. De l'autre côté de la place, j'aperçus Androuet et son groupe qui en faisaient autant. Evrart et lui se firent un signe de tête.

Les brigands s'activaient dans la plus belle insouciance. Deux d'entre eux s'amusaient à pousser une jeune villageoise effrayée. La pauvre se retrouvait alternativement dans les bras de l'un et de l'autre, se faisant arracher un bout de vêtement à chaque fois et retenant avec pudeur le peu qui lui restait encore. Les quelques villageois qui n'avaient pas réussi à s'enfuir étaient regroupés comme un troupeau, sous la surveillance de quelques hommes. Vêtus de hardes et nu-pieds, sales et armés d'épées en mauvais état ou de gourdins cloutés, ils étaient venus à pied puisque aucune monture n'était en vue. Evrart avait vu juste : il s'agissait d'un petit groupe de ribauds qui avaient décidé de s'offrir un peu de ce qu'ils considéraient comme du bon temps avant de rejoindre les troupes croisées.

— Regarde-moi ces gros tétins, comme ils ballottent ! ricana un des deux brigands. M'est avis que la joliette a un ou deux petits à la mamelle !

— Ça tombe bien, rétorqua l'autre en serrant cruellement le sein de la femme. Je suis assoiffé comme un bœuf de trait !

— Mais elle doit avoir la fendace bien large. Nous devrions peut-être en trouver une plus jeune.

— Essayons-la. Nous verrons bien ce qu'elle vaut.

— À bien y songer, essayons-les toutes !

— Comme si ton petit guilleri pouvait supporter tout ce jointage !

— Bah ! Tu verras bien !

Evrart se pencha vers Montbard et moi, un sourire carnassier aux lèvres.

— Ils sont à peine une dizaine, chuchota-t-il. Tudieu, je vais leur faire regretter le jour de leur naissance.

Il s'avança sur la place et nous lui emboîtâmes le pas.

— Holà ! s'écria-t-il. Pourquoi ne vous mesurez-vous pas à quelqu'un de votre taille au lieu de tourmenter cette pauvresse ? Si vous tenez tant à forniquer, j'aurai grand plaisir à vous fourrer mon épée dans les fondements !

Surpris, les deux hommes s'interrompirent. La femme s'affala sur le sol pour se relever aussitôt et s'enfuir en couinant piteusement sans même chercher à masquer sa nudité partielle. Pris de court, les ribauds se regardèrent l'un l'autre, indécis. Visiblement, ils n'avaient pas de chef. Avant qu'ils puissent détaler, Evrart fit signe à Androuet et, en moins de temps qu'il ne faut pour le dire, les bandits se retrouvèrent encerclés. Réalisant que toute retraite était impossible, ils laissèrent tomber leurs armes de fortune.

— Oh ! Monseigneur, dit l'un d'eux en levant les mains en signe d'apaisement. Nous ne faisions que nous amuser un peu. Si nous avions su que le village était sous votre protection, nous aurions passé notre chemin.

Le seigneur de Nanteroi n'était pas homme à se laisser émouvoir par la reddition aussi factice que lâche de ce genre de créature. Il s'approcha lentement de l'homme, qui eut un mouvement de recul craintif et se heurta à un de ses compagnons.

— J'entends fort bien ce que tu faisais, canaille, répliqua Evrart d'un ton aussi froid que le métal de son arme.

Sans prévenir, il abattit son épée sur la tête de l'homme. La lame lui fendit le crâne comme s'il s'était agi de lard encore chaud et s'y enfonça jusqu'à la hauteur des yeux. Elle en sortit d'elle-même lorsqu'il s'écroula.

Ce geste fut le signal d'une boucherie aussi complète que brève. Avec une efficacité presque mécanique, les hommes de Nanteroi fondirent sur les brigands désarmés et les hachèrent menu. J'eus à peine le temps d'éventrer l'un de ces malfrats que tous les intrus gisaient l'un par-dessus l'autre sur le sol, éventrés ou amputés. Montbard, qui s'était lancé dans la bataille avec son enthousiasme et sa compétence habituels, trouvait sans doute là un exutoire à l'amertume que je lui causais. Ébahis, les villageois observaient la scène. Habitués à être laissés à eux-mêmes, ils semblaient avoir du mal à croire qu'on les ait défendus de cette façon. Le prêtre s'approcha d'Evrart, visiblement ébranlé, suivi de ses ouailles.

— Comment… comment vous remercier, messire ? dit-il, hésitant.

— Bah ! Point n'est besoin. Je n'aime guère voir des innocents tourmentés. Si vous étiez cathares, évidemment, les choses seraient différentes.

Je surpris les regards entendus que quelques villageois s'échangeaient à la dérobée. Evrart toisa les cadavres d'un regard tout à fait détaché.

— Fais-les enterrer, conscilla-t-il au prêtre. Il serait dommage que ces vauriens vous apportent la pestilence pendant qu'ils pourrissent.

Il fit signe à ses hommes et se dirigea avec eux vers l'étable. Il restait encore quelques heures avant le jour et il avait la ferme intention d'en profiter pour dormir un peu.

À l'aube, nous nous préparions à quitter le village pour reprendre la route de Béziers. Montbard, qui connaissait le chemin, affirmait que nous y serions avant la tombée de la nuit. Je sellais Sauvage, qui piaffait d'envie de se remettre en marche, lorsqu'un homme âgé, maigre, chauve et ridé, s'approcha de mon maître d'armes en claudiquant. Le dos voûté, il se planta à quelques pas de Montbard et attendit d'être remarqué en se tordant nerveusement les mains. Intrigué par son attitude, j'observai discrètement la scène.

Après un moment, le maître d'armes sembla sentir sa présence. Contrarié, il redressa la tête, abandonna ses préparatifs et se retourna. L'espace d'un moment, je pus lire l'étonnement sur son visage avant qu'il ne se reprenne.

— Sire Bertrand, caqueta le vieux. Vous me reconnaissez ?

— Je vois que la mort n'a pas voulu de toi, Narcis, rétorqua mon maître.

— Eh non ! Elle semble m'avoir oublié.

— Que me veux-tu ? demanda Montbard avec une sécheresse qui me surprit.

— Vous dire qu'il est bon qu'un Montbard soit de retour en ces contrées, sire. Et demander votre bénédiction.

Avec un effort manifeste, le vieillard s'agenouilla. Embarrassé, Montbard regarda autour de lui comme s'il voulait s'assurer que personne ne le voyait, puis leva la main droite, l'index et le majeur tendus, et traça hâtivement dans les airs le signe de la croix.

— *In nomine Patris et Filii et Spiritus Sancti*[1], grommela-t-il, à la sauvette, l'air embarrassé.

Avant que mon maître ne puisse retirer sa dextre, l'homme la saisit et, toujours à genoux, la baisa avec ferveur.

— Merci, sire Bertrand. Que Dieu vous garde, dit-il d'une voix tremblante d'émotion.

— Relève-toi et passe ton chemin, maintenant. Et par Dieu, tiens ta langue !

Le vieillard écarquilla les yeux et acquiesça en silence. Puis il s'éloigna comme un chien battu, une expression blessée sur le visage. J'adressai à Montbard un regard interrogateur qu'il ne releva pas, se contentant de s'enfermer dans un mutisme obstiné pendant qu'il achevait de seller son cheval. Puis il se rendit auprès du seigneur de Nanteroi pour lui expliquer le chemin à suivre.

Lorsque nous eûmes pris la route, trottant lentement vers notre destination, je profitai de l'absence momentanée d'Evrart pour entraîner Montbard un peu à l'écart du reste des troupes. Je n'en pouvais plus de son silence et j'étais bien déterminé à y mettre fin.

— Maître, dis-je avec une contrition sincère, je sais que j'ai commis des gestes impardonnables. Croyez-moi, pour le reste de ma vie, je ne pourrai jamais l'oublier et, en ce moment même, j'en paie chèrement le prix. Si cela m'est possible, je m'amenderai, je vous en fais le serment. Déjà, je me rends participer à la croisade pour obtenir rémission de mes péchés. Mais d'ici là, je vous en conjure, cessez de m'ignorer.

Il me toisa longuement d'un regard sombre. Dans mon anxiété, j'eus l'impression qu'une éternité s'écoula avant qu'il ne me réponde enfin.

— Gondemar… soupira-t-il avec une lassitude qui faisait pitié à entendre. Tu étais encore tout jeunot lorsque je t'ai pris en charge. Je crois que personne ne te connaît mieux que moi. Je t'ai vu grandir et pencher lentement du côté du Mal. J'aurais

1. Au nom du Père, du Fils et du Saint-Esprit.

dû intervenir plus fermement, mais j'étais aveuglé par mon affection pour toi. Par la fierté de te voir si bien progresser, aussi. Je ne pouvais accepter qu'une si belle réussite soit en fait un échec. Je me suis convaincu que tu reprendrais le droit chemin. Cela, ma conscience en portera à jamais le poids. Pourtant, aussi invraisemblable que cela puisse être, je crois encore qu'il y a du bon en toi. Alors soit. Parlons. Mais ne va jamais croire que j'ai oublié. Mon œil sera aussi omniprésent que celui de Dieu et je te réformerai, dussé-je te tuer pour y arriver.

— Merci, murmurai-je avec une profonde humilité, les yeux au sol.

Nous demeurâmes un moment muets et embarrassés. Je repris la parole en revenant sur l'étrange événement survenu à l'aube.

— Je t'ai dit que j'étais natif de ce pays, expliqua-t-il lorsque je le questionnai. Ma famille y est fort connue. Je ne vois pas ce qu'il y a de si étonnant.

— Il vous a demandé de le bénir. Ce n'est quand même pas banal.

Montbard gronda avec impatience.

— Tu as toujours été trop curieux. Tu aurais avantage à te préoccuper autant du salut de ton âme que des secrets d'autrui.

Je connaissais suffisamment mon maître et son extrême réserve pour savoir que ses ronchonnements trahissaient sa résignation et annonçaient une réponse qu'il répugnait à donner. J'accusai le coup sans broncher malgré la peine qu'il me causait, sachant qu'il y en aurait encore bien d'autres. Il soupira de nouveau, nettement contrarié.

— Tu sais déjà que je suis originaire du Languedoc, commença-t-il. Ma famille y a longtemps possédé de vastes terres. Mes ancêtres avaient quelques châteaux et plusieurs seigneuries. C'est pour devenir templier que j'ai quitté ces contrées. C'était une tradition familiale, en quelque sorte. Avant moi, il y avait eu André de Montbard. Je crois me souvenir que tu as lu jadis ce que tu pouvais trouver sur l'Ordre pour m'arracher une confession… Son nom te dit quelque chose ?

Je fouillai dans les souvenirs que je gardais du récit de Guillaume de Tyr, mais ne trouvai rien. Je haussai les épaules en relevant le sourcil pour marquer mon ignorance et il poursuivit, le regard perdu dans le vague.

— Les Pauvres Chevaliers du Christ et du Temple de Salomon furent créés en l'an 1118 pour défendre les pèlerins en Terre sainte. Les fondateurs de l'Ordre étaient des chevaliers qui gravitaient autour du comte Hugues de Champagne : Hugues de Payns, le vassal du comte, qui en fut aussi le premier *Magister* ; Geoffroi de Saint-Omer ; Payen de Montdidier, de la maison de Flandres ; Archambaud de Saint-Agnan ; Geoffroy de Bisor ; un certain Godefroi et deux moines : André de Gondemare et Jacques de Raffle. Le neuvième était André de Montbard. Techniquement, aucun des fondateurs n'habitait le royaume de France.

— Votre ancêtre était un des fondateurs de l'ordre des Templiers ? demandai-je, médusé. Palsambleu… Vous êtes bien cachottier.

— Pas mon ancêtre direct, mais un parent éloigné. André n'a pas eu d'enfants avant de se joindre à l'Ordre. Il était l'oncle de Bernard de Fontaine, abbé de Clairvaux, une abbaye cistercienne qu'il avait fondée sur des terres données par le comte Hugues et qui rédigea la règle des chevaliers du Temple en l'an 1128. André fut d'abord sénéchal de l'Ordre, puis il en devint le cinquième *Magister* en 1154. Il a démissionné après deux ans pour se faire moine à Clairvaux. Évidemment, comme tous les templiers doivent le faire, il avait cédé ses terres personnelles à l'Ordre. C'est en accumulant ainsi les propriétés que les templiers sont devenus si riches. Mais pour les familles, une telle générosité a des conséquences peu enviables. Privée de l'essentiel du domaine familial, la mienne s'est retrouvée fort dépourvue. Ce qui subsistait suffisait à peine à la faire vivre et, après quelques générations, il ne restait presque plus rien des Montbard. Les femmes se sont mariées en emportant des dots piteuses et les hommes ont fini par louer leurs armes aux plus offrants comme de vulgaires mercenaires. Lorsque j'ai quitté le Sud pour me joindre à l'Ordre en l'an 1174, j'avais seize ans et je faisais partie des derniers Montbard.

— Vous voulez dire que ces terres étaient les vôtres ? demandai-je en désignant les alentours d'un grand geste.

Une ombre de nostalgie traversa son œil valide lorsqu'il parcourut l'horizon du regard. Il hocha lentement la tête.

— Depuis deux jours déjà, nous sommes dans le domaine ancestral des Montbard.

— Celui qui fut cédé aux Templiers ?

— Non. Celui qui restait après qu'André se fut dépossédé.

— Votre famille semble avoir été fort aimée des serfs, si j'en juge par les agissements du vieux.

— Nous avions la réputation de les bien traiter, dit-il en faisant la moue. Un peu comme ton père. Comme tu aurais dû le faire, toi aussi. Et il semble que quelques vieillards en aient encore souvenir.

— Vous vous souvenez de ce vieux ?

— Oh oui ! Il était déjà un homme mûr lorsque j'étais enfant. Mon père, que j'accompagnais dans ses tournées, discutait souvent avec lui. Je suis passé par cette même route pour me rendre à la commanderie de Pézenas afin d'y être initié, voilà bien longtemps. Je me souviens même qu'il m'a salué de la main en appelant sur moi la bénédiction divine. Il est peut-être perclus par l'âge, mais son œil est encore vif, le bougre.

— Vous êtes revenu au moins une fois…

— Sur l'ordre de Robert de Sablé, oui. Mais avec une mission très précise à remplir et l'ordre formel de rester incognito.

Songeur, Montbard laissa son regard errer sur les terres qui avaient jadis été celles de sa famille.

— Par Dieu, je ne croyais pas revoir cet endroit de mon vivant. *Deus, immaculata via eius*[1], disait le prophète. J'espère seulement que l'on ne me reconnaîtra plus.

1. Les voies de Dieu sont parfaites. II Samuel 22,31.

— Pourquoi cela ? demandai-je étonné.

— Dans ces contrées, les familles nobles ont presque toutes des membres parmi les cathares. Je crains fort que plusieurs ne prennent position du mauvais côté de la bataille. Si on me reconnaissait, on risquerait de m'associer aux hérétiques et je n'ai guère envie d'être passé au bûcher. Mieux vaut que l'on me croie du Nord.

— C'est pour cette raison que vous avez chassé si brusquement le vieil homme ? Vous ne vouliez pas qu'on vous remarque.

Le maître d'armes hocha la tête.

— Jadis, Narcis ne cachait pas sa sympathie pour les cathares. J'ignore si tel est toujours le cas, mais je préférais ne pas avoir l'air d'être son ami.

— Pourquoi vous a-t-il demandé de le bénir ?

— Parce que je suis un Montbard.

— Les Montbard sont-ils hérétiques ?

— Moi, non. Mais peut-être que Narcis le croit. On raconte que la foi d'André et des autres fondateurs de l'ordre des Templiers n'était pas très orthodoxe.

— Et Evrart ? Il sait que vous êtes originaire de ces terres. Ne craignez-vous pas qu'il se méfie de vous ? Qu'il vous associe aux hérétiques ?

— Je lui ai dit que j'y étais déjà venu. Pas que j'y étais né. Si tu tiens ta langue, il ne saura rien de plus.

Je restai longtemps silencieux. Les idées se bousculaient dans ma tête.

— Maître ?

— Quoi ?

— Qu'est-ce qu'un cathare, exactement ? Le père Prelou m'en a dit un mot jadis, mais je crains qu'il ne l'ait jamais vraiment su lui-même. Que leur reproche-t-on, au juste, qui mérite que le pape mobilise la chrétienté contre eux ?

— Je suis soldat, pas théologien, grommela Montbard. Je sais qu'ils renient la croix de notre Seigneur et rejettent les sacrements de l'Église. Avant que je ne quitte l'Ordre, la rumeur courait qu'ils avaient des liens avec les templiers, mais je n'ai jamais su lesquels et je n'ai pas posé de questions, car cela ne me concernait pas. Pour le reste, qu'il te suffise de savoir que Sa Sainteté le pape Innocent III a décrété que leur foi était une erreur et qu'ils devaient être convertis de force ou exterminés. Nous n'avons pas à discuter son jugement, mais à y obéir.

J'allais insister lorsque Androuet s'approcha au trot.

— Sire Bertrand, vous traînez, dit-il en riant. Le sieur Evrart vous mande à l'avant de la troupe. Je crois que nous allons bientôt arriver et il désire que vous indiquiez le chemin à suivre.

— Bien, allons-y.

Montbard éperonna son cheval et se dirigea vers la tête du convoi, me laissant seul avec mes pensées. Sur ses directives, nous prîmes à droite à une fourche et je sentis la nervosité monter parmi les hommes de Nanteroi. Mais elle n'était rien, comparée à la mienne. Si eux allaient risquer leur vie au nom de la foi, j'allais mettre en jeu mon salut éternel.

Nous étions le 20 juillet 1209. Bientôt, ma vie basculerait une fois de plus.

CHAPITRE II

Béziers

Dans la plaine, le soleil allait se coucher. Bien avant d'apercevoir les troupes françaises, nous les sentîmes. Une puanteur insistante annonçait indiscutablement leur présence une demi-lieue d'avance. Puis les chants d'un chœur de moines nous parvinrent à l'oreille, mélancoliques et lancinants. Mais rien n'aurait pu me préparer à la vision qui s'offrit à moi. J'avais passé ma vie isolé dans une petite seigneurie sans importance. Jamais je n'avais vu une ville fortifiée hormis le petit bourg où se tenait la foire régionale. Au milieu de l'immense plaine, Béziers s'élevait au loin, entourée d'une haute muraille à laquelle donnait accès un pont qui franchissait l'Orb. La ville gravissait une colline au sommet de laquelle je devinais la silhouette d'une cathédrale. Derrière les murs, des maisons aux toits de tuile rouge s'entassaient. Entre la cité et nous s'étendaient, à perte de vue, les troupes croisées qui en faisaient le siège.

Au sud de la ville, une véritable marée humaine noircissait la moindre parcelle de terre. Aussi loin que mon regard pouvait porter, il y avait des croisés qui formaient un tapis grouillant pareil à une immense fourmilière. La plaine était parsemée de centaines de bannières et de pavillons multicolores identifiant autant de seigneurs français venus du Nord pour mater les hérétiques au nom de Dieu et du pape, et assurer par la même occasion leur salut. Les camps de chaque troupe étaient entassés les uns contre les autres, surchargés de tentes. Pour leur faire de la place, on avait abattu tous les arbres, dont je pouvais encore, çà et là, apercevoir les souches. Les chevaux, plus nombreux que tout ce que j'avais jamais vu, étaient gardés près des tentes. Un peu partout, des soldats étaient assis en cercle autour d'innombrables feux de camp qui, dans la dernière lumière du jour, prenaient des allures d'étoiles scintillant dans les cieux. Au-delà de la masse humaine, à quelque distance des murailles, je pouvais apercevoir de menaçantes machines de guerre qu'on avait placées là dans l'attente de l'assaut. Sans doute construites sur place avec les arbres coupés, elles étaient montées sur d'immenses roues en bois et leur bras en forme de cuillère portait déjà d'énormes pierres qui allaient bientôt être projetées contre les murs de la cité.

Plus nous approchions, plus la puanteur était suffocante. Je reconnus l'odeur des excréments produits depuis des semaines par des milliers de soldats, qu'on accumulait dans des fosses à l'orée du camp. S'y mêlaient celles du fumier des chevaux, de la crasse humaine, de la viande grillée dont la fumée montait de chaque feu et des carcasses débitées et abandonnées çà et là pour y pourrir. Accompagnant le chant gracieux des moines, la pestilence fétide créait un contraste surréaliste.

— Nous y sommes, dit Evrart en plissant le nez de dégoût. Parbleu, ces vilains empestent comme des pestiférés.

Une fois franchie la demi-lieue qui nous séparait de l'entrée du camp, nous nous heurtâmes à des gardes qui brandirent aussitôt des hallebardes dans notre direction, dressant un mur qui ne pourrait être franchi qu'au prix de la vie de nos montures. Evrart leva la main, à la fois pour signifier l'arrêt et pour montrer ses bonnes intentions.

— Qui va là ? s'écria l'un d'eux.

— Evrart, seigneur de Nanteroi. Je viens mettre mon épée et celle de mes hommes au service de sa Sainteté Innocent III.

Le soldat toisa le manteau de croisé que portait Evrart et consulta ses collègues du regard. Puis il enfourcha un cheval attaché tout près et nous fit signe.

— Bien, vous devez vous rapporter au légat. Suivez-moi, sire Evrart, dit-il.

Sans autres palabres, nous pénétrâmes dans le camp à la suite du soldat, les autres gardes restant à leur poste.

— Ils ne sont guère prudents, chuchotai-je à Montbard, qui se trouvait à ma gauche. N'importe qui pourrait se présenter en portant la croix.

— Et alors ? Regarde autour de toi. Ils sont des milliers. Que pourraient faire quelques intrus à part se faire massacrer ?

Nos montures avançaient lentement entre les tentes disposées dans le désordre le plus total, contournant les feux de camp et les hommes endormis. Sur place, l'odeur était encore pire et je me demandai comment des êtres humains pouvaient vivre dans des conditions que même les porcs refuseraient. La saleté était omniprésente et nos chevaux progressaient dans une boue dont je préférais ne pas connaître la composition. Des monceaux de déchets, d'armes brisées, de bois de chauffage et d'entrailles de bêtes vidées s'élevaient au hasard. Un peu partout, des hommes riaient, chantaient et titubaient gaiement, visiblement ivres. D'autres, à quatre pattes, vomissaient sans que leurs compères y prêtent la moindre attention. Derrière une tente, j'entrevis au passage une grosse femme allongée sur une table, ses seins énormes débordant de son corsage, la jupe relevée jusqu'à la taille et les jambes écartées. Un soldat, les braies sur les chevilles, s'activait entre ses cuisses en grognant, ses fesses ridiculement pâles allant et venant à un rythme effréné. Les sept ou huit autres qui faisaient la ligne derrière lui l'encourageaient de remarques grivoises et de rires gras en marquant le tempo de leurs mains. Stupéfait, je regardai Montbard.

— Bienvenue dans le monde de la guerre, Gondemar, grommela-t-il, le regard sombre et l'air renfrogné. À part chez les templiers, je n'ai encore jamais vu un camp militaire sans ribaudes et sans ivrognes. Il suffit qu'une bataille se pointe à l'horizon pour que l'homme devienne semblable à la bête et que Sodome et Gomorrhe renaissent de leurs cendres.

Nous venions de passer lorsque le joyeux fornicateur lança un grand cri de jouissance qui fut accueilli par les applaudissements fournis de ceux qui brûlaient de prendre sa place. Je fermai les yeux, conscient que, pendant des années, je n'avais guère fait mieux à Rossal. Tel que me l'avait promis Métatron, ma conscience m'accompagnait bel et bien et je la traînais comme un forçat tirant son boulet.

Nous progressâmes tant bien que mal vers le cœur du camp. De temps à autre, des croisés ivres décidaient de régler leurs comptes à coups d'épée, sous les encouragements de ceux qui les regardaient. La rixe se concluait inévitablement par une mort ou une grave blessure, mais les croisés ne semblaient pas s'en préoccuper. Ils étaient si nombreux qu'il pouvait bien en mourir quelques centaines sans qu'ils s'en ressentent lorsque viendrait le moment de l'assaut. Derrière une tente, un peu en retrait, j'aperçus quelque chose que je ne compris pas. Un homme était à quatre pattes, déculotté, et gémissait d'une voix de fausset pendant qu'un autre le montait comme un homme le fait pour une femme. Interdit, j'interrogeai Montbard.

— Des sodomites, expliqua-t-il en suivant mon regard, l'air dégoûté. Les soldats en campagne deviennent souvent efféminés…

Rougissant malgré moi, je me rappelai les accusations que Gerbaut de Gand avait portées au sujet de Baudouin, lors de son passage fatidique à Rossal. Ce voyage dans la décadence me parut interminable. À mes côtés, Montbard restait imperturbable.

— Nous y sommes, annonça le soldat qui nous guidait en descendant de cheval.

Il désigna une grande tente pourpre dont le pourtour était d'une propreté immaculée qui tranchait avec les alentours.

— Attendez ici. Je vais voir si monseigneur le légat peut vous recevoir.

Il adressa quelques mots aux deux gardes casqués de fer qui se tenaient à l'entrée de la tente, hallebarde au poing et épée au côté, puis disparut à l'intérieur.

— Quelle bande de dépravés, me dit le seigneur de Nanteroi, une moue dégoûtée sur les lèvres et le regard austère. Le roi Philippe n'avait pas mieux à envoyer que cette racaille pour défendre la foi ? Sans compter qu'en mettant la main sur le Sud, il agrandira considérablement son royaume. J'aurais cru qu'il ferait appel à mieux…

Pendant que nous attendions, je laissai mon regard errer au hasard sur le camp. Tout à coup, mon sang se glaça dans mes veines et je me raidis. Mon maître, toujours alerte, s'en aperçut.

— On dirait que tu as vu un revenant.

— C'est tout comme. Là… répondis-je en indiquant discrètement de la tête, sans bouger, un endroit sur ma droite.

Près d'un feu se tenait un homme costaud que j'aurais reconnu entre mille. Il venait de tabasser un homme avec le seul poing qui lui restait. Son poing gauche, aussi massif qu'une enclume. Sa dextre manquante avait été remplacée par un crochet de métal monté sur un socle dont la pointe acérée était menaçante. Il avait troqué le surcot et les hardes pour une cotte de mailles, mais je n'eus aucune difficulté à le reconnaître. Mon cœur s'arrêta presque de battre. Onfroi. Malgré moi, je portai la main à mon cou.

Comme si mon regard lui avait brûlé le dos, il se retourna vers moi. Dans la lumière mourante, j'aperçus clairement la marque qu'avait laissée ma broche brûlante sur son front. Nos regards se croisèrent et le visage du brigand trahit son étonnement. Après tout, n'avait-il pas abandonné mon corps décapité dans la forêt de Rossal ? Et pourtant, je me trouvais maintenant devant lui, bien vivant. Il pâlit distinctement, saisi d'une peur superstitieuse.

— Ventredieu, jura le maître d'armes à mi-voix. Mais que fait-il ici, celui-là ?

— Il nous a reconnus.

— Oui, et il n'a pas l'air ravi de te savoir encore en état de rapporter ses crimes. Quelque chose me dit que nous devrons être prudents…

Onfroi adressa la parole à quelques-uns des hommes qui étaient assis près de lui et nous désigna du menton, Montbard et moi. À cet instant précis, le soldat ressortit de la tente.

— Monseigneur le légat du pape Innocent III, Arnaud Amaury, accepte de vous recevoir, annonça-t-il.

— Fort bien, dit Evrart, un peu excédé par une attente à laquelle il n'était pas habitué.

Le seigneur de Nanteroi descendit de cheval et se retourna vers nous.

— Androuet, Montbard et Gondemar. Avec moi.

Un peu surpris d'être inclus parmi ses lieutenants, et ne m'en sentant guère digne, je le rejoignis. Le soldat s'occupa de nos chevaux qu'il attacha à des pieux non loin de là. Evrart pénétra dans la tente et nous lui emboîtâmes le pas. Avant d'entrer, je me retournai malgré moi. Clairement remis de sa surprise, Onfroi m'adressa ce sourire carnassier que je ne connaissais que trop bien. Il leva la main et fit le geste de se trancher la gorge. Un frisson me parcourut l'épine dorsale. Je savais à quel point cet homme pouvait être dangereux. Il était violent, mais savait aussi être patient et planifier sa vengeance. Heureusement, moi aussi, et j'inclinai la tête pour lui indiquer que je relevais le défi. Je laissai les rabats de la porte retomber derrière moi, sachant que l'affrontement était inévitable.

Devant nous, un personnage fort singulier était assis sur un fauteuil en bois au dossier haut et bellement sculpté, que je ne pourrais qualifier que de trône. Il portait une soutane blanche couverte d'un luxueux surplis bourgogne brodé de fils d'or. Sur sa tête aux cheveux gris bouclés était posée une mitre d'évêque sertie d'or et de pierres précieuses. Sa barbe était soigneusement taillée et, même à plusieurs pas de distance, il empestait le parfum comme une courtisane. De sa main gauche, il tenait sous son nez un petit mouchoir brodé, sans doute pour masquer les effluves nauséabonds qui s'infiltraient dans sa tente. Dans un brasero posé à même le sol brûlait un encens odoriférant qui ne suffisait pas à contrer l'odeur du camp. De chaque côté de lui, des hommes en armes se tenaient au garde-à-vous. Un élancement traversa ma gorge, mais se calma aussitôt.

— Pardieu… regarde-moi ce précieux. Il se prend pour le pape ou quoi ? marmonna Montbard en se penchant à mon oreille.

L'homme était de toute évidence rompu aux subtilités du langage diplomatique. Pour marquer sa supériorité hiérarchique, il resta assis, forçant Evrart à franchir les cinq ou six pas qui les séparaient. D'un geste théâtral, il tendit une dextre presque féminine dont le majeur était orné d'un rubis écarlate qui, à lui seul, aurait pu servir à équiper d'armes neuves toutes les troupes qui attendaient devant Béziers. Nanteroi s'agenouilla et posa les lèvres sur le joyau.

— Mes hommages, monseigneur, dit-il en inclinant la tête.

— Evrart de Nanteroi, rétorqua l'autre d'une voix haut perchée qui martelait les syllabes avec une précision impérieuse. Sois le bienvenu. Dès à présent, par la grâce de sa sainteté Innocent III, tes péchés te sont pardonnés et tes dettes sont reportées. Il en va de même pour tes hommes. Tout butin t'appartiendra en propre et il te reviendra de le distribuer à tes hommes dans les proportions que tu estimeras justes.

— Merci, monseigneur.

Nanteroi se releva.

— Combien de soldats amènes-tu ?

— Vingt-deux, monseigneur.

Je notai, non sans fierté, qu'il nous incluait, Montbard et moi. Le légat, lui, se rembrunit visiblement et une petite moue se forma sur ses lèvres pincées.

— Vingt-deux… C'est peu, mais nous les acceptons avec reconnaissance.

— N'ayez crainte, monseigneur. Mes hommes sont vaillants, bien entraînés et entièrement dévoués à la cause. Chacun d'eux en vaut au moins deux. Et ils m'obéissent au doigt et à l'œil. Vous ne regretterez pas de les compter dans votre camp.

— Nous te croyons sur parole, sire Evrart.

Evrart se tourna vers nous et nous désigna de la main pour nous présenter. Tout à tour, nous dûmes baiser la bague du légat, Montbard avec une réticence visiblement plus grande que les autres, me sembla-t-il. Lorsque ce rituel fut accompli, Amaury se tourna vers le garde qui se tenait à sa droite.

— Vois à trouver une place pour sire Evrart et ses hommes. Qu'on leur donne à manger ainsi qu'à leurs chevaux.

Le garde hocha sèchement la tête et allait obéir lorsque Evrart parla.

— Monseigneur, si je puis me permettre ?

— Qu'y a-t-il ? Nous avons un siège à superviser.

— J'en ai conscience, monseigneur. C'est justement à ce sujet que j'aimerais obtenir quelques précisions.

Il attendit jusqu'à ce qu'Amaury hoche la tête en guise d'assentiment.

— Je n'ai pu m'empêcher de noter, en traversant le camp, que les troupes de monseigneur ne semblaient guère prêtes à entreprendre un assaut. Les hommes sont oisifs et désœuvrés. Pardonnez mon impudence, qui n'a d'autre raison que de bien vous servir, mais j'aimerais connaître les circonstances dans lesquelles nous nous trouvons.

Les lèvres minces du légat se retroussèrent en un petit sourire condescendant qui lui donna l'air d'un reptile.

— Soit. Nous savons apprécier un homme de guerre qui ne fonce pas tête baissée. Nous te renseignerons donc, soupira l'ecclésiastique. Béziers nous cause bien des migraines. Cette maudite cité est si bien fortifiée que nous craignons fort de devoir attendre que ses habitants crèvent de soif et de faim. À moins que Dieu n'envoie une pestilence providentielle.

— Avez-vous songé à utiliser vos catapultes pour lancer des cadavres bien pourris derrière les murailles ? Parmi tous ces soldats, il doit bien s'en trouver quelques-uns qui sont morts de contagion.

— Bien sûr. Mais les maudits hérétiques les renvoient aussitôt dehors.

Amaury tendit la main et un gobelet y fut aussitôt déposé par un des gardes. Il écarta son mouchoir, but une petite gorgée, la fit tourner dans sa bouche, l'air critique, puis avala.

— Nous assiégeons Béziers depuis quelques semaines déjà, poursuivit-il. Nos troupes sont beaucoup plus nombreuses que les quelques centaines d'hommes retranchés derrière les murailles. La ville est à peu près coupée de l'extérieur, mais, je ne sais par quel passage secret, les vivres continuent d'y entrer et les fuyards d'en sortir.

— Personne ne connaît suffisamment la cité pour vous en révéler les passages secrets ?

— Parmi les nobles occitans qui sont dans notre camp se trouve le comte Raymond VI de Toulouse, lui-même un sympathisant cathare que nous avons réformé à coups de fouet sur le parvis de l'église Saint-Gilles l'an dernier. Depuis, le mécréant est aussi loyal qu'un chien battu. Il ne sait que faire pour nous apporter son aide – sans doute pour éviter que les croisés ne s'emparent de ses terres. Mais de Béziers, il ne connaît que peu de choses.

— Pourquoi ne pas négocier une reddition ?

— La cité est menée par un jeune effronté, Raymond Roger Trencavel, vicomte de Béziers et de Carcassonne. Il se trouve qu'il est le neveu de Raymond de Toulouse. Par son intermédiaire, nous avons bien tenté de discuter, mais en vain. Ce maudit hérétique se croit tout permis et ose nous regarder de haut.

Il but une autre gorgée et continua.

— Voilà quelques jours, Raymond nous a annoncé qu'il avait reçu un message de son neveu, qui se déclarait prêt à se soumettre à la Sainte Église. Peuh !

— Dois-je comprendre que ce Trencavel n'a pas la confiance de monseigneur ?

— Que non ! Et il ne l'aura jamais ! s'écria le légat, empourpré de colère. Ce suppôt de Satan brûlera en enfer !

— Ne peut-il être converti ?

— Lui ? Plutôt tenter de faire voir la vérité à une pierre ! Après la mort de son père, son tuteur était Bernard de Saissac, un hérétique notoire qui l'a bien endoctriné. Et, comme si cela ne suffisait pas, le régent des terres de Trencavel était nul autre que le comte Raymond Roger de Foix, dont la sœur est sans doute la parfaite cathare la plus connue en ces terres.

— Une… parfaite, monseigneur ? s'enquit Evrart.

Le légat s'emporta, le visage rouge d'indignation.

— L'équivalent sacrilège de nos évêques dans l'église cathare. Car ces mécréants acceptent même les femmes pour prêtres, cracha Amaury, l'air dégoûté. Du haut de ses vingt-quatre ans, cet impertinent de Trencavel n'est catholique que de nom. Pas plus tard que l'an dernier, il a chassé le pieux évêque de Carcassonne pour le remplacer par un homme dont la mère, la sœur et les trois frères sont des cathares connus ! Pis encore : il protège les juifs, ceux-là mêmes qui ont crucifié notre Seigneur Jésus-Christ. Il leur confie des postes importants à sa cour et fait des affaires avec eux ! Il a violé tant de lois divines qu'une offre de paix de sa part ne peut être qu'un nouveau soufflet au visage de la Sainte Église. Nous lui avons fait dire que la seule façon dont il pourrait me prouver sa bonne foi serait de nous livrer pieds et poings liés les deux cent vingt-deux cathares qu'il abrite dans Béziers pour que nous les brûlions au bûcher, comme il se doit.

— Dois-je présumer qu'il a rejeté votre offre ?

— Il nous a jeté notre générosité au visage, le manant. Il a convoqué une assemblée des citoyens pour leur soumettre leur offre et ceux-ci l'ont rejetée plutôt que de trahir les hérétiques. Il faut dire qu'il n'y a sans doute pas un seul de ces diables qui n'a pas quelques cathares dans sa famille. Au fond, ils sont tous plus ou moins hérétiques. Et puis, ils sont convaincus de pouvoir soutenir un siège. Nous avons bien peur qu'ils aient raison…

— On ne peut quand même pas ravitailler des dizaines de milliers de personnes par quelques passages secrets. Ne pourrait-on entreprendre de nouveaux pourparlers avec Trencavel lorsque la faim et la soif se feront sentir ?

— Le lâche s'est sauvé avec ses juifs voilà deux jours, abandonnant ses gens. On dit que maintenant il parcourt ses terres dans l'espoir de lever une armée parmi ses vassaux.

— Et s'il y parvient ?

Frustré, Amaury rabattit bruyamment son gobelet sur le bras de son fauteuil.

— Le maudit impie nous prendra en souricière, le dos contre la muraille de Béziers. Ceci ne contribue guère à la discipline des troupes, comme tu l'as si astucieusement noté, sire Evrart. Déjà, Simon de Montfort et ses hommes piaffent comme des purs-sangs dans l'enclos.

— Montfort ?

Amaury hocha pensivement la tête.

— Un des rares vrais soldats que cette crapule de Philippe Auguste de France a daigné nous envoyer.

Je fus choqué par la façon cavalière dont cet homme faisait référence au roi. Il but une grande gorgée, cette fois, et posa son verre avec frustration sur le bras de son fauteuil.

— Maintenant, laisse-nous. Nous avons à faire.

— Bien, monseigneur. Merci, monseigneur.

Amaury nous bénit du signe de la croix. Nous saluâmes tous de la tête et quittâmes la tente, perplexes, en compagnie du garde qui devait nous attribuer une place dans le camp. Un homme nous croisa et entra sans même nous honorer d'un regard. Grand et droit comme un chêne, les épaules solides et musclées, la crinière abondante et noire comme les ailes d'un corbeau, la barbe et les sourcils touffus, il était de fort belle apparence malgré la poussière qui maculait ses vêtements.

— Alors ? entendis-je Amaury demander.

— Mes espions ne ramènent que des rumeurs, monseigneur, répondit l'homme d'une voix profonde.

— Et pourtant, ces documents se trouvent bien quelque part dans ce pays... N'oublie pas : si quelqu'un met la main dessus, ils doivent nous être remis en main propre. Personne ne doit les lire. Tu m'entends ? Personne. Sur ordre exprès de sa Sainteté elle-même et sous peine d'excommunication.

— Je comprends, monseigneur.

Avant que je puisse savoir de quoi ils parlaient, le soldat nous appela. Nous récupérâmes nos montures et nous nous mîmes en marche.

Le soldat nous guida à travers les méandres du camp vers la place qui nous serait attribuée. La nuit était tombée pendant notre séjour dans la tente d'Amaury et j'étais aux aguets. À maintes reprises, je scrutai les alentours, à la recherche d'Onfroi, dont j'avais l'impression de sentir le regard peser sur ma nuque depuis que je l'avais aperçu. Mais je ne le vis nulle part. J'en fus plus inquiété que soulagé, préférant de loin garder un ennemi de cet acabit dans mon champ de vision. Ce brigand n'était pas du genre à renoncer à une vengeance et manigançait sans doute quelque chose en ce moment même. Montbard et moi pouvions en effet le dénoncer pour ce qu'il avait fait à Rossal et à son seigneur. Une fois aux arrêts, il serait privé du butin qui l'avait certainement attiré parmi les croisés, et je ne doutais pas un seul instant qu'il ferait tout en son pouvoir pour que cela ne se produise pas.

Nous marchâmes pendant de longues minutes à la lumière des feux de camp, enjambant les dormeurs, les enivrés, les malades et sans doute quelques morts, contournant les chevaux, les monceaux d'équipement et les détritus.

— Voilà. Vous pouvez vous installer ici, dit le garde en désignant un espace vide.

Des pierres disposées en cercle contenant encore des cendres froides, des déchets, des restes de repas et de vomissures séchées trahissaient la présence récente de soldats. Tout près, une fosse à ciel ouvert débordante d'excréments dégageait un remugle écœurant. Autour, quelques soldats dormaient, enroulés dans des couvertures de fortune, apparemment insensibles à l'odeur.

— L'occupant précédent a exigé d'être déplacé, expliqua notre guide, qui avait suivi mon regard.

— Il n'y a pas d'autre endroit disponible ? s'enquit Nanteroi.

— À cette heure, vous êtes déjà chanceux que j'aie trouvé ceci, sire.

Evrart se renfrogna.

— Bon, ça ira pour cette nuit…

— Demain, dit l'homme, un peu piteux, je verrai si je peux vous trouver un endroit plus approprié.

— Deux pièces d'or pour toi si tu y parviens.

— Je ferai de mon mieux, sire.

L'homme se retira, un peu plus obséquieux maintenant qu'il était porteur d'une promesse de récompense, et disparut dans la noirceur du camp. Dépités, nous attachâmes nos montures tout près et les soulageâmes de leur selle. Les hommes parvinrent à trouver quelques bûches et allumèrent un feu. Tour à tour, nous cherchâmes une place raisonnablement propre pour nous allonger. Montbard et moi nous installâmes un peu à l'écart.

— Il me fallait bien revenir de Terre sainte pour me trouver dans un cloaque pareil, maugréa Montbard. On se croirait dans les fondements du diable en personne. Non mais, que fais-je dans ce merdier ?

Il se retourna avec colère, émit quelques jurons particulièrement créatifs, remonta sa couverture sous sa barbe et se tut. Pour ma part, je songeai au bourbier dans lequel je me trouvais moi-même, qui était infiniment pire que celui de mon maître. Bien après les autres, je finis par m'endormir d'épuisement en songeant qu'en cet instant, peut-être, Onfroi guettait sa chance de m'occire et que Métatron m'observait, où qu'il fût. Déjà, sans doute, mon salut était dans la balance divine.

Le son strident des cors mêlé à des cris de rallicment me tira d'un lourd sommeil dans lequel j'avais l'impression d'avoir tout juste sombré. L'aube pointait à peine. L'esprit embrumé, je me dressai sur mon séant et regardai autour de moi. Evrart et ses hommes étaient dans le même état que moi, cherchant leurs armes à tâtons, peinant pour boucler leur ceinturon avec des doigts encore engourdis, cherchant leur heaume à quatre pattes ou sellant maladroitement leur cheval. Seul Montbard paraissait maîtriser la situation. Le vieux soldat, habitué à réagir aux attaques des Sarrasins, tenait les rênes de sa monture déjà sellée. Son épée pendait à son côté et son écu était fixé à son bras droit. Il avait coiffé le heaume de Nanteroi et observait avec mépris les autres qui se lançaient de tous les côtés à la fois.

— Morbleu ! N'ai-je pas réussi à faire mieux que ça de toi ? s'écria-t-il, rouge de colère. Si le camp était attaqué, l'ennemi t'aurait égorgé au moins dix fois, lambin ! N'es-tu efficace que lorsqu'il s'agit de faire rôtir des innocents sans défense ?

Je me levai, honteux, et entrepris de passer mon équipement en espérant comprendre quelque chose à ce qui se passait. Un garde s'approcha et mit ses mains en porte-voix.

— À l'attaque ! cria-t-il. À l'attaque ! Sus aux hérétiques !

Il allait s'éloigner lorsque Evrart lui saisit le bras et l'arrêta.

— Toi ! dit-il d'une voix autoritaire. Pourquoi lancer l'assaut dans un pareil désordre ? Que se passe-t-il ?

— L'attaque est déjà lancée, répondit l'homme. En ce moment même, les croisés entrent dans Béziers ! Hâtez-vous si vous voulez votre part de butin !

— Mais... comment ?

— Voilà moins d'une heure, quelques croisés sont montés sur le pont, près de la muraille, pour narguer les assiégés. Une douzaine d'entre eux ont mordu à l'appât et ont fait une sortie pour les corriger. Mal leur en prit, car ils ont laissé les portes grandes ouvertes et les hommes de Montfort en ont profité. Voyez vous-même comme ils ont déjà humé l'odeur du sang et de la chair fraîche. Regardez-les s'amuser, ces diables !

Il indiqua la muraille qui, dans la lumière naissante, se révéla être à moins d'une demi-lieue de nous. Nous y portâmes tous un regard stupéfait. Les croisés de Montfort, regroupés autour d'un étendard à lion passant rouge, s'étaient massés devant les portes ouvertes, affrontant avec un enthousiasme meurtrier les défenseurs de la cité qui tentaient futilement de les refermer. Le sommet de la muraille était déserté, ses gardes l'ayant sans doute abandonné pour se joindre à ceux qui tentaient d'endiguer la marée humaine. Des croisés profitaient de leur absence pour appuyer de longues échelles contre les murs, les franchir sans être inquiétés et se répandre ensuite dans la cité.

— Qui est ce Montfort ? demanda Evrart, visiblement impressionné par ce qu'il voyait, en ajustant son écu.

Le soldat le regarda comme s'il était un pauvre d'esprit.

— Le second fils du seigneur de Rambouillet, près de Paris, devenu comte de Leicester, en Angleterre, grâce au décès providentiel de son oncle Robert. Un dévot impeccable, pieux et très respecté depuis son passage en Terre sainte. On raconte qu'il a même ramené d'Orient un morceau de la sainte Croix. Ses hommes le suivraient jusqu'en enfer s'il le demandait. Il aime le sang et la mort, le bougre. Il éventrerait un enfant sous les yeux de sa mère sans broncher. Parfois, je me demande s'il n'est pas le diable incarné… C'est sans doute pourquoi Amaury l'aime tant.

— Et quels sont les ordres ?

— Mais… de prendre la cité, évidemment.

— Morbleu ! tonna soudain Montbard, qui piaffait d'impatience. Allons-nous rester longtemps à caqueter comme de vieilles mégères édentées au lieu d'agir ? Il y a une bataille en cours et m'est avis qu'il serait plus agréable d'y participer !

Cette sortie coléreuse, que je savais émaner d'un templier habitué à foncer sur les infidèles et pressé d'en découdre, nous tira de notre torpeur. Nous convînmes qu'il était inutile de seller nos montures, car l'assaut se faisait à pied. En ce matin de la sainte Madeleine, seigneurs et soldats seraient tous des fantassins, égaux devant Dieu et les hommes. Je bouclai mon ceinturon, passai mes gants en cotte de mailles, ajustai mon écu, coiffai le heaume de Nanteroi et tirai mon épée. J'étais prêt à combattre et je ressentais les premières manifestations de cette luxure grisante monter dans mon ventre. Devais-je la laisser me dominer ou tenter de la contrôler ? C'était elle qui m'avait mené dans la situation où je me trouvais, qui avait mis mon âme en péril, mais Métatron m'avait bien laissé entendre qu'elle me serait utile. Si je devais regagner mon salut, massacrer des hérétiques ne pouvait certes pas me nuire.

Autour de moi, les hommes de Nanteroi étaient prêts également. Ils se tenaient immobiles, droits comme des chênes, le regard dur et froid, l'air grave et déterminé. Aucun d'eux ne montrait la moindre nervosité. Evrart les dévisagea un instant et parut satisfait de ce qu'il vit. Il leva son arme vers le ciel, où elle étincela dans la lumière naissante du soleil.

— Pour la Foi et Nanteroi ! hurla-t-il.

— Pour la Foi, Nanteroi et sire Evrart ! répondirent-ils en chœur.

Nous nous mîmes en marche vers la muraille de Béziers, bientôt entourés de ce qu'il restait des troupes qui s'étaient amenées de toutes les extrémités du camp. Emportés par une marée humaine au sein de laquelle tout se bousculait en un tourbillon étourdissant, nous fûmes forcés de trottiner puis de courir pour ne pas être piétinés par les hordes assoiffées de sang, de violence et de butin. Comme les autres, nous hurlions à l'épouvante, sans doute autant pour nous donner du courage que pour instiller la peur dans le cœur de l'adversaire.

Au centre de la tourmente, j'aperçus une chaise à porteurs transportée par quatre soldats qui soufflaient comme des bœufs de trait. Elle était surmontée d'un dais pourpre orné de glands dorés qui ballottaient allègrement. En passant à proximité, j'entrevis entre les rideaux la personne émaciée et précieuse d'Arnaud Amaury assise à l'intérieur, tentant de maintenir un semblant de dignité malgré le tangage inquiétant du véhicule.

— Mon estomac se révulse à l'idée de l'admettre, mais cet oiseau de malheur a des couilles bien dures sous cette soutane pour se tenir ainsi au milieu des troupes, dit Montbard, près de moi. Malheureusement, il n'a guère de cervelle, il va se retrouver cul par-dessus tête en moins de deux. Regarde-le se faire secouer.

Evrart s'arrêta soudain, la vague de croisés se séparant harmonieusement pour le contourner de chaque côté sans même ralentir. Nous nous immobilisâmes à sa suite avec discipline. Poussant ceux qui se trouvaient sur son chemin, il se fraya un passage dans la horde humaine pour rejoindre la chaise à porteurs. Lorsqu'il y fut, il écarta brusquement le rideau.

— Monseigneur ? cria-t-il pour se faire entendre par-dessus le vacarme.

Une ombre de terreur passa sur le visage austère du légat, qui écarquilla les yeux. Il se reprit en constatant que l'homme qui se tenait à ses côtés était un croisé et non pas un adversaire décidé à lui décoller la tête.

— Monseigneur, comment distinguerons-nous les bons chrétiens des hérétiques ? interrogea Nanteroi en haussant les épaules en signe d'impuissance. Et que faire des femmes, des enfants et des vieillards hérétiques ?

— *Caedite eos. Novit enim Dominus qui sunt eius*[1], mon fils, rétorqua Amaury avec dédain en traçant le signe de la croix devant le visage médusé d'Evrart.

— Tous ? répéta Nanteroi, incrédule. Vous… vous me commandez de tuer des chrétiens innocents ? De massacrer des enfants, des femmes et des vieillards sans défense ? Par Dieu, je suis chevalier, pas boucher.

Amaury passa la tête entre les rideaux pour approcher son visage à quelques doigts de celui de Nanteroi.

— Je te demande de faire l'œuvre de Dieu, comme le croisé que tu es ! Les soi-disant chrétiens qui habitent ce lieu de perdition côtoient des hérétiques tous les jours et s'en accommodent

1. Tuez-les tous. Dieu reconnaîtra les siens.

fort bien. Aucun d'eux n'est innocent ! Aucun ! Ils ne méritent rien de mieux ! Si tu as le cœur trop fragile et que tu n'es pas digne de la croix que tu arbores, rebrousse chemin et retourne sur tes terres sans indulgence ni butin. Sinon, va et bats-toi avant que nous décidions de t'excommunier.

Le rideau se referma sèchement et Amaury s'éloigna, ses quatre porteurs luttant pour conserver un équilibre précaire et ballottant allègrement le légat du pape et sa conscience tranquille. Evrart resta là, médusé.

— Evrart ? Que faisons-nous ? s'enquit Androuet en lui posant une main gantée de cotte de mailles sur l'épaule.

Nanteroi sursauta. Déchiré entre son honneur et son salut, il se mordilla la lèvre inférieure. Puis il toisa ses hommes, tous avides de participer au pillage, mais déterminés à lui obéir. Le seigneur de Nanteroi bomba le torse.

— Tu as entendu ce qu'a ordonné le légat, dit-il d'une voix déterminée. *Deus vult*[1]. Tuez tous ceux qui se trouvent en cette cité, qu'ils soient armés ou pas.

Il se signa et fit quelques pas vers la bataille.

— Dieu le veut ! cria-t-il.

— Dieu le veut ! répondirent ses hommes.

Puis il s'élança et nous le suivîmes tous jusqu'en enfer.

1. Dieu le veut.

CHAPITRE 12

Au nom de Dieu

Lorsque nous arrivâmes à la muraille après avoir franchi le pont, la porte était définitivement prise. Incapables d'endiguer les vagues de combattants qui remplaçaient ceux qui tombaient, les troupes de Béziers avaient fini par battre en retraite, laissant les croisés s'engouffrer dans la cité. Nous dûmes franchir une véritable colline de chair humaine, piétinant les morts et les blessés sans même nous y arrêter.

Malgré l'entraînement rigoureux auquel m'avait soumis Bertrand de Montbard, je n'avais participé qu'à quelques escarmouches contre des brigands. Je réalisais maintenant ce qu'était la guerre. Rien ne m'avait préparé à la scène d'apocalypse qui se déroulait sous mes yeux. Le carnage était inimaginable, inconcevable. Partout où se posait mon regard régnait une violence sauvage et primale. Dans ce tourbillon, l'homme semblait ravalé au niveau de la bête, criait comme elle, grognait comme elle, tuait comme elle. L'odeur âcre du sang et de la mort était intense, étouffante.

Figé sur place, je laissai mon épée et mon écu retomber, observant passivement ce qui se déroulait autour de moi. Surgissant en trombe dans les rues, les croisés fonçaient comme une meute affamée contre les soldats de Béziers, complètement dépassés, qui ne pouvaient que reculer en se défendant avec une valeur et un courage d'autant plus admirables qu'ils étaient sans espoir. Les soldats d'Amaury qui tombaient au combat étaient nombreux, mais ils étaient aussitôt remplacés par deux, trois ou quatre autres, hurlant, cheveux, barbes et vêtements maculés de sang, qui menaient l'assaut avec une fureur renouvelée. Déjà, les cadavres entremêlés jonchaient la place devant la grande porte et dans les rues qui y prenaient naissance. Je réalisai avec écœurement que les combattants pataugeaient dans une boue formée de terre et de sang frais qui atteignait leurs chevilles. Je me trouvai incapable d'imaginer combien de corps éventrés étaient nécessaires pour créer une telle immondice. Dégoûté au-delà des mots, j'eus le réflexe de me signer et de dire les paroles sacrées : *in nomine patris...* Aussitôt, une violente douleur me serra la gorge, empêchant l'air d'y pénétrer et me faisant grimacer. Mon geste s'arrêta à mi-chemin et je vacillai sur mes pieds. *Ton corps te rappellera tes fautes et te refusera tout ce qui est divin*, avait déclaré Métatron. Je comprenais maintenant l'horreur de ce qu'il avait voulu dire. Le Dieu que j'avais renié ne m'était pas accessible. J'étais seul. Plus que jamais. La douleur se résorba. Mais celle qui déchirait mon âme n'en fut que plus aiguë.

Autour de nous, j'entrevis distraitement Evrart et ses hommes qui s'étaient lancés dans la bataille avec une énergie peu commune. Ils formaient une unité compacte et redoutable sur laquelle les adversaires se butaient à leurs risques et périls. Ils avançaient promptement, laissant une couche de morts et de blessés sur leur chemin. À leur tête, le seigneur de Nanteroi se battait comme un diable en multipliant les ordres et les encouragements, surveillant sans cesse ses hommes et les protégeant au besoin. Stupéfait, j'avançais à pas lents et disloqués, davantage poussé par les soldats dans mon dos que par la conviction. Les bras ballants, je me sentais vidé de toute volonté. À ma droite, je pouvais apercevoir du coin de l'œil la charpente massive de Montbard qui se démenait en riant comme un dément, au comble du bonheur.

Devant moi, un cathare se défit de deux croisés avec une parade habile suivie de deux coups de tranchant qui détachèrent net le bras du premier et ouvrirent le cou du second. La fureur meurtrière et le désespoir lui déformant le visage, il les enjamba et s'élança dans ma direction, l'épée brandie au dessus de sa tête, prête à enfoncer mon heaume. Comme dans un rêve, je le regardai approcher, certain que ma dernière heure était venue et n'éprouvant qu'indifférence. Son élan fut interrompu en pleine course. Sa bouche se révulsa dans une grimace d'agonie. Je constatai qu'il était empalé sur une longue épée qui s'enfonçait dans son ventre jusqu'à la garde et émergeait à la hauteur de ses reins. L'arme était tenue par deux mains puissantes. Puis le malheureux fut secoué comme un fétu de paille et projeté au sol. L'épée fut tirée de ses entrailles, luisante d'un sang vermeil.

Je reçus une violente claque derrière la tête qui fit résonner mon heaume comme la cloche d'une église et me tira un peu de l'état second où j'étais plongé.

— Tudieu ! tonna Bertrand de Montbard, son œil valide brillant de colère tout en restant alerte à ce qui se passait aux alentours. Le moment est mal choisi pour rêvasser, bougre d'abruti ! C'est la guerre ! Tue ou sois tué ! Je ne pourrai pas te protéger éternellement le croupion ! Et ne va pas croire que je te laisserai te faire tuer ! Tu vas vivre et regretter longtemps !

À cet instant précis, un Biterrois en chemise et en tablier de cuir, armé d'un grand couperet de boucher, surgit sur la droite de mon maître en hurlant comme un dément. Machinalement, presque sans regarder, Montbard se baissa et enfonça son épaule dans le ventre de son assaillant. Lorsque celui-ci fut tombé à genoux, cherchant son souffle, il abattit le pommeau de son épée sur sa nuque. L'homme s'écroula au sol et Montbard lui enfonça avec indifférence son arme entre les omoplates.

Il me mit une main dans le dos et me projeta vers l'avant.

— Ne reste pas là bouche béante comme un pauvre d'esprit ! gronda-t-il. Grouille ton cul ! Défends-toi ! Je n'ai pas formé une femmelette impressionnable ! Couilles molles ! Châtron ! À moins que tu ne sois bon qu'à brûler des paysans sans défense ? Auquel cas, je t'embrocherai moi-même !

Piqué au vif par cette remarque, qui me rappelait encore une fois le peu de respect que mon maître me portait, je secouai la tête et relevai les bras. Pour regagner le salut de mon âme, je devais vivre. Mourir maintenant ne serait que le début d'éternels tourments. J'inspirai profondément et me mis en marche. Aussitôt, les années d'enseignement rigoureux prirent le dessus. Mes muscles se délièrent, l'agilité si durement acquise me revint et je m'abandonnai tout entier à la démence ambiante.

Mon écu protégeant mon flanc gauche, je me plaçai à la gauche de Montbard pour couvrir son côté borgne. À compter de ce moment, je fus emporté hors du temps et de l'espace, dans un lieu où seuls existaient la vie et la mort, où la survie ne tenait qu'à un réflexe, à une réaction ou à la chance. Devant moi, les soldats de Béziers se succédaient. Tel un automate, je parais et répliquais sans relâche, insensible à la fatigue que je ne pouvais me permettre d'éprouver et à la peur qu'engendrerait la défaite. À mes côtés, Montbard en faisait autant avec la terrifiante et froide efficacité du templier qu'il était toujours dans son corps et dans son âme.

Je ne me souviens que par fragments désarticulés des heures qui suivirent. Je ne saurais dire combien de temps dura la bataille, ponctuée des « Dieu le veut ! » des croisés, qui ne fut qu'une perpétuelle tourmente. Dans ma mémoire, teintée par la griserie du combat et le plaisir animal de tuer, se superposent des scènes de combat, des rues sombres dont chaque recoin cachait un danger mortel, des odeurs, des cris…

Un soldat blessé, le visage ensanglanté, titubait dans notre direction, déterminé à sacrifier sa vie pour défendre sa cité. D'un bras tremblant de faiblesse, il brandissait un maillet de bois parsemé de clous. Je l'embrochai sans même y prêter attention. Ma lame pénétra facilement son abdomen et je réalisai distraitement qu'il ne portait pas de cotte de mailles, ni d'écu.

Une femme, la chevelure ébouriffée, le regard fou, un air de possédée, hurlait comme une folle, le regard exorbité.

Elle brandissait une faux à la lame bien affûtée avec laquelle, si je me fiais au sang dont elle était couverte, elle avait tranché moult têtes. J'en brisai le manche en deux d'un seul coup puis abattis mon arme sur la tête de la pauvresse, l'ouvrant comme un melon. Elle tomba mollement, sans le moindre bruit.

Trois soldats en armure luttaient en unité. Des professionnels. Ils s'élançaient vers nous. Montbard s'accroupit d'un geste leste qui m'étonna et sectionna à moitié les jambes du premier, qui tomba sur les genoux. Puis mon maître roula sur lui-même et, aussitôt debout derrière les deux autres, décolla, d'un geste meurtrier, la tête de l'un d'eux pendant que je parais l'attaque de l'autre et que je lui enfonçais la face avec mon écu avant de l'achever d'un coup au ventre.

Un soldat armé d'une hallebarde sortit d'entre deux maisons. Au dernier moment, je reculai la tête vers l'arrière et la lame acérée effleura mon heaume. Par instinct, je repoussai l'arme d'un coup d'écu. Le torse de mon adversaire était désormais exposé. Je frappai vers l'intérieur et la pointe de mon arme lui trancha la gorge. Le sang en sortit par jets puissants qui mouillèrent ma chemise. Je sentis vaguement la chaleur du liquide sur ma peau.

Un carreau d'arbalète se ficha dans mon écu, sa pointe menaçante émergeant de l'autre côté, juste au-dessus de mon avant-bras. Un doigt plus bas et les os de mon avant-bras étaient réduits en miettes. Quelques pouces plus haut et elle s'enfonçait dans mon visage. Je cherchai l'arbalétrier et le repérai, juché au sommet d'un muret de pierre, à environ quatre toises de moi. Il rechargeait son arme. Je passai mon épée dans ma main gauche, la tenant avec mon écu, ramassai la hallebarde de celui que je venais d'occire, la soupesai et la lançai en laissant échapper un cri qui semblait provenir du fond de mes entrailles. L'arme siffla dans l'air, traversa la distance qui me séparait de l'autre et s'enfonça à la hauteur de son cœur. Il laissa tomber l'arbalète et aurait chu sur le sol si le long manche ne l'avait pas soutenu.

Il resta là, empalé et un peu ridicule dans la mort, le corps à quarante-cinq degrés.

Je perdis le compte des vies que j'éteignis comme autant de chandelles. Les choses se déroulèrent sans un moment pour souffler ou récupérer, sans une seconde pour distinguer le bien du mal. Je fis ce qui devait être fait. Je tuai autant que je le pus. Au nom du Créateur que j'avais rejeté, j'assassinai et je massacrai dans l'espoir de mériter mon salut.

Lorsque la fureur me quitta enfin, je fus stupéfait de constater que le soleil avait passé sa méridienne. Sans que je n'en aie conscience, une demi-journée s'était écoulée. Le souffle court, je fis un inventaire rapide de mon état. Mon épée était maculée de sang frais en si grande quantité que, quand je l'abaissai, des gouttes coulèrent paresseusement de la pointe émoussée. Mon écu avait pris tant de coups qu'il était couvert de bosses et de marques. Mes bras, lourds et douloureux, étaient parsemés de coupures là où les lames de mes adversaires avaient percé ma cotte de mailles. Un examen me permit de constater que toutes étaient superficielles. J'étais trempé de la tête aux pieds, de sueur et de sang. Mon heaume avait disparu, emporté dans la fureur du combat sans même que je m'en rende compte. J'écartai une mèche de cheveux de mes yeux et réalisai avec surprise que mes lèvres étaient retroussées sur mes dents, comme une bête sauvage.

Je cherchai Montbard des yeux, mais ne le trouvai pas. Nous avions été séparés au fil de la bataille. Evrart et les hommes de Nanteroi n'étaient nulle part, eux non plus. J'inspectai les alentours. Je me trouvais au milieu d'une rue où je n'avais pas souvenance d'être arrivé. Il régnait un silence lourd, presque surnaturel. Puis quelques faibles gémissements de souffrance et d'agonie montèrent, finissant de me ramener à la réalité. Le soleil était obscurci par la fumée qui montait des maisons un peu partout. Béziers était en feu et l'odeur âcre me fit tousser. Le sol était jonché de cadavres entremêlés, dont quelques-uns m'étaient sans doute attribuables. Éventrés, démembrés, décapités, exsangues, ils avaient péri en défendant leur demeure et leur famille. Je ne pus m'empêcher d'admirer leur bravoure et d'éprouver pour eux le respect d'un guerrier pour un autre, sans égard aux couleurs portées. Parmi les soldats se trouvaient indistinctement des femmes, des vieillards et des enfants. *Caedite eos. Novit enim Dominus qui sunt eius*, avait froidement ordonné le légat à la conscience si sûre. Et c'est précisément ce qui avait été fait, avec un enthousiasme obscène et méthodique. Personne ne semblait avoir été épargné.

Au loin, j'avisai le corps d'une jeune femme dont le ventre avait été ouvert comme celui d'un porc à la boucherie. On en avait retiré l'enfant à naître, qui gisait près d'elle. Même dans la mort, la pauvre l'avait blotti contre elle, réchauffant le petit corps encore immature. C'est ensemble qu'ils avaient quitté la vie, deux innocents sacrifiés à la folie meurtrière exigée par Dieu et son représentant sur terre. Dans cet enfer de haine et de violence, un petit moment d'amour pur et désintéressé avait réussi à se produire. Révolté, je sentis mon estomac qui remontait dans ma gorge et vomis.

Je m'essuyais la bouche quand une fillette surgit derrière moi. Elle hurlait à la mort en courant à toutes jambes. Elle avait peut-être douze ans. Sa robe déchirée et souillée laissait paraître sa nudité. Elle passa près de moi sans même me voir en regardant sans cesse derrière elle, les yeux écarquillés de terreur. Trois croisés apparurent.

— Elle est là, la pucelle! ricana l'un d'eux.

— Ah, elle ne perd rien pour attendre, celle-là! dit un autre en s'éloignant de moi. Mordieu, regardez-moi ce petit cul!

Ils passèrent en trombe près de moi sans même m'adresser un regard puis s'engouffrèrent entre les deux bâtiments où leur proie venait de fuir. Je les regardai disparaître, sachant quel sort ils feraient subir à la pauvresse. J'entendis des rires puis des cris. Et je ne fis rien.

La rue était redevenue déserte. De loin, des cris me parvenaient. Ne sachant que faire d'autre, je me mis en marche dans leur direction en parcourant les rues jonchées de cadavres de la ville en ruine. De temps à autre, des bandes de croisés isolées émergeaient des maisons, transportant tout ce qu'ils avaient pu voler. Quand un survivant malchanceux était repéré, il était aussitôt passé par l'épée, non sans avoir été d'abord préalablement tourmenté à souhait par les soldats de Dieu. Crier sa foi n'y changeait rien. Dans tous les coins, des femmes, mais aussi des fillettes, subissaient les pires outrages.

Apathique, je me retrouvai bientôt à gravir la colline que j'avais aperçue lors de mon arrivée devant Béziers et qui trônait au centre de la ville. Du sommet me parvenaient des cris et un grand bruit. Quand je l'atteignis, haletant, perclus de douleur et de fatigue, j'y découvris une place entourée de maisons.

Je me tenais devant une église basse en pierre pâle, au petit clocher en pointe à côté duquel se dressait une curieuse tourelle crénelée. Sur le parvis étaient massés des croisés dont une dizaine, particulièrement costauds, tentaient d'enfoncer les portes en bois massif du lieu saint à l'aide d'un lourd bélier. Je m'approchai d'un groupe en notant distraitement l'étendard à lion passant rouge qui se trouvait au milieu. Un homme en armure se retourna vers moi et me toisa avec méfiance de la tête aux pieds. Je reconnus celui que nous avions croisé en sortant de la tente du légat. Ses yeux noirs me donnèrent l'impression de me fouiller jusqu'à l'âme.

— Qui es-tu ? s'enquit-il sans ambages.

— Gondemar, sieur de Rossal, marmonnai-je. Je cherche Evrart de Nanteroi et ses hommes.

À la mention de ce nom, l'attitude de mon interlocuteur changea du tout au tout.

— Ah ! J'entends qu'il s'est bien battu, celui-là ! Un vrai lion ! Mais j'ignore où il se trouve. M'est avis que ses hommes et lui doivent être en train d'inventorier leur butin ou de lutiner quelque jolie cathare.

Il me tendit une main gantée de fer et écrasa la mienne dans une poigne ferme.

— Simon de Montfort, dit-il.

— Mes hommages, sire. J'ai... entendu parler de vous, hésitai-je, en me souvenant du portrait mitigé qu'en avait dressé le soldat d'Arnaud Amaury.

Montfort désigna l'église du chef.

— Un millier de cathares se sont réfugiés là-dedans ! Des prêtres, des femmes et des enfants. Par Dieu, ils ne m'échapperont pas en se réfugiant dans un lieu saint dont ils ne sont pas dignes de fouler le sol ! Je les ferai éventrer jusqu'au dernier.

À ce moment, un grand craquement retentit. Les portes venaient d'être enfoncées et pendaient sur leurs gonds. Montfort me toisa, le regard brillant de fanatisme.

— Voilà ! Tu viens ?

Je hochai négativement la tête.

— À ta guise, dit-il en haussant les épaules avec indifférence.

Il s'éloigna et prit place à la tête de ses hommes. Il leur fit face et d'un geste de son épée, donna le signal du massacre.

— Pour Dieu et pour le pape ! s'écria-t-il d'une voix puissante qui domina aisément le vacarme ambiant. Mort aux impies !

Aussitôt, ses hommes s'élancèrent à sa suite, arme au poing, comme une meute de loups traquant des agneaux sans défense. Dans l'embrasure de la porte enfoncée, des prêtres apparurent. L'air solennel et effrayé, ils brandissaient des crucifix d'une main tremblante. Montfort échangea quelques mots avec eux. Le vacarme était tel que je n'entendis pas ce qui se disait, mais je n'eus point de difficulté à comprendre que les prêtres affirmaient partager la foi des croisés et tentaient de le raisonner. Tout cela fut en vain. Montfort enfonça son épée dans le ventre de celui qui lui faisait face. En une seconde, les autres furent abattus et piétinés. La horde s'engouffra dans l'église qu'elle allait souiller et profaner par ses actes.

Je me laissai choir par terre, incapable d'imaginer participer à un massacre de plus. Moi qui avais perdu mon âme à cause de la luxure du combat, cette violence grisante que j'aimais tant ressentir, ce pouvoir absolu de vie et de mort, je me sentais tout à coup dégoûté, écœuré, désespérément las. À défaut de meilleure expression, j'étais gavé comme une oie. La sauvagerie et la bestialité m'avaient rempli et maintenant, j'en débordais. Je pouvais comprendre que l'on mît ses armes au service de l'honneur, d'une juste cause. Mais pas pour un massacre aveugle comme celui-ci.

Les hurlements des pauvres innocents que l'on massacrait et les rires bestiaux de leurs exécuteurs résonnaient à l'intérieur. Puis ils se turent. Après une heure environ, les hommes de Montfort émergèrent de l'église, riant à gorge déployée, les bras chargés d'objets sacrés en or et en argent qu'ils auraient tôt fait de fondre pour les convertir en monnaie. Je pouvais lire sur leur visage le sentiment du devoir accompli.

Je ne comprenais plus rien. J'étais mort une fois et la seule raison pour laquelle on m'avait donné une seconde chance était que j'étais semblable à ces hommes. Que voulait-on de moi ? Que devais-je donc faire ? Qu'était cette maudite Vérité et où se trouvait-elle ? J'avais participé à un massacre si grand que je n'aurais pu l'imaginer dans mes pires cauchemars, et pourtant elle n'était nulle part. Dieu et son archange se jouaient-ils de moi ? Se pouvait-il que le Créateur soit cruel à ce point ?

Mon regard traîna sur le clocher et mon souffle resta coincé dans ma poitrine. Là, sculptée dans la pierre, se trouvait l'étrange croix que Métatron avait brûlée sur mon épaule.

Dans un geste qui me rappela cruellement celui que j'avais posé à Rossal, les hommes de Montfort avaient mis le feu à l'église, brûlant ceux qui agonisaient encore à l'intérieur. Instinctivement, je portai la main à mon épaule. Était-ce un signe ? Pourquoi donc portais-je ce symbole ? Que signifiait-il ?

Perplexe, je me levai et m'éloignai en titubant de cette scène dont je ne pouvais plus supporter la vue. La tête basse, plus épuisé que je ne le croyais humainement possible, j'errai dans les rues, laissant mon épée traîner sur le sol. Tous mes membres étaient lourds et douloureux. J'aurais voulu m'allonger par terre et dormir des jours entiers. Mais ma cervelle ne me l'aurait pas permis. L'image de la curieuse croix y revenait sans cesse, entrecoupée par celle de l'église en feu et du visage sévère de Bertrand de Montbard. À la pensée de mon maître d'armes, l'inquiétude me serra le cœur. Avait-il survécu à la bataille ? Après tout, malgré sa science et son expérience, il n'était plus jeune. Sans ma présence sur sa gauche, son infirmité avait-elle fini par causer sa perte ? J'accélérai le pas, angoissé à l'idée d'être privé de lui alors que j'en avais plus besoin que jamais.

Malgré mon accablement, je courais presque lorsque je vis l'apparition, debout près d'une maison qui avait miraculeusement survécu à la destruction. Les cheveux blancs et lisses sur sa robe immaculée, le visage sans âge et sans sexe, appuyé sur une crosse dorée, il se tenait immobile et m'observait de son regard si intense.

Je m'arrêtai si sec que je faillis trébucher dans mon élan. Métatron était à quelques toises de moi. La peur qu'il soit revenu me chercher pour m'emporter en enfer me paralysa. Malgré mon besoin pressant de le questionner, de lui demander ce que Dieu attendait de moi, de lui dire que je ne comprenais pas ce que je devais faire, que j'étais perdu, je restai figé sur place. Ma bouche s'ouvrit, mais seul un coassement piteux en sortit.

Je ne saurais dire s'il parla vraiment ou si sa voix résonna dans ma tête.

— La Vérité vient vers toi, Gondemar de Rossal.

Avant que je puisse m'enquérir de ce qu'il avait voulu dire, l'archange disparut. Médusé, je restai là à fixer bêtement l'endroit où il s'était tenu, me demandant si j'avais été victime d'une illusion.

Lorsque la mort me frappa, je ne sentis qu'un choc sec et la surprise. Ma tête fut projetée vers l'arrière et j'eus du mal à maintenir mon équilibre. Hébété, je laissai tomber mon épée et portai la main à mon front. Je fus étonné d'y trouver un carreau d'arbalète. Étrangement, je ne ressentis aucune douleur. Un engourdissement presque apaisant m'enveloppa. Je réalisai avec détachement que, pour la seconde fois, je mourais. La seule chance de sauver mon âme m'avait glissé entre les doigts. Ma damnation était certaine.

Le sol se déroba sous mes pieds. J'étais tout à fait conscient et voyais tout, mais je me trouvais prisonnier d'un corps incapable du moindre mouvement. Du fond de ma torpeur, j'entendis des pas qui s'approchaient. Des rires. Une voix.

— Regarde-moi ça ! Tu l'as atteint en plein front ! Bien visé, Loys !

— Ha ! Ai-je jamais raté ?

Une forme se pencha sur moi. À travers la brume qui avait recouvert mes yeux, je reconnus l'homme au front marqué qui bloquait le soleil. Onfroi posa sur ma poitrine la seule main que je lui avais laissée.

— Cette fois-ci, il est bien mort !

Je sentis le brigand écarter le col de ma cotte de mailles et tâter la cicatrice qu'avait laissée son épée sur ma gorge lors de notre dernière rencontre.

— Il est plus difficile à tuer qu'un esprit, le bougre…

Il me cracha au visage.

— Relevez-le, ordonna-t-il.

Je sentis qu'on m'empoignaient par les mains et les chevilles. Je fus soulevé, ma tête ballottant mollement vers l'arrière, le trait d'arbalète toujours fiché dans le front, mis sur pied et soutenu par les aisselles. Je sentis qu'on me débarrassait de mon écu et qu'on étendait mes bras en croix.

— Loys, voyons si tu es aussi bon arbalétrier que tu le dis ! s'écria Onfroi.

Quelques secondes s'écoulèrent, puis j'entendis le déclic d'une arbalète. Le carreau siffla dans les airs et transperça ma main gauche, me clouant à la paroi à laquelle on m'avait adossé. De grands cris résonnèrent, suivis d'applaudissements. J'aurais voulu hurler de douleur, mais ma prison de chair m'en empêchait. Quelques instants s'écoulèrent puis ma main droite fut pareillement empalée.

— Voilà ! Ainsi, tous pourront admirer le grand Gondemar, seigneur de Rossal ! s'exclama Onfroi. Oh ! comme ils trembleront devant ce grand justicier.

Les brigands s'esclaffèrent quand leur chef me tapota la joue gauche de son crochet dans une obscène parodie d'affection.

— Tu vois ? Je n'ai jamais oublié ton nom.

Il se retourna vers ses hommes.

— Allons, les enfants ! Nous avons encore des filles à lutiner et des maisons à piller !

Je les entendis s'éloigner. Je restai là, longtemps, crucifié comme mon père l'avait été jadis par le même homme. De temps à autre, des gens passèrent près de moi sans accorder la moindre attention à un cadavre parmi tant d'autres. Le soir tomba sans que ma situation ne change. Puis, sans doute à bout de sang, je perdis conscience.

Les visages de mon passé défilèrent devant mes yeux. Ma mère et mon père, sacrifiés par l'homme qui venait de m'assassiner. Bertrand de Montbard, qui m'avait tant donné et que j'avais si amèrement déçu. Le père Prelou, dont j'avais récompensé l'affection en le brûlant vif. Odon, cet innocent que j'avais tué avec les autres. Evrart de Nanteroi, qui m'avait recueilli et soigné. Pernelle, la seule amie que j'avais eue, mais que je n'avais pas su défendre.

Lorsque je sombrai dans la nuit, Pernelle me regardait.

CHAPITRE 13

Les retrouvailles

Des pleurs déchirants me tirèrent de l'inconscience. Quelque part dans le noir où je gisais, emmuré en moi-même, un homme sanglotait, au comble du désespoir.

— Non ! Je t'en supplie ! Pas mon bras ! Comment vais-je nourrir ma famille si je suis manchot ?

Une angoisse glaciale m'étreignit le cœur. Cette nuit peuplée de cris horribles était-elle une autre version de l'enfer ? Y étais-je retourné pour subir le sort qui était le mien parmi les maudits que des diablotins tourmentaient sans cesse ? Étais-je damné pour l'éternité ?

— Mon pauvre ami, répondit une voix féminine remplie de douceur et de compassion, le pourrissement s'est mis dans ta blessure. Si je ne le coupe pas dès maintenant, elle se répandra. Mort, tu ne la nourriras plus du tout, ta famille.

Dans la semi-conscience où je flottais, je notai confusément que la femme n'avait pas l'accent chantant de ces contrées, mais bien celui du Nord. Le mien.

— Non… Si je meurs… haleta l'homme. Ma femme… J'ai sept enfants… Je ne veux pas les voir devenir mendiants.

— Ne crains rien, Fermin. Si le vrai Dieu te rappelle à sa lumière éternelle, ta femme et tes enfants auront un toit et mangeront à leur faim. Les parfaits y verront.

— Jure-le-moi !

— Prêter serment est contraire aux enseignements, tu le sais bien. *Ego autem dico vobis : Non iurare omnino, neque per caelum, quia thronus Dei est*[1]. Mais je m'y engage sur l'honneur.

Il y eut un long silence chargé. Puis l'homme parut prendre une décision.

— Parfaite sœur… Avant, donne-moi le *consolamentum.*

— Avec bonheur, mon frère, puisque tu le souhaites. Entends-tu bien que notre sacrement t'assure le pardon de tes péchés, mais pas le salut ?

— Il m'en donne au moins l'espérance.

— Bien. Alors attends-moi un instant.

Des pas inégaux, mais légers comme un souffle s'éloignèrent, puis revinrent au bout d'une minute. Je décidai d'avoir le cœur net sur l'endroit où je me trouvais. Au prix d'un grand effort, je parvins à entrouvrir les paupières et fis mine de tourner la tête en direction des voix. Aussitôt, un éclair fulgurant me traversa le crâne et me coupa le souffle. Le cri que j'aurais voulu lâcher resta coincé dans ma gorge. J'avais l'impression que ma cervelle allait me sortir par les oreilles et les narines. Grimaçant, je refermai les yeux, haletant et à l'article de la mort. Des points multicolores dansaient derrière mes paupières closes au rythme de pénibles pulsations. Le passage du temps était flou, mais plusieurs minutes s'écoulèrent sans doute avant que je puisse même envisager un nouvel essai.

Lorsque la douleur se calma un peu, je les ouvris à nouveau. Avec une infinie prudence, je tournai la tête, quelques doigts à la fois, les élancements menaçant à tout moment de m'aveugler. Je fus infiniment soulagé de ce que je vis. Je n'étais pas en enfer. Du moins, pas encore. Je me trouvais dans une pièce sans fenêtres, au plafond bas formé de voûtes de pierre massives. Il y régnait une curieuse odeur de renfermé, de sang et d'entrailles

---

1. Mais moi, je vous dis de ne jurer aucunement, ni par le ciel, parce que c'est le trône de Dieu. Évangile selon Matthieu 5,34.

mêlée de relents d'herbes et d'alcool. Du peu que j'en pouvais voir sans bouger davantage la tête, des lits étaient alignés le long des murs et sur chacun reposait quelqu'un. Une sorte d'Hôtel-Dieu. Seul l'homme que j'avais entendu pleurer semblait animé. Il était allongé dans le lit à ma gauche, geignant, les yeux exorbités de douleur et la face luisante de sueur. Son avant-bras, qui n'était plus attaché au reste que par un os blanchâtre et quelques tendons à la hauteur du coude, avait été placé sur une petite table près du lit. Visiblement, un coup d'épée l'avait presque amputé et du sang en suintait. Sur le sol était posé un brasero où un tisonnier de métal rougissait dans les braises. À ses côtés, une forme féminine, toute délicate, presque enfantine, et habillée de noir de pied en cap, la taille ceinte d'un cordon de cuir, était accroupie. Un foulard, noir lui aussi, recouvrait ses cheveux. Un peu en retrait se tenaient deux hommes pareillement vêtus, la tête inclinée et les mains jointes dans une attitude sereine et respectueuse.

Je ne pouvais voir la femme que de dos, mais je pus déterminer qu'elle avait posé près du malade, sur le grabat, un livre dont elle tournait les pages. Lorsqu'elle eut trouvé celle qu'elle cherchait, elle baissa la tête, se recueillit un moment. En chœur avec les deux hommes, elle récita des prières que je reconnus aisément : le *Benedicite*, trois *Adoremus* et sept *Pater*. Dès qu'elle commença, ma gorge se serra et le feu se mit à y brûler, m'empêchant de respirer. Je me mis à haleter, mais personne ne le remarqua.

— *Gratia Domini nostri Jesu Christi sit cum Omnibus vobis. Benedicite, parcite nobis. Fiat secundum verbum tuum*[1], dit ensuite la femme avec une ferveur tranquille.

Malgré la douleur qui me déchirait, je me forçai à rester calme. J'étais damné et je comprenais maintenant que toute

1. Que la grâce de notre Seigneur Jésus-Christ soit avec vous tous. Bénis et épargne-nous. Qu'il en soit fait selon ta parole.

parole sacrée me ferait souffrir dans ma chair. Je devrais vivre avec cette petite mort tant que Dieu me prêterait vie. Je ne pouvais que souhaiter que la prière s'achève au plus vite.

— Amen, répondirent solennellement les deux hommes en noir.

— Bien-aimé frère Fermin, dit la femme en posant la main sur la tête du malade, que le Père saint, juste, véridique et miséricordieux, qui a le pouvoir dans le ciel et sur la terre, te remette et te pardonne tous tes péchés en ce monde et te fasse miséricorde dans le monde futur. Que le Seigneur Dieu te pardonne et te conduise à bonne fin.

— Amen, haleta le blessé. Qu'il en soit fait, Seigneur, selon ta parole.

— *Gratia Domine nostri Jesu Christi sit cum omnibus nobis*[1].

— Amen, répondirent les autres.

Elle tendit la bible au blessé, qui la baisa trois fois avec ardeur.

— Que le Seigneur Dieu te donne bonne récompense de ce bien que tu m'as fait pour l'amour de Dieu, parfaite sœur, dit-il, les larmes aux yeux.

La femme referma doucement le Livre saint, le baisa avec respect, se leva et alla le poser quelque part hors de mon champ de vision. Je notai qu'elle boitait distinctement et que son pied gauche traînait sur le sol. Peu à peu, la douleur dans ma gorge s'atténua et je pus recommencer à respirer. Quand elle revint, elle tenait une scie aux dents menaçantes. Ses compagnons s'approchèrent subrepticement du lit.

— Maintenant, mon frère, sois courageux. Offre ta souffrance au Dieu de lumière pour qu'Il soit avec toi.

Elle dirigea un regard entendu aux deux hommes.

— Tenez-le bien.

Fermement, mais sans aucune rudesse, le premier saisit le poignet du blessé et le plaqua sur la petite table pendant que l'autre appuyait son genou dans le creux de l'épaule. Puis la

1. Que la grâce de notre Seigneur Jésus-Christ soit avec nous tous.

femme tâta soigneusement la blessure, posa la scie quelques doigts au-dessus de l'articulation du coude en charpie de l'homme, prit une profonde inspiration et se mit à scier. Malgré mon écœurement, je fus étonné de la vigueur déployée par une créature si menue. Le blessé hurla à la mort pendant une seconde sans qu'elle en tienne compte, ses assistants le maintenant en place malgré ses soubresauts. Puis il sombra dans l'inconscience. Je pus apercevoir le haut de son visage cireux, tourné vers moi. En quelques coups adroits, la femme trancha le membre, qui tomba mollement sur le sol comme un vulgaire quartier de viande. Toute l'opération n'avait pas duré plus de vingt secondes, mais avait dû paraître une éternité à l'infortuné.

Le sang giclait par jets sombres, mouillant les draps, les murs et le plancher. Avec des gestes efficaces et mesurés, la femme saisit le tisonnier rougi et l'appliqua sur la chair, cautérisant les vaisseaux sanguins d'où la vie s'écoulait. Au bout de quelques minutes, elle appliqua sur la plaie boursouflée un épais onguent jaunâtre. Puis elle enveloppa le moignon dans un linge blanc qu'elle attacha soigneusement. Elle se pencha et posa un baiser sur le front de l'homme qu'elle venait de mutiler.

— Que Dieu soit avec toi, Fermin, l'entendis-je murmurer. Tu es entre ses mains, maintenant.

Elle releva la tête et se retourna vers les deux hommes en noir.

— La coupure est nette et la plaie est bien cautérisée. Si la mortification ne s'y installe pas, je crois qu'il vivra. Surveillez-le bien et faites-le boire régulièrement. S'il a une forte fièvre, nous devrons agir vite. Je passerai le voir toutes les deux heures.

Elle prit appui sur le lit pour se relever. Tout à coup, son dos était voûté par le poids qu'elle semblait porter.

— Au suivant, soupira-t-elle avec une profonde lassitude mêlée de résignation. Dieu m'accordera bien d'en sauver quelques-uns…

Elle s'éloigna, encadrée de ses deux compagnons. Lorsqu'elle s'était adressée aux deux hommes, pour la première fois, j'avais entrevu son profil. Le choc me coupa le souffle, et bientôt ma vue s'obscurcit. Le visage que j'avais cru entrevoir sortait tout droit de mon passé.

Lorsque je m'éveillai à nouveau, j'inspirai et, cette fois, je tournai la tête d'un côté, puis de l'autre, un cheveu à la fois. Je fus heureux de constater que j'y arrivais. La douleur dans mon crâne était toujours présente, mais lancinante plutôt que vive. Je testai prudemment mes doigts et un élancement fulgurant traversa mes mains, me confirmant que je n'avais pas rêvé et qu'elles avaient bien été transpercées. Incroyablement, je vivais et je n'étais pas passé par l'enfer.

J'ouvris les yeux. L'homme gisait toujours dans le lit d'à côté et dormait paisiblement. Ce qu'il lui restait de bras était emmailloté dans des bandelettes maculées de sang. Ses joues semblaient même avoir retrouvé un peu de couleur. Je ressentis un émerveillement presque superstitieux de le voir ainsi, toujours en vie. Je parvins à ramener ma main droite devant mes yeux et constatai qu'elle était enrubannée. Je la portai craintivement à mon front. J'y trouvai un épais bandage, mais le carreau d'arbalète, lui, n'y était plus.

Les paroles énigmatiques de Métatron, pour peu qu'il n'ait pas été une illusion causée par l'épuisement, me revinrent en tête. *La Vérité vient vers toi.* Et pourtant, je me retrouvais là, allongé dans une infirmerie, impotent. Aucune Vérité, quelle qu'elle fût, ne m'était visible. Perplexe et découragé, je laissai retomber lourdement ma main sur le matelas.

Bien que tout à fait incapable de sursauter, je fus surpris lorsque mon voisin de lit ouvrit brusquement les yeux. Après un moment de désorientation, il les posa sur moi et les plissa, l'air mauvais.

— Tu es… vivant, dit-il, d'un ton amer.

Je tentai de lui répondre, mais ma bouche était aussi sèche qu'un désert. Avant que je ne puisse en extraire un son intelligible, il reprit, les dents serrées de colère.

— Je ne comprends pas pourquoi les parfaits… ont sauvé la vie d'un assassin… de ta sorte, haleta-t-il. Que Dieu me… pardonne, mais… ils auraient dû… te laisser mourir au… bout de ton sang. Si j'en étais… capable, je t'achèverais… sur-le-champ, maudit bourreau… d'enfants. Même… avec un seul bras. Avec… mes dents, s'il le fallait…

Je ne trouvai rien à dire. Le massacre dont j'avais été témoin justifiait amplement la haine que me vouait cet homme. Je n'avais aucune peine à me mettre à sa place et je comprenais son amertume. J'avais moi-même tué tout mon saoul.

Mon voisin avait fait référence aux parfaits. Je me souvins qu'Arnaud Amaury nous avait expliqué – était-ce seulement la veille ? – qu'il s'agissait des prêtres cathares. Des hommes, mais aussi des femmes. Alors, pourquoi mon ennemi m'aurait-il sauvé la vie ? M'avait-on recueilli par erreur ?

— Suffit, Fermin, dit une voix douce mais ferme, derrière moi. Je vois que ta guérison progresse suffisamment bien pour que tu te sentes à nouveau belliqueux. Crois-moi, je peux comprendre ton sentiment. Pourtant, ne t'en déplaise, cet homme est mon patient. Il est ici sous la protection de Dieu, comme tous les autres. La charité exige que tu le traites comme tel et que tu tiennes ta langue.

— Pardonne-moi, dit l'homme, penaud.

La femme en noir boitilla jusqu'à mon voisin. J'essayai de tendre la main vers elle, de l'avertir de ma présence, mais, après ces quelques minutes d'éveil, une lourdeur insurmontable m'enveloppait à nouveau. Je la vis s'agenouiller près du lit et se pencher sur le bras du blessé.

— Voyons cela, maintenant, dit-elle en défaisant doucement les bandages.

Tout en travaillant, elle se mit à fredonner doucement.

Pucelette belle et avenante
Joliette, polie et plaisante,
La sadette que je désire tant
Nous voici, jolis et amant.

Je dus perdre conscience pour quelques instants car, quand je rouvris les yeux, une voix m'accueillit.

— J'ai eu très peur que tu ne te réveilles jamais, Gondemar.

Lentement, j'arrivai à tourner la tête, sachant déjà qui je verrais, mais n'arrivant pas à y croire. Un élancement me fit fermer les yeux jusqu'à ce que le monde ait cessé de tourner. Lorsque je les rouvris, elle était assise sur le bord de mon lit. Son visage piqué de vérole, encadré par le foulard noir qui couvrait ses cheveux blonds, avait pris de la maturité. Ses yeux verts étaient toujours aussi profonds et me firent le même effet que jadis. Malgré ses traits qui s'étaient beaucoup creusés et qui dégageaient une lassitude palpable, il n'y avait aucun doute possible. C'était bien elle.

— Pernelle ? parvins-je à râler.

Je me mis à tousser et elle me tendit un gobelet d'eau que j'avalai de mon mieux.

— Voilà... dit-elle en le retirant. Ça va mieux ?

Je me contentai de hocher la tête.

— Pardonne à ce pauvre Fermin. C'est un brave homme, mais il est rempli d'amertume. Manchot, qui peut dire comment il gagnera sa vie lorsque toute cette... folie aura cessé ?

Elle sourit et écarta avec tendresse mes cheveux de mon visage. Du bout des doigts, elle tâta mon front délicatement et fronça les sourcils, l'air perplexe. Puis elle examina mes mains et les replaça sur le matelas. Je remarquai son regard. Il avait changé. Il n'était plus celui de la fillette que j'avais connue. Les années y avaient fait apparaître une profondeur nouvelle. Une grande sérénité, aussi, qui tranchait avec l'effarouchement et la douleur que j'y avais vus lorsque j'étais entré chez elle, voilà si longtemps.

J'essayai de parler à nouveau, mais n'y parvins pas. L'effort requis dépassait mes forces. Elle sembla remarquer mes efforts.

— Chut, fit-elle en posant un doigt sur ma bouche. Tiens, bois ceci.

Elle porta à mes lèvres un petit bol en bois dont j'avalai le contenu, assoiffé. Le goût amer de la boisson me le fit aussitôt regretter, mais j'étais trop faible pour protester.

— Nous aurons tout le temps de discuter, Gondemar. Mais tu dois d'abord guérir.

Je regardai son visage souriant pendant que mes paupières s'alourdissaient. Puis je sombrai dans un profond sommeil.

Les jours suivants s'écoulèrent de même façon, mon sommeil étant interrompu par de brèves périodes d'éveil. Chaque fois que j'ouvrais les yeux, Pernelle était là pour me tendre le breuvage qui me replongeait aussitôt dans les rêves, m'adressant un sourire serein et rassurant pendant que je me rendormais. L'infirmerie se vida peu à peu. Mon voisin de lit fut déclaré en assez bonne forme pour poursuivre sa convalescence ailleurs et aller occire d'autres croisés dès qu'il en serait capable. D'autres moururent certainement. Bientôt, je me retrouvai seul. J'en déduisis que j'avais été le blessé le plus sérieux du lot – ou le plus résistant. Après tout, rares étaient ceux qui survivaient à un carreau d'arbalète en pleine tête.

Je ne saurais dire combien de temps Pernelle me maintint ainsi dans cette torpeur artificielle, mais mes joues se couvrirent d'une barbe drue. Assise sur le bord de mon lit, elle s'esclaffa en me voyant me gratter. Au son de ce rire cristallin qui était resté le même, mon cœur se gonfla d'une affection que je croyais oubliée depuis longtemps. Je lui souris.

— Tu es resté le beau seigneur que j'ai connu, dit-elle, attendrie. Et tes yeux sont encore ceux du gringalet maladroit et timide que j'avais si hâte de retrouver dans les bois.

— Tu… tu as beaucoup changé.

— Oui, beaucoup. Mais pour le mieux, répondit-elle d'un ton énigmatique.

— Je ne croyais jamais te revoir. Comment… ?

Elle sourit tristement et prit mes mains dans les siennes.

— Les voies de Dieu sont mystérieuses, Gondemar. Je suis heureuse de te revoir moi aussi, mon bon ami. J'ai souvent pensé à toi depuis mon départ. Mais je n'aurais jamais cru te retrouver. Surtout pas dans l'état où tu étais.

Elle frotta ma joue piquante.

— Tu es capable de t'asseoir ?

— Je crois, oui.

M'appuyant sur mes coudes pour ne pas appliquer de pression sur mes mains blessées, je parvins à me redresser sur mon séant. Ce seul effort me fit tourner la tête et je sentis des sueurs froides me mouiller les tempes et le dos.

— Doucement, dit-elle en me soutenant par les épaules pendant que je me redressais en grimaçant. Tu es encore très faible. Ne fais pas de mouvement brusque.

Lorsque je fus assis, elle plaça deux oreillers derrière mon dos pour mieux me soutenir. Elle me toisa et le sourire espiègle que j'avais tant aimé éclaira le visage que le temps avait rendu grave.

— Tu as l'air d'un hérisson. Tu rases toujours ta barbe, je suppose ? Attends !

Elle se leva d'un bond et sortit de la pièce en claudiquant. Son pied traînait toujours sur le sol, mais elle possédait pourtant une légèreté, une agilité que je ne lui avais pas connue, comme si son infirmité ne lui pesait plus autant qu'avant. Je fermai les yeux et profitai de son absence pour récupérer un peu de mon malaise. Lorsqu'elle revint, les bras chargés, le sol avait cessé de tourner et je pus forcer un sourire. Elle se rassit sur le lit et y posa un linge, un rasoir, un bol d'eau et un morceau de savon noir. Elle m'humecta les joues et entreprit de les badigeonner de mousse. Puis elle saisit le rasoir et se mit en frais de me débarrasser de ma barbe. Je regardais son visage, tout près du mien, plissé par la concentration, la langue sortie entre les lèvres et je revoyais la fillette pleine de vivacité de jadis. Les questions se bousculaient dans ma tête.

— Comment es-tu arrivée en ces contrées ? finis-je par demander tout en étirant la joue pour éviter d'être coupé.

Elle se rembrunit un peu. Le visage de Pernelle avait toujours été un livre ouvert sur lequel les émotions semblaient être écrites à grands traits de plume. J'y lus un inconfort mal contrôlé et compris que ma question évoquait des souvenirs douloureux.

— Tu te souviens de l'état dans lequel j'étais après le passage des brigands ?

— Comment pourrais-je l'oublier ? Je n'ai pas su te défendre. Pour cela, tu m'as chassé comme un chien galeux et tu n'as plus voulu m'adresser la parole, dis-je en regrettant aussitôt le ton de reproche qui m'avait échappé.

— Je sais que je t'ai fait du mal, dit-elle. Je t'en demande pardon. Mais à l'époque, j'étais incapable d'autre chose. Je n'arrivais pas à supporter ce qu'on m'avait fait – d'abord mon père, puis ces hommes… Je me sentais sale. J'avais l'impression qu'on m'avait souillée jusqu'aux tréfonds de l'âme. Et tu avais tout vu. Dans ma tête d'enfant, je croyais avoir perdu ton respect. Et puis, tu étais un homme… comme les autres. Une partie de moi avait peur de toi et t'en voulait. Tu ne peux sans doute pas comprendre. Le regard des autres me faisait mal. La pitié et le dégoût des femmes… Le désir des hommes, qui voyaient en moi de la chair sans valeur dans laquelle ils pouvaient se soulager quand l'envie les en prenait… La compassion impuissante de ma mère et de mes sœurs… Tout cela était trop lourd à porter.

Un soupir tremblant sortit de sa bouche. Elle interrompit le rasage et posa les yeux sur le sol, cherchant à rassembler son courage.

— Le pire était ton regard, à toi. Chaque fois que je te voyais, même de loin, il y avait dans tes yeux une telle douleur, une telle incompréhension. J'avais tant envie de te tendre la main, de me blottir dans tes bras et de pleurer toutes les larmes de mon corps.

— Alors pourquoi me rejetais-tu ? m'enquis-je, troublé. Tu es partie sans même me dire au revoir. Même après toutes ces années, je t'aurais aidée si tu me l'avais demandé, tu le sais.

— Tu avais beaucoup changé, Gondemar. Tu étais devenu si cruel, si… froid. De toute façon, tu ne pouvais rien pour moi, mon pauvre ami. Personne ne le pouvait… Je ne voulais pas devenir ton fardeau. Je pouvais voir dans tes yeux à quel point tu te sentais coupable de… ce qu'ils m'ont fait. Pourquoi aurais-tu perdu ton temps avec une petite boiteuse souillée qui n'était même plus bonne à marier ? Je devais m'en aller. C'était mieux ainsi. Pour tout le monde.

Je toussai et pris un moment pour retrouver le souffle.

— Et tu es venue ici, dans le Sud ?

Elle hocha la tête, affirmative, puis me caressa la joue droite. Satisfaite, elle tourna doucement ma tête et s'attaqua à la gauche.

— Je rêvais d'un endroit où personne ne me connaîtrait. Quelque part où je pourrais devenir utile au lieu d'être un poids pour les autres. J'ai chevauché pendant des semaines. Dieu avait un plan pour moi. Je cherchais la paix intérieure et il a guidé mes pas jusqu'à Béziers.

— Cette paix, l'as-tu trouvée ?

Elle m'adressa un sourire si resplendissant qu'il illumina son visage tout entier. Ses yeux étaient graves et sereins. Il émanait d'elle un bonheur palpable alors que moi, je ne connaissais plus que le tourment.

— Plus que tu ne peux l'imaginer. J'ai été accueillie par des gens simples et sincères qui m'ont acceptée telle que j'étais. Auprès d'eux, j'ai trouvé la sérénité. Je n'ai jamais oublié ce qui m'avait conduit ici, mais le souvenir en est devenu… supportable. On m'a enseigné à soigner les autres et plus je soulageais ceux qui souffraient, plus mon propre mal s'estompait. L'amour de mon prochain a été ma planche de salut. Cela et la Vérité.

— La Vérité ? demandai-je en raidissant le dos au son de ce mot.

Elle donna son dernier coup de rasoir puis m'essuya les joues avec le linge.

— Te voilà la face lisse comme les fesses d'un nourrisson !

J'hésitai avant de parler, mais je n'avais guère le choix. Son passé la rattrapait de plus d'une manière et elle avait le droit de savoir.

— Pernelle… Onfroi est parmi les croisés. Avec ses hommes. C'est lui qui m'a laissé dans l'état où tu m'as trouvé.

Mon amie ne dit rien mais pâlit tellement que je crus un moment qu'elle allait s'évanouir. Ses mains se mirent à trembler. Elle fit un effort sensible pour se reprendre et força un sourire.

— Dieu prend soin des siens, se contenta-t-elle de déclarer.

Elle enfouit ensuite la main dans une poche de sa longue robe noire et en sortit une petite fiole. Elle en versa quelques gouttes dans mon eau. Elle mélangea le tout puis me le tendit.

— La Vérité ? m'enquis-je de nouveau.

— Assez de questions pour aujourd'hui. Tu as tout de même reçu un carreau d'arbalète dans le crâne et tu vis pour le raconter. C'est déjà beaucoup. Ne tentons pas le diable. Tu dois te reposer. Nous aurons tout le temps de discuter. Et puis, sieur de Rossal ou pas, tu n'es pas mon seul patient. Il n'y a pas assez de chirurgiens pour soigner tous les blessés que tes coreligionnaires nous envoient.

Je notai le reproche à peine voilé de ses propos et l'allusion à ma religion, qu'elle ne paraissait plus considérer comme la sienne. Je décidai de ne pas le relever dans l'immédiat. J'avalai docilement la décoction amère et grimaçai, ce qui la fit glousser comme le faisait la fillette de mon enfance.

Les jours suivants, Pernelle, sans doute occupée auprès d'autres patients, fut remplacée par un homme. Il passait périodiquement me servir un bouillon clair, du pain et de l'eau. Il m'aidait à faire mes besoins et me donnait ce liquide amer qui me faisait dormir.

Un matin, il m'annonça que mon état était désormais jugé assez bon pour que je sois autorisé à me lever. Je m'empressai de tester cette liberté nouvelle, mais constatai vite que mes jambes étaient aussi faibles que celles d'un vieillard. Après quelques pas, je revins à mon grabat, haletant et envahi de sueurs froides. Mes muscles avaient fondu comme neige au soleil et je me retrouvais amaigri, presque émacié. Mes cuisses, mes bras et mes épaules, modelés par l'entraînement quotidien, n'étaient plus que ruines tremblotantes. Moi, dont le corps avait été façonné pour le combat, je n'aurais pas pu tenir l'épée si ma vie avait été en jeu.

Durant l'absence de ma vieille amie retrouvée, je me surprenais à tourner la tête au moindre bruit comme un damoiseau transi, espérant la voir apparaître, le cœur battant, assoiffé de sa compagnie. Ce noble sentiment me fit concevoir un embryon d'espoir. Métatron n'avait-il pas dit qu'il restait en moi quelque chose qui méritait d'être sauvé ? Mais je me raisonnai bien vite. Mon improbable salut tenait à l'accomplissement d'une mission. Par l'intermédiaire d'un de ses archanges, Dieu, tel un vulgaire commerçant, avait conclu un marché avec moi. Cette transaction, car c'était bien ce dont il s'agissait, était ma seule chance de rédemption, sans égard pour ce que je devenais. Que je sois bon ou mauvais, que je fasse le Bien ou le Mal, tout cela n'y changeait rien. Si ma conscience semblait renaître, c'était pour me torturer, pas pour m'aider.

Quand Pernelle reparut enfin, elle me trouva debout, appuyé contre le mur, en train de faire quelques pas chancelants. Dès que je la vis, par orgueil, je lâchai mon support et me tins de mon mieux sur mes jambes flageolantes. Elle ne fut pas dupe et se contenta de m'adresser un sourire.

— Tu te portes mieux, on dirait, dit-elle.

— Comme tu vois. Je le dois à une guérisseuse de grand talent.

Une moue dubitative se forma sur ses lèvres, mais elle se contenta d'incliner la tête sans rien dire. Toujours vêtue de noir, elle avait retiré son foulard, révélant sa chevelure blonde de jadis. Elle portait une écuelle fumante dans laquelle trempait un bout de pain. Elle s'avança vers moi en boitant. Je ressentis aussitôt l'envie instinctive de la protéger.

— Au lit, maintenant, ordonna-t-elle d'un ton badin. Tu dois commencer à manger quelque chose de plus soutenant et je dois t'examiner.

J'obéis et me rendis à mon grabat sans me tenir. Je m'y laissai choir avec un soulagement plus visible que je ne l'aurais voulu. Pernelle attendit que je sois bien installé et me tendit l'écuelle. J'y découvris avec ravissement un bouilli de légumes dont le fumet fit crier mon ventre.

— On dirait que tu as faim, dit-elle en riant de bon cœur.

Pour toute réponse, je saisis la cuillère de bois qui se trouvait dans l'écuelle et me mis à manger avec appétit. Elle s'assit près de moi et me regarda m'empiffrer, visiblement satisfaite, sans rien dire. J'interprétai son silence comme une invitation à la discussion.

— Dis-moi, Pernelle, comment me suis-je retrouvé ici ? demandai-je, la bouche pleine.

Elle semblait s'attendre à ma question et haussa les épaules.

— Par hasard. Après la bataille, lorsque la plupart des croisés étaient trop ivres pour représenter une menace, quelques autres parfaits et moi avons arpenté les rues, à la recherche de survivants. Nous avons trouvé beaucoup d'agonisants, mais bien peu de blessés qui avaient quelque espoir de survie. Ceux-là, nous les avons emportés pour les soigner. Fermin, ton voisin de lit, faisait partie du lot. Évidemment, nous avons laissé là les croisés. Leur Dieu n'avait qu'à prendre soin d'eux…

Une fois encore, elle faisait référence à ma religion comme celle des autres. Elle inspira et j'eus l'impression qu'un frisson lui parcourait le dos. Elle se tortillait les doigts avec anxiété.

— La nuit tombait et nous allions repartir avec tous les blessés qu'il était possible d'emporter. Les croisés occupaient la ville et ils pouvaient surgir à tout moment. Soudain, j'ai cru entendre un gémissement. J'ai décidé de jeter un coup d'œil et je me suis retrouvée dans une petite ruelle. Il y avait un homme. Un croisé. On l'avait crucifié à une porte à coups d'arbalète avec un carreau planté en plein front. J'allais repartir quand il a gémi de nouveau. Intriguée, je me suis approchée. J'ai relevé sa tête et mon cœur s'est presque arrêté. Malgré le sang, la saleté et l'affreuse blessure, j'ai reconnu ton visage. J'ai cru mourir de douleur. Toi à qui j'avais pensé chaque jour depuis mon départ, je te retrouvais presque mort. Je me souviens que j'ai caressé ta joue en pleurant. Puis mes compagnons m'ont appelée. Une patrouille approchait. Tu as gémi encore une fois, comme si, même inconscient, tu m'appelais à ton secours. Tu étais peut-être un croisé, mais tu étais aussi mon ami le plus cher. Alors j'ai désobéi. J'ai hélé les brancardiers et leur ai ordonné de te détacher. Ils ont cassé les carreaux qui te clouaient à la porte et t'ont dégagé les mains. Tu as été transporté ici et je t'ai soigné de mon mieux.

— Je te dois la vie, Pernelle…

Elle hocha la tête, perplexe. Puis elle passa nerveusement une main dans ses cheveux et força un sourire.

— Je voudrais le croire, mais j'en doute fort, répondit-elle, une moue sceptique sur les lèvres. Avec une blessure pareille, tu aurais dû mourir cent fois. Au mieux, tu devrais en être diminué. Infirme ou faible d'esprit. Et pourtant, j'ignore par quel miracle, te voilà sur la voie d'une guérison complète. Tu es encore faible, mais tes membres bougent avec aisance, tu parles normalement, tu manges… Je n'y comprends rien.

— Tu t'accordes bien peu de crédit. J'ai vu la manière dont tu as sauvé la vie de cet homme à qui tu as amputé l'avant-bras. Il est clair que tu sais ce que tu fais.

— Une amputation est chose facile. Il suffit de scier vite et net, de bien cautériser pour éviter que le patient saigne à mort, de faire un bon pansement puis de prier pour que la chair ne se mortifie pas. Un bon boucher pourrait en faire autant.

Elle soupira en secouant la tête, manifestement perplexe et un peu frustrée. Ses yeux fixèrent le plancher et ses lèvres se pincèrent.

— Soit, j'ai retiré le carreau de ton crâne, poursuivit-elle. J'ai nettoyé la plaie, j'y ai appliqué un onguent pour prévenir l'infection, je l'ai bandée et j'ai prié. Rien de plus. Mais je ne pouvais rien pour ta cervelle. Le carreau s'y était enfoncé de plusieurs pouces[1]. Je n'ose même pas imaginer le dommage qu'il aurait pu te causer.

Elle releva vers moi un regard fervent. Avec une familiarité touchante, elle posa ses mains sur mes cuisses et les serra fort.

— Non, Gondemar, je te le dis, je n'ai rien à voir avec ta survie. Dieu donne la vie et la reprend. Il t'a épargné parce qu'il a des plans pour toi. D'ailleurs, on dirait bien que ce n'est pas le premier miracle que tu vis.

Elle promena ses doigts sur la cicatrice qui encerclait ma gorge.

— Que t'est-il arrivé ?

— Un coup d'épée, mentis-je, maintenant habitué.

— Qui a fait tout le tour de ton cou ? demanda-t-elle, sceptique.

— Plusieurs coups d'épée, alors, maugréai-je.

— Bon, puisque tu ne tiens pas à en parler… Et la croix cathare que tu as à l'épaule ? Qui te l'a mise là ?

— Je… je l'ai fait mettre moi-même pour me rappeler les hérétiques que je devais occire, dis-je avec mauvaise humeur pour mettre fin à cette conversation qui prenait une tournure embêtante.

1. Un pouce vaut 2,7 cm.

Pernelle accusa le coup sans rien dire. J'avais terminé mon repas. Pour se donner une contenance, elle prit l'écuelle et la posa sur le sol. Je demeurai silencieux. Sans le savoir, Pernelle voyait juste. Dieu avait un plan pour moi et, comme tout bon marchand, il voyait à ses intérêts. Sa protection n'avait rien à voir avec la bonté. Il me condamnait à vivre. Pourquoi aurait-il consenti à la mort d'un damné auquel, à l'encontre des règles par lui-même établies, il avait donné une seconde chance ? Amer, je savais que Dieu ne me prêterait vie que jusqu'à ce que j'accomplisse la tâche qu'il m'avait confiée – que je réussisse ou que j'échoue. Cela me rendait-il immortel ? Pour un temps, sans doute. Mais, visiblement, je n'étais ni invulnérable, ni dispensé de souffrances. Les blessures, les infirmités et les maladies restaient mon lot. Une condition humaine cruellement prolongée, en quelque sorte. L'état dans lequel je m'étais trouvé en était la preuve indiscutable. Dit simplement, pour le moment, je n'étais pas autorisé à mourir. Seulement à souffrir. Un carreau d'arbalète en plein front n'y changeait rien.

— Je repasserai ce soir et nous ferons quelques pas ensemble, dit Pernelle. Tu dois retrouver tes jambes.

Elle se pencha vers moi, posa un baiser sur ma joue, reprit l'écuelle vide et sortit.

Pernelle tint parole et m'apporta elle-même mon repas du soir : une soupe épaisse accompagnée de pain, de fromage et d'un peu de vin rouge. Je me mis à manger avec appétit.

— Tu as faim. C'est bon signe, remarqua-t-elle.

— Je mangerais un cheval ! dis-je.

— Commençons par une soupe.

En disant cela, je réalisai soudain que, depuis que je m'étais élancé dans la bataille de Béziers, je n'avais pas eu la moindre pensée pour mon fidèle Sauvage. J'espérai que Montbard en ait pris soin. À moins que quelqu'un d'autre se le soit approprié.

Montbard? Étonné, je constatai que, depuis mon réveil, je n'avais pas songé à mon maître d'armes non plus.

Pernelle attendit que j'aie terminé et me débarrassa du bol.

— Bon. Voyons ce qui se trouve sous ces bandages.

D'une main experte, elle défit les bandelettes qui m'encerclaient le crâne. Lorsqu'elle atteignit la fin, elle dut tirer un peu pour décoller le tissu qui s'était pris dans la plaie. Elle jeta le tout sur le sol et se mit à palper doucement mon front.

— La blessure se referme bien, déclara-t-elle après un moment, satisfaite. Tu ressens quelque chose d'inhabituel ?

— Non, répondis-je en haussant les épaules. Je me sens faible, rien de plus.

— Pas d'étourdissements ? De difficulté à parler ? De confusion ?

— Non.

— Tu as du mal à te déplacer ? À serrer les poings ? À lever les bras ?

— Non, rien. Pourquoi toutes ces questions ?

— J'ai vu bien des choses étranges suivre une blessure à la cervelle. Tu te souviens de tout ? Quel est le prénom de ta mère ?

— Nycaise, répondis-je avec tristesse, le souvenir étant toujours aussi douloureux.

Elle déballa mes mains et les examina longuement. Au creux de chacune, les carreaux avaient laissé une marque ronde et enflée, d'un vilain rouge. Je ne pus m'empêcher d'apprécier l'ironie de la situation : le damné que j'étais portait des marques qui rappelaient les stigmates du Christ. Pernelle palpa la blessure de ma main gauche. Je sentis une vive douleur et sursautai malgré moi, l'air sifflant entre mes dents.

— Ça fait mal ?

— Juste un peu.

— C'est bon signe. Si tu ne sentais rien, cela pourrait signifier que la peau se faisande. Et je ne sens aucune chaleur particulière. Tout semble bien guérir. Je crois bien que tu vas t'en sortir.

Elle approcha ma main de son nez et la renifla longuement.

— Aucune odeur de corruption. Tu peux fermer les poings ?

Je testai et eus l'impression que la chair s'arrachait dans mes mains. Je grimaçai un peu, mais j'y arrivai. J'avais déjà senti des douleurs bien pires. Le visage de Pernelle s'éclaira d'un sourire ravi.

— Ma foi, je vais commencer à croire que je connais quelque chose à la médecine.

Mon amie s'éloigna vers une petite table placée dans le coin de l'infirmerie et en revint avec un pot de terre cuite qu'elle ouvrit pour en tirer un onguent jaunâtre à l'odeur plaisante qu'elle appliqua sur mes mains, puis sur mon front.

— Voilà… L'air est rempli d'animalcules qui corrompent les plaies ouvertes. Le miel et la menthe aident à les tenir à l'écart.

Puis elle me mit des bandages propres et se leva.

— Tu sais, Gondemar, tu as une chance de bossu ou alors tu es béni de Dieu. Pour ma part, je remercie la Providence d'avoir permis nos retrouvailles. Lorsque tu te sentiras mieux, tu me donneras des nouvelles de Rossal. Mille questions me brûlent les lèvres.

— Pernelle ?

— Oui ?

— Moi aussi, je suis heureux de te retrouver.

Je la regardai partir sans rien ajouter. Je n'étais ni béni ni chanceux. J'étais condamné. Mais cela, j'étais le seul à le savoir. Quant à lui donner des nouvelles du village, le désespoir m'envahissait à la seule idée de devoir le faire.

CHAPITRE 14

L'hérétique

Le lendemain, Pernelle surgit, la démarche décidée, un sourire déterminé et un peu coquin sur les lèvres. Le sourire qui m'avait tant réjoui, jadis, quand elle était heureuse. De toute évidence, elle avait retrouvé ce bonheur perdu à Rossal. Elle était suivie de ses deux collègues qui peinaient en portant une cuve de métal. Elle s'approcha de ma couche, se planta devant moi et fit signe aux deux autres de déposer leur fardeau au pied du lit. Ils obtempérèrent avec un soulagement évident puis sortirent discrètement. Elle posa un paquet qu'elle avait apporté.

— Ta convalescence a beaucoup duré et, pour dire les choses sans fioritures, tu empestes. Allez, au bain !

— Au bain ? Tu veux me tuer ?

— Allons, tu n'accordes quand même pas créance aux histoires de bonnes femmes ? La saleté ne te protège pas de la maladie en bouchant les pores de ta peau pour empêcher les animalcules d'y entrer. Elle te souille et te rend malade. Pour être en bonne santé, il faut être propre !

Avec délicatesse et savoir-faire, elle défit les bandages de mes mains et examina mes blessures. Une fois satisfaite, elle m'aida à me lever puis entreprit de me débarrasser de mes hardes, encore tachées de sang et souillées par le combat. Elle passa ma chemise par-dessus ma tête et, apercevant la croix sur mon épaule, se crispa, mais elle se tut. Elle fit mine de s'attaquer à mes braies. Mon mouvement de recul pudique la fit éclater de rire.

— Je soigne les malades, Gondemar de Rossal ! J'ai vu assez de croupions, de pendeloches et de génitoires pour ne plus m'en émouvoir ! Alors *in naturalibus*[1] et plus vite que ça ! Mais si tu tiens à jouer à la vierge effarouchée...

Je ne pus m'empêcher de penser aux circonstances dans lesquelles elle avait été initiée au membre masculin et regrettai de les lui avoir involontairement rappelées. Elle se retourna et me laissa me dénuder. J'eus un choc en voyant à quel point j'étais maigre. Mes côtes saillaient lamentablement et mes muscles étaient flasques. Abasourdi, je me glissai dans la cuve. L'eau était chaude et parfumée. Je ressentis aussitôt un profond bien-être et me détendis. Pernelle se retourna et me donna un petit linge en crin de cheval et un morceau de savon noir.

— Frotte-toi bien. Tu es crasseux comme un mendiant. Et n'oublie pas tes cheveux. On pourrait y cuire un rôti tant ils sont graisseux !

— Oui, dame Pernelle... dis-je en relevant théâtralement les yeux au ciel.

J'obtempérai et m'astiquai énergiquement. Elle éclata de ce rire cristallin qui m'avait tant manqué sans que je le sache et attendit patiemment que ma toilette soit terminée. Lorsque je fus propre et que ma peau fut toute rougie, elle me tendit un linge sec et se retourna à nouveau.

Je sortis de l'eau et m'épongeai. Pernelle étira le bras, attrapa la chemise et les braies un peu défraîchies, mais propres, qu'elle avait posées sur mon lit, et me les tendit sans tourner la tête.

— Ça devrait t'aller. Ils appartenaient à un de nos patients qui n'a pas survécu.

Je me vêtis en hâte. Je me sentais revigoré et j'avais l'impression que mes jambes me portaient un peu plus facilement.

— Te voilà plus présentable ! déclara-t-elle en reniflant d'un air critique. Maintenant, il est temps de te refaire les muscles.

---

1. Au naturel, complètement nu.

Et puis, l'air pur te changera des miasmes de cet endroit. Viens. Allons marcher.

Elle me prit le coude, me mena vers la porte qui se trouvait à l'autre extrémité de l'infirmerie, l'ouvrit et m'entraîna à l'extérieur. Le soleil que je n'avais pas vu depuis longtemps m'éblouit. La chaleur sèche tranchait agréablement avec la fraîcheur de l'intérieur. Nous étions dans une rue étroite et tortueuse, aux maisons basses couvertes de tuiles rougeâtres. La lumière donnait aux environs une chaleureuse teinte jaunâtre. Je m'arrêtai un moment et fermai les yeux pour mieux humer l'air parfumé de terre et d'épices. Çà et là, des iris égayaient les alentours. Au loin, je pouvais apercevoir une muraille sur laquelle quelques sentinelles marchaient paresseusement. La guerre, avec sa laideur et sa destruction, n'avait pas touché cet endroit. J'essayai de ne pas tenir compte des regards obliques que m'adressèrent les quelques habitants qui passèrent près de nous.

Il me suffit de quelques pas pour constater combien mon corps payait pour l'inactivité forcée qui lui avait été imposée. Soufflant comme un bœuf, je dus m'arrêter à maintes reprises pour reprendre mes forces, moi dont l'entraînement avait été mené par la main de fer de Bertrand de Montbard.

— Tudieu… je suis faible comme un nourrisson.

— Ne t'en fais pas, dit Pernelle. Tu as les muscles flétris à force d'être resté couché. Tout reviendra bien vite.

J'avais l'impression désagréable d'être un vieillard décrépit. En chemin, je posai à mon amie une des questions qui me brûlaient les lèvres.

— Au cours de la bataille, j'ai été séparé de ceux avec qui j'étais venu. L'un d'eux était Bertrand de Montbard.

— Le maître d'armes de Rossal ? demanda-t-elle, étonnée. Il est encore vivant, celui-là ?

— Vivant et toujours aussi irascible. L'as-tu aperçu ? En as-tu eu vent ?

— Non, répondit-elle en hochant pensivement la tête.

— Et Sire Evrart de Nanteroi ? Un seigneur venu du Nord. En as-tu entendu parler ? Il est venu avec une vingtaine d'hommes.

Elle grimaça un peu, visiblement mal à l'aise.

— Gondemar, tu dois comprendre que mes accointances avec les croisés sont… limitées. Ils ne sont pas venus dans le Sud pour faire connaissance, comme tu l'as sans doute remarqué. Peut-être tes amis sont-ils morts. Après tout, à Béziers seulement, les croisés ont occis au moins vingt mille des nôtres. Quelques-uns d'entre eux ont bien dû y laisser leur peau.

— Vingt mille ? m'écriai-je, incapable de concevoir que le massacre auquel j'avais participé avait atteint de telles proportions. C'est… immonde.

Elle laissa échapper un petit rire cynique.

— Ils ont écharpé tout ce qui bougeait et respirait. Quand nous avons quitté Béziers, elle était occupée et en ruine. Les croisés ont vidé les maisons de leurs provisions, bu tout le vin qu'ils pouvaient trouver. Des patrouilles cherchaient ceux qui se cachaient encore.

— Où sommes-nous, exactement ?

— À Minerve. L'endroit est encore sûr pour l'instant. Les autres forteresses des environs étaient menacées, elles aussi, et il ne servait à rien de nous y rendre. Nous nous sommes enfuis jusqu'ici avec les blessés. Nous en avons perdu plusieurs en chemin.

— Quel jour sommes-nous ?

— Le 18 août.

Je m'immobilisai et la regardai, stupéfait.

— Je suis resté inconscient presque un mois ?

— Tu avais un trou dans la cervelle, mon pauvre ami, dit-elle avec un mouvement d'impuissance. Je t'ai fait dormir autant que je le pouvais. Honnêtement, je ne savais pas quoi faire d'autre. La guérison est chose fort mystérieuse. On dirait que le corps se refait mieux lorsqu'il se repose.

— Mordieu… dis-je en examinant mes bras amaigris. Pas étonnant que je sois si flétri.

Nous reprîmes notre chemin et marchâmes tranquillement jusqu'à un banc de pierre près d'une fontaine à l'eau claire, non loin de là. Elle m'invita à y prendre place, ce que je fis avec empressement, le souffle court. Puis elle s'assit à son tour.

— Que s'est-il passé pendant mon… sommeil ? m'enquis-je.

— Les croisés ont poursuivi leur avance, raconta-t-elle, dépitée. Quelques jours après le sac de Béziers, Narbonne s'est rendue sans combattre. Les habitants avaient eu vent des horreurs commises et étaient transis de peur. Puis, les soldats du pape se sont dirigés vers Carcassonne. Ils ont brûlé les récoltes à des lieues à la ronde, détruit les moulins, abattu le bétail. Le 2 août, ils ont mis le siège devant la cité. Ils ont empoisonné les puits et attendu que les quarante mille habitants soient près de crever de faim et de soif. Ils ont réussi à prendre les banlieues de Bourg et de Castellar. Ils y ont installé des mangonels, des trébuchets et des ballistas[1] avec lesquels ils ont bombardé la cité sans relâche. On raconte que le vicomte Roger Raymond Trencavel a résisté de toutes ses forces. Il a mené ses hommes comme un grand chef, leur donnant courage malgré la maladie qui se répandait. Son suzerain, le roi Pedro II d'Aragon, est même venu sur place pour négocier une trêve. Mais en vain. Tout était joué d'avance. Sous couvert d'un sauf-conduit qui ne valait pas le papier sur lequel il était écrit, Trencavel s'est rendu auprès de ce judas d'Arnaud Amaury pour discuter de bonne foi des conditions d'une éventuelle reddition. Il est entré dans la tente du duc de Nevers. Il n'en est jamais ressorti.

Je reconnus bien là le légat du pape. Les quelques minutes passées en sa compagnie m'avaient été suffisantes pour déterminer qu'aucune fourberie n'était trop vile pour lui si elle servait ses fins – et celles de Dieu. Sa haine pour Trencavel avait été palpable et il avait trouvé le moyen de lui mettre la main au collet. Il devait en être ravi.

1. Variétés de catapultes.

— Amaury a fini par autoriser la population de Carcassonne à sortir. Les habitants ont été abandonnés dans la nature, sans autre possession que les vêtements qu'ils avaient sur le dos. Certains sont parvenus à atteindre d'autres villes, mais plusieurs sont morts en chemin. Puis les croisés ont occupé la ville. Amaury a fait enchaîner Trencavel dans le donjon de son propre château. Il s'y meurt sans doute à petit feu. Pour ajouter l'injure à l'insulte, le maudit légat a cédé toutes les terres environnantes à ce monstre de Simon de Montfort, qui est désormais vicomte de Béziers et de Carcassonne.

J'étais dégoûté par ce que j'entendais. Toute cette croisade, pourtant menée au nom de Dieu, me semblait n'être qu'une succession de duplicités et de trahisons indignes de chevaliers professant l'honneur et d'hommes d'Église prêchant la charité chrétienne. J'avais rencontré Montfort et je ne doutais pas de la cruauté fanatique dont il était capable. Mais j'étais aussi perplexe. Pourquoi Pernelle me racontait-elle tout cela, à moi qui appartenais aux troupes ennemies ? Et elle le faisait avec un tel naturel. Que cherchait-elle à me faire comprendre ?

— Tout ce que tu me dis ne m'étonne guère. Pour le peu que j'aie pu en juger, Amaury ne tenait pas ce Trencavel en très haute estime… Quant à Montfort, il suffit d'un regard pour savoir qu'il n'est qu'un vulgaire boucher.

Nous restâmes un moment silencieux, mon amie perdue dans ses regrets et son amertume, moi dans mon désarroi.

— Heureusement, reprit-elle, maintenant que leur quarantaine est accomplie, la majorité des croisés sont repartis vers le Nord. Cela leur suffit pour avoir la certitude du salut – un salut gagné dans le sang des innocents. Mais il reste encore ce diable de Montfort. Lui et ses petits nobliaux de Picardie et d'Île-de-France sont retranchés dans Carcassonne, à préparer leurs futures exactions. Cabaret sera sans doute leur prochaine victime. Puis ce sera notre tour, je le crains.

Je constatai que des larmes mouillaient ses joues. La pauvre Pernelle pleurait doucement, avec une résignation qui me brisait le cœur. En la voyant ainsi, son chagrin si évident et si profond, je compris ce que, par naïveté et par déni, je m'étais refusé à voir jusque-là. Je lui pris les mains et les pressai dans les miennes, indifférent à la douleur que ce simple geste d'affection me causait.

— Tu es une cathare, n'est-ce pas?

Elle m'adressa un sourire triste et hocha presque imperceptiblement la tête.

— Est-ce si terrible?

Je n'eus pas à soupeser longtemps la question. Le souvenir des massacres; les récits des fourberies et des cruautés du légat et de ses nobles; la cupidité et les bassesses des croisés; la douceur, la générosité et la conviction tranquille des hérétiques; tout cela me dictait d'emblée la seule réponse possible. Je lui caressai la joue du revers de la main. Dans un geste de profonde intimité qui faisait fi de nos années de séparation, elle ferma les yeux et y posa son visage.

— Non, Pernelle. Ce n'est pas si terrible. J'ai vu ce qu'ont fait les croisés au nom de Dieu. Je t'ai vue, toi, te dépenser sans compter dans l'espoir de sauver tous ces gens. Je n'ai lu que bonté et compassion dans tes yeux. Si tu es une hérétique et que tous les autres sont comme toi, alors l'hérésie ne peut être qu'une fort bonne chose et personne, pas même le pape, ne la jugerait autrement s'il n'était aveuglé par la cupidité.

À ces paroles, le corps de Pernelle se détendit et son visage s'éclaira d'un sourire de petite fille à qui l'on vient de confirmer qu'elle ne serait pas punie. Ses yeux se mouillèrent à nouveau, de reconnaissance, cette fois. Pour ma part, je me sentais étrangement serein, bien que je fusse en train de discuter avec une hérétique confirmée que mon devoir de croisé était pourtant d'abattre sans réfléchir. Toutes ces considérations me paraissaient soudain bien lointaines et immatérielles.

Le légat du pape avait présenté les cathares comme le Mal incarné, une peste abjecte qui devait être éradiquée à tout prix, un cancer qui rongeait les terres chrétiennes. À ses yeux, ils ne valaient pas mieux que des cafards qu'on écrase sans remords. Or, hormis les invectives compréhensibles de mon voisin de lit, ce dont j'avais été témoin jurait avec tout cela. On m'avait sauvé la vie au lieu de me laisser mourir. Je n'avais vu ici que générosité, tolérance et abnégation. Les abjections avaient été commises par les croisés, pas par les hérétiques. Si le Bien résidait quelque part dans cette horrible tuerie, c'était du côté de ces derniers. Et là où se trouvait le Bien se trouvait forcément Dieu. C'est ce que le père Prelou m'avait enseigné.

— Parle-moi des cathares, demandai-je. Explique-moi. J'en sais si peu de choses. Comment puis-je en juger?

Elle sourit et se remit debout, puis m'aida à en faire autant.

— Tu as déjà fait de grands efforts aujourd'hui. Il est temps de te reposer l'esprit autant que le corps. Plus tard, si tu le souhaites encore, je te dirai tout ce que tu veux savoir. Et puis, le bonheur que je trouve en ta compagnie est tel que je néglige mes patients. Je dois aussi m'occuper d'eux.

Bras dessus, bras dessous, nous retournâmes lentement à l'infirmerie sans échanger la moindre parole, chacun perdu dans ses pensées. Je ne doutais point qu'elle partageait le bien-être que je ressentais pour la première fois depuis nos escapades dans les bois. Malgré ce bonheur, une part de moi éprouvait un malaise. Le Gondemar que Pernelle avait retrouvé n'était plus celui qu'elle avait connu. Ce Gondemar-là, elle le craindrait et s'en méfierait.

Nous avions presque atteint la porte de l'infirmerie lorsqu'un vieil homme, plié sous le poids d'un sac de farine, déposa son fardeau sur le sol et s'agenouilla devant Pernelle, les mains jointes.

— Bonne dame, donne-moi ta bénédiction et celle de Dieu.

— Tiens-la de Dieu et de moi, rétorqua Pernelle en posant ses mains sur la tête du vieux.

— Donne-moi la grâce d'être conduit à bonne fin.

— Dieu te bénisse, mon brave Ulric. Je le prie de te faire bon chrétien et de te conduire à bonne fin.

L'homme se releva, ramassa son sac et repartit. Je dévisageai Pernelle, interloqué, mais elle évita mon regard et ne dit mot. Je remarquai qu'elle avait rougi, comme embarrassée. Elle m'accompagna jusqu'à mon lit et sourit lorsque je m'y effondrai, à bout de forces. Je n'eus pas besoin de sa potion pour m'enfoncer dans un profond sommeil dont un de ses compagnons me tira pour me servir mon repas du soir.

Le lendemain matin, je me sentais un peu plus fort. Je déjeunai avec enthousiasme en attendant Pernelle, mais elle ne vint pas. Souhaitant continuer à récupérer, je retournai donc marcher seul dans les rues de Minerve. Par défi personnel, je dépassai le banc sur lequel mon amie m'avait fait sa révélation la veille et déambulai au hasard des rues. Je me retrouvai bientôt au pied de la muraille et des gardes vinrent aussitôt à ma rencontre, l'air belliqueux. L'un d'eux tira son épée et se planta à quelques pouces de moi, ses intentions étant on ne peut plus claires.

— Je sais qui tu es. Retourne d'où tu viens, croisé, cracha-t-il.

Je levai les mains en signe de paix, mais mon geste ne lui fit guère d'impression.

— Tu n'as rien à craindre de moi, soldat. Je me déliais les jambes, rien de plus.

— Cela ne m'empêcherait pas de t'embrocher si tu n'étais pas sous la protection de dame Pernelle. Allez, disparais.

Le lendemain matin, je tentai bien de sortir à nouveau, mais je constatai que les portes à chaque extrémité étaient verrouillées. De toute évidence, on n'avait pas apprécié mes pérégrinations de la veille. Je songeai à frapper et exiger qu'on me libère, mais je ne me faisais aucune illusion. Malgré les bons soins de Pernelle et le fait qu'en sa compagnie je semblais jouir d'une certaine liberté de mouvement, j'étais un prisonnier de guerre. Je ne doutais pas que, sans la protection de mon amie, je n'aurais pas été traité avec la même tolérance. Si j'avais conçu pour les hérétiques une certaine sympathie, eux n'éprouvaient certes pour moi que haine et désir de vengeance. Et je les comprenais.

À défaut de mieux, je résolus de retrouver la santé aussi vite que possible. Je ne pouvais rester ainsi, faible et vulnérable. Je me lançai dans les exercices qui avaient occupé une partie de mes journées depuis l'arrivée de Bertrand de Montbard à Rossal. Même sans épée, mes bras se firent très vite lourds et la tête me tourna dangereusement, mais je persévérai. Au terme de chaque séance, je m'effondrais sur mon lit, tremblant comme un oisillon. J'y trouvai cependant une énergie nouvelle et, sans retrouver leur volume d'antan, mes muscles se tonifièrent un peu.

Après quatre jours de ce régime, je me sentais comme un animal en cage, mon seul contact humain ayant été celui, bref et muet, des hommes austères et silencieux qui m'apportaient mes repas. Les marches rageuses que je faisais de long en large renforçaient mes jambes, mais ne contribuaient guère à rasséréner mon humeur. Si les hérétiques ne souhaitaient pas ma mort, comme le prouvaient les soins qu'on m'avait prodigués, pourquoi me gardaient-ils prisonnier ? Pour me traduire en justice ? Pour m'utiliser comme monnaie d'échange ?

Je fus soulagé lorsque mon amie parut enfin, le cinquième jour, portant elle-même mon repas du matin. Elle semblait lasse et ses yeux étaient creusés par des cernes presque aussi sombres que sa robe et son foulard. Elle força un sourire qui n'illumina pas son regard fatigué. Je me demandai quand elle avait dormi pour la dernière fois.

— Te voilà enfin, dis-je, un peu de reproche dans la voix.

— Pardonne-moi. J'ai beaucoup à faire. Et puis, je désirais te donner le temps de réfléchir à… la situation.

Elle posa sur le lit l'écuelle remplie de lait caillé et de pain détrempé.

— Tu as l'air de te porter beaucoup mieux. Tu as tiré parti de ces quelques journées, on dirait. Mange. Ensuite nous irons marcher.

J'engouffrai le pain, le fromage et l'oignon, autant par empressement d'avoir la discussion que j'attendais que par appétit. Puis nous sortîmes et nous retrouvâmes bientôt sur le même banc que l'autre jour.

— Alors ? m'enquis-je. Dis-moi comment tu es devenue hérétique, toi qui as vécu toute ton enfance dans l'ombre du père Prelou.

— On nous appelle cathares ou patarins, mais, entre nous, nous nous désignons simplement comme bons chrétiens ou bonshommes. Et sache que je ne suis pas hérétique, dit-elle, le visage dur.

— Innocent III ne partage pas ton opinion.

— Le pape est un abruti à l'âme impure qui a la certitude de parler au nom de Dieu. Curieusement, les opinions divines favorisent toujours ses propres intérêts financiers…

Je m'esclaffai en reconnaissant la fillette de jadis, qui n'hésitait jamais à critiquer vertement l'injustice, quelle qu'elle soit.

— Soit. Il faudrait être aveugle pour ne pas le reconnaître.

— Par définition, un hérétique est un déviant, un croyant qui s'est éloigné de la foi officielle et est jugé dans l'erreur par ceux qui la contrôlent.

— Et alors ?

— Le catharisme n'est pas une version fautive de la doctrine chrétienne. C'est une religion à part entière.

Je secouai la tête, impatient.

— Tudieu ! Tu me donnes la migraine à ergoter comme un prêtre. Cesse de couper les cheveux en quatre et explique-moi.

Elle sourit et me tapota les mains.

— Tu es toujours aussi patient, Gondemar.

— Comme tu vois.

— Notre religion existait déjà à l'époque de Jésus. À mesure que les chrétiens devenaient puissants, par peur des représailles, elle s'est réfugiée dans l'ombre et s'est transmise en secret. Elle a survécu, particulièrement dans ces contrées. Jusqu'à ce que le pape et ses sbires s'avisent de son existence et décident qu'elle devait être éradiquée parce qu'elle menaçait leur hégémonie et leurs revenus. Les pauvres évêques voyaient leur autorité et leurs richesses fondre, faute de fidèles.

— Et qu'enseigne-t-elle donc qui soit si terrible, cette religion ?

Pernelle m'adressa un regard brillant d'intensité. Son dos se raidit distinctement, presque avec arrogance.

— La Vérité, Gondemar.

Pour la seconde fois, elle utilisait ce mot. *La Vérité vient vers toi, Gondemar de Rossal…* Étais-je sur la voie que je devais suivre ?

— Mais encore ? me contentai-je de dire, en masquant mon anxiété.

Elle soupira, le regard perdu dans le vague par-dessus mon épaule. Elle semblait ramasser ses idées.

— En gros, elle nous enseigne que ce monde est celui du Mal. Tout le reste en découle.

— Après le carnage que j'ai vu, je n'ai guère de difficulté à te croire. Le Mal, j'ai vu son visage de bien près.

— *Je crois en Dieu, le Père tout-puissant, créateur du ciel et de la terre. Et en Jésus-Christ, son Fils unique, notre Seigneur, qui a été conçu du Saint-Esprit, est né de la Vierge Marie, a souffert sous Ponce Pilate, a été crucifié, est mort et a été enseveli, est descendu aux enfers, le troisième jour est ressuscité des morts, est monté aux cieux, est assis à la droite de Dieu le Père tout-puissant, d'où il viendra juger les vivants et les morts.* C'est bien ce que ton Église te demande de croire aveuglément ?

— Oui.

— Eh bien, tout cela est faux.

— Vraiment… fis-je avec cynisme.

— La foi cathare enseigne qu'au commencement des temps Dieu existait. Il n'était que bonté. Il créa tout ce que l'univers recèle d'amour, de pureté et de bien. Son royaume était celui de la lumière éternelle, au-delà de la mort et de la matière. Il y vivait dans la plénitude, entouré de ses anges. Puis, jaloux de son

Créateur, l'ange Satan engendra le Mal. Il créa la matière, sur laquelle il règnera jusqu'à la fin des temps. Il corrompit d'autres anges en leur faisant miroiter des jouissances charnelles et les attira hors du royaume de Dieu, loin de sa lumière, et les incarna dans la chair. Nous sommes ces anges, Gondemar. L'homme est l'enfant de Satan. Chacun de nous doit parvenir à se détacher de ce monde pour retourner à la lumière éternelle, là où se trouve le seul vrai Dieu. Pour y arriver, il s'incarne autant de fois qu'il le faut. C'est notre destin à tous. Car le Bien est parfait et immuable. Seul le Mal peut changer.

Ce que j'entendais était contraire à tout ce que le père Prelou m'avait enseigné. Aussi ironique que cela pût être, si j'étais damné, le sort qui était le mien ne procédait pas de l'impiété, mais bien du fait que j'avais enfreint les règles divines que ma religion m'enseignait.

— Tu prétends que chacun de nous a vécu plusieurs fois ? Mais c'est absurde !

— Pas si tu y réfléchis. Notre vie durant, nous choisissons de faire le bien ou le mal. Pour progresser jusqu'à la libération de notre âme de sa prison de chair, nous devons atteindre la perfection. Sinon, dis-moi, à quoi servirait-il de vivre sans aucune chance de s'améliorer ? Devrions-nous mourir et être jugés alors que nous sommes encore perfectibles ? Et pourquoi certains d'entre nous naîtraient-ils riches et choyés alors que d'autres vivent infirmes et débiles ?

— Au sommet de cette échelle de perfection se trouvent ceux que vous appelez parfaits, je suppose ?

Elle acquiesça de la tête.

— Les parfaits en sont à leur dernière incarnation. Ils portent en eux l'Esprit saint. Ils sont libres de leurs actes et pleinement responsables devant le Dieu de lumière. Ils sont détachés de la chair et Satan n'a plus d'emprise sur eux. Ils refusent le mensonge, prient quinze fois chaque jour et jeûnent quarante jours par an. Ils renoncent à la chair et à ses plaisirs, font vœu d'abstinence, ne mangent ni viande ni fromage ni lait. Tout ce qui est le fruit de la copulation leur est interdit. Ils fuient la violence et la querelle. Ils ne tuent ni ne prennent les armes. Ils ne reconnaissent que la justice de Dieu et renient celle des hommes.

Il me fallut un moment pour faire le lien entre ce que je venais d'entendre et ce que je savais déjà.

— L'homme que tu as amputé, dis-je enfin. Il t'a appelée parfaite sœur et un autre t'a demandé ta bénédiction.

— En arrivant dans ces contrées, j'étais dans un état terrible. J'ai été recueillie par des parfaites. Elles m'ont soignée, puis elles m'ont enseigné la Vérité. Ma pauvreté, mon infirmité, les viols, tout cela prenait enfin un sens. Cependant, le salut est une décision personnelle que personne ne peut contraindre. J'ai longuement mûri ma décision et, lorsque j'ai eu la certitude qu'elle était la bonne, j'ai demandé à recevoir le *consolamentum*. Je suis devenue parfaite.

— Tu es… prêtresse ? Une femme prêtre ? Mordiable… Amaury avait raison…

— Oui, au risque de te scandaliser, dit-elle en se hérissant. Mais, que je sache, les âmes n'ont pas de sexe et sont toutes une étincelle de la lumière divine. Elles s'incarnent indistinctement dans des corps mâles ou femelles. Si le salut est accessible à tous, pourquoi les hommes et les femmes ne seraient-ils pas égaux dans la vie qui leur sert à le mériter ? Pourquoi une femme ne pourrait-elle pas conférer aussi bien qu'un homme la paix à ses semblables ? Parmi les bons chrétiens, hommes et femmes sont égaux en tout, jouissent des mêmes droits et ont les mêmes devoirs. N'en déplaise au grand seigneur que tu es.

— Soit, dis-je en levant les mains. Ne prends pas la mouche. Comprends plutôt ma surprise.

Elle leva un sourcil en guise de consentement. Je me levai et l'invitai à me suivre. Elle passa son bras dans le mien et, ensemble, nous marchâmes lentement, au hasard.

— La cérémonie à laquelle tu t'es prêtée avec l'homme avant de l'amputer, demandai-je. C'était cela, le *consolamentum* ?

— Oui. C'est le seul sacrement que nous reconnaissions. Il sert à la fois de baptême et d'extrême-onction. C'est par lui qu'un croyant devient parfait. Comme Fermin craignait de trépasser, il voulait s'assurer que ses péchés lui seraient pardonnés. Ceux qui ne le reçoivent pas sont condamnés à s'incarner à nouveau.

J'inspirai profondément, perplexe à souhait.

— Deux dieux, des femmes prêtres, un seul sacrement, des incarnations multiples... dis-je en me grattant la tête. Tout ce que tu me dis là n'est pas très conventionnel. Et comment cela justifie-t-il que la Sainte Église fasse massacrer tous ceux qu'elle peut trouver ?

— Elle n'accepte pas que des consciences lui échappent et restent libres. Mais comment s'attendre à autre chose de l'Église de Satan ? Dans la langue d'ici, amour se dit *amor*. Écris-le à l'envers et tu obtiens *Roma*. Rome. Le contraire de l'amour... Intéressant, non ?

Je lâchai son bras. Je me sentais soudain en terrain glissant. N'allais-je pas perdre toute chance de salut à écouter de telles énormités ? Tout cela me perturbait, moi qui, ironiquement, étais bien plus hérétique que tous les cathares réunis.

— L'Église de Satan ? Tu peux bien être hérétique si le cœur t'en dit, Pernelle, mais dois-tu proférer de tels blasphèmes ?

— Et pourquoi pas ? L'Ancien Testament ne raconte-t-il pas la création du monde et de la matière par un Dieu belliqueux et vengeur, le Dieu du Mal ? rétorqua mon amie, avec ferveur. L'Église chrétienne adore Satan sans même le savoir ! Dans ses églises et ses cathédrales, elle se prostitue au Prince du Mal ! Elle bénit des mariages qui justifient la fornication et ne servent qu'à emprisonner des âmes dans la chair des nourrissons à naître ! Elle couche avec les rois qui dirigent le monde et qui rendent une justice qui n'appartient qu'au Créateur ! Elle adore Jésus et prétend qu'il a ressuscité d'entre les morts après trois jours. Balivernes ! Jésus était un prophète, venu pour nous enseigner comment nous libérer de la chair. Jamais il n'aurait accepté de s'y incarner à nouveau après s'en être échappé !

Elle s'interrompit et inspira pour se calmer.

— L'Église vénère même la croix sur laquelle on l'a crucifié, alors qu'elle n'est rien moins qu'un vil instrument de torture. Ne collectionne-t-elle pas comme autant de trésors inestimables le moindre bout de chair ayant appartenu à l'un de ses prétendus saints ? Elle raconte même qu'à la fin des temps les morts ressusciteront. Tu as songé à l'état dans lequel se trouveront ceux qui sont inhumés depuis des siècles ? Tu voudrais vraiment vivre enfermé pour l'éternité dans un corps putréfié ? Tout ce que ton Église enseigne n'a à voir qu'avec la matière, Gondemar ! C'est tout ce dont elle se préoccupe, parce qu'elle est de ce monde, pas de l'autre !

Elle s'arrêta, essoufflée par sa tirade, et j'en profitai pour placer un mot.

— Tu veux dire que les cathares ne se marient pas ? Qu'ils vivent tous dans la chasteté ? Pardieu ! Mais comment votre religion s'est-elle perpétuée si les femmes serrent l'entrecuisse et que personne n'engendre d'enfants ?

— Tous les croyants ne sont pas des parfaits. Ceux qui ne sont pas prêts à renoncer aux tentations de la chair s'unissent par engagement mutuel, tout simplement. Ils pèchent déjà en forniquant. Pourquoi le faire doublement en se mariant ? Chaque nouvel enfant est une âme de plus qui devra souffrir pour retourner à Dieu.

— Foutre de Dieu dans le cul du diable... dis-je en me prenant les cheveux à pleines mains. Tout cela est bien trop pour un simple soldat.

Je vis Pernelle grimacer en entendant ce gros juron, mais je m'en fichais. J'avais la tête qui tournait et je savais pertinemment que la fatigue n'y était pour rien. Je me sentais ébranlé jusqu'au fond de mon âme, à la fois scandalisé et fasciné par le monde nouveau qui s'ouvrait à moi, d'une complexité que je n'avais jamais soupçonnée. Une partie de moi reconnaissait la logique et les arguments de l'hérésie, mais l'autre résistait de toutes ses forces à l'idée que la foi dans laquelle j'étais né puisse n'être qu'un tissu de mensonges, un édifice bancal et fragile qui ne résistait pas à un examen attentif. De toute façon, tout cela n'avait aucune importance, puisque j'avais renié Dieu, qu'il soit le mien ou celui des cathares.

Pourquoi me retrouvais-je ici, parmi ces gens ? Métatron ne m'avait tout de même pas ramené à la vie pour que je me joigne à une hérésie ? La Vérité que je devais protéger pouvait-elle être celle dont parlait Pernelle ? Si j'étais disposé à tolérer l'existence de ces bons chrétiens, dont j'avais pu mesurer la sainteté, je ne voyais pas en quoi la survie ou la disparition de leur religion changeait quelque chose à mon sort. Comment pouvais-je respecter le marché passé avec Métatron en étant au beau milieu des hérétiques ? N'étais-je pas, par ma seule présence, en train de mettre en péril la mince chance de salut qui me restait ? Pourtant, il y avait Pernelle. Je la connaissais depuis assez longtemps pour savoir que son âme était pure. La pauvresse blessée et souillée était devenue, grâce à sa foi, une personne sereine qui vouait sa vie au service d'autrui. J'avais été témoin de l'ampleur de son dévouement et de son abnégation. Je savais maintenant les sacrifices qu'elle s'imposait pour vivre sa foi. Sûrement, une religion qui produisait de tels effets ne pouvait pas être entièrement mauvaise…

— Tu es tout à fait sûre de toi ? m'enquis-je.

— La foi, celle qui transforme l'existence et illumine la voie, ne présuppose-t-elle pas la certitude ? Tolère-t-elle le doute ? Toi, n'es-tu pas sûr de la tienne ?

— Je… je ne saurais dire. J'ai l'assurance que Dieu existe, déclarai-je en m'assombrissant. Pour le reste, je ne suis pas docteur de l'Église.

J'inspirai profondément et me frottai le visage.

— Mordieu… je dois réfléchir à tout ça.

Consciente de mon malaise, Pernelle me prit le bras et changea de sujet, croyant me soulager.

— Parle-moi de Rossal, fit-elle gaiement. Le village est-il toujours le même ?

Mon cœur se serra. Le moment que je redoutais tant était arrivé.

— Rossal n'existe plus, dis-je d'une voix éteinte.

Elle s'arrêta net, le visage cireux.

— Comment ? Que dis-tu là ?

— Onfroi et ses brigands y sont passés. Ils ont tué mes parents et ont tout détruit. Ils ont brûlé les habitants dans l'église, mentis-je.

Je ne pus prononcer ces derniers mots qu'en regardant au sol, ce qu'elle prit sans doute pour de la tristesse.

— Seigneur… mes sœurs…

— Elles sont mortes, Pernelle.

— Et Odon ? Tu le connaissais ? Est-il… ?

— Mort lui aussi.

Elle vacilla et je dus la soutenir pour qu'elle ne s'affale pas sur le sol.

— Gondemar… Odon était le fruit du viol. Il était mon fils…

Je ne savais que dire. Le retrait de Pernelle dans sa maison après le passage des brigands. Le petit dont on avait attribué la maternité à une de ses sœurs, sans doute pour lui éviter le stigmate d'être le fruit du viol en plus de la bâtardise. Tout devenait cruellement clair. Les conséquences de ma fureur m'apparaissaient dans toute leur ampleur.

— Qu'il en soit fait selon la volonté de Dieu, murmura Pernelle d'une toute petite voix remplie de sanglots.

Je me sentais vil, sale. J'avais honte. De l'outrage subi par Pernelle était sorti Odon, ce petit être éveillé qui avait forcé les portes du cœur de Bertrand de Montbard et que j'avais réduit à rien par simple plaisir. Sans le savoir, j'avais brûlé vif l'enfant de mon amie… La seule personne chère qui me restait avait toutes les raisons de me haïr. Elle ne devait jamais savoir. Ce lourd secret, je le porterais sur ma conscience, comme les autres.

Tel était mon destin. Ma pénitence. *Tu vivras avec le souvenir de tes morts et de tes fautes…*

Nous nous en retournâmes dans le plus parfait silence, mon amie blottie contre moi, l'assassin de son fils.

— Gondemar… dis-moi une chose.

— Bien sûr.

— Odon… était-il un enfant heureux ?

— Oui, je crois. Il était l'écuyer de Montbard depuis qu'il avait quatre ans… Ce n'était qu'un jeu, mais ça lui faisait grand plaisir.

Je lui racontai tous les souvenirs qui me revenaient d'Odon, parfois banals, parfois amusants. Le tout dura presque une heure. Honteux, je tus le fait que je l'avais ravalé au statut de serf et que j'en avais fait un exemple en le plaçant moi-même au carcan.

— Alors, j'espère que Dieu l'a mené à bonne fin, dit-elle lorsque j'eus terminé.

— Pernelle, je…

Elle me mit le doigt sur la bouche pour m'empêcher de parler.

— La mort est une chose souhaitable, mon ami. Odon était le fruit du geste le plus détestable que la chair puisse produire, et pourtant il a été heureux. Il est maintenant libre. Au-delà de ma peine, je me réjouis pour lui.

— J'aimerais avoir une foi aussi forte que la tienne.

Elle me laissa là et s'en fut d'un pas serein que j'admirai de tout mon être. Mais ce soir-là, je ne dormis que pour voir en rêve le visage brûlé d'Odon dont le regard me couvrait de reproches.

CHAPITRE 15

Allégeances

Je m'attendais à ce que mon amie, de nouveau, ne se montre pas pendant quelques jours. J'avais conscience que, pour me voir, Pernelle sacrifiait du temps auprès d'autres malades qui, désormais, avaient sans doute plus besoin de ses soins que moi. De plus, je savais maintenant qu'elle avait des obligations religieuses. Cela semblait aussi être sa manière de faire que de me laisser le temps d'assimiler à mon rythme les informations nouvelles. Peut-être avait-elle besoin de temps pour accepter dans l'intimité la nouvelle de la mort de son fils, qu'elle avait cru laisser en sécurité auprès de ses sœurs. Je me sentais affreusement coupable, mais trouvais une certaine consolation à l'idée que sa religion lui apporterait sans doute du réconfort. J'aurais voulu pouvoir en dire autant, mais toute paix m'était inaccessible.

Les jours qui suivirent notre terrible discussion, on m'accorda implicitement une liberté plus grande. Je ne manquai pas d'associer les deux. Lorsque, par acquit de conscience, je testai la porte qui menait à l'extérieur, je la trouvai déverrouillée. Je la franchis avec enthousiasme, trop heureux d'échapper à une nouvelle réclusion de plusieurs jours et espérant oublier un moment que j'étais un monstre. Ce ne fut sans doute pas par hasard si, au fil des rues tortueuses et des regards méfiants, mes pas me portèrent à nouveau vers la muraille. Je crois que mes oreilles perçurent le tintement des armes qui s'entrechoquaient avant que je n'en aie conscience. Lorsque je parvins à l'endroit d'où ils provenaient, je souris malgré moi et mon cœur s'allégea un peu.

Un groupe d'une vingtaine de soldats s'entraînait avec enthousiasme sous l'œil critique d'un officier. Leurs torses nus luisaient sous le soleil déjà chaud du matin et les épées sifflaient dans l'air. Les attaques et les parades étaient efficaces et bien faites. Les jambes étaient agiles et les déplacements rapides. Je reconnus des soldats bien formés et compétents dont Bertrand de Montbard se serait déclaré satisfait.

Je m'arrêtai et me blottis dans l'ombre d'une maison pour les observer. Je me sentais envieux. À les voir suer en souriant à pleines dents, le désir d'en faire autant tirailla mes muscles, qui avaient retrouvé une bonne partie de leur tonus. Je m'attardai un moment sur deux adversaires déterminés et je me surpris à bouger instinctivement la tête lorsqu'un coup était porté, comme s'il se fût agi de moi, à calculer l'angle du coup et à identifier les zones laissées à découvert par l'élan de celui qui attaquait. Ils étaient bons. Très bons même. L'un d'eux, un véritable géant, me parut particulièrement redoutable, sa technique un peu défaillante étant amplement compensée par sa force herculéenne et le plaisir évident qu'il éprouvait à combattre. Il s'entraînait simultanément avec deux compagnons et n'était pas du tout débordé.

Emporté par le plaisir du spectacle, je perdis la notion du temps. Lorsqu'ils finirent par m'apercevoir, je fus pris au dépourvu et je maudis mon imprudence. Après avoir décrété une pause, l'officier se détacha du groupe et vint droit à moi, l'épée à la main. Derrière lui, les soldats se désaltéraient à des outres, mais tous les yeux étaient résolument fixés sur moi. Je me raidis, conscient de ce que je représentais pour les soldats cathares et du fait que j'étais sans armes.

L'officier se planta à quelques pas de moi. Les jambes écartées, la musculature féline, il était sans aucun doute capable de bondir sans avertissement et je gardai ce fait bien en tête. Il tapota la lame de son épée dans une grosse main calleuse.

— Tu es le fameux croisé de dame Pernelle, déclara-t-il en m'adressant un sourire narquois.

La remarque étant une constatation qui n'appelait aucune réponse, je me tus, m'assurant de garder en tout temps son arme dans mon champ de vision, et attendis la suite.

— On raconte que tu es un excellent soldat, continua-t-il avec un air de défiance, en me détaillant de la tête aux pieds avec un mépris évident.

Je reconnus sans aucune peine le défi dans son ton et son attitude. Il venait de jeter le gantelet à mes pieds devant tous ses hommes. Son honneur et son autorité étaient en jeu. Rien ne le convaincrait plus de reculer.

— Je suis fort aise de l'entendre, rétorquai-je. J'ai travaillé durement pour devenir un chevalier compétent. Mais j'en ai connu plusieurs qui étaient bien meilleurs que moi.

— Un chevalier ? C'est vraiment ce que tu crois être ? J'avais cru comprendre que la chevalerie impliquait le sens de l'honneur. Je me demande si les femmes et les enfants de Béziers seraient d'avis que les croisés en ont.

Les soldats éclatèrent d'un rire gras à cette nouvelle provocation. Conscient que j'avais mis le pied dans un engrenage dont il n'existait qu'un seul moyen de me sortir, je me contentai de hausser les épaules avec indifférence.

— Si tu es aussi doué qu'on le dit, pourquoi ne pas en faire la démonstration ? suggéra l'officier. Peut-être nous apprendras-tu quelque chose d'utile.

Il m'adressa une révérence lourde de dérision puis, d'un geste exagérément gracieux de la main, désigna les autres, derrière lui. J'étais pris au piège et je ne devais montrer aucun signe de faiblesse, même si j'étais encore loin d'être en état de combattre.

— Pourquoi pas ? rétorquai-je avec désinvolture.

Je l'accompagnai jusqu'aux soldats, dont l'attitude était teintée de mépris. Dans leurs yeux brillait une haine palpable. Sans surprise, l'officier s'adressa au géant que j'avais particulièrement observé. Il dépassait les autres d'une tête et, chose rare, je me sentis petit devant lui. Le nez épaté, les yeux rapprochés, le regard un peu éteint et un espace entre les incisives assez large pour y glisser le petit doigt, il avait tout du balourd empâté entre les deux oreilles, mais je savais qu'il en allait autrement.

— Ugolin, l'interpella l'officier. Tu veux tâter du croisé ?

— Avec joie, Landric, répondit l'autre, un sourire carnassier sur les lèvres, en se détachant du groupe.

Mon interlocuteur fit un signe de la tête et un de ses comparses me lança une épée, que j'attrapai par le manche, comme je l'avais fait, voilà si longtemps déjà, quand Bertrand de Montbard avait posé le même geste. Je la soupesai un peu pour bien sentir son point d'équilibre, puis la fis tournoyer à quelques reprises pour réchauffer mes muscles, traçant de grands huit devant moi comme je le faisais depuis toujours. Sans avoir retrouvé toutes mes forces, je pouvais maintenir une bonne prise sur l'arme et mes bras ne tremblaient pas. Mes mains, elles, étaient encore sensibles, mais les blessures étaient refermées et je ne craignais pas qu'elles s'ouvrent à nouveau. Pas trop, en tout cas. Au pire, Pernelle les rafistolerait.

À l'unisson, les soldats reculèrent pour former un cercle autour de mon adversaire et moi. Ugolin tira son épée. Face à face, nous nous mîmes à tourner en rond pour nous étudier. Comme les miens sur lui, ses yeux dansaient sur moi sans jamais s'attarder à un endroit précis, surveillant mes moindres mouvements, évaluant mes réflexes, étudiant les attaques potentielles que trahirait ma position, cherchant une faille dans ma défensive. Je ne doutais pas qu'il avait déjà déterminé, par la façon dont je tenais la pointe de mon épée, que j'aimais attaquer à la hauteur de la tête et des épaules et qu'il était prêt à répondre de façon appropriée. Pour ma part, j'avais dûment noté que son arme était tenue un peu plus basse que la mienne, ce qui indiquait sa préférence pour une ouverture aux genoux. Mais cela pouvait n'être qu'une ruse.

Nous tournions ainsi depuis une bonne minute lorsque j'ouvris en feintant une attaque à la tête. Tel que je l'avais prévu, il fit un pas agile vers l'arrière et ma lame fendit l'air. Il ricana puis contre-attaqua. Sa lame se dirigea vers mon genou gauche. Je fis un pas de côté, l'évitant sans effort. Je n'avais toutefois pas prévu le poing, gros et lourd comme une enclume, qui s'abattit sur le côté de ma tête. Je vacillai sur mes pieds et, pendant un fugitif instant, un voile sombre recouvrit mes yeux. Une douleur vive éclata dans mon front et se propagea au centre de mon crâne, me rappelant que ma cervelle était miraculée, mais fragile.

Je secouai la tête et fis trois pas vers l'arrière, juste à temps. Vif comme un chat, Ugolin avait enchaîné son coup de poing par une attaque et la pointe de son épée frôla mon abdomen. Il passa dans le vide et alla s'affaler sur le sol, faisant lever un nuage de poussière sèche. Encore sonné, je réalisai qu'il n'entendait pas à rire. S'il en avait la chance, il me tuerait sans le moindre scrupule.

Je repris ma position de garde, sachant que je n'avais pas droit à l'erreur. Pénétré du calme profond de celui qui maîtrise la technique des armes, je laissai mon entraînement prendre le dessus. Ugolin se remit sur pied et s'approcha de moi. Je l'attendis, tenant mon épée à deux mains à la hauteur de mon torse, pointe vers l'avant, comme me l'avait inculqué Montbard. De cette façon, j'augmentais la distance à laquelle je tenais mon adversaire en respect et je le contraignais à attaquer sur les côtés. C'est ce qu'il fit, avec un étonnant alliage de vitesse et de puissance. Cette fois, j'étais prêt. Je balayai facilement les coups qu'il porta sur la gauche, puis sur ma droite. Le sourire narquois quitta son visage et il fronça les sourcils, perplexe. De toute évidence, il ne s'était encore jamais trouvé dans une situation où sa force ne lui conférait pas d'emblée l'avantage.

Plus circonspect, il recula pour reprendre son souffle. En pleine bataille, sans savoir si un autre adversaire ne surgirait pas dans la seconde, j'eusse attaqué sans attendre pour l'écarter de mon chemin, quitte à seulement l'estropier. Mais j'avais tout mon temps et peu de forces. Je préférais donc le laisser dévoiler son jeu. À voir son regard noir, il s'impatientait et, la colère étant mauvaise conseillère, il commettrait tôt ou tard une erreur. Il s'élança sur moi, l'épée prête à s'abattre sur mon épaule gauche. Par réflexe, je levai le bras pour absorber le coup avec l'écu que je n'avais pas. Ce geste instinctif, martelé en moi par Montbard, faillit m'être fatal. Réalisant mon erreur et maudissant mon étourderie, j'eus tout juste le temps de me lancer à terre et de rouler sur moi-même. J'étais en train de me relever lorsque mon adversaire fondit sur moi, poussant cet avantage inespéré. À genoux, je dus parer une étourdissante volée de coups. Je profitai du fait que l'attention d'Ugolin y était tout entière consacrée pour empoigner une de ses chevilles et la tirer vers moi. Il perdit l'équilibre, vola dans les airs et atterrit lourdement sur le dos. Il laissa échapper un cri de rage et se remit debout avec une agilité surprenante pour un homme de son gabarit.

Après un quart d'heure de ce petit jeu, nous en étions au même point. Mon adversaire était toujours frais comme une rose, ce qui constituait son principal avantage, car mes bras commençaient à s'alourdir. Il était temps d'en finir.

— Assez joué. Je te battrai avec le plat de mon épée, gros sottard, le taquinai-je. En quatre coups. Ni plus, ni moins. Maintenant, observe et apprends.

Comme je m'y attendais, il vit rouge et se lança à l'attaque en hurlant comme un taureau enragé, oubliant toute prudence. Je parai aisément le coup puissant qu'il dirigea vers ma tête. Puis je bloquai son épée avec la mienne à la hauteur de son visage et, profitant du fait que son abdomen était à découvert, j'y enfonçai mon genou. J'eus l'impression d'avoir frappé un mur de pierre et il recula à peine. Juste assez pour ce que j'avais en tête. Je m'arc-boutai de toutes mes forces pour repousser son arme. L'homme était d'une puissance peu commune, mais en grognant sous l'effort, j'y parvins. Je fis un tour rapide sur moi-même, ma lame sifflant dans l'air. J'en abattis violemment le plat sur l'os de sa cheville droite et le géant laissa échapper un cri de douleur.

— Un, dis-je.

Dans ses yeux, je lus qu'il réalisait que j'aurais pu lui trancher le pied si telle avait été mon envie. Avant qu'il ne puisse se reprendre, j'avais pivoté dans l'autre sens et frappai violemment mon arme sur son bras gauche.

— Deux.

Malgré lui, il tourna le torse sous la force du coup et je descendis un coup sec sur l'intérieur de son genou droit.

— Trois.

Privée de sensation, la jambe lui manqua. Il tituba puis tomba à genoux. Je lui abattis mon épée sur la nuque et l'envoyai choir sur le sol, le visage dans la poussière. Il y resta étendu, étourdi et essoufflé. Un filet de sang coulait de son oreille, mais il s'en remettrait.

— Quatre, lançai-je, haletant.

Je reculai de quelques pas, conscient que le cercle formé par les soldats armés autour de nous s'était rétréci de façon menaçante. Réaliste, je n'entretenais aucun espoir de venir à bout de tous ces hommes si l'idée les prenait de me faire un mauvais parti. Mon corps convalescent avait presque atteint ses limites. Je brandis néanmoins mon arme, et tournai lentement sur moi-même pour voir le plus grand nombre de mes adversaires à la fois, bien décidé à ne pas trépasser sans être accompagné de quelques-uns d'entre eux. Au point où j'en étais, quelques meurtres de plus ou de moins ne changeraient rien.

L'officier vint se planter devant moi. Son attitude trahissait un respect nouveau.

— Baisse ton arme, croisé. Tu n'as rien à craindre.

Pendant que deux hommes relevaient Ugolin, encore sonné, il se retourna et s'adressa à quelqu'un que cachait le mur de soldats.

— Il fera l'affaire, bonne dame. Amplement…

Les guerriers cathares s'écartèrent. Pernelle se tenait dans l'ombre, à l'endroit d'où j'avais moi-même observé l'entraînement auquel j'avais fini par prendre part malgré moi. Elle s'avança, les mains dans ses manches, tel un petit moine. En la voyant là, je compris que j'étais tombé dans un coup monté.

— Fort bien, Landric. Je me fie à ton jugement.

Elle s'approcha et leva la tête vers l'arrière pour poser ses yeux dans les miens. Elle fit un petit sourire contrit, comme un enfant pris la main dans le pot de sucreries.

— Que signifie ? demandai-je, hors d'haleine et très contrarié.

Elle me prit par le coude et m'entraîna à l'écart.

— Viens avec moi, Gondemar. Tu es attendu. Je vois que tu te portes mieux !

Nous marchâmes jusqu'à l'infirmerie. J'eus beau multiplier les questions d'un ton de plus en plus impatient, mon amie refusa obstinément d'y répondre.

— Patience, Gondemar, se contentait-elle de répéter. Tu comprendras bientôt.

Une fois à l'intérieur, elle traversa l'infirmerie sans s'arrêter et franchit la porte à l'autre extrémité. De plus en plus intrigué, je la suivis. D'un pas pressé, nous arpentâmes un long couloir parsemé de portes. Arrivés au fond, elle s'immobilisa devant une porte et y frappa quelques coups discrets. Une voix retentit de l'autre côté, elle ouvrit, se retourna et me fit signe de la suivre. J'entrai, espérant qu'en franchissant le seuil je faisais un pas vers la Vérité.

Les murs étaient drapés de lourdes tentures sombres et seules quelques chandelles, posées sur une table en demi-cercle, éclairaient la pièce. Je ne me laissai pas impressionner par l'atmosphère dramatique, qu'elle fût volontaire ou non. J'avais vu mille fois pire.

Trois hommes et une femme me dévisageaient, les mains croisées sur la table, l'expression austère. Une cinquième chaise, à l'extrémité droite, était libre. Tous étaient vêtus de noir et portaient sur la poitrine une croix en fer grossier suspendue à un cordon de cuir. Exactement la même que Métatron avait imprimée, comme au fer rouge, sur mon épaule. Une fois encore, cet objet croisait mon chemin. Cela ne pouvait être l'effet du hasard et j'en notai la présence en veillant à ne pas trahir mon excitation.

Parmi les quatre individus se trouvait un des deux hommes qui avaient assisté Pernelle pendant l'amputation de mon voisin de lit et qui, l'air sévère, m'avait souvent apporté mes repas sans jamais ouvrir la bouche. Je n'avais jamais vu les autres.

— Dieu soit avec toi, Gondemar de Rossal, dit le vieil homme à l'abondante barbe blanche et au regard perçant qui était assis à la place centrale. Je me nomme Bertomieu. Et voici Garsenda et Albin. Je crois savoir que tu connais déjà Rambaut.

Les trois autres inclinèrent gravement la tête et je leur répondis pareillement, soucieux de ne pas apparaître trop belliqueux avant de savoir de quoi il retournait.

— Nous avons à te parler, ajouta le vieillard.

— C'est ce qu'on me dit, oui… grommelai-je, de mauvaise humeur. Par le cul de la Vierge, j'aimerais bien savoir de quoi on tient tant à m'entretenir, moi qui ne suis qu'un vil prisonnier.

Le vieil homme grimaça un peu puis m'adressa un sourire tolérant. D'une main osseuse, il désigna un tabouret posé devant la table.

— Si tu veux bien prendre place, je vais t'expliquer.

Comprenant qu'il était bien décidé à faire les choses à son rythme peu importait combien j'enrageais, je m'assis. J'avais l'impression de comparaître devant un tribunal, moi qui, comme seigneur, avais détenu le droit de justice absolu sur mes serfs. La chose me causait un inconfort certain, que je m'efforçai de masquer. Du chef, le vieillard fit un signe discret à Pernelle, qui était restée à mes côtés, un peu en retrait. Elle se dirigea vers une cruche posée au bout de la table et remplit un gobelet qu'elle me rapporta avant d'aller s'asseoir de l'autre côté, avec les quatre autres. Puis elle fouilla dans le col de sa robe et en extirpa la même croix que les autres. Elle m'adressa un regard oblique et haussa les sourcils, contrite.

Je réalisai alors que j'avais affaire à cinq parfaits. Un conseil quelconque. Mais pourquoi ?

— Bois, mon garçon, conseilla le vieil homme, une lueur espiègle dans les yeux. J'ai ouï dire que tu viens de faire de grands efforts. Le soleil a dû te taper sur la tête ou était-ce plutôt le bras d'Ugolin. Heureusement, grâce aux bons soins de dame Pernelle, tu me parais bien solide.

Le fait qu'il soit au courant de ma récente aventure ne me surprit guère. Clairement, elle avait été montée de toutes pièces et expliquait ma présence en ce lieu. Je me sentais comme un pion dans une partie d'échecs, dépouillé du pouvoir que j'avais toujours aimé exercer. La soif me tenaillait et j'y cédai malgré moi, vidant le gobelet d'un trait, laissant le vin frais soulager ma gorge écorchée. Puis je le posai sèchement sur la table.

— Foutre de Dieu… quelqu'un va-t-il enfin m'expliquer… ? grondai-je en serrant les dents, n'y tenant plus.

Le vieillard étira le cou vers Pernelle.

— Tu avais raison, ricana-t-il. Ce garçon a du caractère et il jure comme un templier. Heureusement, il se bat aussi comme tel.

Malgré la pénombre, je sus que mon amie rougissait. Elle baissa les yeux pour éviter les miens et j'eus l'impression que ses épaules étaient secouées par un fou-rire mal contenu. Le vieil homme se racla la gorge pour réclamer mon attention.

— Tu me vois désolé de cette mise en scène. Elle était nécessaire, crois-moi.

— Nom de Dieu ! J'aurais pu…

Un coup sec retentit et me fit sursauter. Rambaut venait d'abattre furieusement sa main sur la table.

— Suffit ! s'écria-il d'une voix grave et puissante en me toisant d'un air sévère. Garde tous ces jurons pour toi !

J'avais une folle envie de lui sauter à la gorge et de serrer jusqu'à ce que les yeux lui sortent des orbites. Je respirai profondément à quelques reprises pour me calmer.

— J'aurais pu y perdre un membre ou même y rester, reprochai-je au vieillard. Je suis encore faible et vous me lancez volontairement contre ce gros bœuf. J'ignore à quel jeu vous jouez, ou pourquoi je comparais tel un accusé devant votre sanhédrin de carnaval, mais…

— Allons, allons, Gondemar… coupa aimablement le vieillard. On m'a raconté que, même diminué, tu avais terrassé Ugolin sans trop d'effort. Pourtant, ce brave garçon a pour habitude de faire trembler ses adversaires juste en les regardant. Es-tu trop modeste pour admettre ta victoire ou seulement trop colérique pour accepter le fait que tu n'étais pas en contrôle de la situation ?

Rabroué comme un petit garçon, je me tus.

— Lorsque dame Pernelle t'a ramené de Béziers, les réactions à la présence d'un croisé ont été… mitigées, expliqua Bertomieu. Les blessés étaient nombreux et nos ressources limitées. Peu d'entre nous comprenaient qu'elles soient gaspillées pour un des sbires d'Innocent alors que tant des nôtres souffraient. J'en faisais partie, je l'avoue. Mais Pernelle est têtue et sait être convaincante. Elle nous a révélé t'avoir bien connu dans son enfance et nous a raconté la façon dont tu avais été élevé par un maître d'armes. Tu es subitement devenu plus intéressant.

J'acquiesçai de la tête. Je commençais à soupçonner la direction qu'allait prendre cette conversation et j'étais loin d'en être ravi.

— Nous avions de bonnes raisons de vérifier par nous-mêmes si tu es aussi habile qu'on le dit. À notre demande, dame Pernelle a organisé ta petite rencontre avec Ugolin qui, comme tu as pu le constater, est un combattant en tous points redoutable. Je dois dire que le résultat est au-delà de nos espérances. Non seulement tu peux rivaliser aux armes avec quiconque, mais en épargnant ton adversaire, tu as su gagner le respect d'autrui. C'est la marque d'un meneur.

— Vous me voyez fort aise de tout cela, maugréai-je avec cynisme. Maintenant, serait-ce trop demander de connaître les raisons de cette mascarade ?

Bertomieu se tourna vers Rambaut et lui fit un signe de tête. Celui-ci se leva, fit le tour de la table et vint se poster devant moi.

— Pernelle t'a déjà mis au courant de la situation dans laquelle nous nous trouvons, je crois ?

Je hochai la tête.

— Nous savions depuis plusieurs années que la croisade se préparait. Mais nous n'avions pas prévu le nombre, ni la cruauté des croisés.

— Alors, vous n'avez que ce que vous méritez. *Si vis pacem, para bellum*[1], m'a souvent répété mon maître. Quiconque déroge à ce principe est un inconscient ou une femmelette.

Rambaut accusa la rebuffade en silence, mais se raidit perceptiblement. Bertomieu lui tendit un parchemin qu'il déroula sur la table.

— Approche, m'ordonna-t-il.

Curieux de savoir où tout cela mènerait, je le rejoignis. Sur la table se trouvait une carte savamment dessinée qui montrait le Sud et ses places fortes.

— Voici l'ensemble de nos forteresses. Comme tu le sais déjà, Béziers et Carcassonne sont tombées. Dès la prochaine quarantaine, Cabaret, Bram, Minerve, Termes et Puivert seront sans doute les prochaines à être attaquées, dit-il en indiquant les lieux l'un après l'autre de l'index.

Il roula la carte et la remit à Bertomieu. Puis il se retourna vers moi et soupira. Je sentis chez lui une profonde lassitude et, l'espace d'un instant, ses yeux trahirent un désarroi si grand que je conçus pour lui une sympathie immédiate.

— Les croisés ne s'arrêteront que lorsqu'ils auront pris toutes nos terres et éliminé le dernier cathare.

— Et alors ? Pourquoi me dire tout cela à moi ?

— Parce qu'en ce moment même la révolte s'organise. La croisade vise les cathares, mais ils sont loin d'être les seules victimes.

1. Si tu veux la paix, prépare la guerre.

Avec l'approbation de l'Église, cette mère de la fornication et de l'abomination, plusieurs nobles chrétiens du Sud ont aussi été dépossédés de leurs terres, de leurs châteaux et de leurs revenus, qui ont été cédés à de petits seigneurs du Nord – des fils cadets sans avenir et trop heureux de trouver quelque part une terre à s'approprier. Tout cela parce qu'ils étaient sympathiques aux hérétiques. Un bien beau prétexte au pillage, en vérité… Point n'est besoin de dire que ces faidits, comme on les appelle, sont amers. Ils ne demandent plus réparation, mais vengeance. Comme leur loyauté au pape ne leur a valu qu'injustice, ils n'hésitent plus à nous appuyer ouvertement et à joindre leurs forces aux nôtres. Ils se sont regroupés et ont commencé à harceler les croisés avec un certain succès. Malheureusement, leurs troupes ne sont qu'un ramassis de racaille, de voyous et d'opportunistes. Dans cet état, ils n'ont aucune chance de victoire.

— Je croyais que les cathares ne devaient pas prendre les armes… dis-je.

— Les parfaits sont tenus à la non violence par le *consolamentum* qu'ils ont reçu. Les croyants, eux, sont des gens ordinaires. Ils font partie de l'Église, mais ne sont pas soumis aux mêmes restrictions. Ils respectent nos enseignements les plus importants et vivent dans le monde sans en être tout à fait. Ils constituent notre bras armé, en quelque sorte.

— Astucieuse et pratique distinction, notai-je avec sarcasme.

Une fois encore, Rambaut ne releva pas l'allusion. Il me tourna le dos et retourna s'asseoir à sa place. Ce fut Bertomieu qui prit la relève. Le vieil homme forma un triangle avec ses doigts et appuya le menton sur ses pouces. Il me dévisagea longuement sans rien dire.

— Pour espérer survivre, nous avons besoin d'organisation et d'hommes valeureux. Des hommes comme toi, Gondemar de Rossal.

Sidéré, je le dévisageai. Me demandait-il de rejoindre les rangs des cathares et de me battre pour eux ? Était-ce là ce que Dieu attendait de moi ? Que je vienne en aide aux hérétiques ? Que je devienne l'un d'eux ? La Vérité de Métatron était-elle cette doctrine à la fois plus pure et plus complexe que la religion dans laquelle j'avais été élevé et au nom de laquelle on tuait sans scrupules ?

— Que me proposez-vous au juste ? m'enquis-je. Je ne suis ni un apostat ni un mercenaire qui peut être acheté par le plus offrant.

— N'aie crainte, dit le vieillard en levant une main. Je ne te demande pas ton âme. Seulement tes armes. Tu les as mises au service du pape. Tu peux en faire autant pour nous.

Pour la première fois, Garsenda prit la parole. Elle était entre deux âges et son regard était aussi aiguisé que celui de Bertomieu.

— Tu es chrétien et nous l'acceptons, dit-elle. Si jamais tu décidais d'embrasser la vraie religion, nous t'accueillerons parmi nous avec bonheur. Mais la décision devra venir de toi seul. Cela dit, j'ai cru comprendre que tu étais… bien disposé face à notre situation, ajouta-t-elle en désignant Pernelle du regard. Ou au moins, que tu t'abstenais de nous juger trop sévèrement, ce qui est déjà mieux que ce que font tes semblables. Dame Pernelle te fait confiance et nous nous fions à elle. Aussi aimerions-nous que tu prennes en charge une partie de nos troupes.

Tout me parut tout à coup parfaitement simple. Si vraiment cette religion à la fois séduisante et inquiétante était la Vérité, je devais la protéger. Tel était le marché que j'avais conclu. Comment ? Je l'ignorais. Mais en refusant, je ne serais guère plus avancé.

— Soit. J'accepte.

— Bien, dit Bertomieu. Tu partiras pour Cabaret dès demain. D'ici là, Landric te fournira l'équipement dont tu auras besoin.

Il se leva avec difficulté et, à la vue de son dos voûté, je réalisai pour la première fois combien il était vieux.

— Dieu te bénisse et te mène à bonne fin, sire Gondemar, dit-il.

À ces mots, je songeai que la fin serait peut-être bonne, mais que dans l'état des choses elle risquait surtout d'être plus rapide que prévu. Sans la moindre certitude, j'avais l'impression d'être enfin sur la voie tracée par Métatron.

— Je l'espère mille fois plus que vous… marmonnai-je pour moi-même.

Le soleil se couchait. Je me tenais au sommet de la muraille, appuyé contre le parapet, et j'admirais le spectacle. Les rouges, les jaunes et les orangés baignaient la plaine, me rappelant que la Création était une chose fort belle, que les hommes semblaient s'entêter à souiller.

J'avais passé quelques heures avec Landric dans une armurerie dont la richesse m'avait étonné. J'y avais sélectionné une cotte de mailles, des gantelets de fer, une épée longue et une dague, remplaçant à regret les armes de qualité que j'avais perdues. Je complétai le tout par un plastron léger, mais résistant, un écu en amande et un heaume conique qui me couvrait le visage, ne laissant que deux fentes pour les yeux. Ces trois pièces d'équipement avaient dû appartenir à un seigneur de la région, car elles étaient peintes en blanc et ornées d'une croix cathare rouge. Si je devais mener les troupes rebelles, aussi bien faire en sorte qu'elles puissent me repérer facilement.

Le tout était maintenant déposé dans l'écurie où m'attendait la monture qui me mènerait dès le lendemain vers Cabaret. Un jeune étalon brun et blanc dont le tempérament fringant m'avait tout de suite rappelé celui de Sauvage. Landric, Ugolin et quelques autres m'accompagneraient, mais la plupart de leurs frères d'armes resteraient à Minerve, prêts à défendre la cité si les croisés l'attaquaient. Nous formions un convoi trop modeste pour attirer l'attention, mais nos trois charrettes couvertes d'une bâche seraient remplies d'armes destinées aux rebelles.

Je sursautai lorsque Pernelle posa la main sur mon épaule. Perdu dans mes pensées, je ne l'avais pas entendue venir. Je la regardai et je souris. Elle resta de marbre.

— Tu me pardonnes ? demanda-t-elle avec tristesse et embarras.

— Pardonner quoi ?

— De t'avoir manipulé. D'avoir utilisé notre amitié pour te faire prendre fait et cause pour nous. De t'avoir soigné pour mieux te renvoyer affronter la mort.

— Tu as fait ce que tu croyais devoir faire en ton âme et conscience, Pernelle. Je n'y vois aucun mal. Chacun de nous fait ce qu'il doit. Moi le premier…

Je reposai les yeux sur l'horizon.

— Et qui peut dire ce qu'est la destinée ? Dieu ne m'a pas placé ici par hasard, dis-je songeur, en luttant contre mon désir de lui en révéler davantage.

Pernelle posa tendrement une main sur mon avant-bras et je me retournai. Dans la lumière du soleil couchant, elle me parut plus précieuse que le plus grand des joyaux. Elle était aussi courageuse, sage et pure. Elle me faisait confiance et c'était un grand honneur. J'étais damné, mais Pernelle serait ma part d'humanité.

Elle retira la croix de fer qu'elle portait au cou et la passa au mien. Pendant un moment, j'eus peur que la douleur à la gorge me reprenne, mais il n'en fut rien. De toute évidence, la croix cathare m'était permise puisque je la portais déjà à l'épaule. Mais pas les paroles sacrées.

— C'est tout ce que j'ai à t'offrir, dit-elle. Qu'elle te porte chance.

Elle tourna brusquement les talons et s'enfuit sur la muraille. Je la vis descendre l'échelle deux barreaux à la fois et elle disparut bientôt entre les maisons, me laissant seul avec mes pensées, plus troublé que jamais. Alors que j'avais à peine entrevu la sérénité, le lendemain, je devrais redevenir l'homme que ses actes avaient mené droit en enfer.

TROISIÈME PARTIE

La Vérité

CHAPITRE 16

Cabaret

Le lendemain matin, j'étais debout bien avant l'aube. Je me sentais fébrile et de nombreux doutes m'assaillaient. Montbard m'avait enseigné tout ce que je savais et il avait fait de moi un combattant redoutable, mais étais-je pour autant un meneur d'hommes ? Avais-je l'étoffe d'un commandant ? Ma seule expérience dans ce domaine avait été celle de seigneur et elle s'était avérée désastreuse. En fait, elle m'avait mené tout droit en enfer. Saurais-je préparer une stratégie d'attaque ou de défense ? Saurais-je analyser le cours d'une bataille et réagir au mieux ? *Tu as l'âme d'un guerrier,* avait affirmé Métatron. *Tu aimes le combat et le triomphe. Ton cœur s'est durci au fil de ton existence. Tu es devenu violent et impulsif, mais tu sais aussi planifier.* J'espérais qu'il savait ce qu'il disait.

Même si je me découvrais une âme de chef et de stratège, ce dont j'étais tout sauf sûr, les cathares accepteraient-ils d'être menés par un croisé qui avait tué plusieurs des leurs ? Pourquoi l'auraient-ils fait ? Quelle serait la réaction de Landric qui avait peut-être perdu un commandement à cause de moi ? Me verrait-il comme un usurpateur ? Profiterait-il de la moindre occasion pour miner mon autorité ? Et Ugolin ? Je l'avais humilié devant tous et il m'en gardait certainement rancune.

Mon instinct me disait pourtant que j'étais sur la bonne voie. Sans en avoir l'assurance, je croyais avoir pris la bonne décision, mais j'ignorais où elle me mènerait. Je devais protéger la Vérité et, de toute évidence, celle-ci prenait la forme de la religion cathare. Mais comment y parviendrais-je? Les croisés étaient nombreux et les ressources de la chrétienté inépuisables. Le pape pourrait toujours envoyer dans le Sud deux fois plus de soldats que nous en tuerions. La cause me semblait perdue d'avance. *Tu devras protéger la Vérité et l'empêcher d'être détruite par ses ennemis, jusqu'au moment où l'humanité sera prête à la recevoir*, avait dit l'archange. Pour le meilleur et pour le pire, c'est ce que je ferais. Je me présenterais sans doute pour mon jugement plus tôt que je ne l'avais prévu.

Je songeais à tout cela, jouant distraitement avec la croix de Pernelle en me dirigeant vers l'écurie. Les armes et les armures, incluant les miennes, avaient été chargées dans les charrettes la veille et tout était prêt pour le départ. Rendu à destination, je fus soulagé de constater que le convoi était prêt à prendre la route. Une brève inspection me confirma que Landric avait respecté à la lettre mes instructions. Dans les chariots, des bâches recouvraient notre chargement clandestin. Par-dessus, on avait chargé des balles de foin qui, je l'espérais, détourneraient l'attention si jamais nous rencontrions des croisés. Landric lui-même était monté sur un cheval noir. Comme moi et les quatre autres hommes qui formeraient le convoi, il était vêtu en paysan, visiblement mal à l'aise: une vieille chemise, des braies, des souliers de cuir grossiers et un chapeau de paille sur le chef. J'avais eu du mal à le convaincre que tous devaient laisser leurs armes et leurs armures dans les chariots, mais il m'avait obéi. Le compromis que nous avions conclu était que les épées de notre petite troupe seraient posées sous les bâches, à portée de main pour pouvoir être saisies à la moindre alerte. Je notai avec satisfaction que, quels que fussent ses sentiments à mon égard, Landric s'avérait fiable et efficace.

En m'apercevant, il inclina sèchement la tête.

— Tout est prêt, sire Gondemar, m'informa-t-il. Tes armes sont là, ajouta-t-il en désignant l'avant du premier chariot.

Je soulevai le coin de la bâche et y aperçus mon épée et mon armure blanche. Je le remerciai d'un signe de la tête puis me dirigeai vers mon cheval, qui avait été sellé pour moi. J'allais l'enfourcher lorsqu'il m'arrêta en levant la main.

— Quelqu'un souhaite te parler dans l'étable, dit-il.

— Qui donc? Un des parfaits?

— Euh… oui.

Je fronçai les sourcils, impatienté par ce délai. Je désirais franchir le plus de distance possible dans la sécurité relative de l'aube. Je me dirigeai d'un pas ferme vers l'étable, ouvris la porte et entrai. Dans l'ombre, quelqu'un s'affairait à seller un cheval.

— Nom de Dieu, soldat! grondais-je. Tu vas me faire le plaisir de traîner ton cul poilu hors d'ici immédiatement! Tu nous suivras à pied s'il le faut!

— J'arrive, j'arrive, grommela une voix qui me figea sur place. Quant à te suivre à pied, tu oublies que je suis boiteuse. Je vous ralentirais. Et, pour ta gouverne, mon cul n'est pas poilu!

Pernelle. Mais que faisait-elle là? Emporté par la colère, je franchis l'espace qui nous séparait, les poings fermés sur les cuisses.

— Par le diable! tonnai-je. Tu ne t'imagines tout de même pas que tu vas venir avec nous?

— Je n'imagine rien du tout. Je le sais. Bertomieu désirait qu'un parfait vous accompagne. C'était moi ou Garsenda. Il a considéré que notre amitié serait un atout. Et fais-moi le plaisir de laisser le Malin hors de cette discussion, grossier personnage!

Elle testa la sangle qu'elle venait de boucler et la selle roula piteusement sur le côté du cheval, qui piaffa d'impatience.

— De plus, je suis ton médecin et tu n'es pas encore tout à fait rétabli, insista-t-elle. Je dois voir à ta santé.

— Ma santé se portera bien mieux si je n'ai pas à regarder par-dessus mon épaule pour m'assurer que tu es en sécurité!

Pernelle lâcha la sangle sur laquelle elle avait recommencé à travailler et se retourna vers moi, se dressant de toute la hauteur de ses trois pommes afin d'approcher son visage du mien.

— Je suis tout à fait capable de prendre soin de moi-même, Gondemar de Rossal ! explosa-t-elle, ses petits poings serrés sur ses hanches. Tu n'étais pas là pour me protéger lorsque j'ai traversé le pays seule ! Ni quand je courais dans les rues de Béziers pour ramasser les blessés ! Au contraire, j'ai souvenir que c'est moi qui t'ai sauvé la vie ! Alors tu vas me faire le plaisir de te taire !

Elle se pencha, ramassa un coffre en bois verni et me le tendit.

— Au lieu de jouer au mâle protecteur et de dire des bêtises, charge plutôt ceci dans une des charrettes. En temps et lieu, tes hommes et toi serez bien contents d'avoir quelqu'un pour soigner vos blessures.

— Si tu crois que je vais permettre que…

— Personne ne requiert ta permission, Gondemar ! Je vais à Cabaret, un point c'est tout. Maintenant, ouste !

Nous restâmes un moment à nous faire face, engagés dans une bataille de volonté que je savais perdue d'avance. L'idée de Pernelle était faite. Je la soupçonnais d'avoir intrigué auprès des autres parfaits pour être celle qui nous accompagnerait. Si la pensée de l'exposer au danger me révulsait, je savais fort bien que je n'y pouvais rien et que je devrais faire avec.

— Mrrrmmmph… grommelai-je en attachant correctement sa selle.

Je lui arrachai le coffre des mains. Dans la pénombre, elle m'adressa son sourire le plus innocent.

— Bon. Te voilà enfin raisonnable. Allez. Nous sommes attendus.

Quand nous sortîmes, je chargeai son coffre dans la dernière charrette, puis montai sur mon cheval et donnai le signal du départ. Landric approcha sa monture de la mienne et se pencha à mon oreille.

— Ne t'en fais pas, chuchota-t-il, un sourire dans la voix. Celui qui peut résister à dame Pernelle n'est pas encore né. Nous nous demandions seulement combien de temps tu tiendrais. Nous avons même pris quelques paris…

— Et ?

— Tu as fait une bonne minute. C'est plus qu'acceptable, dit-il, l'air amusé. Et me voilà plus riche de quelques pièces.

— Tu me vois fort aise d'avoir contribué à ton bien-être...

Dans la lumière de l'aube, notre modeste convoi descendit les rues encore désertes de Minerve et franchit le pont qui reliait la ville aux alentours. Pernelle resta prudemment à la queue, derrière la dernière charrette, Ugolin à ses côtés. Le géant avait visiblement décidé de veiller sur elle et j'en conçus un certain soulagement. De temps à autre, je surprenais les regards et les sourires sincères qu'ils échangeaient. Visiblement, ils s'aimaient bien. Quant à mon amie, elle était assez sage pour savoir que, dans l'immédiat, il valait mieux rester loin de moi. Je ne pouvais qu'admirer la force et la sérénité dont elle faisait preuve. La nouvelle de la mort de son fils était encore fraîche et, malgré cela, elle semblait en paix. Je me dis encore une fois que, décidément, la religion cathare avait de grands avantages.

Après une heure de route, Landric vint me rejoindre à la tête de la petite colonne et me regarda droit dans les yeux, l'air grave.

— Sire Gondemar? Les parfaits ont décidé que tu devais mener leurs hommes contre les croisés. Sache que cela nous suffit, à mes hommes et à moi. Nous te suivrons où tu nous mèneras si telle est la volonté de Dieu. Et ce sera pareil à Cabaret. Je tenais à te le dire.

Il me tendit la main. Je l'empoignai et la serrai avec vigueur et reconnaissance. Les paroles étaient superflues. Je venais d'être accepté. Il restait à démontrer, à moi-même autant qu'à ceux qui me confiaient leur vie, que j'en étais digne.

Nous franchîmes la distance qui nous séparait de Cabaret sans anicroche. Je fus étonné de constater que les deux cités n'étaient séparées que par une douzaine de lieues de Paris[1]. En un peu

1. Une lieue de Paris vaut 3,9 km.

plus de cinq heures passées au petit trot et entrecoupées de quelques brèves périodes de repos, nous nous trouvâmes devant une montagne majestueuse couverte de verdure et aux sommets arrondis par les millénaires.

— C'est la Montagne Noire, m'informa Landric. Nous serons bientôt à Cabaret.

— Tu connais bien cette contrée ?

— J'y suis né.

Nous franchîmes à bon rythme la distance qui restait. Lorsque nous nous engageâmes dans les sentiers plus escarpés et bordés de cyprès qui gravissaient la montagne, il me traça un portrait détaillé des lieux.

— Il y a quatre forteresses dans la Montagne Noire. Du nord au sud : Cabaret, Surdespine, Tour Régine et Quertinheux. Elles sont sous l'autorité de Pierre Roger de Cabaret, un pur chevalier occitan. Il est co-seigneur avec son frère Jourdain. Il était aux côtés de Trencavel durant le siège de Carcassonne et a tout juste sauvé sa vie. Depuis, il mène des raids contre les croisés et il s'en tire fort bien. Tu l'apprécieras, j'en suis sûr. C'est un homme de grande valeur qui n'a pas froid aux yeux et qui ne manque pas d'humour.

Il me désigna une structure érigée sur un pic, à l'horizon. Elle semblait s'y accrocher de façon précaire et je me demandais comment on pouvait même y accéder.

— Là-bas, c'est Surdespine. Toutes les forteresses sont bâties à environ cent cinquante toises d'altitude. Impossible de s'en approcher sans être vu. À elles quatre, elles contrôlent l'accès à la montagne, où se trouvent plusieurs mines de fer nécessaires à la fabrication de nos armes.

— Et Cabaret ?

— C'est la plus redoutable des quatre. C'est pour cette raison que Pierre Roger y est retranché avec plusieurs parfaits et quelques centaines de fidèles. Tu constateras vite que le relief accidenté empêche un assiégeant d'installer des machines de guerre à distance des fortifications. Quiconque désire la prendre devra se présenter devant la porte d'entrée et frapper comme un mendiant. J'ai déjà hâte de voir ce salopard de Montfort s'y casser les dents. Que Dieu me fasse la grâce de me laisser l'occire, celui-là, et je mourrai en paix.

Je restai songeur, me rappelant l'impression que le chef des croisés m'avait faite. Je revoyais son regard fanatique et l'absence totale de scrupules avec laquelle il avait dirigé le massacre de tous ces innocents réfugiés dans la petite église de Béziers. J'entendais encore les cris d'agonie lorsque le feu avait été allumé.

— Ne formule pas de souhaits à la légère, Landric. Ils pourraient se réaliser… Montfort est habité par une foi aveugle et ses hommes le suivraient jusqu'en enfer sans poser de questions. Ces gens-là sont toujours les plus dangereux, car ils ne connaissent ni la peur ni le doute.

Au son de mes propres paroles, je réalisai à quel point sire Simon et moi étions pareils. Il était sans doute voué au même sort que moi. À moins, évidemment, que la foi qu'il défendait avec tant de ferveur ne soit la bonne.

À force de grimper, nous arrivâmes dans un petit village périlleusement accroché au flanc sud-ouest de la montagne. Une centaine de petites maisons de pierre au toit d'ardoise rougeâtre étaient réparties sur neuf terrasses taillées de main d'homme dans le roc. L'endroit semblait désert.

— Lastours, m'informa Landric. Il y a un autre village sur la pente nord, mais c'est ici que vivent la plupart des fidèles. Ils cultivent ce qu'ils peuvent et plusieurs travaillent à la forge.

— Où sont tous les habitants ? m'enquis-je.

— Retirés dans la forteresse. Pierre Roger s'attend à ce que les croisés surgissent d'un moment à l'autre.

— Et comment sait-il cela ?

— Tu verras bientôt.

Nous allions poursuivre notre chemin lorsqu'une petite fille de cinq ou six ans, pieds nus et en haillons, suivie d'une femme de même allure et d'un petit homme trapu sortirent d'une des maisons. La fillette avait de jolis cheveux blonds qui volaient dans la brise et ses grands yeux bleus étaient rieurs. Elle avait visiblement été attirée par notre passage, car elle sourit et agita ses petits doigts pour nous saluer. À sa vue, mon cœur se serra. Elle me rappelait une enfant de Rossal. Une innocente que j'avais brûlée vive dans l'église avec ses parents.

— Et eux ? m'enquis-je.

— Certains préfèrent rester chez eux jusqu'à ce que l'alerte sonne. Herran est le plus entêté de tous. Il ne voulait sans doute pas perdre ses légumes. Il ne se présentera pas à Cabaret avant d'entendre les chevaux des croisés approcher.

Nous laissâmes Lastours derrière nous. Après quelques minutes supplémentaires sur une pente encore plus raide, nous atteignîmes le plateau sur lequel se tenait Cabaret. Nous nous approchâmes de la muraille aveugle au milieu de laquelle se trouvait une porte fort étrange. Un muret en arc de cercle y était en effet disposé de telle façon qu'il contraignait quiconque désirait entrer dans la forteresse à le contourner pour s'engager dans un passage tout juste assez large pour accueillir nos charrettes. Je levai la tête pour constater que, du haut des courtines, les défenseurs de la cité n'auraient aucune difficulté à abattre des assiégeants coincés dans cet ingénieux entonnoir.

— C'est l'accès principal de la forteresse, m'expliqua Landric. Il existe une porte secondaire à l'extrémité sud-ouest qui permettrait, le cas échéant, de sortir pour prendre l'adversaire à revers. Mais bien malin celui qui pourra la trouver de l'extérieur.

— Fort impressionnant… rétorquai-je.

— Je te l'ai dit : l'assaillant devra frapper et demander à entrer. À moins qu'il ne sache comment passer au travers d'une muraille qui fait plus d'une toise d'épaisseur.

Après que Landric eut décliné notre identité, nous fûmes admis. La place forte était petite, mais d'apparence solide. Elle était fermée de tous les côtés par une enceinte de pierres blanches, dorées et grises de tailles différentes qui prenaient une allure presque festive dans la lumière du soleil. Je notai au passage que le mortier de chaux et de sable qui les joignait ne montrait aucun signe d'effritement. La structure avait été restaurée récemment et avec compétence.

Je promenai sur les lieux un regard que je voulais froid et calculateur pour masquer mon incertitude. Je devais trouver le moyen de défendre cette place. Au nord de la cour se trouvait une tour comme je n'en avais encore jamais vu. Elle n'était ni ronde ni carrée, mais pentagonale. À une de ses faces était accolé un grand logis rectangulaire à deux étages. L'arrière du bâtiment lui-même était pris à même le roc. Près de la tour se trouvait une grande citerne en pierre qui suffirait certainement à abreuver la population pendant des mois même s'il ne pleuvait pas une seule goutte. Le côté sud était occupé par les ruines d'une tour carrée.

La cour grouillait de monde, les habitants ayant installé à la hâte des forges de fortune autour desquelles ils s'affairaient à fabriquer des épées, des pointes de hallebardes, des casques et des heaumes. Plusieurs levèrent la tête à notre arrivée et nous observèrent avec curiosité avant de recommencer à vaquer à leurs occupations. Un peu à l'écart, près de la tour en ruine, un groupe d'hommes, de femmes et d'enfants était assis sur le sol et écoutait prêcher un parfait vêtu de noir. Devant le corps de logis, des femmes s'affairaient autour d'un immense chaudron suspendu à un trépied au-dessus d'un feu. Le fumet qui en provenait me fit gargouiller l'estomac et monter l'eau à la bouche. Mais, curieusement, je ne vis de soldats nulle part.

La porte du corps de logis s'ouvrit brusquement et un petit homme aux cheveux blonds en surgit. Il s'avança et les gens s'écartèrent sur sa route. D'un pas déterminé et nerveux, il se dirigea droit sur moi.

— Je suis Pierre Roger de Cabaret, dit-il en me serrant la main avec chaleur. Bienvenue à la forteresse de Cabaret. Tu dois être le sieur de Rossal. On m'a annoncé ta venue. Ton aide ne sera pas de trop, je te l'assure. On m'a amplement vanté tes qualités.

— Les nouvelles vont vite…

— Seulement aussi vite que les messagers qui les portent, rétorqua-t-il en me faisant un clin d'œil espiègle.

L'homme devait avoir deux ou trois ans de plus que moi, tout au plus, et son visage aux joues rougeaudes était encore celui d'un jouvenceau malgré un élégant bouc qui lui couvrait le menton. Seule une cicatrice au-dessus de l'œil droit trahissait son expérience du combat. Il était mince, presque chétif, et à peine plus grand que Pernelle, mais il émanait de sa personne une énergie débordante. Ses yeux d'un bleu très clair étaient perçants et ne semblaient rien perdre de ce qui l'entourait. Il était à peine mieux vêtu que les villageois réfugiés dans la forteresse, mais l'autorité naturelle qu'il dégageait le distinguait des autres. S'il m'arrivait à peine au menton, il ne semblait nullement intimidé par ma carrure, ce que je pris comme un fort bon signe. L'homme ne se laissait pas facilement impressionner.

— Le corps de logis est le seul gîte que je peux t'offrir. Que tes hommes y déposent leurs effets et les tiens. Pendant ce temps, je te ferai visiter la forteresse.

Je jetai un coup d'œil vers Pernelle.

— Et elle ?

— Dame Pernelle ? Ne t'en fais pas pour elle. Les parfaits l'attendaient. Ils s'en chargeront.

Sans plus tarder, il m'empoigna le bras et m'entraîna vers le bâtiment pendant que Landric et ses hommes déchargeaient les charrettes à l'aide d'habitants du lieu. Je vis une femme en noir s'approcher de Pernelle et l'entraîner vers le corps de logis, Ugolin lui emboîtant fidèlement le pas en portant son coffre.

Pierre Roger me conduisit vers un escalier attaché au mur nord qui donnait accès au chemin de ronde de la muraille. Nous le gravîmes ensemble. Une fois en haut, je fus frappé par la vue qu'on y avait.

— D'ici, on peut voir arriver un adversaire des lieues à l'avance, déclara fièrement mon guide.

— C'est ce que Landric m'avait dit. Il avait raison. Il est impossible d'installer des catapultes pour faire le siège.

J'observai la construction et en fus impressionné. Je ne connaissais de tout cela que ce que Montbard m'avait enseigné, mais cela me suffisait amplement. La courtine, qui s'étendait au sommet de la muraille, était encadrée par un crénelage. De là, des archers pourraient faire déferler en toute sécurité une pluie de flèches sur d'éventuels assaillants entassés au pied de l'escarpement. En observant le panorama, je notai que la muraille avait cinq côtés, elle aussi. Nous l'arpentâmes d'une extrémité à l'autre, Pierre Roger m'en présentant les détails, m'indiquant l'emplacement des escaliers, montrant du doigt les sentiers qui permettaient de gravir la montagne, me désignant au passage les grandes vasques de fonte qui, au besoin, pouvaient servir à verser de l'huile bouillante sur les assaillants. J'avais beau jouer à l'avocat du diable, je ne voyais pas comment prendre Cabaret. Après une demi-heure, nous étions revenus à notre point de départ, accoudés côte à côte sur les pierres de la muraille comme deux vieux amis.

— Mordieu... si jamais Montfort s'avise d'attaquer cet endroit, il sera bien reçu, dis-je, impressionné.

— Oh ! il le fera, sois-en assuré. Cela ne devrait d'ailleurs pas tarder.

Pour la deuxième fois, on m'affirmait la venue prochaine des croisés.

— Comment en es-tu si sûr ? demandai-je, intrigué.

Le sourire espiègle éclaira à nouveau son visage.

— C'est la petite surprise que je te réservais. Viens, je vais te faire visiter le donjon.

Nous redescendîmes l'escalier et traversâmes la cour jusqu'à la curieuse tour à cinq côtés. Deux gardes se tenaient devant la porte et se mirent au garde-à-vous lorsque Pierre Roger se présenta. L'un des deux sortit un trousseau de clés et déverrouilla la lourde porte de bois fortifiée par des lamelles de fer. Il ouvrit, remit les clés à son seigneur et lui céda le passage. Celui-ci me fit signe de le suivre et un des gardes nous accompagna.

Je fus étonné par ce que je découvris. La pièce à cinq murs était vide, mais son architecture était étonnante. Malgré moi, j'admirai l'étonnante voûte gothique formée de cinq ogives gracieuses aux chapiteaux sans fioritures, aux fins voussoirs en calcaire blanc. Je me serais attendu à de tels raffinements et de si belles proportions dans une église, mais pas dans une simple tour.

— Suis-moi, dit mon guide en s'engageant dans l'étroit escalier en vis qui menait à l'étage. Tu vas bien t'amuser.

Il gravit les marches trois par trois et m'attendit devant une lourde porte ferrée qu'il ouvrit avec une des clés du trousseau. Je notai avec intérêt qu'avant d'entrer il avait posé la main sur le poignard qu'il portait à la ceinture et que le garde qui nous suivait avait tiré son épée. De plus en plus intrigué, je suivis mon hôte. La surprise que j'avais eue en entrant au rez-de-chaussée n'était rien en comparaison de celle que j'éprouvai alors.

La pièce était confortablement meublée. Et habitée. Un homme était assis à une table placée près de l'unique fenêtre de la pièce – une fort jolie ouverture en ogive, notai-je au passage. Ses cheveux longs et sombres étaient attachés sur la nuque. Ses vêtements, même sales, étaient ceux d'un noble. Profitant de la lumière du jour, il écrivait sur un parchemin. Il leva la tête et, voyant qui était entré, posa sa plume d'oie près de son encrier. Son visage, orné d'une barbe qui avait grand besoin d'être taillée, était précocement ridé et il cachait mal la lassitude qui l'accablait.

— Tiens, Pierre Roger… Que me vaut l'honneur ? s'enquit-il avec une moue cynique.

Cabaret se contenta de sourire et se tourna dans ma direction.

— Sieur de Rossal, permets-moi de te présenter le sieur Bouchard de Marly. Depuis quelques semaines, il est mon… invité. Mon brave Bouchard, voici Gondemar de Rossal, un de tes anciens congénères qui a vu la lumière et qui a changé de camp.

L'homme me toisa du regard, dans lequel je lus de la surprise et du mépris. Puis il haussa le sourcil.

— Prisonnier serait plus juste, dit-il avec hauteur.

— Allons, allons, roucoula Pierre Roger, n'es-tu pas traité correctement ? Tu manges trois repas par jour, tu peux écrire autant que tu le veux, tu es bien logé. Que pourrais-tu demander de plus ?

— La liberté.

— Tu es bien trop coquin pour cela. Si je te laissais partir, tu recommencerais à courir les campagnes et à tuer les nôtres. Tu m'en veux encore d'avoir occis ton ami Gaubert d'Essigny ? Rancunier, va.

J'avais sans doute l'air d'un demeuré. Cabaret s'esclaffa et me donna une grande claque sur l'épaule.

— Le sieur de Marly est un croisé.

Il se retourna vers son prisonnier et lui fit une révérence remplie d'ironie.

— Un croisé important, s'entend. Pour être plus précis, Bouchard est le fils de Mathieu de Montmorency, seigneur de Marly, et de dame Mathilde de Garlande. Ce qui le rend si précieux à mes yeux est qu'il est le cousin d'Alice de Montmorency, elle-même la tendre épouse de ce chien enragé de Montfort.

Je lui adressai un regard amusé. Je comprenais maintenant pourquoi il était si sûr de la venue prochaine du général des croisés. Jamais un noble français n'accepterait qu'un de ses parents, même par alliance, soit retenu prisonnier par un hérétique. Et Montfort n'entendait pas à rire. En ce moment même, il devait être en train de préparer son attaque, s'il n'était pas déjà en route.

— Après le sac de Béziers, une fois leur quarantaine achevée, la plupart des croisés sont retournés sur leurs terres, les mains couvertes de sang et l'esprit tranquille, poursuivit Pierre Roger. Par solidarité filiale, ce brave Bouchard a décidé de rester avec son cousin pour l'aider à massacrer d'autres innocents. Après tout, il en restait encore quelques-uns…

Je jetai un coup d'œil à Marly. Les mâchoires serrées, le visage blême, l'homme fulminait.

— Pour le récompenser, à titre de vicomte de Béziers et Carcassonne, Montfort lui a confié les terres de Saissac et de Saint-Martin-en-Languedoc. C'est là que je l'ai trouvé en train de faire fouetter jusqu'à la chair vive un groupe de parfaits. Pendant l'escarmouche qui en a résulté, j'ai eu la chance de me saisir de sa personne et, depuis, il profite de mon… hospitalité.

— Fils de chienne ! s'écria Marly, n'y tenant plus.

Il se leva brusquement, renversa la table et voulut se précipiter sur son geôlier. Aussitôt, le garde qui était resté dans l'embrasure de la porte entra et pointa son épée vers la poitrine du prisonnier, qui se rassit sans quitter Cabaret des yeux. Dans son regard, la haine était palpable.

— Bon ! s'écria Pierre Roger avec une bonhomie théâtrale en se frottant les mains. Le devoir m'appelle. Je te laisse vaquer à tes occupations ! Et dès que ton cousin se pointe à l'horizon, je te fais avertir. Si Dieu le veut, je le pendrai devant ta fenêtre pour que tu profites de sa présence.

Nous quittâmes le prisonnier livide de rage et d'impuissance. Une fois à l'extérieur, le sicur de Cabaret m'adressa un regard amusé.

— Tu comprends, maintenant, pourquoi Montfort va assurément se montrer ? demanda-t-il avec un air de diablotin.

— Disons qu'il devrait être très motivé, dis-je en ricanant.

— En ce moment, ses troupes sont insuffisantes et il se contente de harceler des villages sans défense. Mes espions me rapportent qu'il est sans pitié. L'un d'eux, en particulier, est presque devenu une légende. On le surnomme l'Aigle. Lui et ses hommes sont de véritables furies qui détruisent et tuent tout ce qui se trouve sur leur passage.

— Au cri de « Dieu le veut ! » ?

Pierre Roger me regarda, étonné.

— Tu le connais ?

— J'en ai bien peur, répondis-je, songeur, en pensant à l'aigle de Nanteroi qu'arborait Evrart et au cri qu'il avait lancé lors de l'assaut de Béziers. Et s'il s'agit bien de celui auquel je pense, il est redoutable, en effet.

Cabaret laissa son regard traîner sur la grande porte.

— Tôt ou tard, Montfort viendra et nous le recevrons d'une manière qui sied à son rang.

Bien que le caractère facétieux de Cabaret m'amusât, j'éprouvais une certaine réserve qui m'empêchait de partager l'enthousiasme de mon hôte. J'avais vu de mes yeux le genre d'homme qu'était Simon de Montfort. Déterminé, charismatique, aveuglé par sa foi. Je sentais au plus profond de mon être qu'il valait toujours mieux qu'un tel individu reste à bonne distance. Mais il était trop tard pour cela. Il ne restait donc qu'à se préparer en conséquence.

Pierre Roger me mena vers les cuisinières, dans la cour, et me fit servir une écuelle débordante d'un savoureux ragoût de céréales et de légumes assaisonné d'herbes. Il en prit une lui aussi, plus modeste, et nous mangeâmes debout en discutant de la situation que j'avais laissée à Minerve. Je finis par lui poser la question qui me chiffonnait depuis que nous avions arpenté ensemble le chemin de ronde.

— Sire de Cabaret…

— Pierre Roger, coupa-t-il en levant la main. Nous sommes tous égaux devant Dieu, Gondemar. Les titres de noblesse ne signifieront rien après notre mort.

— Pierre Roger… quelque chose m'intrigue.

— Ah ? Quoi donc, rétorqua-t-il, l'œil brillant.

— Les fortifications de Cabaret n'ont aucune faiblesse et, en l'état, la place est tout simplement imprenable. À moins que Montfort n'ait une surprise de taille dans sa besace. Par ailleurs, tu sais clairement ce que tu fais. Tu as mené des embuscades contre les croisés, tu as même pris sous leur nez un prisonnier important. Je n'ai pas encore vu tes hommes s'exercer, mais j'en conclus qu'ils sont compétents.

— Tout à fait. Et même davantage.

— Il suffit d'observer le comportement des habitants pour voir qu'ils t'aiment et te respectent. Le maître de Cabaret, c'est toi.

— J'en suis le seigneur de droit. Je me targue d'avoir gagné l'affection de mes serfs en les traitant comme des égaux.

En regardant son sourire taquin, j'avais le sentiment agaçant qu'il jouait avec moi comme un chat avec une souris.

— Alors, que fais-je ici ? demandai-je en haussant les épaules. Tu n'as pas besoin de moi.

Il rendit son écuelle vide à une des cuisinières et je l'imitai. Puis il me passa le bras autour des épaules et m'entraîna à l'écart.

— Les parfaits t'ont demandé de prendre en charge les troupes parce que j'en ai moi-même exprimé le souhait. Dès que le bruit m'est parvenu que tu étais à Minerve et que dame Pernelle se portait garante de toi, j'ai envoyé un messager pour leur en faire la suggestion. J'espérais que tu finirais par voir le bien-fondé de notre cause. Dieu a exaucé mes prières – avec l'aide de dame Pernelle, sans aucun doute.

— Mais pourquoi ? insistai-je, un peu exaspéré.

Il cessa de marcher et me fit face. Son visage perpétuellement amusé prit soudain un air sérieux, presque sombre, qui me surprit.

— Gondemar, dit-il à mi-voix. Tu n'es pas sans comprendre que notre situation est désespérée. Les chevaliers du Sud ne sont pas tous cathares et, si plusieurs ont pris fait et cause pour nous, d'autres, plus nombreux encore, sont passés du côté des croisés, emmenant leurs hommes avec eux. Ceci nous laisse avec des troupes très réduites qui ne peuvent pas protéger toutes les places fortes et toutes ne sont pas du calibre de Cabaret. Nous devrons faire des choix et nous concentrer sur les plus sûres.

— Et les autres ?

Pierre Roger se contenta de hausser les épaules avec fatalisme.

— Tôt ou tard, nous serons submergés. La plupart finiront par tomber, à commencer par Fanjeaux, Bram et Minerve. Certaines résisteront vaillamment, d'autres se rendront. Les dernières à tenir seront sans doute Montségur et Quéribus, qui ont été lourdement fortifiées depuis l'an 1203.

— Alors ? Si la cause est perdue d'avance, pourquoi résister ?

— Parce que la Vérité en vaut la peine. Quel genre d'homme serais-je si je ne combattais pas pour mes convictions ? Les parfaits n'hésiteraient pas un instant à marcher de leur plein gré dans un bûcher allumé plutôt que de trahir leur foi. Et moi, simple soldat, je ferais moins ?

— Un peu plus et je croirais que tu souhaites mourir.

— Dans une certaine mesure, Gondemar, tous les cathares le souhaitent. Ce monde n'est pas le nôtre.

La certitude sereine de mon hôte me laissa un goût amer dans la bouche. Je la lui enviais, moi qui n'avais d'autre motivation que le salut de mon âme. Si j'étais là, dans cette forteresse hérétique, à essayer de comprendre comment je pouvais protéger cette Vérité qui n'était pas la mienne, c'était par intérêt personnel. Rien d'autre. Je me sentais affreusement égoïste.

— Tout cela ne m'explique pas ce que je fais ici, insistai-je.

— C'est pourtant évident. Je suis un excellent stratège et j'en suis conscient. Je sais analyser les faiblesses d'une forteresse et les corriger. Je n'ai pas mon pareil pour évaluer les forces adverses et planifier une attaque surprise. Mais regarde-moi, dit-il en ouvrant les bras. La nature m'a fait avorton. J'ai peine à manier l'épée. Sur le champ de bataille, je suis une engeance pour les autres, qui cherchent naturellement à me protéger, parfois au détriment de leur propre sécurité.

La petite moue qu'il faisait me fit le prendre en pitié.

— Tu es tout ce que je ne suis pas, continua-t-il. Tu es un colosse et tu te bats avec une ferveur sans pareille et une compétence dont je ne peux même pas rêver. Les soldats ont besoin d'un chef qu'ils peuvent admirer. Quelqu'un qui les inspirera et qui leur montrera le chemin sur le champ de bataille. Leur détermination en sera décuplée.

— Tu sembles bien certain de tout cela… dis-je. Et si je n'étais pas l'homme que tu crois ?

Je me remémorai la luxure qui m'avait emporté lors du siège de Béziers. Du peu de souvenirs que j'en gardais, j'avais dû être fort efficace, en effet.

— On m'a fait grand état de tes faits d'armes, à Béziers. Toi et le vieil homme qui ne quittait pas tes côtés avez fait de grands ravages, dit-on.

— Tu es bien informé. Si cela provient de Pernelle, sache qu'elle n'y était pas. Elle m'a retrouvé mourant, ce qui prouve que je ne suis pas invincible.

— Non. Mes renseignements me viennent de quelqu'un d'autre.

— Qui donc ?

— Moi, fit une voix derrière nous.

Je me retournai et aperçus Landric qui se tenait à quelques pas. Il portait l'épée à la taille et semblait s'en sentir mieux. Sans dire un mot, il sortit sa chemise de ses braies et la remonta sur son torse. Une vilaine cicatrice rouge le traversait en diagonale, déformant le nombril et le sein gauche.

— Tu m'as presque éventré, dit-il. Tu as transpercé un de mes hommes et en as décapité un autre. Tu avais l'air d'un possédé. J'ai juste eu le temps de rentrer le ventre pour éviter d'être transpercé. Mais j'en ai été quitte pour une vilaine entaille. Je me suis réveillé dans la même infirmerie que toi. J'y ai passé deux semaines.

J'étais sidéré. Sans même en avoir souvenance, j'avais presque tué Landric. Et pourtant il était là et m'avait promis fidélité. Je n'y comprenais plus rien.

— Pourquoi ne m'as-tu pas tué ? m'enquis-je. Tu en as certainement eu l'occasion.

— Moult fois, crois-moi, dit-il en rentrant sa chemise. Tu as dormi pendant tout le temps que j'y ai passé et ce n'est pas l'envie qui m'a manqué. Mais dame Pernelle avait formellement averti tous ses patients que tu étais… intouchable. Et comme tu t'en doutes, ce que dit dame Pernelle…

— Je l'imagine bien, oui. Malgré cela… comment peux-tu… ?

— Lutter maintenant à tes côtés ? compléta-t-il. D'abord parce que j'ai rarement vu quelqu'un se battre comme toi. Tu es venu à bout d'Ugolin sans même y mettre tous tes efforts. Ensuite parce que les parfaits t'ont choisi et que je me fie à leur jugement. Enfin parce que…

— Dame Pernelle, complétai-je à mon tour.

Il hocha la tête en souriant.

— Vous lui vouez tous une bien grande affection, on dirait.

— Elle nous a tous soignés un jour ou l'autre. Plusieurs d'entre nous lui doivent la vie. Chacun de mes hommes mourrait pour elle s'il le fallait. Ugolin plus encore que les autres.

Landric s'adressa à Pierre Roger.

— Mes hommes ont mangé et sont installés, sire. Nos chevaux sont à l'étable et les chariots sont déchargés. Devrais-je commander un entraînement ?

— M'est avis qu'il est grand temps que sire Gondemar évalue le savoir-faire de ses troupes.

— Mais où sont-ils donc, ces soldats ? m'enquis-je. Je n'en ai vu nulle part.

— Tu les as vus, mon ami, dit Cabaret. Ici, tous les habitants portent les armes, mais aucun ne vit par l'épée. Nous laissons ce luxe aux hommes du Nord.

Je passai le reste de la journée à m'entraîner avec les hommes et fus impressionné par la compétence de ces paysans dont le combat n'était pas le métier. Mais ils avaient néanmoins beaucoup de travail à faire pour résister à des soldats accomplis et je savais désormais que leur perfectionnement relevait de ma responsabilité. Dès le lendemain, je m'attelai à la tâche.

CHAPITRE 17

L'Aigle et le templier

J'eus plus de temps que je ne l'aurais souhaité pour me familiariser avec Cabaret. Près de quatre mois s'écoulèrent entre mon arrivée et celle des croisés. Je les occupai à compléter ma remise en forme et à revoir mille fois les préparatifs de la forteresse. Je ne m'étais jamais imaginé tenir un jour le rôle que Bertrand de Montbard avait joué auprès de moi, alors que je me sentais encore son élève. Mes actes avaient amplement démontré mon immaturité. Mais c'est pourtant ce que je fis. J'étais le maître d'armes de Cabaret et je devais me conduire comme tel.

J'ordonnai que chaque matinée soit désormais consacrée à des exercices rigoureux, laissant aux hommes le reste de la journée pour vaquer à leurs autres tâches. Ils durent passer les mois d'août et de septembre à s'occuper des récoltes dans la chaleur de l'après-midi au lieu de le faire dans la fraîcheur de l'aube. Par la suite, les contraintes diminuèrent. Utilisant Landric ou Ugolin pour faire mes démonstrations, je leur transmis de mon mieux les enseignements de Montbard, leur appris à frapper pour estropier plutôt que tuer, leur martelai dans la tête que l'important était de s'assurer qu'un adversaire ne soit plus en état de nuire, que là résidait leur survie. Je leur enseignai qu'une dague pouvait être une arme redoutable lorsqu'elle était enfoncée vers le haut dans l'abdomen ou dans l'aine, où se trouvait une grosse veine qui pisserait le sang. Je leur montrai comment enfoncer leurs pouces dans les yeux de l'adversaire s'ils étaient désarmés.

Cet entraînement rigoureux eut des effets bénéfiques sur ma santé et je retrouvai tout à fait ma force et mes réflexes.

Je terminais invariablement chaque séance en vidant un gobelet de vin ou une chope de bière fraîche en compagnie de soldats essoufflés, mais heureux d'avoir progressé. Je forgeai avec eux un lien que j'espérais assez solide pour survivre aux tensions de la bataille.

J'identifiai ceux qui étaient les moins susceptibles de porter l'épée. Je pris à part les plus maigrelets et les garçons qui n'étaient pas encore tout à fait des hommes et leur appris qu'ils étaient convertis en archers. Quelques-uns se renfrognèrent à la nouvelle, mais dès qu'une trentaine d'arcs eurent été fabriqués à la hâte, ils en découvrirent la puissance. Ils comprirent aussi que, comme il y avait peu de chances que les fantassins sortent de la forteresse pour combattre au corps à corps, ils étaient ceux qui en découdraient avec l'ennemi. Ils cessèrent donc de ronchonner et s'appliquèrent à la tâche. Après quelques semaines d'entraînement sous la férule de Landric, qui se révéla un redoutable archer, chacun d'eux pouvait atteindre une cible d'une coudée[1] de diamètre à dix toises de distance.

Je mis aussi les connaissances de Pernelle à contribution. À ma demande, on équipa chaque soldat d'un lacet de cuir et mon amie leur apprit à en faire un tourniquet qui les empêcherait de saigner à mort s'ils étaient blessés. Elle enseigna aussi aux femmes et aux vieillards à le faire en cas de besoin. Nos forces étaient limitées et nous devions accroître les chances de survie de chacun de nos hommes.

Après quatre mois de ce régime quotidien, les progrès étaient palpables et, en novembre, je pus affirmer avec fierté que les troupes de Cabaret étaient prêtes plus qu'elles ne le seraient jamais, au grand plaisir de Pierre Roger, qui était tout sourire. Les armes, forgées sur place, étaient neuves et solides.

1. Une coudée vaut environ 0,5 mètre.

Les armures étaient rutilantes. Les chevaux étaient peu nombreux, mais dans un lieu retranché comme la forteresse, ils avaient une utilité limitée. Il ne s'agissait pas de combattre sur un terrain plat, mais d'empêcher l'assaillant d'entrer, et je n'avais aucune intention de tenter une sortie qui pourrait s'avérer suicidaire. La survie se trouvait derrière la muraille.

Me remémorant les récits que Montbard m'avait faits des places fortes de Terre sainte, j'implantai plusieurs mesures défensives de base qui mettaient à profit l'entière population. Je fis appel aux vieillards les plus débiles et les chargeai d'entretenir les feux jour et nuit pour que des chaudrons d'huile bouillante soient toujours prêts. Le moment venu, les vieux les plus vigoureux auraient la charge de transporter par équipes de quatre le liquide au haut des murailles. Je fis aussi ajouter des becs aux vasques de fonte installées au sommet des remparts afin qu'elles puissent déverser leur contenu sur les assaillants avec précision.

J'ordonnai encore que les maçons arrondissent des pierres de bonne taille pour en faire des boulets qu'on empila à intervalles réguliers sur le chemin de ronde. J'exerçai les femmes et les enfants à s'y rendre en vitesse pour les faire pleuvoir sur l'ennemi grâce à des glissières en bois montées sur des pivots que je fis construire par les menuisiers et installer entre les créneaux. Ce seraient aussi les femmes et les enfants qui seraient responsables des ravitaillements en eau et en nourriture en cas de siège. Je fis raccorder à la citerne un long tuyau de bois qui menait jusqu'au centre de la place et auquel pourraient être remplis des seaux en cas d'incendie. Tous les récipients utiles furent regroupés et distribués, pleins, à travers la forteresse. Je formai des équipes de femmes et de vieillards qui seraient chargés de lutter contre le feu. Il fut convenu que, le cas échéant, tous les blessés encore valides se joindraient à l'une ou l'autre des équipes et contribueraient de leur mieux.

Les parfaits ne furent pas ignorés. Comme ils rejetaient la violence, leur tâche serait naturellement de soigner les blessés et, à cette fin, une infirmerie fut aménagée au rez-de-chaussée du donjon, sous les quartiers de Bouchard de Marly. Quiconque serait libre parmi les femmes, les enfants et les vieillards devrait y mener les patients qui pourraient être déplacés. Les autres seraient traités sur place. Connaissant sa valeur, je chargeai Pernelle de coordonner les activités et sa nomination reçut l'aval de tous.

Il ne resta bientôt plus qu'à attendre Montfort et les rumeurs qui nous parvenaient laissaient entendre qu'il piaffait d'impatience.

Nous étions au début de décembre lorsque ce moment à la fois attendu et redouté arriva enfin. Aucune panique ne traversa Cabaret lorsque, sur la fin d'un après-midi, Ugolin sonna l'alarme, du sommet de la muraille. Pierre Roger, Landric, Ugolin et moi-même nous précipitâmes dans l'escalier pour évaluer la situation. À l'horizon, une colonne d'hommes à cheval et de charrettes se dirigeait vers Cabaret.

— Ils sont quelques centaines tout au plus, déclara le seigneur des lieux, la main sur le front pour bloquer le soleil. Montfort a décidé d'attaquer sans attendre les renforts, comme je l'avais prévu.

— Qu'il s'amène, le coquin, grogna Ugolin, les lèvres retroussées sur les dents comme une bête féroce. J'accrocherai sa tête à la muraille et je pisserai dessus.

— Comment peut-il être si bête? me demandai-je à haute voix. Il n'est pas sans savoir qu'il n'arrivera à rien avec si peu d'hommes. Il se brisera le nez sur la muraille.

— Quoi qu'il en soit, la joute commence! s'exclama le seigneur des lieux en se frottant les mains. À toi l'honneur, Gondemar. Ces hommes sont les tiens, maintenant.

J'inclinai la tête en guise de remerciement. Je savais qu'il disait vrai. Au cours des derniers mois, je croyais avoir gagné le respect des troupes. Je me retournai vers la cour intérieure et mis mes mains en porte-voix.

— Aux armes ! criai-je. Les hommes sur les murailles ! Les femmes et les enfants aux pierres ! Les vieux aux chaudrons et aux vasques ! Les parfaits à l'infirmerie !

Aussitôt, la cour s'anima, chacun se dirigeant vers sa position prédéterminée en hâtant le pas sans courir. Je ressentis une grande fierté en observant ces gens ordinaires se comporter avec une efficacité toute militaire. Bientôt, tous furent en place, une détermination tranquille dans le regard. Les enfants avaient le sérieux d'adultes, les femmes avaient la mâchoire serrée du combattant, les vieillards se tenaient droits et semblaient avoir rajeuni. Les hommes, plastronnés et casqués, l'épée au fourreau et le regard glacial, formaient une ligne continue sur le chemin de ronde.

Je vis Pernelle sortir du donjon, traverser la cour de son pas caractéristique et se diriger vers l'escalier de pierre le plus proche. Je la perdis de vue un instant avant qu'elle n'émerge au sommet de la muraille. Elle zigzagua entre les soldats pour me rejoindre.

— Tout est prêt à l'infirmerie, m'informa-t-elle, l'air grave. Mais l'endroit est petit. Moins nous recevrons de blessés, mieux ce sera.

— Souhaitons-le.

Je laissai porter mon regard à l'horizon. Les croisés s'étaient assez approchés pour que je puisse évaluer leur état.

— Ils ne semblent pas avoir de catapulte, remarquai-je. C'est de bon augure.

— Ce bougre de Montfort a au moins compris ça, intervint Pierre Roger.

Mon amie me posa une main sur l'avant-bras et m'adressa un regard presque suppliant.

— Gondemar… je ne veux pas te revoir à l'infirmerie. Compris ? Une fois suffit. Et ceci vaut aussi pour Ugolin.

— J'essaierai.

Elle me dévisagea, soupira et s'en fut sans rien ajouter. Je me tournai vers Landric.

— À compter de maintenant, je veux des équipes en place en permanence. Organise les quarts de manière à ce que tout le monde puisse avoir quatre heures de sommeil par demi-journée. Les hommes doivent être aussi alertes que possible.

Landric hocha la tête et s'éloigna en beuglant des ordres. Je veillai à quelques derniers détails puis passai brièvement par le corps de logis pour y récupérer mes armes et mon armure. J'en ressortis convenablement équipé, mon écu au bras gauche, mon épée à la taille et vêtu de mon plastron à croix cathare rouge. Comme je ne prévoyais pas de corps à corps, je ne portais pas mon heaume. Ma chevelure rousse tiendrait amplement lieu de signal. Lorsque je fus à nouveau sur la muraille, les croisés s'étaient arrêtés au pied de la montagne.

— Ils installent leur camp, dit Pierre Roger.

— Ils n'allaient quand même pas attaquer de nuit, dis-je. Demain, à l'aube, ils avanceront.

— Par Dieu, ils seront bien reçus.

Je passai la nuit sur la muraille, dans le noir le plus complet. Par mesure de précaution, j'avais ordonné qu'on n'allume aucune torche qui pût offrir une cible aux flèches de l'ennemi. J'avais aussi exigé que l'on maintienne un silence total. Mais la nuit se déroula sans événement.

Les croisés de Montfort se mirent en marche dès l'aube. Ma première bataille comme capitaine des troupes cathares fut décevante. En compagnie de Pierre Roger, du haut des remparts, j'observai les adversaires qui gravissaient, deux par deux, le sentier étroit vers Cabaret. Il leur fallut une bonne heure pour franchir la distance. Lorsqu'ils atteignirent le sommet, ils se disposèrent en plusieurs rangées, à une cinquantaine de toises de la muraille.

Dans la lumière naissante, j'aperçus une haute silhouette à la crinière sombre qui gesticulait. De toute évidence, elle n'échappa pas non plus à l'attention de Pierre Roger. Il se tourna vers un soldat.

— Que l'on m'amène Bouchard de Marly.

L'homme hocha la tête et fit aussitôt demi-tour. Je souris en devinant ce que ce cabotin de Pierre Roger avait en tête. Lorsque le prisonnier arriva, encadré de soldats, le seigneur de Cabaret le saisit par le col de sa chemise. Puis il se tourna vers moi et me fit un clin d'œil.

— S'ils restent à cette distance, nous allons finir par nous ennuyer. Motivons-les à s'approcher.

Il se mit à hurler d'un ton narquois en secouant un peu son prisonnier pour faire bonne mesure.

— Montfort ! Espèce de bouc stupide ! Tu viens chercher ton cousin ? Allez, approche que je suspende ta tête au rempart !

Au loin, Montfort tourna brusquement la tête et son regard se fixa sur la silhouette de Marly. Même à cette distance, je pus lire sur son visage un air noir et sentir la colère qui émanait de lui. Ajoutant l'injure à l'insulte, Pierre Roger gifla Bouchard à quelques reprises. En bas, le chef des croisés aboya un ordre sec. Aussitôt, ses archers se disposèrent à l'avant. La provocation avait eu l'effet escompté.

— À vos écus ! ordonnai-je.

Comme un seul homme, les soldats de Cabaret levèrent leurs boucliers, formant une paroi étanche qui protégeait aussi les femmes, les enfants et les vieillards qui se trouvaient derrière eux. Je fis de même, ainsi que Pierre Roger, qui prit soin d'abriter le prisonnier qui lui était plus utile vivant que mort. La pluie de flèches qui s'abattit sur le chemin de ronde fut aussi inefficace que je l'avais espéré, la plupart des projectiles se fichant dans les écus. L'attaque dura près d'une heure, ininterrompue, jusqu'à ce que Montfort se lasse ou que ses archers soient à court de projectiles.

Dès que le ciel fut à nouveau tranquille, je fis rapidement le tour du chemin des rondes. Déjà, Pernelle avait retiré la pointe d'une flèche de la cuisse d'un soldat et y nouait un bandage bien serré. Je m'approchai d'elle.

— Combien de blessés ? m'enquis-je.

— Deux à part celui-ci, dit-elle en se remettant debout. Un homme égratigné au bras et une femme qui a reçu une flèche en travers du cou. Elle est déjà à l'infirmerie, mais je crains que nous ne puissions la sauver.

La voix de Landric retentit.

— À vos écus !

Je serrai Pernelle contre moi et levai mon bouclier pour nous protéger. Autour de nous, des flèches enflammées se mirent à tomber.

— Tous ceux qui sont désignés aux chaudières, à vos postes !

Des femmes et des vieillards se détachèrent des autres et se précipitèrent, qui vers les bâtiments inflammables de la place, près desquels des seaux pleins étaient entassés, qui vers le tuyau d'alimentation pour en remplir d'autres et assurer l'approvisionnement. Les flèches enflammées plurent sans relâche sur Cabaret. Celles qui tombèrent sur le chemin de ronde en pierre ne firent pas de dommages. Celles qui parvinrent à franchir la muraille menaçaient de causer de plus grands dommages. Armées de chaudières, les équipes désignées luttaient avec énergie pour éteindre les incendies naissants. Si les bâtiments principaux étaient en pierre, les secondaires étaient en bois et s'enflammaient rapidement. La plupart des feux furent éteints sans trop de mal, mais deux petits appentis furent consumés et le corps de logis y perdit la moitié de sa toiture.

Après cette attaque, plusieurs heures s'écoulèrent sans qu'il ne se produise rien. J'étais appuyé au rempart lorsque je sentis qu'on me tirait la manche.

— Gondemar, murmura la voix d'Ugolin dans le noir. Des croisés s'agitent au pied de la muraille. Nous avons entendu quelques tintements de métal.

— L'huile bouillante est prête ? chuchotai-je.

— Elle est déjà dans les vasques et les vieillards sont en place, répondit-il, un sourire dans la voix. Ces vieux bougres sont impatients d'en découdre.

— Donnons-leur-en la chance, alors.

Sur le bout des pieds, je suivis le colosse le long de la muraille. Je posai doucement une main sur l'épaule de chacun des vieux et leur murmurai à l'oreille de se tenir prêts. Ugolin en fit autant avec les archers. Lorsque tous furent avertis, je m'immobilisai et savourai un peu le moment.

— Maintenant ! criai-je, ma voix fendant la nuit.

Des hurlements d'agonie montèrent de l'extérieur des remparts. Les vasques vides furent remplies par les assistants qui attendaient avec des chaudières et une nouvelle cascade d'huile bouillante s'abattit sur les croisés.

— Les archers ! ordonnai-je.

Pour la première fois depuis l'arrivée de l'ennemi, Cabaret passa à l'attaque. Trop heureux d'agir enfin, nos archers firent pleuvoir leurs projectiles au hasard. Les cris des croisés qui n'avaient pas été ébouillantés leur apportèrent une satisfaction compréhensible.

Pendant le reste de la nuit, le silence ne fut brisé que par les gémissements de plus en plus faibles des croisés qui agonisaient au pied de la muraille. Au matin, nous y vîmes des dizaines de cadavres enchevêtrés. Tous étaient boursouflés de brûlures et avaient dû vivre une mort atroce. Pour toute sépulture, ils eurent droit à l'urine et aux excréments que nos hommes prirent plaisir à répandre sur eux. Les croisés en conçurent sans doute une grande rage. Pierre Roger, pour sa part, trouva la chose fort drôle et je fus à peine surpris lorsqu'il se joignit aux autres pour arroser joyeusement les dépouilles.

La journée du lendemain se passa dans le calme. Les croisés échaudés se tenaient à bonne distance et nous nous observions comme des chiens enragés. Après deux jours de veille, je m'étais autorisé à dormir quelques heures, enroulé dans une couverture contre un mur de pierre, laissant l'ordre strict de me réveiller à la moindre alerte. Ce fut la main de Landric sur mon épaule qui me tira du sommeil.

— Gondemar. Il se passe quelque chose. Écoute.

Je tendis l'oreille. Au loin, des cris et des hurlements montèrent dans le noir. Avant que je puisse formuler la moindre interrogation, Pierre Roger fut à nos côtés.

— Ce salopard a décidé de se venger sur les quelques habitants de Lastours qui sont restés dans leurs maisons, expliqua-t-il d'un ton rageur.

Les cris se turent en quelques minutes et furent remplacés par un lourd silence. Au loin, la nuit fut éclairée par le rougeoiement des flammes. Je désignai le tout du menton.

— Ils incendient les maisons, dis-je.

Nous passâmes d'interminables moments d'impuissance à regarder les feux prendre de l'ampleur jusqu'à éclairer nos visages défaits. L'image des innocents qui rôtissaient peut-être dans leurs masures en flammes me rappelait l'église de Rossal remplie des serfs. Autour de moi, les soldats serraient les poings et juraient de venger cette atrocité. L'envie d'en découdre me démangeait, moi aussi, mais j'avais déterminé que la victoire dépendait de notre capacité à demeurer à l'intérieur des fortifications et je n'avais aucune intention de déroger à ce principe.

Un craquement nous fit tous sursauter. Les archers tirèrent aussitôt dans toutes les directions et un cri retentit bientôt. Un seul. Puis un bruit sourd résonna sur notre gauche. À tâtons, trois ou quatre hommes se mirent à chercher ce qu'on avait bien pu lancer ainsi. Après quelques instants, l'un d'eux m'apporta un sac de toile. Je le saisis et fus surpris de le trouver humide. J'y introduisis la main et sentis quelque chose de dur. Mes doigts se refermèrent sur une substance soyeuse et je sortis l'objet du sac.

Dans la lumière de la lune brillait la tête de la fillette qui m'avait salué lorsque je montais vers Cabaret. Je sentis une colère terrible enserrer mon cœur de sa main glaciale. Je vis tous les regards portés sur moi, qui n'attendaient qu'un mot de ma part.

— Demain, nous ferons une sortie, dis-je d'une voix à peine plus forte qu'un murmure.

Ma déclaration fut accueillie par un cri dans lequel se mêlaient la joie et une haine primale que je ne connaissais que trop bien.

— Gondemar, dit Pierre Roger en me posant la main sur l'avant-bras. Montfort ne peut pas prendre Cabaret et il le sait. Sa seule chance d'en venir à bout est de nous attirer à l'extérieur. C'est pour cette raison qu'il nous provoque. Ne tombe pas dans son piège.

— Ne crains rien. Je lui réserve une petite surprise.

Au matin, des colonnes de fumée montaient paresseusement de derrière les arbres et assombrissaient le soleil levant. Je ne doutais pas un instant qu'il ne restait rien de Lastours, mais à défaut d'avoir pu sauver le village, j'étais bien décidé à tirer parti de sa destruction.

Lorsque j'avais expliqué ce que j'avais en tête, tous les soldats, sans exception, s'étaient portés volontaires, ce dont je n'étais pas peu fier. J'avais choisi une trentaine d'hommes parmi les plus habiles, dont Ugolin et Landric. J'avais ordonné qu'ils n'aient qu'une épée, l'écu et l'armure ne pouvant qu'entraver nos mouvements.

Sous le couvert de la nuit, nous nous glissâmes à l'extérieur des murs par la porte sud-ouest, qui consistait en réalité en un étroit soupirail malodorant dans lequel un homme devait ramper sur le ventre. Guidés par Landric dans les sentiers étroits et rocailleux de la montagne, nous nous rendîmes au village de la face nord qui, contrairement à Lastours, avait été abandonné par ses habitants. Je faisais le pari que Montfort, ayant reconnu son incapacité à prendre Cabaret, lèverait le camp dans la journée, mais qu'avant de partir il ne pourrait pas résister à l'envie d'incendier l'autre village. N'imaginant pas de résistance, il enverrait sans doute un contingent réduit. Ces hommes, s'ils venaient, paieraient de leur vie les atrocités de la nuit et représenteraient un avertissement pour Montfort : les cathares ne se laisseraient pas massacrer comme des agneaux.

Avec Landric, Ugolin et deux soldats nommés Pagés et Bastistòu, j'étais tapi dans les bois, près du seul sentier qui menait au village. Le reste de ma troupe était disposé par groupes de cinq dans les maisons abandonnées. Tous, nous attendions en silence, impatients de fondre sur l'ennemi. J'avais les membres ankylosés par des heures d'immobilité lorsque des voix s'élevèrent au loin. Soulagé, je regardai Ugolin.

— Donne le signal, murmurai-je.

Le géant se mit les lèvres en cul-de-poule et imita le cri du merle. Après quelques secondes, un cri identique, mais reproduit deux fois, nous parvint du village. Les nôtres étaient avertis de l'approche des croisés. L'embuscade était prête.

Les hommes de Montfort passèrent devant nous sans nous voir. Ils étaient une quinzaine tout au plus, à pied. Ils avaient laissé leurs chevaux au bas de la montagne. Tapi derrière des buissons, je ne pus les voir que de dos. Tous étaient en armes et trois ou quatre portaient des torches allumées qui confirmaient leurs intentions. J'attendis qu'ils aient disparu avant de donner le signal à mes hommes.

— Suivons-les, leur rappelai-je. Et surtout, pas un bruit. Ils doivent d'abord entrer dans le village. Lorsque les autres surgiront, nous devons leur couper la retraite. Entendu ?

Tous hochèrent la tête, une expression sombre et déterminée sur le visage. Nous avançâmes sur la pointe des pieds, l'épée au poing, en prenant soin de maintenir notre distance avec les croisés. Nous étions à environ une minute du village lorsque des cris y montèrent.

— Foutre de Dieu ! grondai-je. Ils n'ont pas su attendre ! Vite !

Je me lançai au pas de course dans le sentier, Landric, Ugolin, Pagés et Bastistòu sur mes pas. Lorsque nous surgîmes dans le village, le combat était bien engagé sur la place et entre les maisons abandonnées. J'évaluai hâtivement la situation.

Quelques croisés gisaient déjà sur le sol et les autres faisaient face à deux ou trois adversaires à la fois. À mon étonnement, aucun d'eux ne reculait, ni ne semblait affolé. Bien au contraire, mes hommes en avaient plein les bras et, sous mes yeux, plusieurs tombèrent. À ce rythme, l'affrontement deviendrait vite trop égal à mon goût. Je grondai de frustration. Même pour allumer un incendie, Montfort avait pris soin d'envoyer des hommes aguerris.

Landric, Ugolin, Pagés et Bastistòu se lancèrent avec ferveur dans la bataille et la firent vite tourner à nouveau en notre faveur. Le géant de Minerve, en particulier, se révéla une véritable bête, se chargeant sans sourciller de quatre croisés à la fois pendant que Landric, plus calme, s'était joint à un soldat en difficulté, lui sauvant sans doute la vie. Les deux autres s'étaient lancés sur le premier adversaire à leur portée et le massacraient déjà avec enthousiasme.

Mon attention fut retenue pas une haute silhouette qui maniait l'épée avec une agilité remarquable. Je l'observai, intrigué. Les deux hommes de Cabaret qui lui faisaient face étaient débordés et étaient forcés de reculer. La chevelure noire et lisse qui dépassait à l'arrière du heaume me rappelait vaguement quelqu'un. La façon de se battre, fluide, aussi.

À ce moment précis, l'individu lança un solide coup du revers et sa lame trancha la gorge d'un de mes hommes sans même perdre de vélocité. Puis il se pencha pour éviter un coup du seul adversaire qui lui restait, enfonça la tête dans son abdomen, le souleva et le rabattit sur le sol. Sa victime n'eut même pas le temps de reprendre son souffle que la lame s'était enfoncée dans son ventre. L'homme se retourna, un rictus cruel retroussant sa grosse moustache à la gauloise, à la recherche d'un nouvel adversaire. L'espace d'un instant, mon cœur s'arrêta.

Evrart de Nanteroi était vivant. Il était resté avec Montfort une fois leur quarantaine accomplie. Sur son heaume, à la hauteur du front, brillait l'aigle de Nanteroi, les ailes déployées.

Devant moi se tenait l'Aigle que craignaient les cathares. Nos regards se rencontrèrent et je pus lire dans le sien la surprise que j'éprouvais moi-même. Autour de nous, le temps semblait s'être arrêté. Stupéfait, je me dirigeai vers lui. Nous nous retrouvâmes face à face, aussi hésitants l'un que l'autre. Nous restâmes ainsi, abasourdis, pendant que le combat faisait rage autour de nous. D'un accord tacite, nous abaissâmes nos armes.

— Gondemar… dit-il, perplexe, l'ébauche d'un sourire se formant sur ses lèvres. Après Béziers, je te croyais mort. Comment… ?

— J'ai survécu. De justesse. J'ai été laissé pour mort par des croisés. Les cathares m'ont soigné.

— Tu… tu es passé à l'ennemi ? s'exclama-t-il, incrédule. Toi ?

— L'ennemi, dis-tu ? Depuis des semaines, les massacres et les horreurs se succèdent dans le Sud et ce ne sont pas les cathares qui les commettent. Encore hier soir, quelqu'un a lancé par-dessus la muraille la tête d'une fillette innocente.

Son visage se contorsionna d'une rage indignée.

— Innocente ? Aucun cathare n'est innocent aux yeux de Dieu !

— L'absolution du pape ne devrait pas justifier de telles horreurs, Evrart.

— Les hérétiques doivent être exterminés ! Quiconque en doute ne vaut pas mieux qu'eux !

— Morbleu, te voilà devenu aussi fanatique que Montfort. Que s'est-il passé ? Cela ne te ressemble pas.

Il me dévisagea, l'incrédulité et l'indignation se mêlant sur son visage. Je compris alors qu'il serait impossible de raisonner avec lui. Il avait donné son âme au pape, ce qui ne valait pas mieux, à mes yeux, qu'un pacte avec le diable en personne.

— Comment as-tu pu ? Traître ! Apostat ! s'écria-t-il en brandissant son arme.

J'avais néanmoins une dette d'honneur envers cet homme. Il était hors de question que je me batte avec lui. En réponse à sa provocation, je remis calmement mon épée au fourreau et fis non de la tête, ce qui parut le déstabiliser.

Je jetai un regard autour de moi. Mes hommes avaient dominé. Les croisés étaient vaincus. Un seul d'entre eux résistait encore avec fureur, tenant en respect à grands coups d'épée les cinq hommes, dont Ugolin, qui tentaient sans succès de venir à bout de lui. Tous les autres gisaient par terre, mêlés aux quelques hommes que j'avais perdus.

— Halte ! hurlai-je à pleins poumons.

Les combattants s'interrompirent, mais pas avant que l'un d'eux n'assène un coup d'épée sur le heaume du croisé encore debout, qui vacilla un moment puis tomba à genoux. Un second coup lui fit perdre conscience et il se retrouva face contre terre. Aussitôt, Landric et Ugolin accoururent vers moi, empoignèrent solidement Nanteroi, le désarmèrent et lui tordirent cruellement les bras dans le dos. Il grimaça malgré lui. Je pouvais comprendre la déception que je lui causais. Il m'avait accueilli parmi ses hommes et je l'avais accompagné dans le Sud pour participer à la croisade. Il s'était pris d'affection pour moi et avait acquis du respect pour le combattant que j'étais. Nous étions entrés dans Béziers côte à côte, animés d'une mission commune. Et voilà qu'il me retrouvait chez l'ennemi. Mes hommes venaient de massacrer les siens. Comment aurait-il pu réagir autrement ?

— Impie ! cracha-t-il. Si j'avais su, je t'aurais laissé mourir là où je t'ai trouvé et, en ce moment même, tu brûlerais en enfer ! Les loups auraient dévoré ta carcasse et personne ne t'aurait pleuré ! Ta seule existence est un sacrilège, renégat !

— J'ai mes raisons, me contentai-je de dire d'une voix éteinte.

— Tes raisons ? explosa-t-il, en se débattant comme un forcené entre les mains de mes hommes. Quelle raison peut-on avoir d'abandonner une juste cause, dictée par Dieu lui-même ? Quelle raison justifierait de perdre ton âme en te joignant aux hérétiques ? Pourquoi risquerais-tu la damnation éternelle ?

Comment pouvais-je lui dire que j'étais déjà damné ? Voyant que je ne réagissais pas à sa colère, Nanteroi finit par s'adoucir.

— Par Dieu, Gondemar, réfléchis ! plaida-t-il. Il est encore temps de te repentir. Viens avec moi. Je te mènerai à Amaury. Il peut absoudre tes péchés. Il en tient le pouvoir du pape en personne. Pense à ton âme.

Je laissai échapper un petit rire sardonique. Le pape, quelle que fût sa puissance temporelle ou spirituelle, n'y pouvait rien. Je toisai Evrart et décidai que même un damné ne devait pas être dénué d'honneur.

— Lâchez-le, ordonnai-je sereinement. Et rendez-lui son arme. La bataille est terminée et je lui fais grâce.

Interloqués, Landric et Ugolin m'obéirent. Landric se pencha, ramassa l'épée de Nanteroi et la lui tendit à contrecœur, la lame en premier. Ugolin, lui, tira son arme et resta un pas en retrait, ne quittant pas le prisonnier des yeux, prêt à l'embrocher au moindre geste menaçant.

— Tu peux partir, Evrart. Tu m'as sauvé la vie et, en échange, je te laisse la tienne. Nous sommes quittes. Retourne dans ton camp et je resterai dans le mien.

— Tu es un ennemi de Dieu et je te traiterai comme tel, rétorqua-t-il. Sache que si nos routes se croisent à nouveau, je te tuerai.

Du menton, je désignai le croisé qui gisait toujours sur le sol, assommé.

— Celui-là est encore vivant. Prends-le avec toi.

Evrart acquiesça de la tête et, se drapant dans ce qui lui restait de dignité, se dirigea vers son soldat, qui commençait à remuer. Il s'accroupit près de lui, lui murmura quelques mots, le saisit sous les aisselles et l'aida à se relever. Le heaume de l'homme tomba, révélant une longue crinière grise et une barbe fournie. Le seigneur de Nanteroi passa un des bras du blessé sur son épaule et, aidant de son mieux l'homme titubant et à demi conscient, pivota sur lui-même, prêt à repartir.

J'eus l'impression que mon sang se figeait dans mes veines. L'homme qu'il soutenait était Bertrand de Montbard.

En le voyant là, devant moi, je réalisai à quel point il m'avait manqué. J'éprouvais aussi une certaine honte à l'idée que je me retrouvais dans le camp opposé à celui de mon maître. Quelle serait sa réaction ? Je le décevrais certes encore. Allait-il me mépriser ? Me renier ? *Ta conscience t'accompagnera et te tourmentera sans cesse*, m'avait prévenu Métatron. Il avait raison. Elle se tenait debout devant moi.

— Maître ! m'écriai-je malgré moi, en accourant vers lui comme un garçon vers un père retrouvé.

Sonné, Montbard secoua la tête et releva vers moi son œil valide. Du sang mouillait ses cheveux et coulait sur sa joue droite, masquant partiellement la cicatrice qui le défigurait. Le coup qu'il avait reçu avait été plus violent que je ne l'avais cru et lui avait fendu le crâne malgré son heaume. Mais l'entaille n'était pas fatale. Pernelle y verrait. Le maître d'armes força un sourire.

— Tu es… vivant, dit-il d'une voix pâteuse. Bordel de Dieu… Il faut croire que… tu as… retenu quelques-uns… de mes… enseignements.

Il vacilla et Evrart faillit le laisser tomber. Je me précipitai pour le saisir et le maintenir sur ses pieds. Nanteroi tira jalousement le templier vers lui, me l'arracha des bras et s'éloigna de quelques pas en l'aidant à marcher.

— Viens, sire Bertrand. Ce traître est passé à l'ennemi. Ne restons pas parmi ces hérétiques, dit-il en m'adressant un regard noir.

Malgré sa faiblesse, mon maître résista, le força à s'arrêter et se retourna vers moi.

— Hérétiques ? me demanda-t-il faiblement.

Malgré moi, je regardai par terre, comme un enfant surpris à commettre un menu larcin. Je me repris aussitôt et raidis le dos.

— Je n'en suis pas un, mais oui, pour des raisons qui m'appartiennent, j'ai pris fait et cause pour eux.

Il secoua la tête, dépité et, crus-je, un peu amusé.

— Hrmmmph… Dans quel… merdier t'es-tu… encore fourré… damoiseau ?

Il se dégagea du soutien de Nanteroi, se dressa avec dignité et, chancelant dangereusement, le regarda dans les yeux.

— Va, Evrart. Que Dieu… te garde. Je dois… rester avec lui. J'ai pris l'engagement… de faire… un homme… de cet étourdi. J'ai… encore beaucoup de… travail à…

L'indestructible Bertrand de Montbard vacilla et s'effondra sur le sol comme une poupée de chiffon. Je me précipitai sur lui et me mis à l'examiner frénétiquement. Hormis sa plaie à la tête, je ne trouvai d'abord rien d'inquiétant. Je me tournai vers Ugolin et dus lui paraître bien éperdu.

— Aide-moi à l'asseoir.

Il s'exécuta. Je défis les courroies de son plastron et le lui retirai à la hâte. À la hauteur de l'abdomen, sa chemise était trempée de sang. Je la déchirai d'un coup sec et trouvai sur son ventre une plaie profonde entre les lèvres de laquelle des entrailles grisâtres essayaient de s'échapper.

— Foutre de Dieu ! Il faut le mener à dame Pernelle ! Vite !

Ugolin chargea aussitôt Montbard sur ses épaules, comme s'il s'était agi d'une simple botte de foin, et se releva sans effort.

— Allez, vous autres ! s'écria-t-il. Vous avez entendu sire Gondemar !

Je me tournai vers Landric.

— Ils ont laissé leurs chevaux quelque part au bas du sentier. Evrart ne pourra pas tous les prendre avec lui. Essaie de les trouver et ramène-les à Cabaret.

Le cathare hocha sèchement la tête, prit trois hommes avec lui et disparut. Tous les autres s'empressèrent de ramasser les morts et d'aider les blessés en état de marcher, puis lui emboîtèrent le pas. Je les suivis puis m'arrêtai après quelques pas pour jeter un dernier regard vers Nanteroi. Celui-ci le soutint un moment puis inclina gravement la tête, m'adressant une ultime salutation qui était aussi une déclaration de guerre.

Je m'enfonçai dans les bois en sachant que je venais de me faire un ennemi terrible dont seule la mort me débarrasserait.

À Cabaret, nous fûmes reçus par des acclamations et des manifestations de joie qui me laissèrent indifférent. Je n'avais d'attention que pour Montbard, qui n'avait pas repris conscience depuis notre départ et dont le teint cireux m'inquiétait fort. Je cherchai Pernelle du regard et la repérai parmi les habitants qui nous accueillaient. Elle avisa le fardeau d'Ugolin puis mon expression sans doute ravagée et comprit aussitôt ce que j'attendais d'elle.

— Emmenez les blessés à l'infirmerie ! cria-t-elle pour se faire entendre malgré les clameurs avant de tourner les pieds et de s'éloigner en boitillant aussi vite qu'elle en était capable.

Je fis signe à Ugolin et nous lui emboîtâmes le pas, laissant derrière nous les hommes que l'on célébrait à grandes claques dans le dos. Ceux qui portaient des blessés nous suivirent. Lorsque nous entrâmes dans le rez-de-chaussée du donjon, Pernelle nous attendait. Elle désigna un lit.

— Pose-le là, ordonna-t-elle à Ugolin.

Aussitôt que Montbard fut allongé, elle s'assit sur le bord du lit et se mit au travail. Mon maître d'armes était livide et sa respiration était saccadée. Pernelle acheva de déchirer sa chemise ensanglantée et, d'une main experte, palpa la plaie béante. Elle inspira de l'air entre ses dents et grimaça.

— C'est grave ? m'enquis-je, l'inquiétude me brûlant les entrailles.

— Il est en train de se chier les intestins par le nombril, rétorqua-t-elle sèchement sans se retourner.

Je sentis une chape glacée se poser sur moi et l'angoisse me serrer les boyaux. N'avais-je retrouvé Montbard que pour le regarder mourir déçu de moi ? Dieu m'en voulait-il à ce point ?

— Tu peux le sauver ?

— Je ferai de mon mieux. Ce genre de blessure se corrompt souvent.

D'un geste rempli d'urgence, elle désigna son coffre, qui était posé dans un coin.

— Donne-moi ma trousse.

Je lui obéis, l'ouvris et la posai près d'elle. Elle en sortit une bouteille dont elle arracha le bouchon de liège avec ses dents avant de le cracher par terre.

— De l'esprit de vin, m'informa-t-elle. Pour chasser les animalcules. Tenez-le. S'il se met à gigoter, il va s'expulser les entrailles.

Je le saisis par les épaules et le maintins solidement en place. Ugolin lui empoigna les cuisses et fit de même. Pernelle répandit le liquide clair sur la plaie de Montbard. Même inconscient, mon maître grogna et se crispa. Elle posa la bouteille à ses pieds, saisit un chiffon, épongea la blessure puis la toucha délicatement en examinant l'intérieur d'un œil critique. Les sourcils froncés, elle releva la tête et sentit le bout de ses doigts. Elle avait l'air insatisfait.

— Le coup lui a percé les tripes. Ce n'est rien de bon. Sa merde va se répandre dans sa panse et y fermenter.

— Tu peux faire quelque chose ?

— Le nettoyer et le recoudre. Rien de plus.

Elle fouilla dans son coffre et en sortit une bouteille de vin, une aiguille très fine et une balle de fil de coton. Elle me tendit la bouteille.

— Fais-lui boire ceci.

— Combien de gorgées ? demandai-je en approchant le goulot des lèvres de Montbard.

— Tout. Plus il sera ivre, mieux ce sera.

J'ouvris la bouche de mon maître et la remplis de vin. Il avala un peu, s'étouffa et en recracha la moitié dans sa barbe.

— Bougre d'entêté, grognai-je, les dents serrées. Tu vas avaler, oui ?

Je lui fourrai le goulot dans le fond de la gorge et renversai la bouteille. À ma satisfaction, elle se vida. Pendant ce temps, Pernelle avait enfilé un fil dans le chas d'une aiguille. Elle regarda la plaie et se mordit les lèvres.

— Tenez-le bien. Il ne doit pas bouger. Ça va lui faire un mal de tous les diables.

Ugolin et moi le maintînmes en place. Pernelle enfonça les doigts dans la plaie, y farfouilla un peu malgré les gémissements de son patient et en extirpa un bout d'intestin perforé. Elle le pressa et des excréments sortirent par le trou. Aux pieds de Montbard, Ugolin émit un petit couinement. Ses yeux se révulsèrent et, à ma grande surprise, il s'écroula sur le sol.

— Grosse femmelette, marmonna Pernelle. Tourner de l'œil à la vue du premier bout de tripe. Et ça se dit soldat… Bon, enfin. Tiens-le tout seul.

Elle se mit à coudre l'intestin de petits points presque élégants. Elle travaillait avec une lenteur désespérante.

— La chair des tripes est fragile lorsqu'on la perce, m'expliqua-t-elle quand je lui en fis la remarque. Si je la déchire, je ne serai guère plus avancée.

Il lui fallut une bonne quinzaine de minutes pour en finir. Elle enfonça à nouveau les doigts dans la blessure et y farfouilla quelques instants avant de les retirer. Puis, satisfaite, elle repoussa les tripes recousues à l'intérieur.

— Je crois que c'était la seule rupture. Il est chanceux. S'il avait été plus fendu que ça, je n'aurais rien pu faire. Qui est-il ? Tu le connais ?

— Bertrand de Montbard.

Stupéfaite, Pernelle releva brusquement la tête. Puis elle dévisagea son patient.

— Par Dieu, c'est lui. Il a beaucoup vieilli.

Elle se remit au travail et sutura l'abdomen fendu du templier.

— Ce diable d'homme a une panse de fer, remarqua-t-elle. C'est sans doute pour cela qu'il est encore en vie. Ses muscles ont retenu les tripes à l'intérieur. Tout cet entraînement aura donné quelque chose.

Lorsqu'elle eut terminé, elle sortit de sa trousse un petit pot en terre cuite qu'elle ouvrit. Elle y plongea les doigts et en ressortit une motte du même onguent jaunâtre qu'elle avait étendu sur le moignon de mon voisin de lit dans l'infirmerie de Minerve. Elle en étendit une épaisse couche sur la blessure refermée, puis posa sur le lit un épais rouleau de bandages.

— Assieds-le. Tout doucement.

Je procédai avec toute la délicatesse dont j'étais capable. Pendant que je soutenais mon maître inconscient par les épaules, elle enrubanna fermement son abdomen. Quand elle eut terminé, je le rallongeai sur le dos et remontai sur lui une mince couverture. Son visage était pâle et moite de sueur. Il avait l'air vieux et fragile.

— Et maintenant ?

— Nous attendons, répondit Pernelle.

Elle remit ses instruments et ses médicaments dans son coffre, se leva, s'approcha de moi et me posa les mains sur les épaules. Elle m'adressa un sourire qu'elle voulait rassurant.

— Si Dieu désire le rappeler à lui, il le fera. Va retrouver tes hommes. Je dois aider mes collègues, mais je veillerai sur lui, je te le promets. Je prierai pour lui, aussi. Et emmène ce gros douillet avec toi, dit-elle en désignant Ugolin qui gisait toujours sur le sol.

Je lui retournai son sourire du mieux que je le pus avant de m'accroupir pour secouer Ugolin et lui tapoter le visage.

— Allez, petit cœur tendre, debout.

Le géant grogna, ouvrit les yeux et, réalisant la situation dans laquelle il se trouvait, se remit sur ses pieds à toute vitesse, écarlate d'embarras.

— Je… La vue du sang… balbutia-t-il. Ça me… La tête me tourne à chaque fois.

— À chacun ses faiblesses, mon ami.

Je sortis avec le Minervois sans rien dire. Si j'avais pu prier, je l'aurais fait. Mais on n'invoque pas la pitié d'un Dieu qu'on a renié et qui nous a damné. Malgré la compagnie d'Ugolin, je me sentis terriblement seul.

Sur la place, Landric et ses hommes entraient en tirant une douzaine de chevaux ayant appartenu aux soldats de Nanteroi. Un grand bonheur me saisit lorsque j'aperçus parmi eux Sauvage, qui s'ébroua et hennit nerveusement dès qu'il me vit. Je courus dans sa direction et le laissai fourrer son gros museau humide dans mon cou en lui caressant la crinière. Pernelle, Montbard et maintenant Sauvage. Étrangement, mon passé semblait revenir vers moi une pièce à la fois.

—

La liesse atteignit son apogée lorsque, le lendemain qui avait suivi notre affrontement avec Evrart et ses hommes, nous vîmes, du haut de la muraille, les croisés lever le camp. Ce soir-là, les célébrations furent exubérantes et j'eus fort à faire pour assurer la présence de gardes en bon état sur le chemin de ronde. Même si leur victoire était courte et sans grande signification, les habitants de Cabaret étaient fiers d'avoir résisté aux croisés et de leur avoir causé des pertes. Qui étais-je pour les priver d'un sentiment qui risquait de ne pas durer très longtemps ?

Écrasé par l'inquiétude pour Montbard et par les doutes que j'entretenais sur la suite des choses, j'étais, je crois, le seul à ne pas me réjouir de nos succès.

CHAPITRE 18

Questionnements

Je ne me faisais aucune illusion sur la tournure des événements. Notre victoire avait été remportée contre des forces réduites et surprises de rencontrer une résistance organisée. Elle n'était attribuable qu'au fait que Cabaret était magnifiquement fortifiée. Il était clair que nous n'avions pas les troupes nécessaires pour affronter Montfort sur un terrain ouvert et nous ne les aurions jamais. Celles-ci ne feraient que décroître au fil des batailles et l'afflux périodique de nouveaux croisés rendrait les choses encore plus difficiles. Tôt ou tard, les cathares seraient submergés. La victoire de Cabaret n'avait fait que repousser l'inévitable. Pierre Roger le savait aussi bien que moi. Combien de temps le Sud tiendrait-il ? Je ne pouvais le dire. Pas très longtemps, sans doute. Alors, à quoi bon mener une bataille perdue d'avance ? Étais-je en train de conduire à la mort des hommes simples et valeureux pour mon seul bénéfice ? Avais-je le droit d'agir ainsi pour protéger une Vérité dont je ne savais rien ? Mais sans moi, ne couraient-ils pas à la mort de toute façon ? Ma présence ici changeait-elle quoi que ce soit à la tournure des événements ? Si Dieu jugeait cette Vérité suffisamment importante pour me laisser sortir de l'enfer, qui étais-je pour m'opposer à sa volonté ?

Je passai plusieurs fois par jour à l'infirmerie pour en ressortir chaque fois plus préoccupé. L'état de Montbard ne s'améliorait pas. Frappé par une forte fièvre, il demeura inconscient deux jours entiers. Autant pour chasser l'inquiétude que pour maintenir la forteresse en alerte, je consacrai mes journées à diriger des entraînements intenses dont les hommes sortaient en nage et épuisés, le tout suivi de travaux visant à reconstruire les bâtiments incendiés. En quelques jours, la toiture du corps de logis fut réparée.

Un matin, Pernelle surgit de l'infirmerie pendant que je participais à un exercice au cours duquel le puissant Ugolin exigeait toute mon attention.

— Gondemar ! criait-elle en agitant les bras. Gondemar !

Je fis signe à Landric de prendre la relève et la rejoignis, la bouche sèche et la gorge serrée par l'inquiétude.

— Vite ! dit-elle, hors d'haleine en me saisissant la main. Viens avec moi !

— Que se passe-t-il ? Est-il… ?

— Il est sauvé, Gondemar ! Il est réveillé et jure comme un démon !

Je l'arrêtai dans son élan, la ramenai vers moi, la saisis par les hanches et la soulevai sans effort pour la faire tournoyer dans les airs. Je riais comme un dément sans pouvoir m'en empêcher et, une fois sa surprise passée, elle se joignit à moi. Je la déposai et lui baisai la joue.

— Pernelle, tu es formidable ! m'exclamai-je.

Embarrassée, elle regarda subrepticement autour d'elle en rajustant sa robe noire avec modestie, les joues rougies. Les soldats nous observaient tous, un grand sourire sur les lèvres.

— Je suis une parfaite, Gondemar de Rossal, me reprocha-t-elle sans grande conviction. De telles frivolités ne me siéent guère. Garde tes grosses pattes et tes baisers pour toi !

— Tu es aussi mon amie et tu viens de me dire que tu as sauvé la seule autre personne importante qui me reste. Je t'embrasserai si j'en ai envie !

— Bon, bon. Tu veux voir Montbard ou non ?

Ma réponse allant de soi, elle me tira vers l'infirmerie. Elle ouvrit la porte et s'écarta pour me céder le passage.

— Gare, murmura-t-elle. Il est dans une de ses plus belles humeurs.

Montbard était à demi assis dans son lit, appuyé sur quelques coussins, son torse couvert d'une toison grise toujours enrubanné. Son visage était creusé et encore pâlot. Il tenait dans une main un bol en bois dont il tirait un bouillon clair avec une cuillère en étain.

— Te voilà, bougre d'excès d'huile de reins ! tonna-t-il. Tu vas peut-être réussir à convaincre cette petite sorcière de me nourrir pour de vrai ! Elle est peut-être devenue hérétique et guérisseuse, mais elle a toujours la tête aussi dure !

— Je vois que Pernelle et vous avez refait connaissance. Vous semblez aller mieux. En tout cas, vous avez bonne voix…

— Par le croupion dodu de la Vierge, ça ne durera pas longtemps si on ne me donne que du bouillon tout juste bon pour les vieillards édentés ! On ne m'a quand même pas recousu le ventre pour le laisser mourir de faim !

Pernelle se retourna vers moi et haussa les épaules, découragée. Elle se massa les tempes et soupira. Visiblement, ce n'était pas la première fois qu'elle entendait cette tirade et sa patience semblait toucher sa limite.

— Le maudit hutin refuse de comprendre que, voilà quatre jours, il avait les tripes qui pendaient hors du ventre.

Elle avisa mon maître et l'admonesta en agitant l'index comme l'aurait fait une mère à un petit garçon turbulent.

— Fléau de Dieu, vous allez me faire le plaisir de cesser de hurler comme un cochon qu'on égorge et de jurer comme un… comme un…

— Comme un hérétique ? compléta Montbard avec un sourire malicieux.

— Mrrmmmmph… grommela Pernelle, le visage écarlate. Il me rendra folle. Bon, je te le laisse, me dit-elle. Je commence à regretter le fil que j'ai gaspillé à recoudre ce rustre ! Assure-toi qu'il termine son bouillon. Fais-le-lui avaler par le nez s'il le faut. Ensuite, donne-lui ceci. C'est une décoction de feuilles de saule pour contrôler sa fièvre. Et ça le fera dormir, chuchota-t-elle pour moi seul, exaspérée.

Elle me tendit un petit gobelet à moitié rempli d'un liquide verdâtre et allait s'éloigner, en colère, lorsque Montbard lui saisit le poignet au passage. Il la dévisagea, l'air grave et les lèvres pincées.

— Merci, Pernelle. Je te dois la vie. Dieu a voulu que nos routes se recroisent.

— Dieu a voulu me punir pour mes péchés, oui, vieux gredin ! rétorqua mon amie en dégageant son bras de l'emprise de son irascible patient.

Elle le dévisagea à son tour et s'adoucit.

— De rien. Je suis heureuse de vous revoir, moi aussi, sieur de Montbard. Maintenant, mangez ! Au moins, votre bouche sera occupée à quelque chose d'utile.

Pernelle se dirigea vers un autre patient. Je m'assis sur le bord du lit de mon maître.

— Devrai-je vous nourrir comme un enfançon ou serez-vous raisonnable ? m'enquis-je, amusé.

— Mrrrph... grommela le templier avant de porter une cuillérée à sa bouche en grimaçant. Par le cul du Diable... une année de ma vie pour un morceau de viande...

— Ne les bradez pas trop facilement. Il ne vous en reste plus tant que ça.

— Dans une semaine, je pourrai te donner la fessée comme je l'ai toujours fait, gamin.

— Nous verrons cela !

Je l'observai d'un œil critique pendant qu'il terminait son bouillon en grimaçant à chaque cuillérée. Il avait perdu un peu de poids, mais paraissait en bonne forme pour quelqu'un qui avait frôlé la mort quelques jours plus tôt. Lorsqu'il eut fini, il posa le bol sur le sol et je lui tendis le gobelet. Le templier respira bruyamment et avala le liquide.

— Bordel de Dieu ! Cette bougresse ne m'a gardé en vie que pour me torturer ! toussa-t-il en me tendant le gobelet vide.

Il me regarda un moment de son œil perçant. Nous nous connaissions depuis si longtemps que je sus à quoi il pensait. Tel un bambin, je me tortillai les doigts avec embarras.

— Sieur de Montbard... Au sujet de ma présence parmi les cathares...

Il se laissa descendre un peu dans le lit, posa la tête contre les coussins et ferma les yeux. Les rides de son visage étaient creusées et des cernes bleutés soulignaient ses yeux.

— Pas maintenant. Je suis un peu fatigué et mon ventre me fait un mal de tous les diables, dit-il d'une voix traînante. Laisse-moi dormir, veux-tu ? Mais n'oublie surtout pas de revenir me voir. Nous avons à parler.

Rongé par la conviction de l'avoir déçu, je remontai la couverture jusqu'à son menton et ne pus m'empêcher de lisser ses cheveux.

— Cesse de me caresser comme une nourrice, grommela-t-il, à moitié endormi. Je ne suis ni éclopé, ni gâteux, ni femmelette.

À compter du lendemain, les choses prirent une tournure nouvelle qui m'empêcha de visiter Montbard pendant plusieurs jours. Je calmai mon sentiment de culpabilité en me disant qu'il était entre les mains compétentes de Pernelle et qu'il guérissait bien.

Nos espions nous rapportaient que Montfort avait repris ses exactions dans les campagnes, ses hommes torturant et tuant tous les cathares qu'ils trouvaient. Nous apprîmes aussi que les renforts du Nord étaient en route et qu'ils seraient à Carcassonne dans quelques semaines. Mais tout plan d'investir Cabaret était abandonné pour l'instant.

— M'est avis que si ces couards n'osent plus s'approcher de Cabaret, Cabaret devrait aller à eux ! s'était exclamé Pierre Roger, avec un sourire carnassier, après une rencontre avec un de ses agents. Gondemar, les hommes piaffent d'en découdre. Il vaudrait mieux canaliser leur énergie. Qu'en penses-tu ? Pourrions-nous trouver une façon d'empoisonner un peu la vie des croisés ?

— Ça pourrait s'arranger, oui. Si tu n'es pas trop ambitieux.

Ensemble, nous conçûmes un plan visant à harceler les patrouilles croisées et organisâmes une petite unité d'élite pour laquelle je réquisitionnai tous les chevaux de la forteresse. À vingt-cinq hommes, nous entreprîmes de nous glisser à intervalles réguliers hors de Cabaret et, guidés par nos informateurs, de tendre des embuscades aux patrouilles croisées. Au fil de nos attaques éclairs, nous abattîmes ainsi plusieurs dizaines d'ennemis. Monté sur Sauvage, qui réagissait à mes moindres volontés, j'y participai avec enthousiasme, me vengeant de ma destinée sur chaque malheureux adversaire qui se retrouvait devant moi. Chaque succès, si petit fût-il, contribuait à maintenir le moral des troupes tout en assurant que leurs habiletés restassent aiguisées.

C'est au retour d'une de ces embuscades que je parvins, fatigué et couvert de poussière, à retourner auprès de Bertrand de Montbard. Dès que j'entrai dans l'infirmerie, je constatai que mon maître avait bien meilleure mine, ce que j'attribuai au fait qu'il avait entre les mains une écuelle remplie d'un ragoût où flottaient de gros morceaux de viande. Sur une petite table près de lui étaient posés un pichet en terre cuite et deux gobelets d'étain.

— On nourrit bien les mourants, on dirait ! blaguai-je.

— Bah ! Dieu n'a pas voulu de moi ! Le diable non plus, d'ailleurs. Je suppose que, tôt ou tard, l'un ou l'autre finira par me mettre le grappin dessus.

Il s'essuya la barbe du revers de la main et rota. Je ne pus m'empêcher d'être perplexe devant ce changement d'attitude. On aurait dit que mon maître avait oublié les actions qu'il me reprochait. M'avait-il pardonné ? J'en doutais fort. Je n'avais rien fait pour le mériter. Au contraire, j'étais passé à l'ennemi, ce qui ne pouvait améliorer son opinion de moi.

— Alors, garnement ? J'entends dire que tu causes bien des migraines à Montfort ?

— Les nouvelles vont vite, à ce que je vois. Effectivement, je lui donne quelques misères avec grand plaisir. Cet homme est un dépravé et je voudrais bien l'embrocher personnellement, mais il ne se montre pas.

— Un dépravé ? Pourquoi donc ? Parce qu'il a brûlé des hérétiques dans une église ? rétorqua Montbard en m'adressant un regard inquisiteur de son œil valide. Pour un homme à la conscience lourde, tu juges bien aisément autrui.

Rabroué et honteux de me faire rappeler ainsi mon passé, je ne pus que baisser les yeux. Il n'avait pas oublié.

— Ce que tu as fait est terrible et le restera toujours, Gondemar, dit-il. À notre manière, nous devons tous deux nous racheter. Mais j'ai eu l'occasion de réfléchir ces derniers temps. Chacun pose les gestes qu'il croit nécessaires et doit ensuite vivre avec sa conscience. Étrangement, la mienne s'avère de plus en plus lourde en vieillissant. C'est la condition humaine, je suppose. Tout est question de morale. Une action prend son sens dans la raison qui la justifie et celles que donnent les croisés me semblent bien fragiles.

Montbard désigna du doigt le pichet sur la table. Je m'étirai pour le saisir et nous versai chacun un gobelet de vin au bouquet riche et appétissant. Nous bûmes en silence.

— Ainsi, sale gamin, te voilà parmi les hérétiques… reprit-il. C'est le père Prelou qui serait fier de toi.

Il continuait à me jeter mes actions à la face dès qu'il en avait l'occasion. J'accusai le coup de mon mieux.

— Que je sache, vous y voilà aussi, rétorquai-je avec un peu plus de fiel que je l'aurais voulu. Comme vous, je leur dois la vie. Particulièrement à Pernelle. Elle m'a retrouvé avec un carreau d'arbalète fiché dans le front. Sans elle, je serais mort à Béziers.

— Humm… tu as vraiment une chance de cocu.

Il prit une grande gorgée, la fit tourner dans sa bouche, l'avala et claqua la langue de satisfaction.

— En tout cas, ces patarins savent faire du vin !

Il se tourna sur le côté et s'appuya sur son coude. Un grognement d'inconfort lui échappa. Puis il reporta son attention sur moi.

— As-tu adopté leur foi ? s'enquit-il avec grand sérieux.

— Non. J'ai peine à croire que les choses soient aussi simples et tranchées que le Bien au ciel et le Mal sur terre. Il me semble un peu facile de blâmer un Dieu mauvais de tous ses malheurs, comme si l'homme était privé de libre arbitre et qu'il ne pouvait être bon, quoi qu'il fasse. Nos gestes ont une portée et des conséquences. Je… j'en ai la certitude.

— Bah ! Tout cela n'est qu'argutie confuse de prêtre. Si Dieu a vraiment fait l'homme à son image, il est à la fois bon et mauvais, tout simplement. Le reste m'importe peu et une foi en vaut bien une autre, je présume. Et puis, hormis un pape qui n'est jamais allé voir lui-même ce qui se passe après la mort, qui nous garantit que c'est nous qui détenons la bonne ? Peut-être se valent-elles toutes, au bout du compte ?

Je dévisageai mon maître, ahuri. Jamais je n'aurais cru entendre de tels propos sortir de la bouche d'un templier qui avait fait vœu de défendre la foi chrétienne. Il frôlait l'hérésie. Il se contenta de faire un petit sourire coquin.

— Voir la mort de près vous a rendu bien philosophe, le taquinai-je pour alléger mon malaise.

— Quoi que tu en penses, j'ai une cervelle et il m'arrive parfois de m'en servir. C'est un des rares bons côtés de la vieillesse. Plus la fin approche, plus on se questionne. Quant à la mort, j'ai senti son haleine plus souvent qu'à mon tour, damoiseau.

Il hésita et se frotta la barbe. Son visage se renfrogna et il pinça les lèvres comme quelqu'un qui vient de mordre dans un fruit amer.

— Pour tout dire, cette maudite croisade m'a dépouillé de plusieurs certitudes dont je m'accommodais fort bien et de quelques illusions, aussi. En Terre sainte, les choses étaient claires. D'un côté, il y avait le Bien – nous – et, de l'autre, le Mal – les Sarrasins. Les chrétiens massacraient les infidèles au nom de Dieu et personne ne se posait de questions. Tout était noir ou blanc. Mais ici, dans le Sud, il n'y a que des teintes de gris trop subtiles pour moi. Quand on y pense, à part attirer des fidèles déçus de l'Église chrétienne et la priver de revenus importants, qu'ont fait les hérétiques pour mériter un tel traitement ? Tu peux me le dire ? Pourtant, nous voilà en train de les massacrer sur l'ordre du pape qui, naturellement, décrète au nom de Dieu. Cela en échange de notre salut... Une simple divergence d'opinions justifie-t-elle l'assassinat d'enfançons sans défense ?

Il inspira profondément, secoua la tête d'un air dépité et but une gorgée, songeur.

— Tout cela me dégoûte de plus en plus. S'il est vrai que nous possédons tous une étincelle de la lumière divine, comme nous le disent les prêtres, j'ai bien peur qu'elle vacille dans toute la chrétienté.

Il draina le fond de son gobelet et me fit signe de le remplir. J'hésitai.

— Dans votre condition, vous ne croyez pas que... ?

— Au diable ma condition ! Si une épée dans les tripes n'a pas réussi à me tuer, ce ne sont pas quelques gorgées de vin qui y arriveront. Allez, verse ou je te tanne le cul !

— Je voudrais bien vous y voir.

À contrecœur, je lui versai sa rasade, curieux de découvrir où mènerait cette étonnante conversation.

— S'il est une chose que j'exècre, c'est l'hypocrisie, reprit-il. Depuis le premier jour, je n'ai jamais pu me résoudre à faire confiance à ce bigot précieux et embijouté d'Amaury. *Tuez-les tous. Dieu reconnaîtra les siens...* Quelle abomination ! Et tu as vu ses yeux ? Ils sont froids, sans âme. Des yeux de fanatique.

Il resta longtemps silencieux. Il semblait hésiter à explorer plus avant ce terrain où il n'allait qu'à contrecœur. Il grimaça en portant la main à son abdomen avant de se reprendre très vite. L'homme était orgueilleux et n'aimait pas être vu dans un état de faiblesse. Surtout pas par celui qu'il avait formé à la dure.

— Parle-moi des hérétiques, dit-il. Sont-ils les diables ambulants qu'on a voulu nous faire imaginer ou ont-ils quelques qualités rédemptrices ?

— À leur contact, et particulièrement en discutant avec Pernelle, j'ai pu constater qu'ils ne sont pas les suppôts de Satan qu'on nous dépeignait.

Je lui relatai tout ce que j'avais appris de Pernelle. Je lui parlai du clergé formé d'hommes et de femmes, de leur idéal de paix, de leur rigueur et des nombreuses prières quotidiennes auxquelles ils étaient astreints, du soin des malades qui était la vocation de plusieurs et de la chasteté qu'ils s'imposaient.

— On ne peut en dire autant de la plupart de nos prêtres… grogna-t-il avant de boire.

— Pour le reste, continuai-je, ils rejettent l'Ancien Testament, qu'ils estiment inspiré par le Dieu du Mal. Ils refusent de prêter serment, car Jésus lui-même le déconseillait. Ils croient que les âmes s'incarnent autant de fois qu'il faut pour être purifiées et retourner à Dieu. Ils considèrent Jésus comme un prophète, mais pas comme le fils de Dieu, et ils rejettent sa croix car, pour eux, on n'adore pas un instrument de torture.

— Morbleu… Voilà des travers qui ne leur gagneront pas la faveur d'Innocent…

— Si l'on pousse leur logique jusqu'au bout, la croisade représente presque un bienfait pour eux. Elle est la preuve que le monde est malfaisant. Les massacres les enragent, bien sûr, mais en même temps, pour les victimes qui ont reçu le *consolamentum*, ils représentent la libération de la chair.

— Pourtant, ils se battent comme des diables.

— Comprenez-moi bien : ils lutteront jusqu'au dernier. Ils ne sont nullement résignés. Mais, quelque part, cette lutte répond à leurs aspirations. Au fond, ils sont des agneaux qui s'offrent eux-mêmes en sacrifice et ne craignent pas la mort.

— On dirait des saints. Ils sont vraiment tous comme cela ?

— Les croyants sont des gens ordinaires. Ils respectent les prescriptions de leur religion tout en vivant dans le monde. La plupart sont simples et droits, ce qui ne les empêche pas d'être de féroces guerriers.

— Je l'ai remarqué, oui, dit Montbard en massant son ventre blessé. Me faire surprendre ainsi par un paysan…

Il posa un regard admiratif sur Pernelle, qui allait d'un patient à l'autre sans donner le moindre signe de lassitude.

— Elle semble bien loin, la petite boiteuse brisée par les brigands et terrée chez elle, remarqua-t-il en l'observant. Elle est… épanouie. Cette religion l'a sauvée, d'après toi ?

— Sans l'ombre d'un doute. Elle a donné un sens à… à ce qu'elle a subi.

Je n'osai mentionner le lien qui unissait Pernelle et Odon, et la manière dont mon amie avait surmonté sa peine grâce à sa foi. C'eût été révéler une horreur de plus à mon maître. Ce fardeau, je devais le porter seul sur ma conscience, comme tous les autres. Montbard se lissa à nouveau la barbe, songeur.

— Plus les choses avancent, plus j'ai l'impression d'abattre des brebis sans défense. Il faut se rendre à l'évidence : il y a quelque chose de pourri dans cette croisade. Du haut de son trône, Innocent désire peut-être laver la chrétienté de l'hérésie, mais ses hommes ne sont ici que pour se remplir les poches. Toute l'affaire est devenue un prétexte au brigandage et le pape préfère regarder ailleurs. Il faut voir tous ces petits seigneurs sans terre la bave aux lèvres, admirant les possessions dont ils rêvent de se saisir. Prends Montfort, par exemple. Il a fait une bonne affaire. En arrivant ici, il était peu de choses. Et le voilà maintenant vicomte de Béziers et de Carcassonne. Si ce monstre est vicomte, alors je devrais être Dieu ! Il faut croire qu'il bout toujours quelque soupe dans la marmite de la cupidité. Mordieu… Peut-être suis-je en train de perdre la foi.

J'avais peine à contenir mon soulagement. Non seulement mon vieux maître ne me tenait pas rigueur d'être passé dans le camp des hérétiques, mais il en était arrivé aux mêmes conclusions que moi.

— Pourtant, vous combattiez avec fougue lorsque je vous ai retrouvé, repris-je. Vos scrupules ne semblaient pas vous nuire.

— Je suis un soldat. J'obéis aux ordres. Et puis, ils étaient cinq. Je n'allais quand même pas me laisser occire sans résister ! D'ailleurs, si tu ne les avais pas arrêtés, j'aurais fini par en venir à bout.

— Je n'en doute pas, m'esclaffai-je. Même avec les entrailles pendantes.

Il vida son gobelet et me fit à nouveau signe de le remplir.

— Pas question ! Vous avez assez bu. Si vous finissez par pisser le vin par le nombril, Pernelle me décapitera. Il est temps de vous reposer.

Pour la forme, il tenta de protester, mais la fatigue avait clairement pris le dessus.

— Je reviendrai demain.

J'attendis une réplique, mais Bertrand de Montbard, ce colosse à l'énergie débordante, s'était endormi comme un bébé.

Le lendemain, au milieu de la matinée, Montbard et Pernelle étaient assis face à face sur de petits tabourets. Presque front contre front, avec force gesticulations et petits sourires, ils entretenaient une conversation à mi-voix. Je les observai un moment, amusé. Lorsque mon maître m'aperçut, il s'interrompit et se leva.

— Ah ! Te voilà enfin, toi ! tonna-t-il.

D'un geste du pouce, il désigna Pernelle.

— Cette tourmenteuse m'autorise enfin à sortir d'ici pour marcher un peu, mais il semble que tu doives me servir de bâton de vieillesse !

— La nuit vous a été profitable, on dirait, dis-je en souriant. Vous vous sentez assez bien, vous en êtes sûr ?

— Mes boyaux sont parfaitement reconnectés, si c'est ce que tu veux savoir. D'ailleurs, j'en ai fait ce matin une démonstration dans le pot qu'on me tendait. N'est-ce pas, Pernelle ?

Celle-ci se contenta de rouler les yeux et secoua la tête, excédée.

— Ménage-le, me conseilla mon amie avant de s'éloigner. Il est encore faible et je n'ai aucune envie de le voir revenir ici pour des semaines.

— Faible ? Moi ? Je suis fort comme un bœuf! Ce ne serait pas plutôt que ma compagnie t'est précieuse ?

— Dommage qu'on n'ait pas tranché votre langue au lieu de vos tripes ! cria-t-elle de l'autre bout de l'infirmerie. Je ne l'aurais certainement pas recousue !

Satisfait de sa taquinerie, Montbard éclata d'un rire sonore, l'œil pétillant. Je lui offris mon bras, qu'il repoussa sèchement.

— Je ne suis pas encore un vieillard, foutre de Dieu ! Je peux très bien marcher seul. Allez, sortons d'ici ! Cet endroit empeste la mort.

Nous quittâmes l'infirmerie et, une fois à l'extérieur, Montbard s'arrêta pour humer l'air.

— Ah… la liberté !

Nous marchâmes lentement dans la cour intérieure, mon maître pestant de temps à autre contre le rythme lent que je maintenais pour le ménager.

— De quoi parliez-vous donc avec tant de sérieux, tous les deux ? m'enquis-je.

— D'hérésie, évidemment. Elle est bien convaincue et, à voir le résultat, qui peut l'en blâmer ? Un peu plus et elle me convertissait, la bougresse !

Nos pas nous conduisirent tout naturellement sur la muraille. Nous gravîmes l'escalier abrupt et le vieil homme atteignit le chemin de ronde en soufflant comme un bœuf, la main posée sur sa blessure et le dos un peu courbé.

— Je vais devoir me remettre en forme, on dirait, ricana-t-il en essuyant son front moite avec sa manche. Toutes ces potions m'ont affaibli.

— Ce ne serait pas plutôt le trou béant dans votre ventre ?

— Bah ! Une blessure qui ne tue pas rend plus fort. J'aurai une cicatrice de plus, voilà tout !

Nous déambulâmes lentement au sommet de la muraille, admirant le paysage sauvage. Le soleil matinal semblait donner des couleurs plus vives à la forêt et à la plaine. Autour, les oiseaux chantaient. On aurait dit que la guerre avait levé le camp pendant la nuit, ne laissant que paix et sérénité derrière elle. Je me laissai pénétrer par l'illusion, sachant qu'elle serait de courte durée.

— Ce pays a vraiment du charme, remarquai-je en m'accoudant sur le crénelage. Dommage que les croisés y aient apporté tant de laideur.

Il me rejoignit et tourna la tête vers moi.

— Quelque chose me tracasse, grommela-t-il.

— Quoi donc ?

— Tu te souviens de la cassette dont je t'avais parlé quand tu étais gamin ? Celle qu'on m'a ordonné de ramener ? Je me demande bien pourquoi Robert de Sablé jugeait si important qu'elle se retrouve ici, dans le Sud.

— Vous ne le saurez sans doute jamais.

— C'est bien ce qui me turlupine. Il m'est venu une idée : si elle avait contenu quelque chose de nécessaire à la préparation de cette croisade ? Juste à penser que l'Ordre auquel j'ai tout donné pourrait être complice d'une ignominie pareille, j'en ai la nausée. Les templiers sont des guerriers redoutables, certes. Nous ne reculons pas devant l'atrocité. J'en ai moi-même commis plus que ma part. Mais nous ne sommes pas des tueurs d'enfants. Nous n'assassinons pas froidement des innocents. Ou alors, je n'ai rien compris. Non... Il doit y avoir autre chose. Il le faut. Sinon, ma vie entière n'aura été qu'une terrible tromperie.

Il passa sa main calleuse sur son visage, étirant la peau ravinée, et exhala un soupir las.

— Et puis, que faisait cette femme dans cette histoire ? Esclarmonde de Foix. Pourquoi était-ce à elle et à personne d'autre que je devais remettre la cassette ? Il n'est pas dans les habitudes de l'Ordre de mêler des femmes à ses affaires. J'ai beau retourner la question de toutes les façons, je n'y comprends rien.

— Esclarmonde de Foix ? fit la voix de Pernelle derrière nous. Vous la connaissez ?

Montbard et moi sursautâmes. Elle se tenait un peu en retrait, l'air embarrassé, un gobelet dans la main.

— Je ne voulais pas fouiner. Il est l'heure de votre décoction de saule, sieur de Montbard. Et ne vous avisez pas de rechigner, sinon je vous cloue au lit pour deux autres journées, même si l'idée seule m'est insupportable.

Résigné à suivre les ordres de celle qui était encore plus entêtée que lui, mon maître prit le breuvage qu'elle lui tendait avec un sourire mutin et l'avala d'un trait. Puis il lui rendit le gobelet en pinçant les lèvres.

— Vous connaissez Esclarmonde de Foix ? insista-t-elle en reprenant le gobelet.

— Euh… non. Pas vraiment. Je l'ai vue une seule fois, voilà longtemps déjà.

Il s'appuya de nouveau sur le rempart. Son regard se perdit dans le vague, très loin de nous, des années en arrière.

— Je donnerais cher pour la revoir, murmura-t-il d'un ton contemplatif. Elle semblait être une femme… exceptionnelle.

— Je voudrais bien avoir la chance de la rencontrer un jour, moi aussi. Quel honneur ce serait.

Montbard tourna la tête et lui adressa un regard interrogateur.

— Elle est encore vivante, donc ?

— Bien sûr. Esclarmonde de Foix est la plus grande et la plus sage de tous les parfaits, expliqua Pernelle, les yeux brillants. Tous les cathares la vénèrent. Elle est la sœur du comte de Foix. Après avoir perdu son mari, elle est devenue bonne chrétienne. Elle vit à Pamiers et parcourt sans cesse le territoire pour prodiguer soins, argent et encouragements aux fidèles. Elle dépense sans compter. C'est de la bourse de sa famille qu'est sorti l'argent nécessaire à la fortification de Montségur.

Pernelle avait l'air de la fillette rêveuse de jadis, ce qui me fit sourire avec attendrissement. Elle s'en aperçut et, mal à l'aise, elle eut fort à faire pour retrouver la contenance austère qui caractérisait son rang.

— Euh… bon, je dois retourner à l'infirmerie. Soyez raisonnable dans votre promenade, sire Bertrand. Ne vous échauffez pas les sangs.

Elle tourna les talons et nous laissa pantois. Montbard et moi nous regardâmes sans vraiment comprendre.

— Ai-je bien entendu ? Les templiers étaient en contact avec les cathares ? demandai-je, stupéfait, lorsque Pernelle eut disparu dans l'escalier. On vous a envoyé remettre cette cassette à une parfaite ?

— Ventredieu… On dirait bien que les rumeurs que j'ai entendues jadis étaient fondées, dit mon maître, perplexe, en fronçant les sourcils. Mais jamais je n'aurais cru que l'Ordre et les cathares étaient si proches.

— Mais… pourquoi ?

— C'est ce que j'aimerais comprendre. Mais je ne suis qu'un soldat. Si on avait voulu me mettre dans le secret, on l'aurait fait.

Notre promenade se poursuivit dans un silence malaisé et je fus presque soulagé lorsque mon maître m'affirma être fatigué. Je lui offris de le raccompagner à l'infirmerie, mais il préféra rester assis à l'ombre pour regarder l'exercice matinal qui allait bientôt commencer.

CHAPITRE 19

La déroute

Pendant les semaines qui suivirent, Cabaret vécut dans une relative tranquillité. Nos guets-apens, menés avec le même acharnement, s'espacèrent à mesure que les hommes de Montfort devenaient prudents. Puis ils cessèrent tout à fait et je dus redoubler l'intensité des entraînements pour maintenir le niveau de préparation des troupes.

Au début de l'an 1210, nos espions nous rapportèrent que Montfort avait finalement trouvé un nouvel exutoire à sa colère. Au sud-ouest de Cabaret, le village de Fanjeaux, où résidait l'évêque cathare Guilhabert de Castres, était maintenant occupé. Plusieurs bâtiments avaient été incendiés. Le seigneur, Isarn, s'était réfugié à Montségur avec sa famille, qui comptait plusieurs parfaits. On ignorait quel sort avait été réservé aux habitants. La nouvelle fit rager d'impuissance Pierre Roger.

— C'est le début de la fin, murmura-t-il pour lui-même, atterré.

Bertrand de Montbard, déclaré en parfaite santé par Pernelle, put enfin se joindre aux exercices matinaux. Au début, son affaiblissement était évident. Ses muscles, jadis si massifs, avaient fondu comme neige au soleil. Après quelques minutes de combat simulé, il devint apparent que mon maître trouvait son épée bien lourde. C'était sans compter sur sa force de caractère. Jamais il ne céda aux tremblements de ses membres, les contraignant à lui obéir, les torturant jusqu'à la limite de l'endurance. S'infligeant à lui-même le traitement qu'il m'avait imposé jadis, il terminait chaque exercice le visage livide et le souffle court, mais il était visiblement heureux. Après quelques semaines de ce régime, il retrouva tous ses moyens, ce qui ravit Pernelle. Pour bien le prouver, il se permit de donner une mémorable leçon à ce pauvre Ugolin qui, décidément, semblait condamné à faire les frais du retour en forme des blessés. Le géant prit d'ailleurs la chose avec bonhomie, s'esclaffant alors que la pointe de l'épée de Montbard était appuyée sur sa gorge. Par la suite, mon maître le prit sous son aile et travailla régulièrement avec lui pour améliorer sa technique. Ce fut la naissance d'une solide complicité qui ne se démentit ensuite jamais.

Par un matin d'avril, nous reçûmes des nouvelles de la forteresse de Bram sous une forme que je n'oublierai jamais. Un cri d'alerte retentit de la muraille. Je sortis du lit à toute vitesse et, chaussé mais torse nu, j'accourus auprès des gardes. Derrière moi surgirent Pierre Roger, Landric, Ugolin et Montbard, qui s'était tout naturellement insinué dans notre petit groupe de décideurs.

— Que se passe-t-il ? demandai-je, alarmé.

— Là, fit une des sentinelles en désignant l'horizon.

Je plissai les yeux. Au loin, dans la brume du matin, je pouvais apercevoir une colonne de silhouettes zigzaguant dans la plaine, au pied de la montagne, sur le point de s'engager dans le chemin qui conduisait à la forteresse.

— Ils ont un bien drôle de comportement, remarqua Pierre Roger. Et que font-ils à pied ? Des croisés, tu crois ?

— S'il s'agit de croisés, ils ne sont guère menaçants.

— Il pourrait s'agir d'une ruse.

— Il n'y a qu'une façon d'en avoir le cœur net, rétorquai-je. Landric, assemble une trentaine d'hommes en armes.

Je me retournai vers Montbard.

— Cette cause n'est pas la vôtre, maître, mais je serais heureux de vous avoir à nouveau sur ma droite.

— Sans moi, qui sait quelle gaffe tu commettras ?

Cinq minutes plus tard, la petite troupe était dans la cour, montée et en armes. Sur ma droite se tenait Bertrand de Montbard, visiblement heureux de retrouver enfin l'action pour laquelle il était né. Sur ma gauche se trouvaient Landric et Ugolin. Je songeai avec fierté que jamais chevalier n'avait été mieux entouré. Je claquai la langue et Sauvage se mit en route, entraînant les autres. Nous descendîmes le sentier étroit qui menait dans la plaine. Arrivé en bas, j'ordonnai la halte.

— Ils sont là-bas, observa Landric, perplexe. Ils ont l'air complètement saouls.

Je me retournai sur ma selle et toisai mes hommes. Ils étaient prêts et je leur faisais entièrement confiance.

— Arme au clair ! ordonnai-je.

Trente épées furent tirées à l'unisson par des bras solides et scintillèrent dans le soleil.

— En avant ! Et pas de quartier !

Nous fonçâmes au galop vers les étrangers, qui se trouvaient à moins d'un quart de lieue de nous. À pleine vitesse, nous eûmes vite fait de franchir la distance. À notre approche, ils se blottirent les uns contre les autres comme des faons terrifiés et je levai la main pour restreindre l'ardeur de mes hommes. De toute évidence, les nouveaux venus ne présentaient aucune menace. Nous nous approchâmes encore un peu et, lorsque je parvins à la hauteur du petit groupe, ce que je vis hantera mon sommeil jusqu'à mon dernier souffle.

Ils étaient une centaine d'hommes. Une procession d'êtres gémissants et effrayés vêtus de robes noires. Des parfaits. Certains portaient des sandales. Les autres avaient la plante des pieds sanglante à force d'avoir marché. Tous étaient crasseux et couverts de poussière. Ils se tenaient les uns derrière les autres, chacun ayant la main posée sur l'épaule de celui qui le précédait. Puis je vis leur visage. Ou ce qu'il en restait sous l'épaisse croûte de sang séché. On leur avait tranché le nez et la lèvre supérieure, figeant leur expression en un affreux rictus. On leur avait aussi arraché les yeux et leurs paupières se refermaient sur des orbites vides. Seul celui qui ouvrait la marche avait encore un œil. Un seul. C'était lui qui avait guidé les autres. Alertés par les pas de Sauvage, ils tournaient vers moi un visage anxieux.

— Par Dieu, fit Landric en me rejoignant, horrifié. Qui a pu faire une telle chose ?

— Montfort. Qui d'autre ?

Je me retournai vers Ugolin, qui était pâle comme un linge et vacillait dangereusement sur sa selle, proche de l'évanouissement.

— Ugolin, retourne à Cabaret et alerte dame Pernelle. Dis-lui de se tenir prête à recevoir une centaine de patients gravement mutilés. Vite !

Trop heureux de s'éloigner de l'affreux spectacle, le géant de Minerve fit faire demi-tour à sa monture et s'éloigna au galop, laissant un nuage de poussière dans son sillon.

— Vous autres, dis-je en m'adressant à mes hommes. Prenez en selle les plus mal en point et ramenez-les sans tarder. Ceux qui restent marcheront avec sire Bertrand et moi jusqu'à ce que vous reveniez les chercher.

Le retour fut lent et pénible. Montbard et moi avions cédé notre monture à deux éclopés chacun et avions accompagné à pied ceux qui pouvaient encore marcher. Dans un état de profonde stupeur et atteignant le bout de leurs forces, les malheureux, plus morts que vifs, ne dirent pas un mot. Lorsque nos hommes furent de retour, ramenant avec eux tout ce qu'il y avait de chevaux dans la forteresse, on mit en selle ceux qui restaient et tous furent bientôt en sécurité derrière les murs de Cabaret, entre les mains expertes de Pernelle et des autres parfaits.

Ébranlé, je fis rapport de la situation à Pierre Roger. Au cours de ma vie, j'avais commis des abominations pour lesquelles je payais chèrement, mais ce qu'on avait fait à ces malheureux rivalisait avec mes pires exactions. Je me consolais en me disant que je connaissais mieux que personne le sort qui attendait l'âme de Montfort. Sans le savoir, en défendant ainsi la cause de l'Église, il s'assurait la damnation à la fin de ses jours. Dès que j'eus terminé mon récit, le seigneur de Cabaret entra dans une fureur terrible.

— Montfort… L'animal ! fulmina-t-il en abattant son poing sur la table. Bram est une toute petite forteresse mal défendue et facile à prendre. Elle est perdue sur un terrain plat comme un furoncle sur une fesse de moine. Plusieurs parfaits s'y terrent depuis un bon moment. C'était l'endroit rêvé pour faire un exemple. Cet homme est un démon sorti tout droit de l'enfer. Maudit soit-il !

— Je vais aller voir ce que je peux apprendre d'eux, lui dis-je en sortant.

Lorsque j'entrai dans l'infirmerie, Pernelle était penchée sur un de ces pauvres hères. En m'apercevant, elle murmura quelques mots d'encouragement à son patient en lui tapotant l'épaule puis vint à ma rencontre. Les traits crispés, elle était blême de rage.

— Ils s'en sortiront ? m'enquis-je.

— Les plus chanceux mourront d'épuisement avant la nuit. Quant aux autres, ils devront vivre avec ce qu'il leur reste de visage.

Non loin de là, je repérai celui qui avait guidé les autres.

— Il peut parler ?

— Aussi bien qu'il est possible sans lèvre supérieure, cracha mon amie, dégoûtée.

Je m'approchai du lit où gisait l'homme et m'accroupis. On l'avait lavé et vêtu d'une robe propre. On avait pansé son œil crevé et recouvert les plaies de son visage d'une épaisse couche d'onguent. Je lui posai la main sur l'épaule et il me regarda tristement.

— Quel est ton nom ?

— Vivian.

— Je suis Gondemar de Rossal.

— Le croisé qui a embrassé notre cause. Je sais.

— C'est Montfort qui t'a fait cela ?

Vivian hocha tristement la tête.

— Il a assiégé la forteresse pendant trois jours. Nos troupes étaient peu nombreuses et n'ont pu résister à une attaque frontale. Les croisés sont entrés dans Bram et ils ont tout saccagé. Montfort a fait attacher un parfait à la queue d'un cheval et a ordonné qu'on le traîne dans les rues jusqu'à ce qu'il ne soit plus que sang et viande.

Il étira un bras tremblant pour saisir un gobelet d'eau posé sur la table près de lui. Je m'empressai de le lui tendre et de lui soutenir la tête pour le faire boire. Il le fit comme il le put sans lèvre supérieure, mouillant sa robe comme un enfançon. Lorsqu'il eut fini, il refit ses forces quelques instants, la respiration sifflante.

— Il a fait regrouper cent autres parfaits sur la place, poursuivit-il. Il nous a fait mettre en rangs et a intimé à ses hommes de nous réduire à cet état. Pendant qu'on nous tranchait la face et qu'on nous arrachait les yeux, les prêtres qui l'accompagnaient chantaient et rendaient grâce à Dieu !

Il fit une nouvelle pause pour reprendre son souffle.

— Il m'avait gardé pour la fin. Lorsque le soldat s'est approché de moi, la lame de son couteau ruisselait encore du sang de mes pauvres frères. Montfort lui a ordonné d'épargner un de mes yeux, car il fallait bien quelqu'un pour guider les autres.

Il but à nouveau et les tristes vestiges de son visage se crispèrent de douleur.

— Ensuite, il nous a fait mener à l'extérieur du castel avec instruction de nous rendre à Cabaret. Nous avons marché sans eau ni nourriture pendant des jours. Avant de refermer derrière nous, il m'a chargé d'un message pour ceux qui l'ont humilié.

— Parle.

— Il a dit que jusqu'à ce que Cabaret se rende, que ses chefs se livrent à lui et qu'on lui remette son cousin sain et sauf, les cathares seront traités ainsi. Et que plus vous tarderiez, pire ce serait.

Je fermai les yeux, désespéré. Comme je l'avais soupçonné, notre victoire se révélait bien courte. Elle n'avait fait qu'attiser la haine de Simon de Montfort et nos embuscades avaient empiré les choses. L'homme n'aurait pas de repos jusqu'à ce que son humiliation soit vengée. J'en avais devant moi cent preuves irréfutables. À cause de notre modeste succès, des gens souffriraient. À cause de moi. *Ces caractéristiques, tu les as laissées mener ta vie et c'est le pire en toi qui t'a conduit ici. Maintenant, tu devras mettre ton bras au service du Bien.* Était-ce là ce que Dieu et son archange concevaient comme le Bien ? Comment pouvaient-ils justifier le martyre de ces innocents au nom de leur maudite Vérité ? Ma sentence exigeait-elle vraiment que je cause tant de Mal ? Je me sentais révolté et, en même temps, pour une rare fois, je me trouvais ému du sort des autres. *Il reste en toi une étincelle de bonté, une nature profonde qui mérite d'être sauvé. Ton âme est noire comme la nuit, Gondemar de Rossal. À toi d'apprendre à voir la lumière.* Étais-je en train de laisser la lumière pénétrer en moi ? De trouver ma rédemption ?

— Repose-toi, mon pauvre ami, chuchotai-je d'une voix tremblante d'émotion. Tu as assez souffert.

Vivian ne dit rien. Une larme amère coula du seul œil qui lui restait. Je me demandai s'il pleurait pour lui-même ou pour ses frères. À court de mots, je lui posai une main sur l'épaule et la serrai doucement. Puis je sortis pour aller faire rapport de ce que j'avais appris à Pierre Roger.

Quelques semaines après l'arrivée des parfaits de Bram, dont une moitié à peine avaient survécu à leurs blessures, nous eûmes vent de l'arrivée des renforts tant attendus par Montfort. L'ennemi était désormais beaucoup plus nombreux que nous, reposé et affamé de sang. Leur chef avait eu le temps de connaître le pays de fond en comble. À compter de ce moment, les choses ne pouvaient aller qu'en empirant.

Nous avions à peine eu le temps de digérer l'information lorsqu'un autre messager nous annonça que Guilhabert de Castres, un des parfaits les plus influents, ordonnait à tous les autres parfaits de se mettre en route, sans attendre et dans le plus grand secret, vers les Pyrénées, à l'extrême sud du pays. Là, ils devaient trouver refuge dans la forteresse de Montségur. Depuis 1204, m'apprit Raymond Roger, un croyant, le chevalier Raymond de Pereille, fils et gendre de parfaite, avait travaillé sans relâche à en renforcer les fortifications. Située au sommet d'un pic à plus de six cents toises d'altitude, elle était désormais imprenable. Dans le pire des cas, elle tiendrait lieu d'ultime bastion de l'hérésie.

Les parfaits de Cabaret devaient partir comme les autres. Dès le lendemain, m'ordonna Pierre Roger, je devais prendre la tête d'un convoi vers Montségur. Je fus chargé de voir aux préparatifs et d'en faire l'annonce, ce que j'accomplis à mon corps défendant. Comme je m'y attendais, Pernelle s'enflamma et entra dans une colère aux dimensions évangéliques. Les poings sur les hanches, dressée sur la pointe des pieds pour être en mesure de me cracher ses opinions au visage, elle refusa net.

— Abandonner mes malades ? s'écria-t-elle, écarlate d'indignation. Tu n'y penses pas ! Ils dépendent de moi ! Qui va les soigner ? Et si d'autres sont blessés ? Que leur arrivera-t-il ? Les laissera-t-on simplement pourrir ?

— Je sais tout cela, Pernelle, mais je n'y peux rien. Ce sont les ordres de Pierre Roger, qui les tient lui-même de Guilhabert de Castres. Ne t'en prends pas au messager.

— Je m'en fiche comme de mes premières chaussures, de Pierre Roger et de ses ordres ! me postillonna-t-elle au visage. Et de Guilhabert de même ! Je reste ici !

Elle fit demi-tour et allait retourner à ses patients lorsque je perdis patience. Je la saisis par le bras, la fis pivoter et la tirai vers moi en la serrant un peu plus que je ne l'aurais voulu.

— Écoute-moi bien, sale petite tête de mule, crachai-je, les dents serrées. Tu vas dire aux autres parfaits de se préparer le moins de bagages possible et de s'assurer que ceux de Bram qui sont en mesure de nous accompagner soient prêts, eux aussi. Et tu vas faire la même chose. Nous partons ce soir et si tu n'es pas dans la cour au coucher du soleil, je te jure devant le Dieu que tu voudras que je viendrai te ramasser ici et que je te botterai le cul jusqu'à ton cheval. Compris ?

Elle écarquilla les yeux et, l'espace d'un instant, je revis sur son visage la petite fille apeurée de jadis. Ses lèvres se mirent à frémir. Je fis un effort pour retrouver mon calme.

— Pernelle, repris-je d'un ton pressant. Montfort va bientôt se remettre en marche avec une armée plus grande que jamais. Il va tout écraser sur son passage. Tu ne peux pas rester ici.

— Cabaret est imprenable, tu le sais bien. Qu'il vienne !

— Aucune forteresse n'est imprenable si on a suffisamment de temps et de ressources. Et cette fois, il les a. Tôt ou tard, Cabaret tombera, ou alors elle devra se rendre. Et ce jour-là, que crois-tu que te feront les croisés ? Cent fois pire que ce que t'ont fait les brigands à Rossal ! Tu n'as pas oublié ce jour-là, je suppose ?

Je lui saisis l'autre bras et l'approchai de moi pour bien river mes yeux dans les siens. Elle se laissa faire. Je sentis mes yeux se gorger de larmes que j'eus du mal à contenir. Moi, le damné, je pleurais.

— Je n'ai pas été capable de te protéger quand nous étions enfants, sanglotai-je malgré moi. J'en ai porté le poids toute ma vie. Cette fois-ci, je ne suis pas impuissant et je ne permettrai pas qu'il t'arrive quelque chose. Avec Montbard, tu es tout ce qui me reste. Tu comprends ? Je n'ai personne d'autre.

Ses yeux se mouillèrent à leur tour et elle hocha du chef.

— Soit. Je vais avertir les autres, dit-elle d'une voix presque inaudible. Ils seront là, je te le promets.

D'un geste impulsif, je saisis ses joues dans mes mains et posai un baiser sur son front.

— Plus jamais on ne te fera du mal, Pernelle, chuchotai-je. Je te le jure.

Elle enveloppa mes mains avec les siennes.

— Ne fais pas de promesses que tu ne peux pas tenir, Gondemar. Seul Dieu décide du cours des choses.

Je voulus protester, mais ne trouvai pas les arguments. Elle avait raison. Je ne le savais que trop. Je ne contrôlais pas ma destinée. Je la laissai et m'en fus voir aux préparatifs.

Pernelle tint parole. Au crépuscule, la totalité des parfaits de Cabaret, cinq hommes et trois femmes, ainsi que les quarante et un qui avaient survécu aux sévices infligés à Bram, étaient dans la cour. En tout, quarante-neuf personnes que je devais mener en sécurité à Montségur. Pour assurer leur protection, nous étions vingt-quatre. C'était là la seule ponction que j'avais jugé prudent de faire sur les forces de Cabaret. Montbard m'accompagnerait et Ugolin nous guiderait. Malgré ses vives protestations, Landric serait laissé derrière. La forteresse avait besoin d'un soldat expérimenté, apte à mener les hommes si la situation l'exigeait, et nul n'était plus qualifié que lui. Les Parfaites étaient deux par cheval alors que les hommes et les soldats bien armés montaient seuls. Chacun avait attaché à sa selle une petite besace contenant les provisions nécessaires pour le voyage.

Nous étions au début de juin et la fraîcheur du soir était agréable. Les teintes roses et mauves du soleil couchant donnaient à la forteresse un air féerique qui tranchait avec le tragique de la situation. Le chemin serait long. Au moins cinq fois plus que celui parcouru entre Minerve et Cabaret. Avec Pierre Roger, qui resterait derrière, j'avais déterminé qu'il était préférable de nous déplacer de nuit. Pour éviter Carcassonne, désormais le chef-lieu de Montfort, nous ferions un large détour vers l'est. À l'ouest, en effet, Alzonne et Montréal avaient été désertées par leurs habitants après la prise de Fanjeaux et risquaient fort d'être remplies de croisés, ce qui nous coupait le chemin vers Mirepoix et Foix, encore réputées sûres. Nous nous dirigerions donc vers

Minerve. De là, après avoir dormi durant le jour, nous descendrions vers le sud en passant par Montlaur et Peyrepertuse pour aller jusqu'à Montségur, qui était presque assise sur la frontière entre le Languedoc et le royaume d'Aragon.

Les préparatifs étant terminés, je fus surpris lorsque Montbard me saisit le bras pour m'empêcher de donner l'ordre du départ.

— Il manque quelqu'un, soupira-t-il en désignant de la tête un cheval sellé, mais sans cavalier.

— Tudieu... Qui donc?

— Devine...

J'avisai un coffre de bois accroché après la selle et le reconnus aussitôt.

— Pernelle...

— Qui d'autre?

Je sentis mon sang bouillir en songeant qu'elle s'entêtait à ne pas quitter Cabaret. La petite ribaude m'avait promis que les parfaits seraient au rendez-vous, mais elle ne s'était jamais engagée à l'être elle-même. En furie, je descendis de Sauvage et me dirigeai vers l'infirmerie d'un pas déterminé, bien décidé à tenir ma promesse et à lui botter méthodiquement les fesses jusqu'à la monture qui l'attendait, comme promis.

Lorsque je fis irruption dans l'infirmerie en faisant claquer la porte contre le mur, je la trouvai à la lumière d'une chandelle, en compagnie d'une jeune fille d'une quinzaine d'années. Les deux étaient accroupies près d'un lit où gisait une femme qui avait accouché durant la nuit, son nourrisson accroché au sein. Pernelle faisait boire à la nouvelle mère une de ses décoctions et faillit la renverser lorsque j'entrai en fracas.

— Je sais, je sais! dit-elle en m'apercevant. J'arrive! Donne-moi encore une minute.

— Nous partons.

— Je dois m'assurer que Brigida sache bien quels soins apporter à chaque patient, expliqua-t-elle en désignant la jeune fille.

Je grognai et m'approchai de la jeune fille.

— Brigida, tu sais quoi faire pour chacun d'eux ?

— Oh ! oui, sieur Gondemar, répliqua la petite d'une voix timorée. Dame Pernelle me l'a répété au moins cinq fois !

J'empoignai Pernelle par le bras, la relevai et l'entraînai vers la porte. Elle cria d'ultimes directives à celle qui la remplacerait jusqu'à ce que nous soyons hors de portée de voix. Lorsque nous arrivâmes à la monture qui l'attendait, je la saisis à bras-le-corps et l'y hissai de force. Je remontai sur Sauvage sous le regard amusé de Montbard, toisai une dernière fois la troupe et donnai enfin le signal du départ. Les parfaits se mirent en route vers leur destin et moi vers le mien.

La route vers Minerve ne nous réserva aucune surprise. Nous avancions avec prudence en prenant soin d'envoyer une lieue en avant des éclaireurs qui revenaient nous confirmer que la voie était libre. Dans notre convoi, personne ne disait mot et les chevaux étaient tenus à un trot lent, le moindre bruit pouvant révéler notre présence et entraîner notre mort.

— Les croisés sont plus nombreux que jamais, observa Montbard après quelques heures d'une mission qui prenait des allures de promenade. Pourtant, tout est tranquille. Curieux, même de nuit…

— Ils sont sans doute regroupés à Carcassonne jusqu'à ce que Montfort décide contre quelle forteresse il va mobiliser ses troupes.

— Tout de même… je me sentirais mieux si je savais où ils sont, quitte à devoir en affronter quelques-uns. Tout est trop calme. M'est avis qu'il se trame quelque chose.

Je le regardai, étonné.

— Vous affronteriez vraiment les croisés ? Vos coreligionnaires ?

— Après ce qu'ils ont fait aux gens de Bram, certes. Ces gens ne sont chrétiens que de nom, à commencer par Montfort et Amaury. Et je doute qu'Innocent vaille beaucoup mieux.

Lorsque le jour menaça de poindre, nous étions encore à plusieurs lieues de Minerve. En forçant le rythme, nous aurions pu franchir la distance qui restait, mais cela impliquait d'abandonner la prudence et je ne voulais pas courir ce risque. Carcassonne n'était pas loin et des patrouilles en sortaient sans doute. Nous nous arrêtâmes donc dans un boisé. Je fis signe à un de mes hommes de s'approcher.

— Nous dormirons ici jusqu'à la tombée du jour. Les gens peuvent manger et boire, mais aucun feu ne doit être allumé. Gardez les chevaux sellés. Pas de bruit, ni de conversation. Je veux quatre gardes postés discrètement sur le périmètre du camp. Assure-toi qu'ils sont relevés toutes les deux heures. Que les hommes dorment avec leur arme. Fais passer le mot.

— Bien, sire Gondemar, dit l'homme avant de s'éloigner pour exécuter mes ordres.

Je descendis de Sauvage et l'attachai près d'un petit ruisseau où il pourrait s'abreuver et brouter. Puis je me laissai choir sur le sol. Je ressentais tout à coup l'effet de la tension de la nuit. Mes paupières étaient lourdes et je me sentais vidé. Près de moi, Montbard soupira, dans le même état. Il ouvrit sa besace et en sortit un quignon de pain et un peu de fromage. Il brisa les deux et me tendit un morceau de chaque. Nous mangeâmes sans hâte avant d'avaler quelques gorgées d'eau.

— Tout va bien jusqu'à maintenant, dis-je.

— Oui. Et je n'aime guère cela, se contenta-t-il de dire, l'air sombre.

Il s'allongea dans l'herbe fraîche sans rien ajouter et ferma les yeux. Les mains croisées sur la poitrine, il s'endormit aussitôt. J'allais l'imiter lorsque je vis Pernelle enjamber les dormeurs pour me rejoindre. Elle se laissa choir lourdement sur ma gauche.

— Tout le monde se porte bien ? demandai-je.

— Rien de particulier à signaler.

— Bien. Dors. Il n'y a rien d'autre à faire avant ce soir.

Je m'allongeai et fermai les yeux. Je sentis un poids dans le creux de mon épaule. J'entrouvris la paupière gauche pour apercevoir la tête de Pernelle blottie contre moi. Je souris et l'entourai de mon bras, heureux de retrouver un peu de l'intimité naïve et pure d'antan.

J'avais l'impression de n'avoir sommeillé que quelques minutes lorsqu'on me secoua l'épaule. Je me redressai brusquement, bousculant involontairement Pernelle. Je trouvai Montbard accroupi près de moi, l'épée au poing et l'expression alerte.

— Il se passe quelque chose, murmura-t-il.

Le diable d'homme avait presque l'air heureux. Je me relevai en tirant mon arme et tendis l'oreille. Quelque part sur ma gauche, dans les bois, je pouvais entendre des bruits. Puis vint une voix, vite étouffée. Quelques craquements trop sonores à mon goût. Des pas qui s'approchaient. Quelques murmures discrets.

Ugolin, dont c'était le tour de garde, émergea du bois. Il traînait un homme dont il couvrait la bouche pour le garder silencieux, la lame de son couteau étant appuyée sur la gorge de l'inconnu. Lorsqu'il fut arrivé à ma hauteur, il le força à s'agenouiller.

— Je l'ai surpris dans le bois, murmura-t-il. Il essayait de se faufiler en douce. M'est avis qu'il nous espionnait. Il m'a menacé avec… ça.

Ugolin fouilla dans sa ceinture et en sortit une dague piteuse qu'il jeta dédaigneusement sur le sol. L'arme, presque un couteau d'enfant, était trop courte pour blesser grièvement. Je sortis la mienne de ma ceinture et en appuyai la pointe sous le menton de l'étranger, puis fis signe au géant de le laisser. Le nouveau venu était jeune. Quinze ans tout au plus. Ses joues étaient à peine couvertes d'un fin duvet. Il était maigre et les cernes sous ses yeux trahissaient une grande fatigue. Sa chemise était trempée de sueur, comme s'il avait longtemps couru. Ses cheveux blonds étaient dans le même état. Son regard inquiet papillonnait d'un endroit à l'autre, trahissant sa peur.

— Est-ce vrai ? demandai-je à mi-voix. Tu nous espionnais ?

Le garçon me regarda avec un air de défi, semblant faire un effort pour se durcir. L'air buté, il serra les mâchoires et releva le menton, tentant de se donner l'air ferme de celui qui ne craint pas la mort, mais ses lèvres tremblaient et ses yeux étaient écarquillés. Je l'empoignai par les cheveux et appuyai un peu plus fort sur la dague. La pointe perça la peau et tira une goutte de sang.

— Écoute-moi bien, dameret, crachai-je avec impatience. Je n'ai pas de temps à perdre. Tu as le choix entre me dire ce que tu fais ici et courir une chance de sauver ta vie si l'information en vaut la peine, ou te taire et la perdre à coup sûr.

L'inconnu me toisa un moment, puis Montbard, puis les autres. Il parut hésiter puis se renfrogna.

— Tue-moi si tu le veux. Peu m'en chaut. J'aurai la double satisfaction d'avoir été fidèle à ma parole et d'être libéré de ma prison de chair, lança-t-il avec défiance.

— En tout cas, il a l'air d'un bon chrétien et en connaît la musique, remarqua Pernelle, qui s'était approchée de notre groupe.

— Achève ce damoiseau tout de suite, Gondemar, et levons le camp, suggéra Montbard. Qui sait s'il n'est pas suivi ?

Le visage du garçon prit une expression mêlée de surprise et d'émerveillement.

— Gondemar ? fit-il. Tu es Gondemar de Rossal ?

— Lui-même. Tu me connais ?

— Tous les cathares connaissent le nom du chrétien qui a changé de camp et qui harcèle les croisés depuis Cabaret.

Je consultai Montbard du regard. Celui-ci fit la moue et haussa les épaules.

— Il sait qui tu es. Soit. Cela ne veut pas dire grand-chose. Les croisés te connaissent, eux aussi.

— Vous devez être en train de conduire les parfaits de Cabaret vers Montségur, comme l'a ordonné Guilhabert de Castres, s'empressa d'ajouter l'inconnu d'un ton rempli d'urgence.

— Comment sais-tu cela ? demandai-je, étonné.

— Je suis messager. J'ai porté ce même ordre à Minerve.

Après quelques secondes de réflexion qui donnèrent au jeune homme force sueurs froides, je retirai mon arme de sa gorge et la remis à ma ceinture.

— Comment t'appelles-tu ? demandai-je d'un ton plus doux.

— Claudi, sire, répondit-il en frottant l'endroit où j'avais percé la peau.

— Et que fais-tu donc à te promener en catimini dans les bois, Claudi ?

— Je viens de Minerve. Je dois porter une nouvelle au sieur Pierre Roger à Cabaret. Je n'osais pas m'approcher de vous, de peur que vous soyez des croisés. Si j'avais aperçu les parfaits, je me serais révélé.

— Et de quelle nouvelle s'agit-il ?

— Montfort est devant Minerve avec son armée et des machines de guerre. La ville n'a aucune chance. J'ai tout juste réussi à me glisser hors des murs avant que le siège ne soit entrepris. En ce moment même, des messagers sont en route vers toutes les places fortes pour avertir les seigneurs de se tenir prêts et de prendre les mesures qu'ils jugent nécessaires, soit de résister, soit d'organiser la reddition.

À compter de maintenant, plus rien n'arrêterait les croisés. Aujourd'hui Minerve, demain les autres places fortes. Il leur faudrait des mois ou des années, mais à la fin, les hérétiques seraient rayés de la carte du Sud.

— Les parfaits ont-ils eu le temps de quitter Minerve ? demanda Pernelle, angoissée.

— Ils ont reçu l'ordre de fuir vers Montségur, mais Bertomieu s'y est opposé. Rambaut, Garsenda et Albin sont restés avec lui, ainsi que tous les autres. Ils sont cent quarante en tout.

Mon amie m'adressa un regard éperdu.

— Gondemar. Nous devons les aider, plaida-t-elle, livide. Sans cela, ils seront massacrés jusqu'au dernier.

— Tu as entendu ce qu'a dit ce garçon ? Montfort assiège Minerve. Même si nous pouvions y entrer sans nous faire écharper, notre vingtaine d'hommes ne changerait rien.

— Nous n'allons quand même pas les abandonner à leur sort sans rien tenter ?

— Ils ont fait leur choix. Au fond, la mort est ce qu'ils souhaitent, non ? Ils ont tous reçu le *consolamentum*. Si j'ai bien compris ce que tu m'as expliqué, ils seront libérés de la chair et retourneront à Dieu.

— Gondemar… geignit-elle en se tordant les mains.

— Suffit ! Nous ne pouvons rien pour eux !

Elle resta plantée devant moi un instant. Toute son attitude n'était qu'un reproche silencieux. Ses lèvres tremblaient et ses yeux étaient humides. Elle faisait un effort visible pour garder sa contenance. Puis elle tourna les talons, le visage enfoui dans les mains. Je reportai mon attention sur Claudi, qui avait terminé son repas. Je ramassai sa dague et la lui tendis. Il l'accepta.

— Repose-toi parmi nous jusqu'à la nuit. Tu y seras en sécurité. Dors et refais tes forces. Lorsque nous lèverons le camp, tu poursuivras vers Cabaret. Une fois arrivé, dis à Pierre Roger que nous sommes en route vers Montségur et que, vu les circonstances, nous ne reviendrons pas.

J'avisai Ugolin.

— Vois à ce qu'il soit nourri. Et, par la barbe du pape, trouve-lui quelque chose de plus menaçant que ce canivet qui n'effraierait pas un poussin. Il aura peut-être besoin de se défendre. Ensuite, reviens me voir.

Je m'assis. Près de moi, Montbard, songeur, jouait distraitement dans le sable avec la pointe de son couteau.

— Tout cela explique que nous n'ayons rencontré personne, fit-il. Les croisés sont mobilisés vers Minerve.

Lorsque Ugolin fut de retour, nous nous mîmes à planifier.

— La route vers Minerve est coupée, dis-je après qu'il se fut assis. Tu en as une autre à proposer ?

Le géant haussa les sourcils, perplexe. Il se frotta le menton en réfléchissant.

— L'ouest est exclu, dit-il. Fanjeaux et Bram sont occupées. Si nous désirons toujours descendre vers Montségur, il ne reste qu'à couper en ligne droite.

— Comment ?

— En contournant Minerve le plus largement possible pour tenter de passer entre elle et Carcassonne. Ensuite, il faudra franchir l'Aude sans que les croisés nous voient, ce qui ne sera pas une mince affaire. Si nous y arrivons, nous filerons droit sur Montlaur et Peyrepertuse en espérant qu'elles soient encore sûres.

— C'est faisable ?

— Je connais les terres autour de Minerve comme la paume de ma main. En suivant les petits sentiers et en comptant sur la nuit, oui. Avec de la chance… Demander aux parfaits qui nous accompagnent de prier tout leur saoul ne nuirait sans doute pas…

— Nous n'avons guère le choix, déclarai-je après un moment. Nous devons tenter d'atteindre Montségur. Si la place est aussi forte qu'on le dit, c'est là que se retrouveront tous les cathares.

Je fis une pause pour chasser mes dernières hésitations.

— Je compte sur toi, Ugolin. Nous partirons au crépuscule. D'ici là, que les hommes se reposent. Leurs armes pourraient bien servir plus tôt qu'ils ne le pensent.

Ne trouvant rien d'autre à faire, je m'assis le dos contre un arbre, appuyai ma tête contre l'écorce et fermai les yeux. J'étais troublé. Dans quelle absurde galère me trouvais-je donc ? J'étais revenu d'entre les morts avec pour mission de protéger la Vérité. Ne s'agissait-il que de protéger la vie de quelques parfaits ? On ne pouvait humainement exiger de moi que j'assure la survie de chacun d'entre eux. Je n'étais qu'un homme. Un loup parmi les brebis.

Le pape, ses évêques, ses seigneurs et ses croisés étaient des sépulcres blanchis, vertueux en apparence, mais pourris au-dedans. Je savais que les cathares, eux, étaient purs. La croisade était une monstruosité drapée dans les bons sentiments et les beaux discours. Et après ? Où se trouvait la Vérité dans tout cela ? La lumière semblait bien loin de moi. Je m'endormis, aux prises avec une profonde angoisse.

Je me tenais devant une maison carrée et basse qui semblait être sortie tout droit du sable sur lequel elle reposait. Le soleil se couchait et ses derniers faisceaux roses et orangés balayaient l'endroit où je me trouvais. Je n'avais jamais vu cet endroit et, pourtant, j'avais le sentiment de le connaître. L'odeur de terre sèche et de poussière mêlée d'effluves d'herbes m'était étrangement familière. J'avais toujours été un paria. J'avais répondu à la méfiance et au rejet par la violence et le mépris. Je n'avais jamais été en paix, ni avec moi-même, ni avec le monde. Et j'en avais été damné. Or, pour la première fois de mon existence, je ressentais une profonde sérénité. Je me sentais à ma place.

Au loin, un orage s'annonçait et un roulement de tonnerre me parvint. Un vent chaud et sec balaya mon visage et fit claquer ma chemise sur mes bras. J'entrai. La porte était si basse que je dus pencher un peu la tête. L'intérieur était différent des demeures auxquelles j'étais habitué. Le plafond était bas, les fenêtres petites et rares, le plancher en terre battue. Il y faisait sombre. Presque noir. Aussitôt, l'atmosphère devint lourde et angoissée. L'injustice et la douleur imprégnaient cet endroit.

Dans le coin le plus éloigné, je décelai deux silhouettes immobiles comme des statues. Au même instant, une faible lumière qui semblait venir de nulle part éclaira la scène. Une femme était assise, les jambes croisées sous elle derrière une table basse, l'air altier et grave. Ses longs cheveux sombres striés de gris se drapaient gracieusement sur ses épaules. Elle portait une robe noire. Son regard était perçant et déterminé. Un homme se tenait debout à ses côtés. Il était trapu et barbu, les cheveux noirs aux boucles serrées. Un corps de travailleur manuel ou de guerrier. Il semblait harassé, las. Sa main était posée sur l'épaule de la femme. Une blessure à son poignet saignait. Il ne portait qu'un pagne et je vis qu'il avait aussi une plaie ouverte au côté. Le sang qui s'en écoulait formait une petite rigole qui descendait le long de son abdomen. Mais il ne semblait pas souffrir. Les deux m'observaient froidement. Qui étaient-ils ? Que faisaient-ils dans mon rêve ? Que me voulaient-ils ? Sur la table reposait une petite cassette en bois. Le couvercle bombé portait un motif sculpté. Une croix identique à celle que Métatron avait imprimée dans ma chair. Sur la face avant, trois serrures étaient alignées. Sans me quitter des yeux, la femme allongea le bras vers la cassette.

— La lumière est cruelle, Gondemar de Rossal, dit-elle d'une voix ferme, mais calme. Elle éclaire ce que certains préfèrent cacher et révèle la Vérité qui menace les fondations de nos certitudes. Peu ont le courage de la regarder en face.

Elle souleva le couvercle et une lumière aveuglante s'en échappa, me faisant plisser les yeux. Un tremblement secoua le sol. Autour de moi, la demeure vibra et les murs se fendirent. Des fissures s'écoula un sang épais, d'abord par fines gouttelettes puis à grands flots que buvait la terre. Les poutres qui soutenaient le plafond craquèrent dans une plainte lancinante. Un nuage de poussière envahit la pièce et m'aveugla. J'étouffais. Un vent brûlant se mit à tourbillonner autour de moi et m'enveloppa, rôtissant ma peau. La chaleur était insoutenable et j'avais l'impression que mes yeux allaient éclater dans leurs orbites.

Je m'écroulai sur le sol et la dernière chose que je vis fut la maison qui s'effondrait sur moi.

Je m'éveillai en sueur, la panique me collant à la peau. J'aperçus Montbard agenouillé près de moi, les mains sur mes épaules.

— Tu as eu un mauvais rêve, on dirait, dit-il en souriant comme une mère à son enfant apeuré. Bois. Ça te fera du bien.

Il me tendit une outre de vin que j'acceptai avec empressement. Je bus plusieurs grandes gorgées pour calmer mes nerfs à vif.

— Ta conscience est lourde, Gondemar, dit mon maître. Moi aussi, mes morts viennent me visiter la nuit. Je peux vivre avec eux parce que j'avais une raison de les tuer. La question est de savoir si tu peux en faire autant avec les tiens.

— Il est temps de partir, rétorquai-je, l'âme sombre, sachant à quel point il avait raison.

Je me levai et me dirigeai vers Sauvage, les scènes du cauchemar toujours présentes à mon esprit. Il me fallut plusieurs minutes pour les chasser.

CHAPITRE 20

Les spectres du passé

Nous voyageâmes deux nuits consécutives avec une prudence rehaussée par la menace que nous savions maintenant réelle. Nous prenions soin de rester à l'écart de Minerve, à l'est, et de Carcassonne, à l'ouest, ce qui nous laissait fort peu d'espace de manœuvre. Nous nous arrêtâmes avant l'aube, dans des endroits aussi reculés que possible, et passâmes la journée terrés dans les buissons comme des bêtes apeurées. En raison de la lenteur de nos progrès, nos vivres baissaient et, s'il était facile de se réapprovisionner en eau dans les ruisseaux, il en allait autrement pour la viande. J'aurais pu mettre à profit les archers qui nous accompagnaient, mais encore eût-il fallu allumer des feux pour cuire le gibier, ce qui était hors de question. Nous nous en remîmes donc aux parfaits qui connaissaient bien les plantes dont ils tiraient leurs médicaments et qui cueillirent des champignons, des fruits, des noix et des herbes. Ce menu était loin de satisfaire les troupes – surtout Montbard, qui n'avait de cesse de maugréer en mâchonnant ce qu'il qualifiait de nourriture tout juste bonne pour le bétail – mais les rassasiait.

J'avais pris soin de détacher trois hommes en les instruisant de s'approcher autant qu'ils le pourraient de Minerve sans se faire prendre, puis de revenir me faire rapport de ce qu'ils avaient vu. Ils furent de retour après une journée d'absence, bouleversés. Comme je m'y attendais, ils me confirmèrent que la cité était maintenant assiégée et en passe d'être perdue. Ils avaient pu observer, devant les murailles, trois grandes catapultes qui projetaient sur la ville une tempête de pierres qui défonçaient les murailles plus vite qu'on ne pouvait colmater les brèches. Un trébuchet déjà surnommé la Malvoisine était aussi en construction. Il serait gigantesque, affirmaient-ils, plus grand que toutes les machines de guerre qu'ils avaient vues. Bientôt, il lancerait sur Minerve des pierres énormes.

La troisième nuit, nous fûmes aux environs de Carcassonne. Nous en restâmes à bonne distance, mais ni Montbard ni moi n'étions tranquilles à l'idée que le chef-lieu de Montfort soit si proche.

— Ce filou aura certainement laissé des patrouilles en arrière, dit mon maître, alors que nous attendions le retour des éclaireurs.

Nous attendîmes plus que de coutume et l'inquiétude finit par me gagner. Il pleuvait des cordes. Les hommes étaient trempés et de mauvaise humeur. Les parfaits, insensibles à l'inconfort, étaient en prière à l'écart.

— Mais que font-ils donc ? rageai-je. Nous avons déjà perdu deux heures. À ce rythme, il sera trop tard pour franchir l'Aude cette nuit. Nous allons devoir attendre une journée entière.

Une autre heure s'écoula avant qu'une commotion étouffée n'alerte notre camp improvisé. Deux de mes hommes s'approchèrent en en soutenant un autre qui ne tenait plus sur ses jambes.

— Son cheval l'a ramené voilà quelques instants, m'informa l'un d'eux. Il est mal en point.

Ils étendirent l'homme par terre et je reconnus un de mes éclaireurs. Il était livide et saignait abondamment de la bouche.

— Que l'on aille quérir dame Pernelle ! ordonnai-je.

Un des soldats s'éloigna au pas de course pendant que je roulais une couverture pour en faire un oreiller au blessé. J'approchai une outre de son visage et y fis couler un peu d'eau fraîche. Ses paupières papillonnèrent et il ouvrit les yeux.

— Tu es de retour parmi les tiens, dis-je d'un ton rassurant. Que s'est-il passé ? Où sont les autres ?

Avant qu'il ne puisse répondre, Pernelle surgit. Le soldat qui l'avait cherchée la suivait en traînant sa trousse. Elle m'écarta brusquement et s'agenouilla près du blessé.

— Il y a une chandelle dans ma trousse.

— Non. Il ne faut pas attirer l'attention.

— Cet homme est blessé et je dois voir ce qu'il a. J'ai besoin de lumière.

J'indiquai au soldat de trouver la chandelle et de l'allumer. Lorsque ce fut fait, il me la passa et je la tins près de Pernelle en masquant de mon mieux la flamme dans le creux de ma main. Mon amie ouvrit la chemise du blessé pour constater l'étendue des dégâts et fit une moue inquiète. L'homme avait une plaie profonde sur le côté gauche. Lorsque Pernelle y posa les doigts, il se raidit et gémit piteusement. Mon amie se retourna vers moi et, de la tête, me fit signe de la suivre. Je remis la chandelle à Montbard et nous nous levâmes pour nous rendre un peu à l'écart.

— Il ne passera pas la nuit, dit-elle.

— Tu ne peux rien faire pour lui ?

— Je suis médecin, pas magicienne. Il a un poumon crevé. Un poumon est un peu comme une outre. Une fois percé, pas moyen de le remplir. C'est pour cette raison qu'il saigne de la bouche. Il respire son propre sang. Si tu as des questions à lui poser, je te suggère de le faire maintenant. Pendant ce temps, je vais regrouper les autres parfaits pour que nous lui donnions le *consolamentum*.

— Bien, dis-je, contrarié.

Je retournai auprès du mourant que Montbard faisait boire comme un enfant pendant qu'Ugolin l'éclairait.

— Tu peux l'éteindre, dis-je au géant de Minerve.

— Mais…

Mon expression lui fit comprendre que la situation de l'homme était sans espoir. Il souffla la flamme et attendit la suite. Je saisis la nuque du mourant.

— Quel est ton nom ?

— J… Joan, râla-t-il.

— Que s'est-il passé, Joan ?

— Trouvé… petit pont… isolé… sur l'Aude. Possible de… traverser. Patrouille… nous est tombée… dessus.

— Ils étaient nombreux ?

— Quinzaine d'hommes… Ils ont occis… Renat et… Mesmin. Torturé… mutilé… Fait avaler… génitoires. Me… croyaient… mort. Réussi… à… m'enfuir… pour t'avertir…

— Tu as bien fait, mon ami.

Les yeux de Joan s'exorbitèrent et tout son corps se crispa. Puis il devint flasque et sa tête se renversa. Je posai mon oreille sur sa poitrine et y perçus un faible râle. Il vivait toujours.

— Dis à dame Pernelle de se presser ! lançai-je à Ugolin, qui bondit sur ses pieds et s'éloigna.

Il ramena Pernelle et une vingtaine de parfaits qui eurent tôt fait de s'agenouiller en cercle autour du mourant. Celui que Montfort avait éborgné pour qu'il puisse guider les autres parfaits de Bram ouvrit une Bible, la posa sur ses cuisses et mit les mains sur la tête de Joan.

— Que le Père saint et juste, qui a le pouvoir dans le ciel et sur la terre de remettre les péchés, te remette et te pardonne tous tes péchés en ce monde et te fasse miséricorde dans le monde futur.

— Amen, répondirent les autres.

Au son des paroles sacrées, la cicatrice sur mon cou s'enflamma et je me retrouvai une fois encore à étouffer, si bien que je dus m'éloigner, les mains sur la gorge, pour que le malaise s'apaise un peu. De loin, cherchant mon souffle, je pus voir l'homme défiguré lire des passages de la Bible d'une voix à laquelle l'absence de nez donnait une sonorité creuse et sinistre. Joan expira pendant la prière. Je ne redevins moi-même que lorsqu'elle fut terminée, cruellement conscient que Dieu me tenait volontairement loin de lui et de sa parole.

Je pris Montbard et Ugolin à l'écart et ordonnai que le convoi reste en place jusqu'à nouvel ordre. Il ne servait à rien de nous entêter à avancer tant que nous n'avions pas une idée précise du danger qui nous attendait sur la route. Je n'avais pas conduit les parfaits jusqu'ici pour les jeter dans la gueule du loup.

— Dormez un peu, dis-je d'une voix rauque et voilée. À la nuit venue, nous irons voir par nous-mêmes de quoi il retourne. Ugolin, choisis trois hommes fiables. Les autres resteront derrière et monteront la garde. Je ne veux pas revenir pour ne trouver que des cadavres éventrés.

Je m'allongeai près d'un arbre, mais le sommeil refusa de venir. Tout ceci n'annonçait rien de bon, ni pour les parfaits ni pour moi. S'ils représentaient la Vérité, leur sort était intimement lié à mon salut.

Nous nous mîmes en route dès la nuit tombée. En plus de Montbard et d'Ugolin, j'avais avec moi trois archers que j'espérais pouvoir utiliser pour éviter une confrontation si besoin était. Le géant, qui connaissait bien ces contrées, nous guida vers l'Aude où, selon Joan, les croisés avaient surpris ma patrouille. Il était tout à fait logique que Montfort fasse garder le cours d'eau, que tout fuyard devrait obligatoirement franchir, et je m'en voulais de ne pas l'avoir anticipé. Mais il était trop tard pour les regrets. Nous avions décidé d'aller à pied, le pas des chevaux n'étant jamais aussi discret que celui de l'homme aux aguets. Nous marchâmes donc pendant quelques heures avant qu'Ugolin ne s'accroupisse derrière un buisson et ne lève la main pour signifier l'arrêt. Je le rejoignis.

— C'est l'Aude, murmura-t-il en désignant un cours d'eau calme à la surface duquel se reflétaient la lune et les étoiles de la nuit.

— Joan a parlé d'un pont.

— Il cherchait la route la plus directe vers Montlaur. Il aura sans doute suivi la rive vers l'est.

— Allons-y.

Nous longeâmes l'Aude pendant une bonne heure sans apercevoir ni patrouille, ni pont. Je commençais à me décourager lorsque j'eus l'impression que la brise avait porté des rires dans notre direction. Les autres les avaient entendus, eux aussi, car ils s'étaient aussitôt accroupis, tendus. Par quelques gestes, je leur fis comprendre que nous allions continuer à suivre la rive en silence.

Après quelques minutes, les rires désormais audibles nous confirmèrent la proximité du danger. Montbard, Ugolin et moi tirâmes nos armes et les archers bandèrent les leurs. Nous avançâmes en redoublant de prudence. Bientôt, des gémissements et des pleurs se mêlèrent aux ricanements. Puis un hurlement déchirant nous fit tous sursauter.

— Regarde-moi ça ! s'exclama une voix. C'est qu'on pourrait le pendre avec ses propres tripes et il en resterait encore !

Quelques coudées plus loin, Ugolin s'arrêta derrière un arbre et me désigna du doigt quelque chose droit devant. Ce que je vis me glaça le sang dans les veines, moi dont la conscience portait pourtant plus que sa part d'horreurs.

Au pied d'un vieux pont à l'allure bancale, sept parfaits vêtus de noir étaient attachés à des poteaux de fortune plantés dans le sable de la grève. Certains étaient debout alors que d'autres s'étaient affaissés et paraissaient inconscients. Mon attention fut attirée par un petit attroupement autour d'un des malheureux auquel on avait retiré sa robe, le laissant nu et indécent. Quelques hommes visiblement ivres ricanaient en en regardant un autre tirer les tripes d'une ouverture béante dans son abdomen. Le parfait agonisant, le visage figé dans un rictus de souffrance, les yeux levés vers le ciel, marmonnait ce que je devinai être une ultime prière avant de rejoindre la lumière divine qu'il espérait tant. Les parfaits qui en étaient encore capables joignaient leur voix à la sienne en pleurant.

Je secouai la torpeur horrifiée qui m'avait envahi et comptai dix-neuf adversaires. Neuf autour du supplicié, quatre qui déambulaient parmi les prisonniers et six autres assis un peu en retrait près d'un feu de camp, qui buvaient à même des outres en riant. J'allais donner l'ordre qui me brûlait les lèvres lorsque mon regard s'attarda sur une des silhouettes à l'écart. Un grand froid me parcourut le corps et j'eus l'impression que le temps se figeait en un moment éternel saturé de haine et de vengeance. La panse rebondie, les bras et les cuisses puissants. La main droite, que j'avais moi-même tranchée, remplacée par un crochet. Le sort plaçait à nouveau Onfroi sur ma route.

Instinctivement, je portai la main à ma gorge, où je pouvais encore sentir la cicatrice épaisse laissée par l'épée qui m'avait décapité, puis à mon front, où une légère cavité dans l'os me rappelait le carreau d'arbalète qui s'y était fiché. Je jetai un coup d'œil à Montbard et, à son expression, je sus qu'il avait reconnu Onfroi, lui aussi. Son œil valide brillait de haine et de quelque chose d'autre que je ne pus définir. De la surprise ? De l'émerveillement ? Je suivis la direction de son regard et constatai que, curieusement, il n'était pas posé sur le brigand, mais vers les parfaits attachés.

Je cherchai les archers du regard.

— Abattez ceux qui sont au centre, chuchotai-je. Ensuite, tirez vos épées. Vous irez sur la gauche. Montbard, Ugolin et moi sur la droite.

Trop heureux de voir enfin de l'action après avoir passé des jours à fuir comme des lièvres devant un renard, les trois hommes se dispersèrent pour être en mesure de produire un feu croisé. Lorsqu'ils furent en place, je levai la main puis l'abaissai pour donner le signal. Le sifflement des flèches fendit le silence. Un à un, les croisés attroupés autour du supplicié tombèrent comme des mouches, frappés à la tête, dans le dos et dans la gorge, sans comprendre ce qui leur arrivait. Bien vite, il n'en resta plus que dix. Je donnai le signal. Montbard et Ugolin à mes côtés, je surgis, l'arme au poing, les archers en faisant autant sur la gauche. Je filai droit sur Onfroi. Rien n'existait que lui. La luxure du combat, si familière et si dangereuse, m'avait envahi.

Ces hommes étaient redoutables et ne devaient en aucun cas être pris à la légère. Déjà, ils s'étaient remis de leur surprise et, lorsque nous arrivâmes à leur hauteur, ils étaient prêts à nous accueillir. Je notai au passage qu'Onfroi s'était réfugié derrière ceux qui l'accompagnaient et qu'ils s'étaient disposés en ligne pour le protéger. Le choc fut violent. Montbard, Ugolin et moi faisions face à cinq adversaires aguerris.

Deux d'entre eux m'attaquèrent de concert. Je bloquai le coup du premier, mais dus me déplacer prestement pour éviter celui du second, dirigé vers mes côtes. Anticipant une attaque vers mon abdomen exposé par ma parade, je m'accroupis et une épée me frôla la tête. Je me lançai entre les deux hommes et, faisant passer mon épée dans ma main gauche, tranchai net les tendons derrière le genou d'un de mes adversaires, qui s'écroula sur le sol en hurlant comme un cochon qu'on égorge.

J'allais me relever lorsque l'autre m'abattit son pied en plein poitrail. Je me retrouvai sur le dos, étourdi, et il en profita pour faire voler mon épée dans les airs avant de se lancer sur moi. Il allait m'enfoncer la pointe de son arme dans la gorge lorsque j'écrasai de toutes mes forces mon genou sur sa cuisse. Je profitai de son instabilité pour lui saisir les poignets. Il tenta bien de me résister, mais j'étais plus fort que lui. Après une brève impasse, nos bras tremblant sous l'effort, je le repoussai et il se retrouva à son tour sur le dos. Je bondis sur mes pieds et écrasai son poignet droit sous ma botte, immobilisant ainsi son arme. Puis j'enfonçai le talon de l'autre pied dans sa gorge. Un craquement sec retentit et il devint flasque.

Je repérai mon arme et courus la récupérer. Autour de moi, la bataille s'achevait. Les archers étaient à trois contre le seul brigand encore debout. Quant à Montbard et Ugolin, ils avaient éliminé leurs adversaires, qui gisaient pêle-mêle sur le sol, et affrontaient maintenant Onfroi. Malgré son infirmité, il vendait chèrement sa peau.

— Non ! hurlai-je. Il est à moi !!!

Montbard et Ugolin s'interrompirent, interdits, tout en tenant leur adversaire en respect à la pointe de l'épée. Lorsque je m'avançai vers eux, ils s'écartèrent pour me céder le passage. Je me retrouvai devant Onfroi, dont le visage de haine et de mépris se transforma, lorsqu'il me reconnut, en un masque d'incrédulité. Je sentis un sourire carnassier se former sur mes lèvres.

— Toi… cracha-t-il, en proie à une crainte proche de la superstition. Comment est-ce possible ? Tu avais un carreau d'arbalète en plein front ! As-tu plus de vies qu'un chat ?

— Le diable n'a pas voulu de moi, dis-je en faisant tournoyer mon épée dans le vide, en sachant que ce que je venais de dire était fort près de la réalité. Mais il t'attend à bras ouverts et j'entends bien être celui qui t'enverra à lui, vermine.

Empli d'une haine sombre, je frappai sur sa gauche d'un coup sec. Il leva son épée pour accueillir la mienne et recula d'un pas sous la force du coup. Je pivotai un tour complet sur moi-même, comme me l'avait enseigné mon maître, pour frapper sur sa droite. Il para de justesse à la hauteur de sa tête. Dans la nuit, je vis ses yeux vitreux de peur aller de gauche à droite, à la recherche de quelque secours. Mais il était seul. Il m'appartenait. Enfin.

Derrière moi, mes hommes s'étaient regroupés, ne voulant rien manquer du spectacle.

— Laisse-moi au moins sa pendeloche, damoiseau, ricana Montbard sur ma gauche. Je la ferai sécher et je la pendrai à mon ceinturon. S'il en a une, évidemment.

— Oh, il en a une… répondis-je sans quitter Onfroi des yeux. Il aime surtout l'utiliser sur les fillettes sans défense. Pas vrai, chiure de porc ?

Onfroi se lança dans une attaque désespérée, faisant fondre une pluie de coups que j'arrêtai sans mal. La haine décuplait mes perceptions et mes réflexes. Elle me rendait invincible. Je contre-attaquai et le fis reculer. Je jouais avec lui comme un chat avec une souris, savourant chaque moment, goûtant sa peur comme le plus doux des nectars. Je feintai vers son ventre et il recula à nouveau, l'air d'une bête adossée dans le coin d'une cage dont il sait qu'il ne peut s'échapper. Je fis durer le plaisir sans vraiment chercher à l'achever. Je voulais jouir de chaque instant, étirer sa terreur jusqu'au dernier moment. M'amusant avec lui, exploitant le fait qu'il ne pouvait pas changer son épée de main, j'insistai sur sa droite, le forçant à protéger son côté faible, l'épuisant peu à peu. Lorsqu'il fut haletant comme un bœuf, je le toisai en souriant.

— Ton heure est arrivée, animal.

— Allez ! Fais-toi plaisir, alors, rétorqua-t-il avec défiance. Mon seul regret sera de ne pas t'avoir achevé quand j'en avais la chance. Au moins, je mourrai avec le souvenir de l'entrecuisse bien étroit de ta petite amie ! C'était le meilleur que j'aie eu !

Je vis rouge et me mis à frapper comme un fou, la vitesse de mes coups le dépassant rapidement. Son épée vola dans les airs et je laissai tomber la mienne, désirant l'achever à mains nues. Je fondis sur lui et le projetai à terre d'un solide coup d'épaule dans le poitrail. Je m'assis à califourchon sur sa poitrine, mes poings s'abattant sur son visage comme des masses, écrasant et fendant la chair jusqu'à ce qu'il ne soit plus qu'une bouillie sanglante.

Quand la tempête se fut apaisée, je tirai ma dague de ma ceinture et en appuyai la pointe sur sa gorge. Onfroi fixait sur moi un regard frondeur, me privant de la terreur que je voulais y trouver.

— Qu'attends-tu ? ricana-t-il entre ses lèvres gonflées. Tu n'as pas les couilles pour achever un adversaire ?

À ces paroles, le voile rouge qui avait recouvert mes yeux se leva.

— Ce n'est pas moi qui t'achèverai, dis-je. Ce plaisir ne me revient pas.

De toutes mes forces, j'abattis mon poing sur sa mâchoire à la barbe souillée de sang. Ses yeux se révulsèrent et il perdit conscience. Je repris mon souffle, me relevai puis me retournai vers Ugolin.

— Envoie quelqu'un chercher les autres. S'ils se pressent, nous pourrons traverser le pont de nuit et trouver un refuge de l'autre côté avant le jour. Ensuite, attache-le, ajoutai-je en désignant Onfroi.

Je cherchai Montbard des yeux, mais je ne le vis nulle part. Essoufflé, je me relevai, ramassai mon épée et la remis au fourreau. Je balayai la scène des yeux et finis par repérer mon maître près d'un parfait attaché.

— Libérez les prisonniers et voyez si vous pouvez leur prêter assistance, ordonnai-je aux archers restants.

Les deux hommes s'en furent aussitôt et je me dirigeai vers Bertrand de Montbard, qui était maintenant en grande conversation avec la personne qu'il avait détachée. Une femme, réalisai-je. Intrigué, je ralentis le pas. Même dans la pénombre, l'attitude de mon maître semblait inhabituelle. Il avait d'abord saisi la femme par les épaules pour la serrer puis paraissait s'être ravisé et l'avait aussitôt lâchée, comme s'il s'était rendu coupable d'un impair impardonnable. Il avait l'air d'un dameret transi. Je m'approchai de lui et restai cloué sur place lorsque la femme se tourna dans ma direction. Les longs cheveux sombres striés de gris. Le port altier. Et ce regard serein qui semblait capable de fouiller l'âme. Je compris alors d'où était venu l'air de surprise de mon maître lorsque nous observions les brigands qui torturaient leur victime.

— Gondemar, dit Montbard d'une voix étranglée par l'émotion en la désignant de la main, voici dame Esclarmonde de Foix.

Les parfaits virent à leurs blessés, heureusement tous légers sauf le supplicié, qui n'avait pas survécu assez longtemps pour savoir qu'il était secouru et que l'on inhumait maintenant. Pour ma part, il me fallut de longues minutes pour me remettre du choc qui m'avait coupé le souffle. Cette femme à l'allure princière, je l'avais vue dans mon rêve. C'était elle qui avait ouvert la cassette dont s'était échappée une lumière si pure qu'elle avait ébranlé les colonnes du monde. J'étais encore tout retourné lorsque je m'assis près du feu.

— Buvez, dame Esclarmonde, dit Montbard avec une attention que je ne lui connaissais pas en lui tendant une outre laissée par les brigands. Nous semblons malheureusement n'avoir que du vin.

— Dans les circonstances, une entorse à mes principes me semble autorisée, répondit la parfaite d'une voix qui tremblait encore.

La parfaite avala quelques modestes gorgées et rendit l'outre à mon maître qui, lui, en engloutit de grandes lampées avant de me la passer. Je fis de même en espérant que le vin calmerait mes nerfs à vif.

— Je ne croyais pas vous revoir, poursuivit-il, hésitant.

— Ni moi, sieur de Montbard. Mais vous n'avez pas changé. Je vous aurais reconnu entre mille.

— On oublie difficilement un borgne au visage balafré, ricana mon maître.

— Comment vous êtes-vous retrouvé dans ce pétrin ? intervins-je.

— Nous venons de Minerve. Nous nous dirigions vers Quéribus lorsque ces malfrats nous ont surpris.

— Sans escorte ? s'étonna Montbard.

— Nous en avions une, mais l'attaque a été si soudaine qu'elle n'a pas fait long feu. Tous nos soldats ont été massacrés. Quant à nous, les croisés ont préféré nous utiliser pour leur divertissement… Seul le pauvre Ferran n'aura pas profité de votre arrivée providentielle. Au moins, son passage sur cette terre est terminé.

— Vous savez qu'en ce moment même Minerve est assiégée ? demandai-je.

Esclarmonde désigna Onfroi, qui gisait dans un bosquet à quelques toises de là, ligoté et garrotté.

— Quand nous avons quitté Minerve voilà une dizaine de jours, des rumeurs circulaient au sujet d'une attaque prochaine, mais rien ne s'était encore produit. Celui-là s'est fait un plaisir de nous apprendre la nouvelle.

— Quéribus est sur notre route, dis-je. Nous vous y accompagnerons puis, de là, jusqu'à Montségur, où Guilhabert ordonne à tous les parfaits de se réfugier. Dès que le reste de notre groupe arrivera, nous traverserons le fleuve.

Montbard semblait soupeser les paroles qu'il désirait prononcer, se mâchonnant la lèvre inférieure avec une incertitude que je ne lui connaissais pas. Il se décida enfin.

— Dame Esclarmonde… lorsque je vous ai vue, voilà si longtemps déjà, c'était pour vous remettre une cassette au nom du commandeur Robert de Sablé. Vous vous souvenez ?

— Bien entendu.

— Qu'en est-il advenu ?

— N'ayez crainte. Elle est en sécurité, répondit-elle vaguement.

Montbard soupira longuement.

— Le vieux soldat un peu grossier que je suis est-il autorisé à vous poser une question ?

— Faites, sire Bertrand.

— Vous êtes une parfaite. Une cathare. L'étiez-vous déjà lorsque je vous ai remis la cassette ?

— Bien sûr, dit-elle, la mine intriguée.

Montbard abattit violemment son poing dans le sable.

— Alors, tonnerre de Dieu, voulez-vous bien me dire ce que les templiers fricotaient avec des hérétiques ? explosa-t-il. Et que pouvait bien contenir cette maudite cassette qui soit si important que je doive quitter l'Ordre pour garantir sa sécurité ? Depuis vingt ans, pas une journée ne s'est passée sans que ces questions ne me torturent !

Esclarmonde parut stupéfaite et se raidit perceptiblement.

— Vous… vous l'ignorez ?

— On m'a ordonné de vous la remettre sans l'ouvrir et c'est ce que j'ai fait.

— Et pourtant, vous voilà parmi nous. Je… je ne comprends pas.

— Je suis ici par devoir et non par conviction. Voilà longtemps, j'ai pris un engagement auprès du père de ce blanc-bec, dit-il en me désignant. Tant que je ne m'en jugerai pas relevé, j'irai là où il ira. Fût-ce parmi les hérétiques qui, je dois bien l'avouer, m'apparaissent passablement moins sauvages que les croisés.

— Ainsi vous êtes… chrétien ?

La question sembla prendre Montbard de court. Il laissa échapper un long soupir de lassitude et se frotta le visage à deux mains.

— J'ai été baptisé tel et j'ai servi toute ma vie dans la milice du Christ. Mais ces jours-ci, que Dieu me pardonne, je ne sais plus très bien ce que je suis…

— Je comprends. Nous vivons dans des temps troublés.

Esclarmonde lui adressa un regard inquisiteur et sembla prendre une décision.

— Sire Bertrand, dit-elle en lui posant la main sur l'avant-bras, en n'ouvrant pas la cassette, vous avez amplement démontré la loyauté qui était attendue de vous. Dès le départ, vous auriez dû savoir ce qu'elle renfermait. Une fois à Quéribus, nous reparlerons de tout ceci. Je veillerai personnellement à ce que l'injustice dont vous avez été victime soit rectifiée.

Sur l'entrefaite, j'aperçus le reste de notre groupe qui revenait. Me sentant soudain comme la cinquième roue du carrosse dans cette conversation énigmatique, j'en profitai pour m'excuser et m'éloigner. Je me dirigeai droit vers Pernelle.

— Viens avec moi, dis-je en l'entraînant par le bras.

— Que se passe-t-il ? demanda-t-elle en clopinant derrière moi.

Lorsque nous fûmes arrivés près d'Onfroi, je le poussai du pied pour le ramener à lui. Il gémit à travers son bâillon et ouvrit les yeux. Je m'accroupis et l'empoignai cruellement par les cheveux pour présenter à Pernelle son visage enflé et couvert de contusions. Dans la lumière de la lune, je vis mon amie pâlir. Elle porta à sa bouche une main tremblante et recula d'un pas.

— Lui… dit-elle dans un souffle tremblant.

Tous les souvenirs enfouis au plus profond de son âme semblaient soudain remonter à la surface. Je sortis ma dague de ma ceinture et la lui présentai, manche en avant.

— Un œil pour un œil, dis-je. Il a ruiné ta vie. Maintenant, la sienne t'appartient.

Elle me regarda et fronça les sourcils, incrédule. Son visage prit une expression de profond dégoût.

— Si tu me proposes cela, c'est que tu n'as rien compris à ce que je suis devenue, murmura-t-elle. Le mal qu'il m'a fait n'a pas ruiné ma destinée. Il m'a permis de trouver ma vie. Sans cela, je n'aurais découvert ni ma foi, ni ma vocation. Sa méchanceté m'a mise sur la voie.

— Pernelle, insistai-je. Tu as l'occasion de te venger.

Blême, elle toisa Onfroi et fit non de la tête.

— *Non occides; qui autem occiderit, reus erit iudicio,* dit-elle d'une voix éteinte. *Si enim dimiseritis hominibus peccata eorum, dimittet et vobis Pater vester caelestis*[1]. Fais de lui ce que tu veux. Quant à moi, je préfère préserver la vie que la prendre. Même celle de si viles créatures.

Elle tourna les talons et disparut dans le noir. Elle ne se retourna même pas lorsque je tranchai moi-même la gorge d'Onfroi. Je n'éprouvai aucun remords à envoyer ce monstre en enfer. Un monstre qui, somme toute, n'était guère différent de moi.

Quand je retournai auprès de Montbard, les parfaits avaient commencé à franchir le pont.

1. Tu ne tueras point; celui qui tuera mérite d'être puni par les juges. Si vous pardonnez aux hommes leurs offenses, votre Père céleste vous pardonnera aussi. Évangile selon Matthieu 5,21 ; 6,14.

— Cette Esclarmonde est bien mystérieuse, lui dis-je. Elle semblait surprise que vous soyez chrétien. Comme si le fait d'avoir porté cette cassette faisait obligatoirement de vous un hérétique. Vous y comprenez quelque chose ?

— Absolument rien… dit-il en secouant la tête, l'air hébété. Mais mordieu, une fois à Quéribus, j'entends bien y voir clair.

Sans rien ajouter, il enfourcha son cheval. Je montai sur Sauvage, qui m'avait été ramené, et lui emboîtai le pas à la suite des parfaits et de nos hommes. Vers la Vérité, qui était plus près de moi que je n'aurais pu l'imaginer et dont la nature était insoupçonnable.

CHAPITRE 21

Vers Montségur

Lorsque nous eûmes franchi l'Aude, notre route fut tranquille. Pour l'instant, les croisés étaient concentrés de l'autre côté, mais tout cela changerait sous peu, j'en avais la conviction. Nous décidâmes de ne pas passer par Montlaur, qui était trop proche de Carcassonne, et descendîmes droit vers Peyrepertuse. Je vis peu Pernelle, qui chevauchait auprès des parfaits. La vue d'Onfroi lui avait causé un grand choc et elle semblait préférer la compagnie des siens. L'offre que je lui avais faite en toute bonne foi y était sans doute aussi pour quelque chose.

Pendant tout le voyage, Montbard ne quitta pas dame Esclarmonde. De temps à autre, je saisissais des bribes de leur conversation. Ils se racontèrent ce qu'il était advenu d'eux depuis leur seule rencontre, vieille de plus de vingt ans, mais pour autant que je puisse en juger, ni l'un ni l'autre ne mentionna la cassette. La parfaite parla longuement de ses quatre enfants, lui raconta dans quelles circonstances elle avait perdu son mari, Jourdain, seigneur de l'Isle-Jourdain, voilà dix ans, et comment elle s'était vouée tout entière à l'église cathare, prêchant d'une cité à l'autre. Elle lui confirma aussi qu'elle avait financé les travaux de fortification de Montségur avec son frère et je faillis tomber de cheval lorsqu'elle mentionna la somme qu'elle y avait consacrée, qui aurait amplement suffi à acheter plusieurs fois toute la seigneurie de Rossal. J'entendis aussi Montbard poser moult questions sur la foi des cathares, auxquelles Esclarmonde répondit avec patience.

Après sept jours de route, nous arrivâmes de bon matin devant la citadelle de Peyrepertuse qui, comme la plupart des places fortes cathares, était perchée au sommet d'une crête rocheuse telle une couronne sur la tête d'un souverain. La construction semblait être une parfaite fusion entre la roche naturelle et la pierre de maçonnerie. On aurait dit qu'elle avait surgi à demi construite de la montagne puis été complétée par des maçons de grand talent. Nous gravîmes le sentier étroit et fûmes hélés au pied de l'enceinte par des gardes perchés sur le rempart.

— Qui va là ? demanda-t-on d'un ton autoritaire.

— Gondemar, sieur de Rossal, répondis-je, très conscient des dizaines de flèches pointées sur moi du haut des remparts. Je viens de Cabaret et je conduis ces parfaits à Montségur, à la demande de Guilhabert de Castres. Nous désirons nous reposer et soigner nos blessés avant de poursuivre notre route.

La sentinelle se contenta de se retourner et de donner un ordre à une autre qui déguerpit aussitôt. Nous restâmes là à attendre jusqu'à ce qu'un homme trapu aux cheveux frisés et grisonnants et à la panse rebondie se présente sur le chemin de ronde.

— Qui êtes-vous ? demanda-t-il à son tour, les mains en porte-voix.

Je répétai mon boniment, un peu impatienté.

— Je ne connais aucun Gondemar de Rossal. Passez votre chemin ! rétorqua l'individu.

Dame Esclarmonde, qui était derrière moi avec Montbard, fit claquer la bride de sa monture et vint se placer à mes côtés.

— Ma présence te suffit-elle, mon bon Guillaume ? demanda-t-elle amusée.

Au sommet de la muraille, j'eus la nette impression que la face de l'homme avait blanchi de quelques tons.

— Da… dame Esclarmonde ? balbutia-t-il. Je vous demande pardon. Je… je ne vous avais pas vue.

Il se retourna vers ses hommes et se mit à gesticuler.

— Ouvrez à dame Esclarmonde, vous autres ! Plus vite que ça !

S'ensuivit un grand brouhaha derrière la muraille. L'étroite porte en ogive fut ouverte par un soldat qui s'écarta obséquieusement. Je laissai passer Esclarmonde, qui hocha dignement la tête pour me remercier de ma galanterie. Nous fûmes accueillis par le petit homme qui était descendu de son perchoir à toute vitesse et qui haletait maintenant, le visage rougi par l'effort. Il se laissa tomber à genoux devant la parfaite et inclina la tête.

— Bonne dame, donne-moi ta bénédiction et celle de Dieu, demanda-t-il.

Essayant de ne pas me faire remarquer, je m'éloignai pour éviter que ma gorge ne se déchire trop et que la douleur me rappelle encore une fois que j'étais maudit. De loin, j'aperçus Pernelle dans la foule. Elle m'adressait un regard intrigué. Lorsque le rituel fut terminé, nous entrâmes. La gorge animée de pulsations sourdes, mais endurables, j'observai l'intérieur de la forteresse et fus étonné de ses dimensions. Elle devait bien faire cent cinquante toises de long. Sur ma gauche se dressait une église et, un peu plus loin, une tour de guet ronde. Tout autour, la muraille était massive et, à son sommet, des sentinelles disposées à intervalles réguliers surveillaient l'horizon.

Dame Esclarmonde fit les présentations d'usage et j'appris que le petit homme rondelet était Guillaume de Peyrepertuse, seigneur des lieux. Elle lui résuma notre situation et celui-ci décréta que nous devions absolument profiter de la sécurité de la forteresse pour refaire nos forces. Il fut sincèrement contrit de ne pas pouvoir nous donner quelques soldats pour accroître nos forces, la menace croisée exigeant qu'il les garde tous sur place. Nous fûmes installés dans un corps de garde où parfaits et soldats furent heureux de se reposer enfin et où ceux qui en avaient besoin furent soignés. Nos montures furent conduites à l'étable pour être nourries et étrillées par les écuyers de l'endroit.

Montbard et moi prîmes quelques minutes pour nous débarbouiller et revêtir des chemises propres qu'on nous avait apportées par ordre du seigneur. Nous visitâmes ensuite la forteresse avant de revenir au corps de logis nous étendre un peu. Plus tard, nous fûmes reçus à la table du seigneur. Autour d'un brouet de chapon pour les gens de guerre et d'un bouillon de chou pour les parfaits, le tout accompagné d'un vin léger coupé d'eau, nous l'interrogeâmes sur les développements récents.

Tel que je l'anticipais, les nouvelles étaient mauvaises. Aux dires de messagers arrivés deux jours plus tôt, le siège de Minerve avait pris une sombre tournure. La Malvoisine était en fonction et ses bombardements étaient incessants. Les pierres qu'elle faisait s'abattre sur la forteresse causaient de terribles dégâts. Dans un geste désespéré, un groupe d'assiégés avait tenté d'incendier la machine maudite en l'enduisant de goudron et en y mettant le feu, mais les croisés étaient parvenus à la sauver. La citerne était maintenant réduite en pièces et l'eau potable manquait. La soif et la maladie s'étaient installées dans la population. Les Minervois en étaient réduits à jeter chaque nuit leurs cadavres par-dessus la muraille pour prévenir la pestilence tout en espérant contaminer l'ennemi. La forteresse ne tiendrait plus longtemps.

— Ensuite, déclara Guillaume, les croisés seront libres de jeter leur dévolu sur les autres. Bientôt, Cabaret, Termes, Les Cassès, Castres, Pamiers, Albi, Lavaur, Puylaurens et les autres capituleront ou tomberont. L'avenir s'annonce mal.

Nous passâmes quelques jours à nous reposer et à participer aux entraînements des hommes de Peyrepertuse. Puis nous reprîmes la route. Nos chevaux bien reposés et nourris, nos armes effilées et huilées, nos besaces remplies de provisions, des vêtements neufs sur le dos, nous mîmes le cap sur Quéribus, dernière étape avant notre destination finale. Sans doute déchiré par la culpabilité de ne pouvoir contribuer à notre sécurité, sire

Guillaume avait dépêché deux cavaliers pour annoncer notre arrivée prochaine.

Ne craignant plus la présence de croisés, nous voyageâmes de jour, ce qui facilita grandement notre progression. Le terrain était devenu montagneux et le voyage fut ardu, mais tranquille. Nous ne rencontrâmes que des patrouilles locales qui eurent tôt fait de nous laisser passer. Il nous fallut huit jours pour parvenir à Quéribus dans les dernières lueurs du jour. Durant tout le périple, Pernelle resta encore loin de moi et je résolus de lui laisser l'espace dont elle avait besoin pour faire la paix avec les souvenirs que la rencontre d'Onfroi avait ravivés.

De toutes les forteresses cathares que j'avais vues, nulle n'était plus impressionnante que celle-là. Du pied de la montagne, il fallait se casser le cou vers l'arrière pour bien l'apercevoir tellement elle était haut perchée. On aurait dit un nid d'aigle. Le sentier qui y menait était si abrupt que nous dûmes descendre de cheval et y tirer nos bêtes récalcitrantes par la bride. Les cavaliers de sire Guillaume ayant bien rempli leur office, nous étions attendus et on nous ouvrit sans ergoter.

Un tout jeune homme se présenta encadré de deux gardes. Il avait tout au plus dix-sept ou dix-huit ans, mais l'air austère de quelqu'un de beaucoup plus vieux. Hautain, il m'ignora complètement pour arrêter son regard sur dame Esclarmonde.

— Dame Esclarmonde, soyez la bienvenue, dit-il avec formalité, d'une voix pas tout à fait sortie de l'enfance.

Puis il s'agenouilla et demanda une bénédiction qui lui fut accordée. Cette fois, je ne pus m'échapper à temps et je dus endurer la douleur dans ma gorge. Je sentis des sueurs froides me couler sur le visage et mouiller ma chemise. Pendant un instant, des points multicolores scintillèrent devant mes yeux et ma vision s'obscurcit. Je dus m'accrocher à la bride de Sauvage pour ne pas défaillir, espérant que mon malaise ne soit pas remarqué. Ce ne fut que lorsque le jeune homme se releva qu'il consentit enfin à reconnaître ma présence.

— Je suis Chabert de Barbeira, seigneur de Quéribus.

— Gondemar de Rossal, râlai-je.

— Vous êtes autorisés à passer la nuit, dit-il sèchement. Le repas du soir vous sera porté. Demain, à l'aube, vous reprendrez votre chemin. Vous serez approvisionnés pour le voyage et vos bêtes seront nourries.

Il désigna un soldat qui semblait attendre, en retrait.

— Cet homme va vous conduire à votre logis.

Il dévisagea Esclarmonde pendant une seconde et j'eus l'impression qu'un message silencieux passait entre les deux. Elle hocha imperceptiblement la tête. Chabert tourna les talons et repartit.

— Suivez-moi, ordonna le soldat.

Pendant que nous lui emboîtions le pas, nos chevaux furent pris en charge par une armée de palefreniers et conduits à l'étable.

— Tu es pâle comme un mort, observa Montbard. Tu es malade ?

— Ça ira, répondis-je, la voix déjà à demi rétablie.

Mon maître me gratifia de ce regard inquisiteur qui m'avait toujours intimidé et qui me faisait savoir qu'il ne me croyait pas, mais il n'ajouta rien. En route, nous constatâmes aisément que l'intérieur de la forteresse était à la hauteur de l'extérieur. En tous points, Quéribus était une merveille de construction. Répartie sur plusieurs paliers, chacun dominant le précédent, elle se composait de trois enceintes successives dont les deux intérieures ne pouvaient être franchies que par une porte lourdement fortifiée. En cours de route, j'aperçus une citerne de pierre dans la seconde enceinte, puis une autre encore dans la troisième, de sorte que même si elle devait s'y retrancher, la population ne serait pas assoiffée. L'enceinte intérieure était dominée par un impressionnant donjon dont le sommet semblait toucher les nuages. C'est aussi là que se trouvait le corps de logis dans lequel nous allions passer la nuit.

— Voilà. Il y a des lits pour tout le monde. Les parfaits et les soldats peuvent dormir dans les deux salles communes. Pour les officiers, il y a une petite chambre avec trois paillasses. Sur ordre de sire Chabert, vous devez demeurer dans l'enceinte intérieure. Demain matin, quelqu'un viendra vous chercher.

Il s'en fut sans autre cérémonie. Montbard et moi nous regardâmes, interdits.

— Ils ne sont pas très accueillants, les bons chrétiens de Quéribus, remarqua mon maître en faisant la moue. Un peu plus et je me sentirais indésirable…

— En effet. J'ai l'impression qu'on préférerait nous savoir ailleurs.

— En attendant, que dirais-tu de grimper au sommet de cette merveille avant que le soleil ne se couche ? suggéra-t-il en désignant le donjon.

— Je pensais à la même chose.

Nous laissâmes Ugolin derrière nous avec instruction de voir à installer notre monde et traversâmes le terrain en pente de la cour intérieure vers le donjon. Nous nous engageâmes dans l'escalier de pierre tout juste assez large pour un seul homme.

Une fois au sommet, nous devions être à près de quatre cents toises du fond de la vallée, où un village paraissait si minuscule qu'il me faisait penser à une fourmilière. La vue vertigineuse nous saisissait tant que nous ne sentions pas le vent glacial qui faisait voler nos cheveux dans toutes les directions. J'eus la certitude que cet endroit était imprenable et qu'il serait encore aux mains des cathares dans cent ans. Nous regardâmes le soleil se coucher et baigner de ses derniers rayons roses et mauves la vallée tout en bas. Il faisait presque nuit et nous allions redescendre lorsque Montbard fronça les sourcils et plissa les yeux.

— Par le cul velu du diable… murmura-t-il. Ai-je la berlue ?

Je suivis la direction de son regard et, l'espace d'un instant, j'eus l'impression d'apercevoir, dans la seconde enceinte, des silhouettes vêtues de blanc. Puis, tels des fantômes dans la nuit, elles disparurent derrière un bâtiment. Quand je me retournai vers mon maître, il dévalait l'escalier de pierre à toutes jambes. Sans comprendre ce qui se passait, je m'élançai à sa suite.

Il dévala les marches trois par trois, possédé par je ne savais quel démon. Lorsqu'il parvint au bas du donjon, il courut vers la muraille de la troisième enceinte et je ne parvins à le suivre que grâce au bruit de ses pas alors qu'il se fondait dans la nuit. Je le rattrapai enfin lorsqu'il s'arrêta près du mur.

— Mais qu'est-ce qui vous prend, ventredieu ? chuchotai-je. Vous avez perdu l'esprit ? On dirait qu'on vous a mis le feu au cul.

— Je dois sortir d'ici immédiatement, répondit-il d'un ton urgent.

— Mais…

— Le gros des sentinelles est assurément posté sur la première muraille. Si tu peux arriver à rester coi une seule minute, nous en aurons le cœur net.

Nous nous collâmes le dos à la pierre froide. Décontenancé, je me fis violence pour me rappeler que ce vieux guerrier ne faisait jamais rien à la légère. Sachant qu'il serait plus facile de raisonner un sanglier enragé, je me tus et attendis. Après quelques minutes, des pas s'approchèrent sur le chemin de ronde et firent une pause juste au-dessus de nous. Puis le garde poursuivit et s'éloigna, nous laissant seuls. Montbard se dirigea vers la porte renforcée de fer et trouva la poutre transversale qui la gardait fermée. Malgré son poids considérable, il la souleva sans trop d'effort, la posa sur le sol au pied de la muraille et ouvrit. Lorsque nous eûmes franchi la porte, il la tira vers lui pour la refermer.

— Et la poutre ? demandai-je. Elle est restée par terre. On va la voir.

— Pas dans cette noirceur. Et nous ne resterons pas longtemps. Allez, cesse de caqueter et viens, bougre de femmelette inquiète.

Nous étions maintenant dans la seconde enceinte. Nous prîmes sur la droite et, aux aguets, avançâmes dans le noir. Sans trop savoir pourquoi, je me sentais soudain très vulnérable et posai la main sur la poignée de mon épée. Montbard semblait savoir exactement où il allait. Il marcha vers la citerne qui jouxtait la muraille et la contourna. Derrière se trouvait un petit bâtiment au toit bas dont les fenêtres étaient éclairées. Il s'approcha et me fit signe d'être silencieux. Des voix étouffées nous parvinrent. Mon maître se dirigea vers la modeste porte de bois un peu bancale et l'ouvrit d'un violent coup de pied.

À l'intérieur, trois têtes se retournèrent brusquement, trois hommes se levèrent et trois épées furent tirées d'un même geste.

— Salutations, mes frères, dit calmement Montbard.

Les trois inconnus portaient une cotte de mailles sous un manteau d'un blanc immaculé qui leur descendait au-dessous du genou. Sur l'épaule gauche était brodée une petite croix pattée d'un rouge sang. Les cheveux à la nuque et la barbe longue, ils nous toisaient de ce regard dénué d'émotion que seuls possèdent les hommes d'armes pour qui la peur est une étrangère indésirable. L'un d'eux, les cheveux gris et le visage raviné, était sensiblement du même âge que mon maître alors que les deux autres étaient un peu plus âgés que moi. L'un était blond comme les blés avec un air de jouvenceau alors que l'autre avait la chevelure et le regard du corbeau. Les deux gaillards étaient grands et solides. Des templiers. Que faisaient des chevaliers de la milice du Christ dans une forteresse cathare ? N'étaient-ils pas soumis au pape ? Avaient-ils changé de camp ? Ou avaient-ils infiltré Quéribus pour préparer une attaque ? Devais-je donner l'alarme ?

Je n'étais pas au bout de mes surprises. Sur un signe du plus vieux, les deux autres remirent leur épée au fourreau. Ils s'écartèrent, révélant la présence d'une quatrième personne. Esclarmonde de Foix. Drapée dans sa robe noire, elle était restée assise sur un tabouret, en apparence tout à fait sereine. Je compris que c'était elle que les templiers avaient voulu protéger. Interdit, je ne savais que penser. Que faisaient ces chevaliers du Temple en compagnie d'une des plus importantes prêtresses hérétiques ? Que faisait une parfaite avec des soldats chrétiens alors que les forteresses cathares tombaient une à une devant les croisés ? Était-elle en train de trahir sa cause ? Je jetai un coup d'œil vers Montbard et, à son expression, je compris que les mêmes questions lui traversaient la cervelle.

Les templiers se rassirent sur les tabourets qu'ils occupaient avant que nous surgissions, encadrant la parfaite telle une garde rapprochée.

— Dame Esclarmonde, dit mon maître d'une voix qu'il peinait à garder neutre malgré son étonnement. Vous voilà en admirable, mais étonnante compagnie.

Il dévisagea les trois templiers et inclina la tête.

— Je suis Bertrand de Montbard, parent d'André de Montbard, cinquième *Magister Templi* de l'Ordre. J'ai été initié à la commanderie de Pézenas en l'an de notre Seigneur 1181. J'ai servi en Terre sainte sous les magistères d'Arnaud de Toroge et de Gérard de Ridefort.

Le plus âgé des templiers leva la main, l'air hautain.

— Nous savons qui tu es, mon frère.

— Sire Bertrand. Entrez donc, puisque vous voilà ici, intervint Esclarmonde en l'invitant d'un geste.

Montbard passa le seuil et entra. Je m'engageai pour le suivre.

— Pas lui, s'interposa le vieux templier.

Esclarmonde hocha la tête et s'adressa à un des deux jeunes moines-soldats.

— Eudes, reconduis sire Gondemar à l'extérieur et garde bien la porte.

L'homme se leva et obéit sans discuter, comme s'il allait de soi pour un templier de recevoir des ordres d'une cathare. Avec fermeté, il me prit par le coude et me poussa vers la porte. Montbard m'arrêta au passage.

— Nous nous reparlerons demain matin, me dit-il, l'air préoccupé.

— J'y compte bien, grognai-je.

C'est ainsi que je fus expulsé comme un manant de cette étonnante rencontre. La porte fut refermée à mon nez et sire Eudes se planta devant, droit comme un chêne et la main sur le manche de son épée dans un geste sans équivoque. Je haussai les épaules avec une feinte indifférence, espérant masquer mon humiliation, me sentant comme un petit garçon chassé d'une conversation qui ne concerne que les grands. Aussi frustré que perplexe, je retournai d'un pas traînant vers la troisième enceinte. Je repassai la porte sans attirer l'attention de la sentinelle, remis la poutre en place et me rendis au corps de logis.

Étendu sur ma paillasse, Ugolin ronflant tout près, les mains croisées derrière la tête, je ressassai les mêmes questions sans leur trouver davantage de réponse. Des templiers parmi les cathares, apparemment en bonne intelligence avec une parfaite. Cela n'avait aucun sens et, pourtant, je l'avais vu de mes yeux. Et le vieux templier avait affirmé savoir qui était Montbard. Pourtant, mon maître n'avait pas fréquenté l'Ordre depuis plus de deux décennies. Il me l'avait lui-même affirmé et je n'avais pas de raison de douter de sa parole.

Je comptais sur Montbard pour m'éclairer sur la situation, mais je fus amèrement déçu. L'homme que je revis le lendemain n'était plus le même.

Comme on nous avait clairement signifié que nous devions repartir le matin, je fus debout avant l'aube, rendu las par une nuit presque blanche. Je secouai Ugolin pour le réveiller et lui ordonnai de s'assurer que tout notre monde soit prêt à partir dès le lever du soleil. Le Minervois tira son immense carcasse de sa couche et s'étira en bâillant, les yeux bouffis et les cheveux en bataille. Lorsqu'il eut retrouvé ses sens, il m'indiqua de sa grosse patte une table sur laquelle une vingtaine de miches de pain avaient été déposées avec une dizaine de fromages, des oignons et quelques outres que je devinai remplies d'eau et de vin.

— Nos hôtes ont laissé cela hier soir pour notre voyage, dit-il. Ils ont paru surpris de ne pas te voir. Où étais-tu donc passé ?

— Montbard et moi avons visité les lieux, dis-je sans mentir tout à fait. La vue est magnifique du sommet du donjon.

— Vous avez pris votre temps…

— Y avait-il presse ?

Ugolin haussa les épaules, signifiant qu'il se lassait de cette conversation, et sortit.

Je mangeai sans appétit un peu de pain et un oignon arrosés d'eau. J'achevais mon repas lorsque la porte s'ouvrit en grinçant. Je tournai la tête pour voir Montbard qui entrait. Jamais je n'avais vu mon maître dans cet état et j'en fus très alarmé. Ses traits étaient tirés d'une façon telle que le manque de sommeil ne pouvait être seul en cause. Il semblait avoir vieilli de vingt ans en une seule nuit. Son regard était hagard, ses yeux cernés, son visage blême. Il semblait hanté et je me demandai un instant s'il n'avait pas vu quelque revenant.

Il évita mon regard et se dirigea vers la paillasse qu'il n'avait pas occupée. Il ramassa la besace qu'Ugolin avait posée tout près, se la mit sur l'épaule et se retourna pour ressortir. Je l'arrêtai en lui posant une main sur l'épaule.

— Alors ? Que s'est-il passé ? Que font des templiers dans cet endroit, avec Esclarmonde ? Qu'avez-vous appris ?

Il me dévisagea longuement et je réalisai que ses lèvres tremblaient un peu, comme celles d'un vieillard.

— Que le monde n'est que mensonge, Gondemar, dit-il d'une voix qui semblait émerger d'un sépulcre sombre et froid. Depuis le début, tout est faux.

Il dégagea son épaule et sortit, me laissant interdit.

Lorsque je parvins sur la place de la première enceinte, les parfaits étaient assemblés. Les soldats de Cabaret étaient là, eux aussi, en train de fixer leurs bagages à la selle de leurs montures. Mais notre groupe avait de nouveaux membres. Un peu à l'écart se tenaient dame Esclarmonde et les trois templiers qui, en plus de leur manteau distinctif, portaient maintenant un heaume muni d'un nasal qui leur donnait un air féroce et une cotte de mailles complète. Devant ces hommes en armure, je me sentis nu dans mes habits de paysan. Tous leur jetaient des regards à la dérobée, mais ils semblaient ne pas en avoir cure. Du coin de l'œil, j'aperçus Ugolin qui les regardait, la bouche entrouverte et l'air ahuri.

Je restai bêtement planté là, avec la détestable impression d'être dépassé par des événements dont je ne saisissais ni les tenants ni les aboutissants. Puis Montbard émergea de derrière un cheval, l'air toujours aussi troublé. Il me sortit de ma torpeur en m'appelant d'un signe de la tête.

— Nous allons diviser le groupe en deux, m'informa-t-il d'un ton que je connaissais bien et qui excluait toute contestation. Ugolin et toi poursuivrez vers Montségur avec les parfaits et le reste des troupes. Dame Esclarmonde, Drogon, Raynal, Eudes et moi-même voyagerons séparément. Nous nous retrouverons là-bas.

— Qu'est-ce que c'est que cette histoire ? Pourquoi nous séparer ? Nous serons plus en sécurité ensemble.

— Ne pose pas de questions et fais ce qui a été décidé.

— Décidé ? Et par qui ? m'insurgeai-je, irrité. J'avais l'impression que cela était ma prérogative.

— Sire Gondemar, intervint Esclarmonde avec douceur. Votre tâche est de mener ces gens vers la sécurité. La mienne est autre. Accomplissons chacun la nôtre au mieux.

— Comme vous voudrez, rétorquai-je, contrarié. Vous êtes consciente des dangers, je suppose.

— N'ayez crainte, je serai en sécurité.

Un des templiers aida galamment la parfaite à monter sur son cheval. Puis tous enfourchèrent leur monture. Sans même une salutation, ils franchirent au galop la porte qu'on leur tenait ouverte, emportant mon maître avec eux.

Il nous fallut encore une demi-heure pour achever les préparatifs du départ pour le reste du groupe. Lorsque nous quittâmes Quéribus à notre tour, Montbard et les templiers avaient déjà disparu.

— Qu'est-ce que c'est que cette histoire ? demanda Ugolin, qui chevauchait à mes côtés. Que font des templiers à Quéribus ?

— Qu'on me tourne en bourrique si j'en ai la moindre idée, grommelai-je.

— Et pourquoi Montbard voyage-t-il avec eux ? J'avais l'impression qu'il te collerait au cul jusqu'à la fin des temps. A-t-il à nouveau changé de camp, celui-là ?

— Pour te répondre, il faudrait que je puisse dire quel camp est lequel. Tout cela est bien embrouillé...

Sachant que si mon maître avait désiré révéler son appartenance à l'ordre du Temple, il l'aurait fait lui-même, je changeai de sujet.

— Tu as appris quelque chose d'utile pendant notre séjour ? m'enquis-je.

— Des nouvelles pas très roses. Certains soldats moins fermés que ce Chabert étaient trop heureux de trouver quelqu'un avec qui discuter, répondit-il avec un sourire coquin.

— Et... ?

— Minerve est tombée.

— Regrettable, mais guère étonnant.

— Guillaume de Minerve a convenu de céder le château et ses terres, en échange de quoi les habitants seraient épargnés.

— Sans condition ? m'étonnai-je.

— Ha ! Montfort est bien trop fourbe pour ça ! Il a exigé que tous prêtent allégeance à l'Église chrétienne et abjurent leur foi.

— Mais les cathares refusent de prêter serment, c'est bien connu.

— Justement ! Les cent quarante parfaits qui se trouvaient à l'intérieur des murs ont refusé d'abjurer.

— Laisse-moi deviner la suite : ils ont été passés par l'épée ?

— Si ce n'était que cela...

Le géant grimaça de dégoût.

— Il paraît que Montfort a fait préparer un bûcher et qu'ils y sont tous montés de leur plein gré. Des hommes et des femmes. On raconte qu'ils dansaient et chantaient pendant que les flammes les brûlaient vifs. Lorsque tout a été terminé, il a poussé l'injure jusqu'à faire recouvrir de boue les corps calcinés pour qu'ils ne puent pas.

— Il ne fallait quand même pas espérer une sépulture décente de ce fanatique. Je ne crois pas que la charité soit son point fort.

— Au moins, ils sont libérés de la chair, les pauvres bougres, soupira le Minervois. Que Dieu me pardonne, mais si je mets jamais la main au collet de Montfort, je l'empalerai sur mon épée par les fondements jusqu'à ce que la pointe lui en sorte par la gueule. Et je le forcerai à chanter, juste pour le plaisir.

Ugolin se racla la gorge et cracha de dépit.

— On dit qu'il se dirige maintenant vers Termes, poursuivit-il.

J'abandonnai Ugolin à ses désirs de vengeance, fort compréhensibles par ailleurs, mais non moins vains, et m'enfermai dans un mutisme épais. Pernelle avait eu raison. Cent quarante innocents étaient morts. Le fait que je n'aurais rien pu faire pour eux même si je m'étais précipité à leur secours n'allégeait en rien ce poids supplémentaire sur ma conscience.

Troublé par ce que je venais d'apprendre et par l'énigmatique présence des templiers à Quéribus, je laissai Ugolin seul devant et repérai mon amie, derrière, qui accompagnait quelques-uns des parfaits de Bram les plus amochés. Tant de choses étaient hors de mon contrôle. J'avais le sentiment d'être à la merci des événements sans disposer de la moindre prise. Mais je pouvais, par contre, mettre un terme au mutisme de Pernelle. Le malaise qui s'était insinué entre nous depuis que je lui avais offert de tuer son tortionnaire avait suffisamment duré. Je fis faire demi-tour à Sauvage pour la rejoindre.

— Pernelle, dis-je lorsque j'arrivai à sa hauteur.

— Que me veux-tu ? demanda-t-elle avec froideur en regardant droit devant.

— D'abord, que tu me regardes.

Après quelques moments de résistance, elle céda, ce que j'interprétai comme un geste de bonne volonté.

— Ensuite, te dire que je comprends, je crois, continuai-je. Et que je regrette.

— Ah ? Et que prétends-tu donc comprendre ?

Hésitant, je me passai la main dans les cheveux.

— Que je n'aurais pas dû t'offrir d'occire Onfroi. Que tu n'es plus celle que j'ai connue. Ta foi a fait de toi quelqu'un d'autre. Tu rejettes la violence qui est mon lot. Tu pardonnes là où je me venge. Tu soignes alors que je tue. Nous sommes devenus bien différents, mais sache que, quoi qu'il advienne, tu auras toujours mon amitié et ma loyauté. Si tu le désires toujours, évidemment.

Pernelle tourna vers moi un visage éclairé par un sourire resplendissant.

— Au bout du compte, tu n'es peut-être pas aussi balourd que tu le parais.

Elle prit ma main dans la sienne et la serra fort.

— Je le désire, Gondemar.

J'eus la triste tâche de lui apprendre le sort de Minerve et de ses parfaits. Elle encaissa la nouvelle avec courage, ne laissant couler que quelques larmes, et ne me fit aucun reproche, ce pour quoi je lui fus reconnaissant.

Je passai plusieurs heures auprès de Pernelle dans un silence rempli de contentement parsemé des sourires complices de notre enfance. Un peu à contrecœur, je la quittai pour retourner auprès d'Ugolin afin de lui soumettre une idée qui avait germé dans ma cervelle à mesure que la journée avançait.

— Nous allons poursuivre quelques heures après la nuit tombée.

Le géant se retourna vers moi avec un sourire entendu.

— Tu voudrais les rattraper et voir ce qu'ils fabriquent, c'est ça ?

— Disons que je n'aime guère être laissé dans l'ignorance. Tu aurais envie de prendre un peu d'avance et de revenir me faire rapport ?

— Tu veux dire les espionner ?

— Appelons cela… les observer.

— Très bien. Je serai de retour dans quelques heures.

Il fit claquer les rênes de sa monture et s'éloigna dans le sentier étroit.

Nous poursuivîmes notre chemin bien après le coucher du soleil, avançant presque à tâtons dans la lumière de la lune. Curieux de savoir ce que tramaient les templiers et dame Esclarmonde, et du rôle de mon maître dans tout cela, je guettais anxieusement le retour d'Ugolin, mais il ne revenait pas et je commençai à craindre qu'il lui soit arrivé quelque chose. Lorsque j'ordonnai enfin l'arrêt, tous descendirent de cheval avec un soupir de soulagement, fourbus et affamés. La plupart se jetèrent sur leur besace. Je rappelai à tous l'interdiction de faire un feu.

Je m'assis près de Pernelle. Pendant que nous mangions, j'entendis enfin le pas d'un cheval solitaire approcher dans le noir. Je bondis aussitôt sur mes pieds et tirai mon épée, les quelques soldats faisant de même autour de moi. Il était hors de question de présumer de l'identité de celui qui venait.

— Rangez vos armes, grommela la voix d'Ugolin. Ce n'est que moi.

Le colosse descendit de cheval et vint me rejoindre. Nous nous assîmes et il se précipita sur une outre de vin dont il tira plusieurs longues lampées avant de fondre sur le pain et le fromage. Je le laissai manger autant que ma patience me le permit.

— Alors ? finis-je par éclater en faisant voler dans les airs ce qu'il lui restait de pain. Parle, mordieu !

— Mais j'ai faim…

— Tu mangeras après !

— Bon, bon… Ils se sont arrêtés dès que la nuit est tombée, comme tu l'avais prévu, m'informa-t-il tout en mastiquant énergiquement. Ils sont à un quart de lieue d'ici, tout au plus.

— Et que font-ils ?

— Rien de particulier. Sauf que…

— Sauf que ?

— J'étais loin et il faisait sombre, mais dame Esclarmonde avait un petit coffre. Elle l'a ouvert et en a sorti des documents. Montbard les a lus et…

— Et ? Et ? Accouche, nom de Dieu !

— Je crois qu'il pleurait.

— Montbard ? Pleurer ? Allons donc. Il ne verserait pas une larme sur la tombe de sa propre mère.

— Et pourtant…

Je me relevai d'un coup, décidé à en savoir plus sur tous ces mystères.

— Allons voir ça de plus près.

— Je me doutais que tu dirais ça, ricana-t-il en se levant à son tour. Allons à pied. Dans cette noirceur, ce sera plus avisé. Nous y serons en moins d'une heure.

Je prévins les soldats de mon absence temporaire sans leur en expliquer l'objet et leur ordonnai de rester en alerte. Ugolin hésita, ramassa un dernier morceau de fromage, le fourra dans sa poche, et nous nous mîmes en route. Autour de nous, le silence de la nuit n'était brisé que par le chant des cigales et, sur la voûte céleste, les étoiles scintillaient. Le Minervois savait exactement où il allait et nous avançâmes à bon rythme. Lorsqu'il nous jugea près de notre but, il prit sur sa droite à travers bois et me guida. Nous posions les pieds sur le sol avec une extrême prudence, cherchant la terre meuble et la mousse, évitant les branches sèches.

— C'est tout près d'ici, me murmura-t-il à l'oreille. Nous devrons rester loin, sinon ils vont nous entendre.

— Ça suffira, dis-je en observant la lune, qui éclairait suffisamment les environs pour que nous y voyions clair.

Soudain, des cris retentirent, suivis du son à nul autre pareil d'épées qui s'entrechoquent. Quelque part, tout près, on se battait, ce qui signifiait que Montbard était impliqué. Sans attendre, nous tirâmes nos épées et nous élançâmes dans le sentier, sautant les pierres et esquivant les crevasses de notre mieux dans la pénombre. Nous débouchâmes dans une petite clairière où se déroulait un violent affrontement. Les quatre templiers – je considérais Montbard comme l'un d'eux – formaient un cercle protecteur autour de dame Esclarmonde et se défendaient furieusement contre une douzaine d'assaillants. Je me lançai dans la bataille sans hésitation, prenant les inconnus à revers en compagnie d'Ugolin. Nous eûmes vite fait d'en occire deux sans leur donner le temps de se retourner et foncions vers les prochains quand Montbard m'aperçut.

— Derrière toi, sur ta gauche ! cria-t-il d'une voix puissante tout en parant les attaques de deux adversaires.

Je me retournai et bloquai in extremis une épée qui allait me fendre le crâne. J'allais contre-attaquer quand j'entrevis le visage de mon assaillant dans les rayons de la lune. Je fus frappé de stupeur en reconnaissant un des hommes d'Evrart de Nanteroi. Heureusement pour moi, il fut lui aussi stupéfait, ce qui permit à l'arme d'Ugolin de le traverser de part en part. Le géant retira sa lame ensanglantée et se dirigea vers le suivant avec l'enthousiasme que je lui connaissais.

Autour d'Esclarmonde, le cercle s'était resserré et les templiers commençaient à peiner sous les attaques soutenues. Mais notre arrivée impromptue força les agresseurs à diviser leurs forces, relâchant ainsi la pression sur les autres. Quatre hommes nous firent face et cinq autres continuèrent à attaquer mon maître et ses compagnons. Côte à côte, Ugolin et moi nous lançâmes à corps perdu dans la bataille, tranchant et piquant à qui mieux

mieux. Les adversaires étaient de taille et ne s'offraient nullement en pâture. À plusieurs reprises, je dus reculer devant leurs attaques habiles.

Je profitai de la tentative ratée de l'un d'eux de m'atteindre la jambe pour lui écraser le nez de mon poing, le déséquilibrant momentanément. Il recula en titubant et, d'un grand coup du revers, je lui ouvris la gorge, détachant à moitié sa tête. Il s'effondra au milieu de gargouillements liquides pendant que je me retournais vers un autre adversaire, qui tentait de profiter du fait que mon attention était occupée ailleurs pour me transpercer le côté. Je roulai à terre et il passa dans le vide. Encore accroupi, je lui fendis l'avant d'un genou jusqu'à l'os. Je bondis sur lui pendant qu'il s'écroulait et lui abattis mon arme sur la tête. Aux aguets, je balayai les alentours du regard et constatai qu'Ugolin en avait aussi terminé avec ses adversaires et se lançait maintenant à l'aide des templiers qui avaient éliminé deux de leurs agresseurs.

J'allais le suivre lorsque j'aperçus à l'orée de la clairière un des étrangers qui filait furtivement vers les bois. Il semblait porter quelque chose sous le bras. Puis je vis dame Esclarmonde qui gisait inerte derrière les chevaliers du Temple. De toute évidence, il avait profité de leur distraction pour se glisser à revers et voler quelque chose à la parfaite.

— Ne le laisse pas s'enfuir ! rugit Montbard entre deux parades désespérées.

L'individu entendit l'ordre de mon maître et se retourna. Lorsqu'il me vit, il abandonna toute tentative de discrétion et fila droit devant. Je me lançai aussitôt à sa poursuite. Malgré l'obscurité, le vacarme qu'il faisait me permettait de le suivre. Je fonçai tête baissée et gagnai du terrain. Bientôt, une silhouette se détacha de la pénombre devant moi. J'accélérai et le plaquai violemment à la hauteur des reins. L'homme plia vers l'arrière en grognant de douleur puis tomba. Ce qu'il emportait vola dans les airs et atterrit dans un buisson. Entraîné par mon élan, je me retrouvai au sol près de l'inconnu, sans mon épée. J'étais en train de me relever lorsqu'un poing s'abattit lourdement sur mon oreille. Je retombai, étourdi. Puis sentis quelque chose de froid contre ma gorge.

— Tu as bien mal choisi ton camp, Gondemar, fit une voix dans le noir.

Je me raidis en l'entendant. Aucune erreur possible. C'était Evrart de Nanteroi.

— Va retrouver le diable en enfer, hérétique, cracha-t-il en me tirant les cheveux vers l'arrière pour tendre la peau de ma gorge. Je regrette seulement de ne pas pouvoir te mettre sur le bûcher comme tu le mérites.

Je tirai ma dague dans ma ceinture et frappai vers l'arrière au hasard. Je sentis ma lame s'enfoncer dans quelque chose de mou. Un grognement retentit et la pression sur ma gorge se relâcha. Je pivotai pour voir Evrart échapper son arme et tomber à genoux, les mains sur l'abdomen. Dans la lumière de la lune, ses doigts luisaient. Il m'adressa un regard incrédule.

— Tu… iras en… enfer… suppôt… de Satan.

Il vacilla, se retrouva face contre terre et ne bougea plus. Je me relevai et m'approchai du cadavre.

— J'y suis déjà allé, dis-je sombrement.

Je fouillai les environs des yeux et repérai dans un buisson l'objet qu'il avait échappé. Intrigué, je m'approchai, m'accroupis et l'examinai. Il s'agissait d'une cassette en bois. Je la ramassai et mon souffle resta coincé dans ma poitrine. La croix sculptée sur le couvercle arrondi était la même que celle que Métatron m'avait incrustée sur l'épaule. Sur le devant se trouvaient trois serrures. Cette cassette, je l'avais vue en rêve. C'était celle d'où Esclarmonde de Foix avait fait jaillir la lumière. Sans doute aussi celle que Montbard avait été chargé de lui apporter. La parfaite la transportait secrètement depuis le jour où nous l'avions tirée des griffes d'Onfroi. Je la ramassai et me levai. Dans un état second, je retrouvai mon épée et la remis au fourreau puis rebroussai chemin. La tête me tournait et l'oreille me sonnait encore lorsque je revins auprès des autres.

Dans la clairière, la bataille était terminée. Les hommes d'Evrart traînaient, morts, sur le sol. Je cherchai Montbard et le repérai. Les deux plus jeunes templiers et lui se pressaient autour de dame Esclarmonde, qui avait repris conscience et était assise. Le templier plus âgé, en revanche, gisait face contre terre. Ugolin, lui, se tenait un peu à l'écart, nettoyant avec sa chemise une plaie sur son avant-bras gauche, un sourire satisfait sur les lèvres.

— Tu l'as rejoint? demanda mon maître lorsqu'il m'aperçut, l'angoisse étouffant sa voix.

Pour toute réponse, je m'approchai et déposai la cassette près d'Esclarmonde.

— J'ignore ce qu'elle contient, mais cela semble assez important pour qu'on ait envoyé un escadron de croisés vous la dérober, dis-je. La voici. Vous auriez mieux fait de voyager avec les autres.

La parfaite s'accroupit devant la cassette. Puis elle s'adressa aux deux templiers.

— Eudes, Raynal, dit-elle. Approchez.

Eudes vint la retrouver directement alors que Raynal fit une pause près du cadavre de celui que je déduisis être Drogon, le retourna sur le dos, fouilla sous sa cotte de mailles, et en tira une petite chaînette qu'il passa par-dessus sa tête. Puis il rejoignit Esclarmonde et tira une chaînette semblable de son propre vêtement. Eudes en fit autant. Je remarquai qu'au bout de chacune pendait une clé de métal. Raynal écarta une mèche blonde de ses yeux, introduisit celle de Drogon dans la première serrure de la cassette et la tourna. Il fit de même avec la sienne dans la deuxième et fut imité par Eudes, qui déverrouilla la troisième. Esclarmonde ouvrit le couvercle, qui m'empêchait de voir ce qui se trouvait à l'intérieur, et poussa un soupir de soulagement.

— Tout y est, dit-elle avec un soulagement palpable.

Les templiers répétèrent le rituel pour refermer la cassette et remirent leurs clés à leur cou, Raynal en portant deux.

— Merci, dit Esclarmonde, visiblement émue. Je verrai à ce

que tu sois justement récompensé.

— Je ne veux pas de votre récompense, répliquai-je avec amertume. Vous pouvez garder vos secrets. Au revoir, dame Esclarmonde.

Je fis mine de repartir vers Ugolin.

— Sire Gondemar ?

Je me retournai et la parfaite me dévisagea longtemps, fouillant mon âme de ses yeux. Puis elle toisa le corps du templier et adressa à Montbard une question silencieuse. Mon maître haussa les épaules. Elle consulta ensuite du regard les deux jeunes hommes, qui acquiescèrent subtilement de la tête. Elle se décida alors à parler.

— Une fois à Montségur, l'importance de ce que tu viens de préserver te sera révélée.

Montbard s'avança.

— Ugolin, retourne vers les parfaits et guide-les jusqu'à Montségur. Gondemar restera avec nous.

Le colosse m'adressa un regard médusé et, après avoir un peu hésité, je lui indiquai de la tête qu'il devait obéir. Je le regardai partir, la voix de Métatron résonnant dans ma tête. *Les ennemis de la Vérité sont légion. Ils te guetteront et te traqueront sans merci, car ils la craignent plus que tout. Les rois et les prêtres tremblent devant elle, car elle met leur pouvoir en péril.* Pour la première fois depuis ma résurrection, ces paroles semblaient prendre une tournure prophétique.

CHAPITRE 22

L'ordre des Neuf

Le reste du voyage vers Montségur se déroula dans un inconfortable silence. Nous chevauchâmes trois jours et trois nuits sans jamais dormir. Raynal avait chargé le cadavre de Drogon à l'arrière de sa monture et j'utilisais celle du défunt. Craignant un nouveau guet-apens, nous empruntâmes des sentiers détournés, constamment aux aguets. Encadrée par les deux templiers, Montbard et moi-même, Esclarmonde tenait la cassette serrée sur ses cuisses, veillant sur elle comme sur la prunelle de ses yeux.

Le troisième jour, nous nous engageâmes dans une vallée boisée où, après quelques heures, notre destination nous apparut. Si la parfaite et les templiers ne manifestèrent aucune émotion, il en alla autrement de Montbard et moi. En voyant son expression émerveillée, je compris que lui non plus n'avait jamais vu Montségur. Devant cette forteresse, même la puissante Quéribus pâlissait. Elle trônait au sommet d'un piton rocheux deux fois plus haut dont elle occupait toute la surface. Le château et ses murailles paraissaient avoir été posés là par un géant tant il semblait impossible qu'on ait pu y transporter les pierres qui avaient servi à le construire. Le pic était si abrupt que je me demandai s'il était même possible d'y monter. *Suis le chemin du Sud, qui mène vers la ville des Saints. Tu y trouveras la Vérité. Ou plutôt, elle te trouvera.*

Après une heure, j'aperçus au loin trois cavaliers qui se dirigeaient vers nous au galop. Malgré la fatigue qui m'écrasait comme une chape de plomb, je portai la main à mon épée, prêt à me défendre.

— Ce ne sera pas nécessaire, dit Eudes.

Interdit, je lâchai mon arme tout en restant aux aguets. Je me retournai subrepticement vers Montbard et constatai qu'il ne semblait nullement inquiété. Les cavaliers s'approchant, je distinguai leurs manteaux blancs. Leur meneur portait un étendard rectangulaire noir et blanc. Je fus plus ou moins surpris de réaliser qu'il s'agissait du baucent des Templiers. Ils remontèrent jusqu'à nous et freinèrent leurs montures avec autorité, les faisant se cabrer dans un nuage de poussière. Prêts au combat, ils portaient le heaume, la cotte de mailles, les jambières et les gants. Je compris avec un certain soulagement qu'il s'agissait d'une escorte.

Le porteur d'étendard salua Esclarmonde de la tête et ses deux frères, laissant traîner un regard intrigué sur Montbard, puis sur moi. Il nous toisa avec méfiance et ce fut la parfaite qui intervint en notre faveur.

— Voici sire Gondemar de Rossal, dit-elle en me désignant de la main. Il est admis, sire Humbert.

— Bien, bonne dame, fit le templier.

— Et cet homme est sire Bertrand de Montbard.

À la mention du nom de mon maître, je crus percevoir de la surprise dans les yeux de l'homme, qui se reprit aussitôt. Il adressa à mon maître une salutation entendue puis, du menton, indiqua le corps de Drogon, en travers sur la monture de Raynal.

— Il est mort pour la cause, expliqua Eudes.

— Nous lui donnerons la sépulture qu'il mérite, déclara Humbert en hochant la tête avec dépit.

Il fit faire demi-tour à son cheval et alla prendre la tête du convoi. Les autres templiers se répartirent autour de nous, droits et preux. Nous avançâmes au trot pendant une trentaine de minutes. Arrivé au pied du pic rocheux, je renversai la tête tel un enfant ébahi pour apercevoir la forteresse. Elle semblait précaire, perchée sur un sommet si haut et escarpé. L'un derrière l'autre, nous nous engageâmes dans les bois sombres qui couvraient le pied de la montagne pour emprunter un sentier étroit et sinueux. Il nous fallut deux longues heures à un rythme désespérément lent pour le gravir jusqu'au sommet. Le vent violent et froid contrastait avec le soleil brûlant de cette fin de juillet.

La citadelle de Montségur triomphait à plus de six cents toises au-dessus de la vallée. Le souffle coupé, j'admirais la vue lorsque la porte de la muraille s'ouvrit sans même qu'on nous questionne. Humbert entra en premier et nous le suivîmes. Je notai au passage l'épaisseur impressionnante de la maçonnerie toute neuve. Je mesurai encore mieux l'ampleur de la dépense consentie par Esclarmonde. La lourde porte fut refermée derrière nous. Humbert ordonna l'arrêt. Nous descendîmes de nos chevaux, fourbus et épuisés. Je posai mes mains sur mes reins et me penchai vers l'arrière pour en chasser les courbatures, mais rien n'y fit. Seul le sommeil me rendrait un peu d'énergie. Deux des templiers se chargèrent de la dépouille de Drogon, qu'ils emportèrent dans l'une des habitations. Des écuyers vinrent prendre nos montures et les tirèrent vers les étables.

Les templiers s'éloignèrent. Eudes et Raynal disparurent en emportant la cassette, ne laissant qu'Esclarmonde, Montbard et moi avec Humbert.

— Veuillez me suivre, dit-il.

L'intérieur de la forteresse était dépouillé à l'extrême et on ne pouvait y vivre que dans la rudesse. À gauche se dressaient le donjon et une immense citerne. Le pourtour de la cour intérieure était occupé par des habitations et des écuries. On aurait dit un petit village à l'intérieur de l'enceinte. Nous fûmes menés vers une demeure semblable à toutes les autres. Humbert s'arrêta devant la porte et ficha dans un socle le manche de l'étendard qui ne l'avait jamais quitté. Puis il frappa trois coups secs.

— Entrez, fit une voix à l'intérieur.

Notre guide ouvrit et s'écarta pour nous céder le passage, puis nous rejoignit avant de refermer derrière lui. Dans la petite pièce sombre, un homme était penché sur un parchemin qu'il lisait à la lumière d'une chandelle. À notre arrivée, il le roula, le posa sur la table et nous dévisagea. Son regard s'arrêta sur dame Esclarmonde.

— Bonne dame, je suis heureux de vous revoir enfin parmi nous. Vous avez fait bon voyage ?

— Il a été… mouvementé, mais je suis saine et sauve.

— Qui sont ces hommes ? s'enquit-il sans ambages.

La parfaite désigna mon maître.

— Voici sire Bertrand de Montbard et sire Gondemar de Rossal. Je réponds d'eux. Messieurs, voici sire Raymond de Péreille, seigneur des lieux.

Nous le saluâmes de la tête.

— Fort bien, déclara-t-il avec enthousiasme. Nous n'aurons jamais trop de bras solides. Nous vous installerons aussi convenablement que possible. Vous pouvez disposer.

Humbert ouvrit la porte et, d'un geste de la main, nous invita à sortir. Une fois à l'extérieur, Esclarmonde et Montbard s'arrêtèrent.

— Repose-toi, Gondemar, me dit la parfaite. Sire Bertrand et moi avons à faire.

Ils me tournèrent le dos sans me donner la chance de répliquer et s'éloignèrent. Je rageais intérieurement, mais je n'avais plus la force de m'insurger. Je suivis donc Humbert en me promettant de revenir à la charge dès le lendemain. Je ne pus jamais le faire.

Humbert me conduisit dans une habitation située près du donjon et me désigna la chambre qui m'était destinée. Tout dans la pièce était austère. Une paillasse à l'odeur douteuse, une table bancale et un tabouret dans un état comparable en composaient tout le mobilier. Pendant que je détaillais l'endroit, on frappa. J'ouvris et une femme entre deux âges entra, une bouteille et un gobelet dans les mains.

— De la part du sieur de Péreille, m'informa-t-elle avec timidité, les yeux rivés au sol.

Elle laissa le tout sur la table et ressortit comme une ombre. Au bord de l'épuisement, je me versai une généreuse rasade d'un vin au goût riche et au parfum un peu âcre, puis une seconde. Je jetai ma besace, mon épée et ma dague sur la table et me laissai choir sur le lit. Je sombrai aussitôt dans un sommeil profond et sans rêves.

Je fus réveillé par une main plaquée contre ma bouche. On me passa une corde autour du cou et on me banda les yeux. J'essayai de me débattre, mais mon corps était aussi lourd et amorphe que mon esprit était confus. On me maîtrisa facilement. Je réalisai qu'on m'avait ligoté les mains derrière le dos. Comment une telle chose avait-elle pu se produire sans que je ne m'éveille ? J'avais beau être vanné, je ne dormais que d'une oreille et jamais je n'avais été surpris de cette façon. Puis l'évidence me frappa comme un coup de fouet. Le vin à l'étrange odeur. On m'avait drogué. C'était la seule explication plausible. Mais pourquoi ?

On me mit sur pied avec brusquerie et je me débattis sans plus de succès. Mes efforts furent interrompus par une lame pressée avec insistance contre ma gorge et je compris qu'on m'intimait de me tenir tranquille. Pas un mot ne fut prononcé. À mesure que je m'échauffais les sangs, mes sens me revenaient. Par le frottement des pieds sur le sol, je pus déterminer qu'il y avait au moins trois personnes autour de moi. Une poussée brutale dans le dos me fit comprendre que je devais avancer. J'entendis la porte de ma chambre qui s'ouvrait, et ensuite celle qui donnait sur l'extérieur. L'air frais sur mon visage en sueur me confirma que j'étais à l'extérieur. Des mains empoignèrent solidement chacun de mes bras et je fus entraîné vers l'avant. Ne connaissant pas la forteresse que j'avais à peine entrevue en arrivant, je fus vite désorienté.

La mystérieuse promenade, ponctuée de bourrades impatientes, ne dura guère plus de deux ou trois minutes. Trois coups résonnèrent devant moi, semblable au bruit d'un heurtoir sur une porte. J'entendis le raclement d'un verrou qu'on tire, puis des paroles échangées à voix basse. Un grincement m'indiqua qu'une porte s'ouvrait. On me força à avancer et je faillis trébucher sur le seuil. Deux mains solides me maintinrent sur pied. La porte fut refermée et verrouillée derrière moi.

Je fus mené droit devant puis immobilisé à nouveau. On me fit tourner sur la droite et mon pied ne trouva que le vide. Je compris que j'étais au sommet d'un escalier et cherchai à tâtons la première marche. L'ayant trouvée, je m'engageai, hésitant, toujours soutenu par ceux qui me guidaient. L'escalier semblait interminable. Je tentai d'en compter les marches, mais abandonnai après cent cinquante. À mesure que je descendais, l'air devenait plus frais. Une fois en bas, on m'arrêta. Trois nouveaux coups secs firent ouvrir une seconde porte. On me poussa encore une fois dans le dos mais, cette fois, personne ne me rattrapa lorsque je perdis pied. Je m'affalai de tout mon long sur un sol froid et humide. Tant bien que mal, je me relevai. Les mains liées derrière le dos, les yeux bandés, l'esprit confus, j'attendis, les sens en alerte. Autour de moi régnait le silence le plus total que j'avais jamais entendu. Seuls les battements de mon cœur qui résonnaient dans mes oreilles me tenaient compagnie. Soudain, une porte claqua bruyamment et je sursautai.

Une main enserra mon bras droit et je sentis qu'on tirait sur la corde à mon cou, juste assez pour la tendre. On m'entraîna d'un pas lent et solennel. Je parcourus une vingtaine de pas en ligne droite, puis on me fit brusquement tourner à quatre-vingt-dix degrés et je continuai à marcher. Un bruit sec, semblable à celui du maillet de justice que mon père utilisait jadis, déchira le silence.

— Qui est cet homme ? demanda une voix puissante et profonde qui se réverbéra autour de moi comme dans une caverne.

— Gondemar de Rossal, répondit la personne qui se tenait à mes côtés, que je reconnus aussitôt : dame Esclarmonde.

C'était elle qui me conduisait. Elle me fit tourner à nouveau et je déterminai assez vite que je faisais le tour d'une pièce carrée. Un nouveau coup de maillet retentit.

— D'où vient-il ? demanda un autre homme.

— Du Nord, répondit Esclarmonde.

Je tournai un nouveau coin et un troisième coup de maillet fut frappé.

— De quel droit se présente-t-il parmi nous ? interrogea une voix de femme avec sévérité.

— Du fait qu'il en a été jugé digne par certains de nous.

D'après mes observations, nous étions revenus à notre point de départ. Nous fîmes une pause et Esclarmonde m'entraîna dans un second tour. De nouvelles questions à mon sujet furent posées, chacune ponctuée d'un coup de maillet, auxquelles Esclarmonde répondit pour moi. J'en arrivai à comprendre que je me trouvais au centre d'une sorte de rituel et que ces questions étaient codifiées et récitées par les participants.

— A-t-il fait ses preuves ? demanda la voix forte du premier homme.

— Il les a faites et plus encore, rétorqua Esclarmonde. Il a courageusement défendu la foi, a sauvé la vie de plusieurs parfaits et a déjà protégé la Vérité de ses ennemis.

Je tressaillis à cette réponse. *Tu devras protéger la Vérité et l'empêcher d'être détruite par ses ennemis.* Étais-je enfin arrivé là où l'archange désirait que je me rende ? Avais-je eu raison ? La Vérité à défendre était donc la foi des bons chrétiens ? Si oui, pourquoi me trouvais-je dans cette étrange cérémonie au bras d'Esclarmonde de Foix, emporté là comme un brigand vers l'échafaud ? Je continuai à avancer comme un aveugle, guidé par la parfaite.

— Connaît-il nos secrets ?

— Il ne les connaît point.

— Répondez-vous de lui ?

— J'en réponds.

Le second tour s'acheva et, après une courte halte, nous en entreprîmes un troisième.

— Est-il habile combattant ?

— Il l'est. Il a été formé par un des nôtres.

— Hésite-t-il à tuer ?

— Il n'hésite nullement, lorsque la situation le commande. Il nous reviendra de lui enseigner la retenue et la mesure, sans toutefois trop apprivoiser sa nature guerrière, qui nous sera précieuse.

Toutes les paroles de Métatron semblaient résonner dans cette cérémonie. *Tu as l'âme d'un guerrier. Tu aimes le combat et le triomphe. Ton cœur s'est durci au fil de ton existence. Tu es devenu violent, mais tu sais aussi planifier. Tu es froid et efficace. Tu ne crains pas la solitude et tu as du courage. De plus, il reste en toi une étincelle de bonté qui mérite d'être sauvée. Ces caractéristiques, tu les as laissées mener ta vie et c'est le pire en toi qui t'a conduit ici. Maintenant, tu devras mettre ton bras au service du Bien.*

— Pourquoi est-il ici ?

— Pour voir la Lumière qui, seule, permet de servir et protéger la Vérité, répondit la parfaite près de moi.

Ton âme est noire comme la nuit, Gondemar de Rossal. À toi d'apprendre à voir la Lumière. On m'arrêta finalement et on me fit pivoter sur moi-même. Puis on me fit avancer tout droit et on m'immobilisa.

— *Magister*, dit Esclarmonde, je vous présente sire Gondemar de Rossal, seigneur venu du Nord, que Dieu a guidé vers nous et dont certains d'entre nous répondent, habile guerrier ne craignant pas la mort, qui demande humblement à servir et protéger la Vérité, et qui est ici aujourd'hui par le fait de la mort d'un des nôtres et par sa propre valeur.

La main de la parfaite quitta mon bras et je sentis qu'elle reculait de quelques pas. Puis la voix de celui qu'on appelait « *Magister* » fit tressaillir les lieux.

— Mes frères et sœurs, nous avons parmi nous Gondemar de Rossal, seigneur venu du Nord, que Dieu a guidé vers nous et dont certains d'entre nous répondent, habile guerrier ne craignant pas la mort, et qui demande humblement à servir et protéger la Vérité, et qui est ici aujourd'hui par le privilège de la mort d'un des nôtres et par sa propre valeur, répéta-t-il. On vous a déjà parlé de lui et vous avez pu l'observer. En votre âme et conscience, souhaitez-vous qu'il soit admis parmi nous ?

Un coup de maillet retentit. Autour de moi, des voix s'élevèrent une à une, partant de ma droite et faisant le tour de la pièce. Tour à tour, chacun répondit « Je le souhaite, *Magister* », certains avec détermination, quelques-uns avec une hésitation que je pus percevoir. Parmi les voix, je reconnus celles d'Eudes, de Raynal et, à ma grande surprise, de Bertrand de Montbard, dans laquelle je détectai une émotion mal contenue. Esclarmonde, encore près de moi, fut la dernière à parler.

— Je le souhaite, *Magister*.

— Je le souhaite aussi, répondit l'homme qui avait posé la question lorsque tous se furent prononcés. Que l'on fasse avancer cet homme jusqu'à l'autel et qu'il s'y agenouille humblement. Qu'on libère ensuite ses mains.

Esclarmonde me poussa doucement vers l'avant. Lorsque je sentis quelque chose contre mes orteils, elle appuya sur mon épaule pour m'indiquer de m'agenouiller sur ce que je devinai être un prie-Dieu. Des mains défirent mes liens.

— Gondemar de Rossal, dit le *Magister*, dont la voix m'indiquait qu'il se tenait face à moi, tout près.

Depuis qu'on m'avait brusquement tiré de mon sommeil, c'était la première fois qu'on s'adressait directement à moi. J'en fus surpris et tendis l'oreille.

— Tu te tiens parmi nous dans cette humble posture pour solliciter l'honneur de servir et de protéger la Vérité, poursuivit-il. Avant de t'en révéler la nature, nous exigeons de toi le serment que tu te consacreras tout entier à la tâche que tu sollicites, et cela au péril de ta vie. Sache que dès que tu auras prononcé ce serment, ta vie et ton âme ne seront plus tiennes. Tu dois abandonner à la porte le noble sire que tu es pour devenir le serf d'une cause plus grande que toi. À jamais, Montségur sera ta prison. Tu seras entièrement soumis aux ordres du *Magister* de cette assemblée et il ne te sera pas permis de les contester. À la moindre incartade, tu seras tué de la main même de tes frères et sœurs.

Une main prit la mienne.

— Je te le demande donc solennellement et une seule fois : souhaites-tu prêter ce serment sur ta conscience ? Réfléchis, car il te liera pour toujours. Si tu as des questions, pose-les maintenant ou tais-toi à jamais.

— Vous me demandez de prêter serment sans rien connaître de son objet, notai-je en espérant en apprendre un peu plus.

— C'est ce qui est exigé de toi, en effet.

— Et si je refuse ?

— Tu seras libre de retourner où tu veux sans rien savoir d'autre que le fait que nous existons.

Les événements de la dernière année semblaient prouver que mon salut était encore possible si je parvenais à protéger cette insaisissable Vérité. Or, cette curieuse cérémonie semblait promettre de m'en rapprocher. Qu'avais-je à perdre ? Avais-je même le choix ?

— Soit. J'accepte.

Le *Magister* posa ma main droite sur quelque chose de dur et la recouvrit de la sienne pour l'y maintenir.

— Alors répète les paroles qui te lieront pour le reste de ta vie. Moi, Gondemar de Rossal, je promets et je jure de garder les secrets de l'ordre des Neuf. Je m'engage à ne les point révéler et à empêcher tout frère ou sœur de le faire, y compris son *Magister*, s'il est en mon pouvoir de l'en empêcher, et en le tuant s'il le faut. Je m'engage en outre à les défendre au prix de ma vie, à leur consacrer mon existence entière et à les emporter dans la tombe. Je jure enfin d'obéir en tout au *Magister* sans jamais contester les ordres donnés sous l'abacus, et de ne sortir de Montségur qu'avec son autorisation expresse.

Je répétai une à une ces paroles solennelles.

— Pour sceller le serment que tu viens de prononcer, crache d'abord sur cet objet qui ne signifie rien.

À l'aveuglette, je m'exécutai.

— Et verse ton sang pour notre cause.

On me retourna la paume vers le haut et je sentis une lame en fendre la peau. Puis on me referma le poing et le sang s'écoula.

— Que désires-tu maintenant plus que tout ? demanda le *Magister* lorsque j'eus achevé mon serment.

— La Lumière et la Vérité, répondis-je après qu'Esclarmonde me l'eut chuchoté.

— Que la Lumière soit rendue à notre nouveau frère pour qu'elle éclaire la Vérité qui lui sera bientôt révélée ! ordonna le *Magister*.

Je sentis Esclarmonde détacher mon bandeau, puis me le retirer brusquement. Je me retrouvai aveuglé. Je plissai les yeux et les voilai de ma main. Le *Magister* retira la torche qu'il brandissait devant mon visage et la ficha dans un socle en bois qui était placé tout près. Je pus alors voir l'endroit où on m'avait emmené.

Il s'agissait d'une petite pièce carrée aux murs de pierre grossière et dénués de fenêtres. Elle avait manifestement été taillée, sous terre, à même le roc. Le seul éclairage provenait de quelques flambeaux fixés aux murs. Le plancher était couvert de tuiles noires et blanches disposées en damier. Sur le pourtour étaient disposées d'austères fauteuils à haut dossier où prenaient place cinq hommes et deux femmes. Avec le *Magister* qui se tenait devant moi et dame Esclarmonde qui se trouvait à mon côté, ils étaient dix en tout. Tous portaient le manteau blanc, mais certains n'étaient pas ornés de la croix pattée. Parmi eux se trouvait Bertrand de Montbard. Pour la première fois, je le voyais revêtu de l'habit qui avait jadis été le sien. Lorsque nos regards se rencontrèrent, il inclina subtilement la tête. Pour la première fois depuis les événements de Rossal, je crus lire dans son œil valide une lueur de fierté et d'émotion. Un fauteuil était inoccupé, dans un coin où ne brillait aucune lumière.

Celui qu'on appelait *Magister* était un vieil homme aux cheveux rares et à la barbe blanche. Il avait la peau du visage foncée et ravinée de celui qui a passé sa vie au soleil. J'en déduisis qu'il avait longtemps combattu en Terre sainte. Peut-être même en était-il natif. Ses yeux sombres étaient froids et intimidants. Les yeux de quelqu'un qui a tué, souvent et sans remords, et qui a vu des choses terribles. Il tenait en main un bâton surmonté d'une plaque ronde frappée de la croix pattée enclose dans un cercle. Derrière lui se trouvaient les seules décorations de ce lieu dépouillé. Un étendard rectangulaire séparé en deux parts égales, l'une blanche, l'autre noire, était fiché dans un socle près du fauteuil qu'il avait délaissé. Je reconnus aisément le baucent des Templiers. Au mur, de l'autre côté du fauteuil, étaient suspendus un écu blanc orné d'une croix pattée rouge et une longue épée templière à double tranchant.

Devant moi se trouvait un petit autel rectangulaire sur lequel j'avais prêté serment. Sur une nappe souillée de quelques gouttes de mon sang étaient posés un sceau en or et un crucifix portant encore les traces d'un crachat. *Mon* crachat. Un frisson superstitieux me parcourut le dos. On m'avait fait profaner la croix de notre Sauveur. Venais-je d'amoindrir encore mes chances de salut ? Dieu me tiendrait-il rigueur d'avoir commis un tel sacrilège si je l'avais fait dans l'ignorance ?

Sur l'autel se trouvait aussi l'objet sur lequel j'avais posé la main pour prêter serment : la cassette de dame Esclarmonde, que j'avais moi-même arrachée des mains d'Evrart.

— Relève-toi, mon frère désormais juré parmi les Neuf, dit le *Magister*.

Lorsque je reportai mon attention sur lui, je constatai qu'il me tendait la main. Je la saisis et il m'aida à me relever. Puis il m'embrassa sur chaque joue.

— Que l'on retire sa corde à cet homme, ordonna-t-il, car il est maintenant et à jamais lié par sa conscience.

Je retins avec peine un rire cynique. Cet homme accordait une bien grande valeur à une conscience dont la sécheresse m'avait mené en enfer. Esclarmonde s'approcha et m'enleva la corde du cou. Puis elle banda ma main blessée avec un tissu blanc. Le *Magister* se plaça à ma droite et m'offrit son bras, que je saisis

— Voyez votre nouveau frère ! s'écria-t-il.

Il m'entraîna dans un nouveau tour de la pièce et s'arrêta devant chaque membre de l'assistance. Tous se levèrent à mon arrivée, posèrent la main sur le cœur, inclinèrent solennellement la tête en m'adressant tous la même parole rituelle avant de se rasseoir.

— Je suis Jaume, chevalier du Temple de mon état. Beau frère, je te reçois parmi les Neuf.

— Je suis Eudes, chevalier du Temple de mon état. Beau frère, je te reçois parmi les Neuf, dit un des templiers que nous avions découvert à Quéribus.

— Je suis Daufina, parfaite de mon état. Beau frère, je te reçois parmi les Neuf.

— Je suis Raynal, chevalier du Temple de mon état. Beau frère, je te reçois parmi les Neuf, dit l'autre templier que je connaissais déjà.

— Je suis Peirina, parfaite de mon état. Beau frère, je te reçois parmi les Neuf.

— Je suis Véran, chevalier du Temple de mon état. Beau frère, je te reçois parmi les Neuf.

Quand j'arrivai à sa hauteur, mon maître fit comme les autres. Dans la pénombre, il me sembla que son œil valide était humide.

— Je suis Bertrand, chevalier du Temple de mon état, dit mon maître d'une voix rendue épaisse par l'émotion. Je te reçois parmi les Neuf.

Puis ce fut au tour de dame Esclarmonde, restée près de l'autel.

— Je suis Esclarmonde de Foix, parfaite de mon état. Beau frère, je te reçois parmi les Neuf.

— Je suis Ravier, *Magister* de l'Ordre et chevalier du Temple de mon état. Beau frère, je te reçois parmi les Neuf. Que l'on mène notre nouveau frère vers son siège puisqu'il est maintenant des nôtres, ordonna-t-il en transférant ma main sur le bras de la parfaite.

Esclarmonde me conduisit au fauteuil vide dans le coin le plus sombre de la pièce à la droite du *Magister* et j'y pris place. Puis elle se rendit à son propre siège, à l'autre extrémité.

— Mes frères et sœurs, acclamons notre nouveau frère ! s'écria avec force le *Magister*.

Tous se levèrent d'un trait et se mirent à l'ordre, la main à nouveau sur le cœur.

— *Non nobis, domine ! Non nobis, sed nomini tuo da gloriam*[1] ! crièrent-ils tous à l'unisson. Baucent ! Baucent ! Baucent !

Ils se rassirent et un silence de mort tomba sur le petit temple. En diagonale de l'autre côté de la pièce, Montbard me regardait intensément. Il semblait nerveux.

— Lève-toi, beau frère, m'ordonna sire Ravier, qui était demeuré près de l'autel. Car les secrets que je vais maintenant te révéler doivent être reçus debout, dans la dignité et l'humilité.

J'attendis. Lorsqu'il fut face à moi, il s'arrêta et me dévisagea.

— Gondemar de Rossal, tu t'es engagé sur ta conscience à protéger et préserver les secrets de notre Ordre. Reçois-les maintenant, car tel est ton droit et ton fardeau.

Il se mit à arpenter le temple, entre son fauteuil et l'autel. Les mains dans le dos, il avait l'air de rassembler ses idées. Après un instant, il s'immobilisa et me dévisagea.

— Sache d'abord que dans ce *Sanctum Sanctorum*[2] se tiennent les seuls êtres humains qui savent ce qui te sera révélé. Ils sont à la fois élus et maudits par cette connaissance. Les membres sont au nombre de neuf et je suis leur maître. Voilà quelques jours encore, ils étaient huit car, depuis plus de deux décennies, une place était réservée au sire Bertrand de Montbard, dans l'espoir que nos routes se croisent un jour. Celui qui a consenti sans jamais défail-

1. Non pour nous, Seigneur, non pour nous mais pour que ton nom en ait la gloire.

2. Saint des Saints.

lir au plus cruel des sacrifices, l'abandon par l'ordre du Temple, qu'il avait loyalement servi, a maintenant retrouvé sa place légitime parmi nous. Quant à toi, la mort de sire Drogon a libéré une place et, sur l'avis insistant de dame Esclarmonde et des sieurs Eudes, Raynal et Bertrand, il a été décidé qu'elle te revenait en raison de tes agissements. Entends-tu bien tout cela?

Bouche bée, je hochai la tête comme un garçonnet intimidé.

— Tu sais déjà qu'en l'an 1118 après le martyre de notre Seigneur, Hugues de Payns et huit de ses compagnons fondèrent l'ordre des Pauvres Chevaliers du Christ et du Temple de Salomon avec, pour but avoué, la protection des pèlerins chrétiens en Terre sainte.

— Mon maître me l'a raconté, en effet, dis-je en désignant Montbard, qui esquissa un sourire.

— Ton maître t'a enseigné avec sincérité ce qu'il savait à l'époque. Il ignorait que, dès sa naissance, le Temple avait aussi une raison d'être que seuls connaissaient ses fondateurs.

La tête penchée, le vieil homme fit quelques pas avant de reprendre.

— L'hérésie existe depuis très longtemps dans les contrées du Sud. Dès les premiers siècles de l'Église chrétienne, plusieurs de ceux qui divergeaient d'opinion avec elle fuirent la persécution et finirent par s'installer ici en espérant y mener une vie tranquille. Peu à peu, ils sont devenus ceux qu'on appelle maintenant les bons chrétiens, que tu connais sous le nom de cathares. À l'exception de sire Bertrand et de toi-même, nous en sommes tous.

Il fit une pause et je réalisai que, malgré moi, j'étais assis sur le bout de mon siège, avide d'entendre la suite.

— Tu sais que nous considérons le monde matériel comme celui du Mal, dominé par Satan, et que la chair est une prison dont chacun doit aspirer à se libérer pour espérer retourner un jour auprès du Dieu de Lumière. Tu sais aussi que nous rejetons la foi chrétienne, que nous ne reconnaissons ni son clergé ni ses sacrements, et que nous refusons d'honorer la croix, qui n'est qu'un obscène instrument de torture. C'est pour cette raison qu'il t'a été demandé de cracher sur elle. Tu sais enfin que nous considérons Jésus comme un homme de bien dont les prescriptions indiquent la voie du Salut, mais pas comme le fils de Dieu.

Je me contentai de hocher la tête en signe d'acquiescement. Pernelle m'avait appris tout cela.

— Sire Hugues, notre maître à tous, était déjà un bon chrétien, déclara-t-il en faisant une longue pause pour me permettre d'absorber l'affirmation. Son nom, Payns, était d'ailleurs une déformation de *Pagan*, ce qui signifie païen. Ses huit compagnons en étaient, eux aussi. Y compris André de Montbard, l'ancêtre de sire Bertrand.

Je jetai un coup d'œil stupéfait vers mon maître, qui me confirma d'un hochement de tête que l'homme disait vrai.

— Nous sommes tous des hérétiques, comme l'affirment les atours usuels des Templiers pour qui sait le voir.

Il désigna de la main le mur autour de son fauteuil, qui était le seul à être surélevé par trois marches.

— Que vois-tu là ?

— L'épée, l'écu et le baucent des Templiers, répondis-je tout de go.

— C'est ce que croit voir le profane que tu es encore, mais rien n'est vraiment comme il y paraît.

Sire Ravier décrocha l'écu du mur et le brandit sous mon nez.

— Sur cet écu, qui symbolise la vraie foi contre laquelle s'écrase le Mal, figure la croix pattée, que nous portons aussi sur le manteau et qui représente l'homme qui y fut crucifié. Sa couleur rouge rappelle le sang qu'il versa injustement aux mains de ses bourreaux ainsi que la vraie connaissance. Sa forme, à quatre branches égales, n'est pas celle de la croix chrétienne, que nous rejetons. Porte-le bien haut, car il te protègera désormais des ennemis de la Vérité.

Il replaça l'écu et prit l'épée, qu'il brandit de manière virile et fit siffler dans l'air à quelques reprises avec une force étonnante pour un homme de son âge.

— L'épée est l'instrument par lequel le mensonge et le Mal seront détruits. Tirée des Ténèbres de son fourreau, elle est la Lumière qui émane du Dieu du Bien et qui défend la Vérité. Tu la chériras désormais non pas comme un instrument de mort, mais de justice, une compagne fidèle et obéissante avec laquelle tu n'hésiteras pas à te lancer dans le trépas pour la cause.

Il remit l'épée en place, tira l'étendard de son socle et l'éleva vers le plafond.

— Fait de noir et de blanc, le baucent est bien plus que le gonfanon qui rallie les templiers pendant la bataille. Noir pour la terre et blanc pour le ciel, il nous rappelle l'opposition entre le Mal, les Ténèbres et la mort, d'une part, et le Bien, la Lumière de Dieu et la vie éternelle, d'autre part. Il est l'incarnation de la vraie foi que nous partageons tous. Désormais, rends-lui hommage dans cet esprit chaque fois qu'il apparaît, car c'est lui qui guide tes pas et t'indique la Lumière.

Il me fit signe de me lever, ce que je fis. Il replaça l'étendard et tout le monde se rassit. J'en fis autant. Il reprit son bâton et l'approcha de mon visage.

— Qu'est ceci ?

— Je… je l'ignore.

— Et cela est fort bien, car seuls les Neuf peuvent poser les yeux sur lui. Ce bâton est l'abacus du *Magister*, symbole du pouvoir temporel et spirituel de celui qui le tient. Tout ordre donné en sa présence doit être exécuté sous peine de mort.

Sire Ravier se dirigea vers l'autel, y prit le sceau en or que j'avais aperçu et revint vers moi. Il le retourna dans sa main pour me présenter l'image qu'il portait. J'y vis deux chevaliers montés sur le même cheval, lance en main droite et écu au bras gauche, qui allaient de dextre à senestre. Sur le pourtour, une inscription : *Sigillum Militum Xpisti*[1].

— Ceci est le sceau des Templiers. On l'appelle la *boulle*. Les profanes y voient le symbole de la pauvreté de l'Ordre, illustrée par

1. Sceau des chevaliers du Christ.

leur nécessité de chevaucher à deux vers le combat, et la modestie de ses débuts. On dit aussi qu'il est l'image double du templier, à la fois moine et chevalier. Mais il n'en est rien. Pour nous, il a le même sens que le baucent, soit celui de la dualité des choses. Les deux chevaliers sont la représentation de l'opposition entre la matière et l'esprit, le Mal et le Bien, les Ténèbres et la Lumière.

Il remit le sceau sur l'autel puis se retourna et me dévisagea. Il laissa échapper un soupir de lassitude. Il était vieux et, visiblement, ce discours le fatiguait. Ses traits me parurent plus tirés lorsqu'il passa près de moi pour prendre place dans son fauteuil. Il s'accouda sur le bras et tourna la tête dans ma direction. C'est assis qu'il poursuivit.

— Depuis les commencements de la chrétienté, notre tradition dit que les preuves de notre foi avaient été enfouies voilà longtemps sous les ruines du temple du roi Salomon, à Jérusalem. En l'an 1095, le pape Urbain II appela les souverains chrétiens à porter la croisade contre les infidèles pour libérer la Terre sainte. Les principales familles cathares confièrent à sire Hugues la mission de se joindre aux croisés pour, une fois là-bas, voir si la légende avait quelque fondement. Sur place, il enquêta discrètement et fut encouragé à découvrir une histoire semblable chez les Sarrasins. De retour chez lui, sire Hugues fit rapport et il fut décidé qu'il y retournerait pour tenter de retrouver cette preuve. Cela fut fait en l'an 1118, lorsqu'il se présenta à Jérusalem avec ses huit compagnons pour obtenir du roi Baudouin II le privilège d'établir le nouvel Ordre sur les ruines du temple de Salomon. Pendant de longues années, afin de préserver le secret de leur mission, les neuf émissaires n'acceptèrent aucun nouveau candidat dans leur Ordre. Chaque nuit, ils fouillèrent et creusèrent les ruines jusqu'à s'écorcher les mains tout en menant à bien, de jour, leur fonction de protection des pèlerins. Alors qu'ils commençaient à désespérer, leurs efforts furent récompensés.

Il fit une pause qui se voulait dramatique, puis reprit en désignant la cassette sur l'autel.

— Ce qu'ils découvrirent est en partie contenu dans cette cassette : la Vérité que nous défendons contre ceux, nombreux, qui désirent la voir disparaître, jusqu'au jour où elle pourra être révélée au monde.

J'eus l'impression qu'autour de moi l'air s'était épaissi. Le silence était révérencieux. En regardant la cassette, je compris qu'en me faisant emmener dans cet endroit, dame Esclarmonde avait tenu sa promesse de m'en révéler le contenu. Depuis le début de cette aventure, j'avais fait erreur. La Vérité n'était pas la foi des hérétiques, mais bien une chose qui en prouvait la validité. Était-il possible que tout soit si simple ? Que Dieu se préoccupe de quelque babiole perdue dans une Création qui, selon les bons chrétiens, n'était même pas son œuvre ?

Une puissante fébrilité s'empara de moi. Je sentis mon cœur battre à se rompre dans ma poitrine et des sueurs froides me mouiller le dos et les aisselles. Dans ce modeste coffre de bois, transporté jadis par Montbard jusque dans ces pays, se trouvait peut-être la clé de mon salut.

— Une fois la Vérité retrouvée, continua le *Magister*, sire Hugues en fit porter l'annonce aux familles cathares. Il fut déterminé que l'endroit le plus sûr pour la conserver était la commanderie de Jérusalem. Pour assurer sa protection, de nouvelles recrues furent accueillies en grand nombre. L'Ordre grandit vite. Ses exploits militaires devinrent un objet de légende et son influence s'accrut. Il s'enrichit si bien qu'il devint le principal bailleur de fonds des rois et des croisés. En endettant les rois chrétiens, les Templiers qui étaient des nôtres les contrôlaient et pouvaient influencer leurs décisions afin de protéger Jérusalem et la Vérité qui s'y trouvait. En temps voulu, il était entendu que celle-ci serait ramenée en terre cathare. Mais elle ne fut jamais révélée à tous les frères. Pour en préserver le secret et en assurer la protection, l'ordre des Neuf, du nombre même des premiers émissaires en Terre sainte, fut créé, sous la direction de sire Hugues.

Sire Ravier se leva, contourna l'autel et alla se planter près de Montbard.

— Plusieurs années passèrent sans que les Neuf ne soient inquiétés. Au milieu du siècle, les choses commencèrent à changer et l'emprise de l'ordre des Templiers sur la Terre sainte s'affaiblit. Puis, par incurie et orgueil, le *Magister Templi* Gérard de Ridefort convainquit Raymond de Tripoli d'attaquer Saladin pour reprendre Tibériade. Ainsi s'amorça une série de cruelles défaites, dont la pire fut celle des Cornes de Hattin, qui affaiblirent le Temple. Les Sarrasins prirent l'initiative. Les places croisées tombèrent une à une et, dès lors, Jérusalem elle-même fut menacée. Robert de Sablé, alors commandeur de la cité de Jérusalem, était des Neuf. Pour que la Vérité ne tombe pas aux mains des infidèles ou, pire encore, entre celles des chrétiens, il décida de l'envoyer parmi nous.

Il s'arrêta pour poser une main affectueuse sur l'épaule de mon maître, qui lui adressa un regard embrumé. Puis il reprit son récit.

— Il confia la cassette à un jeune templier fraîchement arrivé en Terre sainte, Bertrand de Montbard, membre d'une des familles fondatrices. Cet homme avait déjà été choisi pour être initié sous peu parmi les Neuf, mais les circonstances l'empêchèrent de recevoir cette grâce. Faute de temps, Sablé dut lui remettre la cassette sans qu'il n'en connût le précieux contenu. Il lui donna ordre de la protéger de sa vie et de la ramener en ces contrées pour la remettre entre les mains de dame Esclarmonde. Connaissant son caractère, il ne doutait point qu'il mènerait à bien sa mission. Le sachant fidèle et obéissant, il exigea de lui un sacrifice qu'il n'aurait jamais dû avoir à faire, mais qui, dans les circonstances, était nécessaire pour conserver le secret si précieux : quitter le Temple une fois sa mission accomplie et disparaître pour toujours. C'est ainsi qu'il monta de toutes pièces une accusation selon laquelle Montbard avait fui devant les Sarrasins sans ordre de son maréchal, alors que le baucent était toujours debout. Le pauvre innocent fut déclaré coupable, dépouillé de l'habit et expulsé de la maison. Dans ses maigres bagages, il transportait la cassette.

Le cœur déchiré par une infinie tristesse, je regardai mon maître, qui baissa humblement les yeux. Jamais il ne m'avait dit que, pour mener à bien sa mission de jeunesse, il avait dû accepter la déchéance et l'humiliation.

— Pour les dernières années de sa vie, poursuivit le vieil homme, Sablé porta sur sa conscience cette nécessaire cruauté. C'était en l'an du martyre de Jésus 1187.

Il tapota affectueusement l'épaule de Montbard.

— L'injustice est maintenant rectifiée. Son initiation si longtemps reportée a exceptionnellement été menée à Quéribus par dame Esclarmonde, et la Vérité lui a été révélée. Bertrand de Montbard est des nôtres, comme il aurait toujours dû l'être.

Tout à coup, je me demandai si je désirais vraiment connaître le contenu de cette cassette. Pour ébranler un homme tel que mon maître autant qu'il l'avait été après avoir passé la nuit avec les templiers, ce qu'elle contenait était de toute évidence très grave. Mais le salut de mon âme était lié à cette connaissance et je ne pouvais courir le risque de la rejeter. De plus, j'avais juré. Il était trop tard. Le vieillard retraversa le temple et vint me rejoindre.

— Quant à toi, te voilà le premier membre profane de l'ordre des Neuf, Gondemar de Rossal. Le fait que tu n'es ni templier ni bon chrétien a posé quelques problèmes, mais, sur l'insistance de sire Bertrand et de dame Esclarmonde, qui ont pour toi la plus grande estime, il a été décidé de faire une exception. Tu ne porteras pas le manteau à croix pattée, mais tu auras le même statut que chacun de nous. À ce titre, approche et pose maintenant les yeux sur la Vérité.

Les jambes molles comme du chiffon, je vins le rejoindre près de l'autel. Sire Eudes se leva à son tour et apporta un manteau d'un blanc immaculé, sans croix, qu'il posa sur mes épaules.

— L'*Arcana arcanorum*[1] t'est désormais accessible. Revêts la couleur de la pureté et de l'innocence pour prendre connaissance de la Vérité.

Tous se levèrent, s'approchèrent de l'autel pour former un cercle et remirent la main sur le cœur. Le vieil homme sortit une clé suspendue à une lanière de cuir. Eudes et Raynal en firent autant.

— Depuis notre maître Hugues, m'expliqua le *Magister*, trois des nôtres conservent en permanence les clés qui mènent à la Vérité. Eudes et Raynal en sont et Drogon en était aussi. Prends celle-ci. Tu en seras responsable.

Il me la tendit et je l'acceptai en ne pouvant m'empêcher de songer au rêve où j'avais vu Esclarmonde ouvrir cette cassette et en laisser s'échapper une lumière telle qu'elle semblait capable de tout détruire.

— Ensemble, libérez la Lumière!

Eudes, Raynal et moi insérâmes chacun notre clé dans une des trois serrures, puis les fîmes tourner.

— *Nolite arbitrari quia venerim mittere pacem in terram; non veni pacem mittere sed gladium*[2]! s'écrièrent en chœur les huit autres membres de l'Ordre.

Sire Ravier posa la main sur le couvercle de la cassette et l'ouvrit. La Vérité pour laquelle j'étais né, vers laquelle une vie de violence et de péché m'avait conduit et pour laquelle j'étais sorti de l'enfer, le salut de mon âme dans la balance, me fut révélée dans toute sa simplicité.

1. Secret des secrets.

2. Ne croyez pas que je sois venu apporter la paix sur la terre; je ne suis pas venu apporter la paix, mais l'épée. Évangile selon Matthieu 10,34.

CHAPITRE 23

La révélation

La cassette ne contenait ni bijou ni trésor, seulement trois rouleaux de parchemin. Mais pour le *Magister*, ces objets semblaient être les choses les plus précieuses qui soient. Le templier nommé Jaume s'approcha, tenant dans ses mains un bol d'eau, un chiffon blanc replié sur l'avant-bras. Ravier me les désigna d'un geste.

— Purifie tes mains avant de toucher la Vérité, ordonna-t-il.

Je trempai les mains dans l'eau, me lavai jusqu'aux coudes, puis m'essuyai. Jaume retourna à sa place, déposa le tout près de son fauteuil et se rassit. Avec une révérence infinie, sire Ravier prit un des rouleaux et le sortit de la cassette. À deux mains, il le brandit à la hauteur de ma face, tel un prêtre élevant l'hostie devant les fidèles.

— Depuis presque un siècle, pour ce document, dit-il, nombre d'hommes et de femmes valeureux ont donné leur vie. Traite-le en conséquence.

J'ouvris les mains et il l'y déposa cérémonieusement.

— Je te donne la Vérité, Gondemar de Rossal, membre de l'ordre des Neuf. À toi de mesurer toute sa portée.

Conscient que le moment que je vivais était aussi important pour les membres de l'assistance qu'il était déterminant pour le salut de mon âme, je défis la fine lanière de cuir qui le retenait et le déroulai. Il s'agissait d'un manuscrit d'une seule page, assez ancien si j'en jugeais par son encre délavée. Je me mis à lire.

Au sire Robert de Craon

Cher frère,

La mort m'ayant enfin libéré de la chair et le consolamentum *m'assurant la vie éternelle dans la lumière divine, je transfère sur tes épaules le fardeau qui fut le mien au cours des neuf dernières années, sachant qu'elles auront la force d'en porter le terrible poids.*

La Vérité, que mes frères et moi découvrîmes jadis dans une petite pièce aménagée sous les ruines du temple du roi Salomon, après un labeur si dur que nous n'y survécûmes que par la force de notre foi, est maintenant ta charge et ton tourment. Tu sais déjà que ce trésor confirme les fondements de notre foi et qu'il a le pouvoir de détruire cette vile supercherie qu'est la chrétienté. Pour l'honneur des familles fondatrices, veille sur lui au prix de ta vie et lègue-le à ton successeur, comme je le fais pour toi. Qu'il soit laissé là où il se trouve jusqu'à ce que vienne l'ordre de le ramener en terre natale. Si tu le peux, deviens Magister Templi *et utilise les templiers contre les ennemis de la Vérité.*

Je prie Dieu pour qu'il t'arme de constance, te bénisse et te mène à bonne fin, mon frère.

Hugues de Payns, Ordo IX, Seigneur de Montigny, Magister Militiae Templi, en l'An du martyre de Jésus 1136.

Je restai un moment interdit, impressionné de tenir entre mes mains un document rédigé de la main d'Hugues de Payns, le fondateur de l'ordre du Temple. Puis je le roulai, le rattachai et le tendis à Ravier, que je fixai, perplexe.

— Par ce document, m'expliqua-t-il, notre frère Hugues léguait la Vérité à son successeur, Robert de Craon, qui lui succéda comme *Magister Templi* et comme *Magister* de l'ordre des Neuf, indiqué par l'expression Ordo IX.

— Cette formule… L'an du martyre de Jésus… Je ne l'ai jamais entendue auparavant et pourtant vous l'utilisez tous… Que signifie-t-elle ?

— Patience, beau frère. Tu comprendras bientôt.

Il replaça le manuscrit dans la cassette, en sortit le second et me le remit avec le même soin. Comme la première fois, je le détachai et le déroulai. Celui-là paraissait plus récent, ce que la lecture me confirma.

Dame Esclarmonde,

Les choses se détériorent rapidement dans le royaume de Jérusalem et la Ville sainte risque fort de tomber sous peu devant Saladin. Je n'ai donc d'autre choix que d'envoyer la Vérité en terre natale sans en avoir reçu l'ordre. Par mesure de précaution, j'en fais deux parts. Ainsi, si par malheur l'une tombait entre les mains de nos ennemis, tout ne sera pas perdu.

Cette cassette et ses trois clés te seront remises par le jeune sire Bertrand de Montbard, dont le nom t'est déjà connu. Un autre messager, membre des Neuf, que la prudence m'interdit de nommer, portera la seconde part de la Vérité loin du Sud, là où les nôtres veilleront sur elle. En temps et lieu, par la volonté divine, les deux parts seront réunies et révélées.

J'implore Dieu de mener ces mots jusqu'à toi.

Robert de Sablé, ORDO IX, Commandeur de la cité de Jérusalem, en l'An du martyre de Jésus 1187.

— Tu entends bien, je suppose, le contenu de cette missive ? demanda sire Ravier alors que je la lui remettais.

— C'est la lettre dont fut chargé mon maître, répondis-je en posant mon regard sur Montbard. Celle pour laquelle il fut chassé du Temple.

— C'est aussi la lettre qui accompagnait une part de la Vérité. Maintenant, le temps est venu pour toi de voir la Lumière.

Il reprit le parchemin de Robert de Sablé et me tendit le dernier manuscrit de la cassette. Il était ancien et très friable. Je le déroulai avec une extrême prudence. Il était écrit en latin. Je me mis à lire. Dès lors, le monde tel que je le connaissais fut à jamais bouleversé.

Au très puissant, terrible et divin Tiberius, empereur de Rome.

De Pilatius Pontius, Procurateur de Judée.

Salut.

Je dois porter à ton auguste attention des événements qui ont frappé récemment la province de Judée dont, dans ton infinie sagesse, tu as jugé bon de me confier l'administration en ton divin nom, pour que j'y fasse régner ta clémence et ta justice.

Depuis bientôt trois ans, un agitateur nommé Ieschoua arpentait la province et y fomentait la colère contre ton autorité. Au début, j'ai cru qu'il s'agissait d'un exalté comme tous les autres. Car ils sont légion en Judée, ceux qui prêchent à grands cris l'avènement prochain de celui qu'ils appellent le Messie, un roi-prêtre mythique censé libérer les juifs de ce qu'ils considèrent comme le joug de Rome. Mais celui-là, plus rusé que les autres, se disait ouvertement descendant des lignées de David, roi d'Israël, et d'Aaron, frère du prophète Moïse. S'appuyant sur cette prétention aristocratique, il s'est lui-même proclamé roi des juifs. Sa popularité s'est accrue si vite que j'ai jugé nécessaire de faire enquête à son sujet. Voici ce que j'ai appris.

Ieschoua vient de Galilée. Il est le fils premier né de Joseph et de Marie de Magdala. Son père, mort depuis peu, était bel et bien de la lignée de David. Sa mère, toujours vivante, est réputée descendre d'Aaron. Hormis son jumeau Thomas, il a quatre frères : Jacob, Joseph, Jude et Simon. Tous font partie de son entourage et parcourent les routes avec lui. Il a étudié la Loi juive. On dit qu'il était un élève brillant qui, encore enfant, arrivait à confondre les prêtres du temple sur des questions de doctrine. Jeune homme, plutôt que de se marier comme l'exige sa religion, il s'est rendu à Alexandrie, en Égypte. Il y a poursuivi son apprentissage auprès des prêtres hébreux de la lignée d'Aaron qui y vivent et dont on vante la science et la sagesse. Là, il a été initié à un judaïsme pur, mystique et ascétique qu'il prêche maintenant. Quand il en est revenu voilà trois ans, il était devenu un puissant mage. On prétend que, d'un seul mot ou par un souffle, il a multiplié la nourriture, guéri des lépreux, exorcisé des possédés, rendu l'esprit à des fous, fait marcher des paralytiques et redonné la vue aux aveugles. On dit même qu'il a ressuscité un homme mort depuis quatre jours et dont le corps était déjà corrompu par les vers. Toutes ces histoires, qu'elles soient vraies ou fausses, n'ont fait qu'accroître sa popularité.

Partout où il passait, il prêchait aux juifs la crainte de leur Dieu, l'amour de leurs semblables, l'entraide et la charité, mais aussi la haine et le rejet de Rome. Il incitait à la guerre et exigeait du peuple des aumônes qu'il consacrait à l'armement de troupes destinées à un éventuel soulèvement. Lui et ses hommes ont même pillé le temple des juifs, où se tiennent les marchands et les changeurs. Son but avoué était de réunifier les anciens royaumes de Judée, de Galilée et de Samarie pour en devenir roi et grand prêtre.

Au début, il trouvait ses partisans parmi les pauvres et les prostituées. Mais peu à peu, les foules ont été gagnées par ses prétendus miracles et enflammées par les visions d'indépendance qu'il proposait. Il a acquis une telle renommée que, peu avant la plus récente fête de Pâques, il est entré en triomphe dans Jérusalem, qui était remplie de pèlerins à cette occasion. « Hosanna au fils de David! Béni soit celui qui vient au nom du Seigneur! Le roi d'Israël! » criaient les milliers qui l'accueillaient. Je fus très alarmé par ce développement et je décidai d'agir.

Les prêtres du Sanhédrin, des docteurs de la religion juive jaloux de leur pouvoir, n'aimaient pas l'ombrage que Ieschoua leur causait. Je n'avais que faire des accusations de blasphème que ces érudits lui adressaient, mais je ne pouvais tolérer plus longtemps les incitations à la révolte contre ton autorité. Je contactai donc le prêtre Joseph Caïphe, dont la loyauté m'est acquise, et ensemble, nous conçûmes un plan. Un des disciples du fauteur de trouble, un certain Judas Bar-Simon dit l'Ishkarioth, accepta de livrer son maître en échange de trente pièces d'or. Ieschoua fut capturé sur le mont des Oliviers, après que ses partisans l'eurent défendu l'arme au poing. Conduit devant le Sanhédrin, il fut interrogé par les prêtres, qui me le remirent pour que je prononce sa sentence de mort. Un tel dénouement ne me souriait guère. Pour ne pas leur donner une raison de plus de se plaindre de Rome, j'aurais préféré que les juifs règlent leurs affaires entre eux. De plus, l'exécution de Ieschoua risquait de provoquer une révolte dans la population. Je leur proposai donc de le faire corriger sévèrement puis de le relâcher, mais ils refusèrent. Comme Ieschoua est galiléen, je tentai ensuite de transférer sa cause à Hérode Antipas, tétrarque de Galilée, mais il me le retourna. Je dus me résoudre à le faire mener devant moi, déterminé à trouver une échappatoire qui me permettrait de maintenir la paix.

Je fus étonné de découvrir un petit homme dans la quarantaine, chétif et sale, qui, avec ses haillons, ses cheveux et sa barbe en broussaille, n'avait rien du souverain qu'il prétendait être. J'ordonnai qu'on nous laisse seuls et entrepris de le questionner. Il se révéla être très intelligent, et de conversation intéressante. J'essayai de lui faire comprendre combien il était futile de s'opposer à la puissance de Rome avec des moyens aussi puérils que les siens. Je lui expliquai que le châtiment qui le guettait s'il insistait pour usurper le titre de roi était la mort la plus ignominieuse qui soit : la crucifixion. Je tentai de le convaincre de se rétracter publiquement et lui offris même, en échange, un exil doré dans l'endroit de son choix. Nous discutâmes toute la nuit de manière fort civilisée, mais rien ne put ébranler ses convictions.

Il était hors de question que je puisse le libérer. Son influence était bien trop grande et je devais faire un exemple. Lorsque je lui demandai, résigné, s'il était bien celui qu'on appelait le roi des juifs, il me répondit simplement « tu le dis », en apparence indifférent au fait qu'il scellait ainsi son sort. J'appelai donc les gardes et le fis conduire en prison. Puis je signai sa condamnation et, un peu à regret, me lavai les mains de lui.

La sentence fut exécutée le lendemain, premier jour de la Pâque juive. Il fut d'abord fouetté puis mené vers la colline de Golgotha, à l'extérieur de Jérusalem. Comme le veut l'usage, il porta lui-même la barre transversale de sa croix, le patibulum. *Une fois sur place, lorsque le soleil était à sa méridienne, il y fut cloué par les poignets pendant que quelques centaines de légionnaires contrôlaient la foule hostile. Il fut ensuite hissé au poteau et ses pieds y furent rivés. Je fis accrocher au sommet de la croix un* titulum *indiquant son crime :* « Iesus Nazarenum, Rex Iudaeorum[1] ». *De chaque côté de lui se trouvait un autre séditieux.*

1. Jésus, Roi des juifs.

Trois heures plus tard, il était déjà mort, ce qui m'étonna. Habituellement, le supplice dure beaucoup plus longtemps. Pour s'en assurer, un légionnaire lui enfonça sa lance dans le côté. Comme il avait expiré si vite, le crucifragium *lui fut évité et ses jambes ne furent pas brisées, comme on le fait habituellement pour accélérer l'agonie. J'aurais dû le laisser pourrir sur la croix, comme le veut l'usage, mais j'éprouvais une étrange sympathie pour cet homme digne et je désirais lui éviter cet ultime outrage. J'autorisai donc les siens à le descendre de la croix et à disposer de sa dépouille, ce qu'ils firent sans tarder. Quelques jours plus tard, une rumeur inquiétante s'est mise à courir. On racontait que Ieschoua avait survécu. Après enquête, la chose se confirma. Il apparut que ses partisans l'avaient drogué pour qu'il paraisse mort. Mais que pouvais-je faire ? La sentence était accomplie et Ieschoua avait disparu sans laisser de traces.*

Tout cela se passait voilà trois semaines. Dans Jérusalem, les passions se sont calmées. Mais déjà, on entend chuchoter que le Dieu des juifs a ressuscité leur Roi pour qu'il revienne, un jour, chasser Rome d'Israël. Ma plus grande crainte demeure que l'on fasse de Ieschoua un mythe. Car un mythe est infiniment plus puissant que la réalité. Quoi de mieux, en effet, qu'un homme devenu dieu pour motiver les juifs à se révolter ? Quoi de plus dangereux qu'une petite secte qui devient religion ? Je garde donc l'œil bien ouvert et veille à tes intérêts, mais pour l'instant, la rébellion semble bien brisée, ô divin César.

Que les dieux te gardent.

Le 12 avril DCCLXXXVI depuis la fondation de Rome, dans la dix-neuvième année de ton règne

Autour de moi, j'avais le sentiment que le temps s'était arrêté. Un lourd silence m'enveloppait. Je savais que les autres me regardaient lire, mais j'étais indifférent à leur présence. Seul existait ce document, écrit de la main même de celui qui avait condamné Jésus à la croix. Je le relus une fois, puis une autre fois encore, absorbant à grand-peine ses implications. Mon rêve était donc prémonitoire. À la manière des songes, il m'avait prévenu que ce que je trouverais dans cette cassette avait le pouvoir de détruire la chrétienté tout entière. Je compris la stupéfaction qu'au matin, après que nous eûmes découvert les templiers à Quéribus, j'avais pu lire sur le visage de mon maître. *Le monde n'est que mensonge*, avait-il dit, dépité. *Depuis le début, tout est faux*.

Les colonnes qui soutenaient mon être étaient ébranlées. Je n'étais pas docteur de l'Église, mais je n'étais pas non plus stupide. J'avais été élevé dans la religion chrétienne et le père Prelou m'en avait inculqué les dogmes. Si ce que disait ce document était vrai, la chrétienté était une fausseté. Elle était fondée sur un mythe, un mensonge. D'une main tremblante, je remis le parchemin au *Magister*, qui le rangea aussitôt dans la cassette.

— Ce document… est-il authentique ?

— Il l'est, je te l'assure. La jarre dans laquelle il se trouvait était scellée du sceau de Pilate lui-même. Le bon procurateur conservait des copies de ses missives, semble-t-il. Notre tradition dit qu'elle fut déposée dans une chambre secrète sous le temple de Salomon avant sa destruction par Titus en l'an 70 pour qu'un jour la Vérité soit connue. Nous ignorons par qui. Mais nous avons la certitude que cette pièce est restée scellée jusqu'à l'arrivée de frère Hugues.

Je secouai lentement la tête puis me passai nerveusement les doigts dans les cheveux. Je dus avaler à plusieurs reprises avant d'avoir la voix nécessaire pour poser la question qui me brûlait les lèvres.

— Si Jésus n'est pas… mort, balbutiai-je, alors il n'a jamais…

— Ressuscité, compléta le vieil homme. *Si autem Christus non suscitatus est, inanis est ergo praedicatio nostra, inanis est et fides vestra*[1]. Et les juifs que l'Église accuse depuis mille ans d'avoir tué le Christ sont innocents.

1. Et si Christ n'est pas ressuscité, notre prédication est donc vaine, et votre foi aussi est vaine. I Corinthiens 15,14.

Le monde se mit à tourner autour de moi et je sentis le sol tanguer sous mes pieds. Sire Ravier me posa une main compatissante sur l'épaule et me reconduisit vers le fauteuil qui était désormais le mien.

— La Vérité n'est pas chose facile à regarder en face, Gondemar, dit-il d'un ton paternel. Comme pour sire Bertrand, le choc est sans doute bien plus violent pour le chrétien que tu es.

Dans un état second, je me laissai tomber lourdement sur mon siège. Ma cervelle refusait de penser, de faire face. Je dus faire un effort de concentration pour écouter ce que me disait le vieux maître.

— Ce que découvrirent notre frère Hugues et ses compagnons sous le temple de Salomon était la preuve irréfutable que la religion chrétienne est fondée sur une chimère. Elle repose, comme tu le sais, sur le dogme de la résurrection du Christ, qu'elle promet à tous les fidèles à la fin des temps. C'est là l'ultime espoir de tous les chrétiens. C'est aussi ce qui lui permet de prétendre posséder la seule vraie révélation divine. Sans la résurrection, elle ne serait qu'un culte comme les autres. Or, Jésus n'était qu'un homme. Un prophète qui prêchait l'amour du prochain et la recherche de Dieu, mais aussi un chef de guerre qui voulait renverser le pouvoir romain. Il a été crucifié comme rebelle, mais n'est pas mort sur la croix. Il n'est donc jamais ressuscité.

Je manquais d'air et j'avais chaud. Je me sentais mal. Cet homme prétendait avec assurance que la résurrection telle que l'entendaient les chrétiens était un mythe. Soit, Jésus n'était pas revenu d'entre les morts, mais moi, si. Ma tête avait été détachée de mon corps et j'en portais la cicatrice. Pourtant, j'étais là, damné, mais vivant.

— La résurrection existe, déclarai-je en portant la main à ma gorge. Je… je le sais.

— Bien sûr qu'elle existe, Gondemar. Les cathares y croient avec ferveur. Mais à celle de l'âme qui retournera vers la Lumière divine dont elle est issue. Pas à la résurrection de la chair en ce monde, qui est une absurdité. Depuis mille ans, l'Église ment à ses ouailles.

— Mais... pourquoi ? demandai-je, dépassé.

— Pourquoi... C'est là la grande question. Qui peut vraiment le dire ? Pilate lui-même déclare que déjà, à son époque, le mythe de la résurrection prenait forme parmi les fidèles de Jésus. Sans doute cherchaient-ils ainsi à préserver l'influence de leur mouvement. Peut-être ont-ils fini par y croire à la longue et ont-ils propagé en toute bonne foi une légende ? L'Église s'est empêtrée dans son mensonge à mesure que son influence et sa richesse augmentaient. Au fil des siècles, sa puissance est devenue si grande qu'elle ne pouvait plus y renoncer même si elle l'avait voulu, car cela aurait équivalu à abdiquer son pouvoir temporel. Et comme tu le sais, elle y tient.

— Peut-être ignore-t-elle ce que vous savez ?

— Oh non ! Elle connaît l'existence du document que tu viens de lire et cherche à le détruire depuis le jour où il a été découvert.

— Vous... vous êtes certain de cela ?

Le *Magister* éclata d'un grand rire qui résonna dans le temple de pierre.

— Tout à fait. Contre qui crois-tu que l'ordre des Neuf protège le secret ? Et cette croisade ? T'imagines-tu vraiment que le pape s'inquiète à ce point du salut des hérétiques ? Depuis toujours, tant qu'ils ne menacent pas les revenus ou l'influence de l'Église, on les laisse penser ce qu'ils veulent sans trop les inquiéter. Au pire, on les persécute un peu, mais jamais à cette échelle. Seuls les cathares font les frais d'une attaque organisée. Parce que l'Église sait que nous détenons la Vérité qu'elle craint tant et que, aussi longtemps qu'elle existera, ses assises ne seront jamais tout à fait assurées ! Comprends-tu, maintenant, pourquoi nos frères et notre sœur ont été attaqués entre Quéribus et Montségur ? Cet animal d'Arnaud Amaury est le chien de chasse du pape. Il connaît la vraie raison de la croisade et sait que dame Esclarmonde est associée à la Vérité. Je suppose qu'à force de faire torturer des parfaits par Montfort, il a fini par apprendre qu'elle était à Quéribus. Il l'a fait traquer par ses hommes.

— Mais… tous ces templiers qui combattent et meurent pour la foi chrétienne… leur cause est fausse ?

— Fausse… C'est un bien grand mot. Ils combattent avec un cœur pur et la conviction de faire le Bien. Dieu saura reconnaître cela.

Il s'approcha de moi et me posa les mains sur les épaules. Il vrilla son regard dans le mien.

— Tu réalises maintenant à quel point ton intervention était importante ? Dieu l'a certes voulue. Sans toi, Amaury aurait sans doute déjà brûlé ces documents.

Dieu l'avait voulue, en effet, songeai-je. Il m'avait ramené d'entre les morts pour protéger la Vérité. Et maintenant, j'en connaissais la nature et la signification.

— Pardieu… murmurai-je. Tous ces morts… Les femmes et les enfants massacrés… Les parfaits brûlés vifs… Les villes pillées… Tout cela pour préserver une vulgaire fumisterie ?

— C'est désolant, en effet. Mais le pape ne reculera devant aucune horreur pour taire ce qui menace son empire. Jamais la Vérité n'a couru si grand péril.

— Robert de Sablé mentionne qu'il a séparé la Vérité en deux parts pour assurer sa sécurité. Il existe donc un autre document. Savez-vous ce qu'il contient ? Où se trouve-t-il ?

— Il y a une seconde part, en effet. Mais personne n'en connaît la teneur ni où Robert de Sablé l'a envoyée. Il aura fait en sorte que d'autres que nous en assurent la protection sans nous connaître. L'ignorance sera toujours la meilleure des protections. On ne peut trahir ce que l'on ne sait pas.

Le *Magister* soupira profondément. Il semblait soudain prêt à crouler sous la lassitude. Je réfléchis un moment, intrigué par l'étrange tournure des événements.

— Mais puisque la Vérité ne doit jamais être révélée, ceux qui en conservent la seconde part ne la dévoileront pas, eux non plus. Comment l'ensemble des documents sera-t-il réuni ?

— Nous faisons confiance à Dieu, dit le vieil homme en haussant les épaules. Il nous a menés jusqu'ici et il continuera de nous guider.

Ravier me tendit la main et m'aida à me relever.

— Viens. Il est temps de refermer la Vérité.

Il me conduisit vers l'autel où, avec Eudes et Raynal, je verrouillai la cassette dans laquelle les documents avaient été replacés. Puis je passai la clé à mon cou. Le vieux *Magister* retourna à son fauteuil d'un pas traînant et je mesurai l'effort que cette cérémonie avait exigé de lui. Il s'assit avec lourdeur et frappa trois coups de maillet sur un plateau posé près de l'accoudoir. Toute l'assistance se leva d'un trait et se mit à l'ordre. Je fis de même.

— Mes frères, mes sœurs, dit-il, la Lumière étant retournée aux Ténèbres, le moment est venu de clore cette assemblée. Ensemble, renouvelons le serment qui nous lie à la Vérité, maintenant et à jamais.

En chœur, les membres de l'Ordre entonnèrent l'obligation que j'avais prononcée quelques moments auparavant. Je me joignis à eux, essayant de me souvenir des principaux passages, mais y réussissant piètrement.

— Que la Lumière soit ! s'écria le *Magister* en ponctuant son exclamation d'un nouveau coup de maillet.

— Qu'il en soit ainsi ! répondirent les autres.

— Que vienne l'heure de la Vérité !

— Qu'il en soit ainsi !

— Jusqu'à notre prochaine rencontre, à laquelle vous serez convoqués par les mots sacrés *Secretum Templi*, que rien de ce qui a été discuté ici ne franchisse vos lèvres, de crainte que cela ne soit sur votre dernier souffle.

— Que notre gorge soit tranchée si nous disons mot !

— Que Dieu nous vienne en aide dans l'accomplissement de notre tâche sacrée !

— Qu'il en soit ainsi.

— Qu'il nous bénisse et nous mène tous à bonne fin.

— Qu'il en soit ainsi.

— Retournez donc dans le monde, mes frères et sœurs, mais ne soyez jamais en paix.

Après un ultime coup de maillet, tous retirèrent en silence leur manteau et le drapèrent respectueusement sur le dossier de leur fauteuil. Une fois encore, je les imitai. Puis tous suivirent Eudes, une torche à la main, vers le coin de la pièce, sire Ravier fermant la marche et éteignant un à un les flambeaux avec une mouchette. Nous franchîmes la porte par laquelle j'étais entré sans la voir et j'entendis sire Ravier la refermer. Dans la pénombre, nous remontâmes l'interminable escalier où j'avais cru me casser le cou. Comme je l'avais estimé, il faisait plusieurs centaines de marches et je mesurai avec étonnement le labeur qui avait été requis pour creuser le temple de l'Ordre aussi profondément sous la terre. Arrivé au sommet, je fus étonné de constater qu'il ne menait nulle part. Nous faisions face à un mur de pierre. Nullement décontenancé, Eudes tira sa dague, en inséra la lame entre deux pierres sur sa droite, là où aurait dû se trouver du mortier, et abaissa son arme comme un levier. Un grondement se fit entendre et une partie du mur pivota sur elle-même, formant une ouverture juste assez large pour permettre à un homme de s'y glisser. Un à un, nous sortîmes, le *Magister* en dernier. Eudes éteignit sa torche et la ficha dans le mur pour un prochain usage. Puis il répéta le même manège et l'entrée secrète se referma, si bien camouflée que je ne pus en distinguer les bords dans le mur.

Dans un silence sépulcral, nous nous dirigeâmes vers une porte de bois ferrée qui était fermée de l'intérieur par une épaisse poutre. Raynal la retira de ses socles et s'écarta. Eudes ouvrit la porte et nous laissa sortir. Puis, ensemble, ils refermèrent, demeurant à l'intérieur. Nous nous séparâmes sans même échanger de salutations. Montbard et moi nous dirigeâmes vers le logis qui nous avait été assigné. Lorsque nous eûmes fait quelques pas dans le noir, je me retournai et constatai que nous avions émergé du donjon.

Nous descendîmes en silence. Les mots étaient superflus. Le bras de mon maître sur mon épaule suffisait amplement.

Montbard et moi ne discutâmes pas de ces événements. Il y aurait eu tant à dire, mais je comprenais que chacun des Neuf était tenu de porter seul le lourd secret. Nous nous contentâmes de nous diriger chacun vers notre chambre où, vidé de corps et d'esprit, je m'endormis comme un sonneur.

Le lendemain de mon initiation, j'eus à peine conscience de l'arrivée des parfaits menés par Ugolin. Je constatai distraitement, mais avec soulagement, qu'ils semblaient tous là, sains et saufs. Pernelle me vit et me salua de la main. Je me dirigeai vers elle et elle vint à ma rencontre, souriante. Après s'être assurée que personne ne nous observait, elle m'embrassa sèchement sur la joue.

— Je suis heureuse de te revoir, dit-elle. Tu es parti de manière si… louche.

— Je suis content, moi aussi. Tout s'est bien passé? m'enquis-je.

— Oui. Comme tu vois, Ugolin nous a menés à bon port.

Elle m'observa et plissa le front, suspicieuse.

— Tout va bien ? On dirait que tu viens d'apprendre l'heure de ta mort.

Malgré moi, je laissai échapper un rire sardonique. L'heure de ma mort était déjà passée et avait amené avec elle un lourd fardeau.

— Pernelle… je…

— Oui ?

— Je voulais que tu saches que… Ta foi. Tu as fait le bon choix.

— Comment ? Aurais-tu enfin vu la Lumière ? s'esclaffa-t-elle.

— C'est ça, oui. La Lumière…

— Tu désires le *consolamentum* alors ? demanda-t-elle, ravie.

— Non. Crois-moi, je n'en suis pas digne. Mais sache que ta voie est la bonne.

Je caressai doucement la joue de mon amie, puis je repartis, la laissant un peu pantoise, avec le poids de la Vérité et l'espoir de mon salut.

Je me souviens d'avoir passé les jours suivants seul, dans un état second, appuyé sur les remparts au sommet du donjon, perdu en moi-même et me demandant ce qui m'attendait. Je regardais le paysage qui s'étendait à perte de vue sans vraiment le voir. Quelque part au loin, les croisés poursuivaient leur avance, massacrant et brûlant tous ceux qui ne partageaient pas leur foi. Tôt ou tard, dans un mois, un an ou dix ans, ils surgiraient devant Montségur. Tôt ou tard, Arnaud Amaury retrouverait la trace de la Vérité qu'il cherchait à faire disparaître. Il lancerait sur la piste son molosse, Simon de Montfort, ou son esprit tordu inventerait un autre moyen.

Et moi, je devrais protéger cette Vérité. C'était mon lot. Ma croix, en quelque sorte. Devrais-je combattre ou fuir ? Je l'ignorais. Mais, aussi obscène que cela paraisse, je faisais confiance au Dieu que j'avais renié. Car cette guerre entre deux religions opposait réellement le Bien et le Mal. Et moi, pourtant damné, je me trouvais du côté du Bien.

Nous étions le deuxième jour de septembre de l'an du martyre de Jésus 1210.

TABLE DES MATIÈRES

PREMIÈRE PARTIE
Rossal

DEUXIÈME PARTIE
Le Sud

TROISIÈME PARTIE

La Vérité

Achevé d'imprimer sur rotative par l'imprimerie Darantiere
à Dijon-Quetigny en avril 2012
Dépôt légal : mai 2012 - N° d'impression : 12-0389

Imprimé en France